倾城大座

香艾吟

落紫苏——著

中国出版集团　现代出版社

倾世大医

目录

第一章　天枢深巷里

天启七年，冬末春初，日头被薄雾轻掩成朦胧的光晕，天气晴得恰恰好。

"天枢，原为天枢星，乃是北斗星的北斗一，其左连线为北斗二天璇星，右连线为北斗四天权星。然在人体之中，天枢穴属于足阳明胃经，在脐旁二寸处，取名'天枢'，正是应天象之意。因其与天枢星一般亦有枢纽之用，不但内行胃经气血，更疏通手阳明大肠经气血。"在江南小巷中偶然听到这带了北方口音的女子声音，任谁都会忍不住驻足。

隔了高墙，正是杏林堂的后园。园内是一块药圃，种着的药草才悄悄冒了脑袋，青青浅浅铺了一地。药圃旁边是一张石桌，石桌上放着一本《灵枢》。石桌旁的矮椅上，七八岁的男童正认真地听着他的小师姐讲解。

他的师姐名唤艾子衿，其实也不小了，约莫二十七八岁的模样，着素白襦裙，绾妇人发髻，仅簪了一支雕花桃木簪，这一派晨光里如同沾了春雪的白梅。

"小师姐，天枢穴什么用途呢？"男童瓮声瓮气地问。

"天枢穴是胃经上的穴，自然是对脾胃恶疾有益处，若是腹泻、腹胀、便秘，针刺此穴都是极好的。"

"为什么腹泻可以用，便秘也可以用呢？"男童又问。

"传承，你要知道，人体上的经脉穴位都是运行气血之用，如河道一般。我们医者便是要调节这些河道里的气血，疏通清理淤泥。河道通了，水就活了，既不会变成死水，也不溢出河道酿成灾害。与此同理，经脉中的气血运行通畅，那么不论是腹泻还是便秘，也都自然解除了。"

"我明白了！"名叫"传承"的男童恍然大悟，兴奋道，"针灸治疗就是让身体的河道里水流通畅。气血不通畅的时候，有些人就表现为腹泻，有些人就是便秘。"

艾子衿点了点头。

"但是子非师兄说，针灸不如药石效果好。"传承不解地皱起了眉头。

"无论是针灸、药石，还是导引，都是医术中一种，没有好差之分。若是针灸能治好，何必去吃药。"

"我什么时候才能真正学会针灸之术啊？"传承有些丧气，小脸颊挤成了川字。

这一丝带了童趣的愁容让艾子衿微微掀起了樱唇，却也只是一瞬，这笑意便消失无踪了。她爱怜地揉了揉传承的发："慢慢来，练针术光背理论也是没用的，还得练腕力和手法，其次练气也很重要。医者行针须全神贯注，若将自己的气随针度到患者体内，助其驱赶邪气，方是真正练到家了。"

"小师姐说的是气针吗？可我从没见人使过呀，这世上真有气针？"

"当然有。"艾子衿目光沉凝，仿似透过传承望到另一方天地。恰薄雾被风拨散，一缕阳光斜刺而下，落进她漆黑的眼眸，如镀上一抹薄金。

"子衿师妹。"院门口有人叫道。艾子衿回过神来，见师兄杜子非如往日般阴冷着一张脸，"师傅要出诊了。"

她的师傅便是名医林德伊。林德伊自坐堂问诊以来已有半甲光景，是杏林堂第三代传人。这杏林堂乃是嘉靖年间传下来的医馆，传承至今，已有百余年。因代有名医出，且各乡间医馆大夫多出自这杏林堂，颇受浙东一带百姓的尊敬。这林德伊生就慈眉善目，花白胡子修理得整齐干净，搭着病者手腕闭眸听诊时活脱脱一副悬壶济世的神医模样。因膝下无子，如今留在他身边的均为近年来收入门下未出师的年轻弟子。

艾子衿如往日般走进杏林堂大堂的药柜前，见众师兄弟正各自忙碌，便向林德伊微屈了屈身致礼，也开始整理药柜前的方子。这些方子大多是旧方子，有些林德伊会添上或减去几味药，有些是原方续服。依惯例，这些老病人都是一早来的，过会儿，林德伊才会接待首诊病患。

一晃眼便过了晌午，医馆内却不见丝毫午后的懒怠。一名老汉颤颤悠悠迈进杏林堂的大门来到林德伊跟前。此时林德伊刚接诊完一名病患，正往砚台添墨，见得他来，抬眸仔细端详了一番，将脉枕往前推了推，含笑示意他落座。老汉一脸愁苦地将手搭到脉枕上。林德伊伸出右手，三指熟练地弯起，搭在一名约过八旬的老汉左手上，另一只手则习惯性地捋须。约莫过了半炷香的工夫，他又将手指搭上老汉的右手脉。随后他如往常嘱咐老汉伸舌，只见薄薄的一层滑苔附着在色泽略淡的舌体，舌体两侧更隐约可见轻浅的齿痕。微蹙眉心，他略一思量，问道："哪里不舒服？"

"热呀，我动一动就出汗，风一吹就觉得冷，浑身上下哪儿都不对劲儿。"

林德伊一边听一边默不作声地环视围在身旁跟诊抄方的弟子。众弟子皆是皱眉敛目，唯大徒弟杜子非全神贯注地观察着老汉的脸。老汉脸色苍白，口唇略发青，精神很是不济。林德伊见杜子非一脸成竹在胸的模样，便朝他点了点头。

杜子非见林德伊默许，问老汉道："老伯之前是否生过大病？"

"能有什么病？也就是换季的时候咳嗽之类的。倒是前阵子，咳得比往日厉害些。"

"那便是了。"杜子非微微一笑，往林德伊看来，见其用目光默许，接着道，"咳嗽日久则肺气虚。肺在五行属金，金生水。肺气虚故肾水不生，乃是母病及子。而此时为春三月，阳气生发，肝木气旺。金本克木，然肺气虚不能伐肝木，使肝气过旺而克脾土，致脾气亦虚。此肺、脾、肾三脏皆虚，则元气大弱，真阳下陷，卫阳不固，营卫不和，正是李东垣①所云'内伤元气，则真阳下陷，内生虚热'。当用补中益气汤②，甘温以除大热。"

林德伊满意地捋了捋胡子，笑道："不错不错，能看出气虚发热，还想到甘温除大热的法子，若能再加上些调和营卫的药，这方子也就出来了。"

"师傅说的是，若说这调和营卫的方子，首推桂枝汤③。"杜子非慌忙接

---

① 李东垣：(公元 1180—1251 年）李杲，字明之，真定（今河北正定）人，晚年自号东垣老人，他是中国医学史上"金元四大家"之一，是中医"脾胃学说"的创始人，他十分强调脾胃在人身的重要作用，因为在五行当中，脾胃属于中央土，因此他的学说也被称作"补土派"。

② 补中益气汤：出自金代李东垣《脾胃论》。

③ 桂枝汤：出自汉代张仲景《伤寒杂病论》。

道，见林德伊赞许地点头，便得意地对一旁抄方的师弟张无扰道："黄芪、炙甘草各五分，人参三分，当归用酒焙干二分，橘皮、升麻、柴胡、白术各三分，桂枝、芍药、生姜各三分，大枣十二枚。"

张无扰抄好方后交给杜子非过目。杜子非朝林德伊点了点头。林德伊这才与那老汉温和说道："此病乃虚证，须好好调养。你先服五服，每服煎二剂，早晚各服一次，五日后再来复诊。"老汉忙不迭谢，取了药方便去一旁药柜前抓药。

站在药柜前的便是艾子衿。她接过方子，匆匆浏览过后便利索地拉开药屉，须臾便将黄芪、炙甘草等药抓好，用药秤仔细称量，再均匀分成五份。很快她便抓了十一味药出来。随后她再看了眼药方，转身拉开左边最上层的药屉。然而手突然停下，她回头瞧了瞧在一旁等得烦躁不安的老汉，秀眉微蹙，迅速关上抽屉，纤纤素手移到了右边第二层药屉，打开，极快地抓出一小堆放上药秤，称好，再倒入已堆成小山的其余草药上。

她将包好的药交给老汉，微微一笑，嘱咐道："药先用水浸泡差不多两盏茶的时间，再用文火熬一刻钟。喝药后喝碗温热糜粥，以遍身出汗为妙[1]。"她想了想，又道，"你还可再煎第三剂，这药汁混入热水中睡前泡脚。若残余药渣仍是温热，再用布包起放在脐下约一盏茶工夫。"

老汉怀疑地望着她："这也可以？"

艾子衿微笑点头，声音轻却极是肯定："可以。"话音才落，她便感到有探究的视线射来，转头见林德伊似乎正望着自己，微微低下了头。林德伊只瞧她一眼，视线随即扫到了她背后的药柜上——药柜左上第一层的药屉外用朱红的颜色一笔一画写着"人参"二字，右边第二层药屉外同样的颜色，同样的字体，一笔一画勾勒的，是"太子参"。

夜深，凉风吹过才抽出嫩叶的树枝簌簌直响。艾子衿整理好最后一堆新晒的草药，将药杵收好，走出药房。

左转向前再右转便是她的住处，她却在转角停了下来。园子里很安静，只有初春的雨声和她轻浅的呼吸。她举着灯笼的手微微颤抖，转头朝右边看了过

---

[1] 《伤寒论》中关于桂枝汤服法有记载："服已须臾，啜热稀粥一升余，以助药力，温覆令一时许，遍身漐漐微似有汗者益佳；不可令水流离，病必不除。"即指服桂枝汤后喝米粥鼓舞胃气，再用衣被盖身，使身体微微汗出。但注意尤其不能大汗淋漓。

去。右边黑洞洞，是林德伊的内院。没有他的允许，谁也不能进入内院，便是深得他真传的杜子非也只是偶尔进去替他整理书房。他的书房常年闭着门，若是白天从这里望过去，能看见屋檐的一角。她听那些早于自己入门的师兄说过，杏林堂历代先祖每日都会记录下自己遇见的疑难杂症，整理成医案，一代一代流传，藏在那间常年紧闭的书房里，或许以后也会一代一代再流传下去。

她微微右转身子，握着灯笼长杆的手指不知不觉收紧了。风有点大，雨丝打到她的脸上，点点晶莹。终于做下决定，她咬了咬牙，迈出右脚。

"子衿。"浑厚的声音阻止了她正欲抬起的左脚。她若无其事地转身看黑暗中慢慢走过来的人影，屈身恭恭敬敬喊了声"师傅"。

来的是林德伊，他摸着花白的胡子问道："你来这儿有几年了？"

"一年有余。"

"这一年做了些什么？"

"采药晒药，偶尔也读些医书。"

"都读了什么书？"

"《灵枢》《素问》《神农本草经》"

"没看过医圣张仲景①的《伤寒杂病论》？"

她疑惑地抬头望向林德伊："子衿只看过一点，并未——"

"你不必紧张。"林德伊微笑地打断她，"多看看这些圣贤的经典是好事。今日你嘱咐那老汉服药后喝糜粥正是桂枝汤的精髓所在。子非的方子中既然有桂枝汤，药后喝糜粥却能达到事半功倍之效。"

"子衿班门弄斧。"

"不过我倒是奇怪你这泡脚与热敷一法是从何而来？"

她的呼吸几不可辨地一顿，又不着痕迹地放缓，而后将下颌微压："子衿自作主张……"

"另外又是何人教你用太子参替换人参的呢？"

"人参不够了，故……"她的脸色笼在明明灭灭的灯火里，一半明堂堂，

---

① 张仲景：东汉末年著名医学家，被后世尊为"医圣"。张仲景广泛收集医方，著有《伤寒杂病论》是中国首部从理论到实践，确立辨证论治法则的医学专著。

一半冷幽幽。

"是吗？"林德伊捋着胡子，不咸不淡道，"那便是我看错了……"顿了顿，瞟了一眼他的女徒弟，"适才我查看了一遍药屉，人参仿佛还有半屉……"

细雨淅淅沥沥落在园子里，她悄悄握紧了手，只觉心跳仿佛要跃出胸膛，暗暗吸了口气，声音如秋天里的流水，潺潺而出："徒儿见没了人参，午后便新添了些。"

林德伊看她一眼，续道："这老汉乃是气虚发热，用补中益气汤与桂枝汤合用甘温散热是治在根上。不过方中尽是黄芪、生姜、桂枝一派甘温辛燥之品，易生燥热而耗津液。用人参是可以加强益气之力，但偏于燥，太子参虽不比人参补气功效强，却可养阴生津。"

"徒儿不知，见太子参尚多——"

林德伊却摆摆手打断她："你故意也罢，无心也好，这次的用药并不算错。然开方用药，每个人习惯不同，辨证也不尽相同。子非有他自己的考虑，日后若要换药，还是要知会开方者才是。"

"师傅教训的是。"她毕恭毕敬道。

林德伊望了她一眼："你之前当真不曾学过医？"见她摇头，他若有所思道："当初你说是从京城过来的……艾姓在京城不算大姓，巧的是，我在京城那姓乔的朋友家里也有个艾姓儿媳。"

"京城艾姓虽是不多，却也不少。徒儿并不识那艾姓夫人。"

林德伊凝视了她一会儿，轻轻叹气，道："故人西去……罢了。天色不早，你且去休息吧。"说罢往前走了几步，忽又回头道，"明日随我去南山寺出诊。"

艾子衿极是惊讶："徒儿从未随您出诊。"

"古来圣贤方多是经验而来，你来这儿也有一段时日了，该出去看看了。"林德伊说道，往内院走去。

南山寺在巾子山腰。正是晴方好，碧空万里，白云如海浪奔涌铺排。一缕日光洒上巾子山，连绵不断的山峦顿时如画一般，半明半暗之间尤显得山顶上遥遥相对的双塔雄伟巍峨。

南方的山向来平缓，一名老者带着一男一女两个年轻人走在山腰掩在翠浓的小道上。日光落在老者花白的胡子上，正是名医林德伊与其弟子杜子非及艾子衿。

林德伊出诊，一向只带杜子非，这次却还叫上了默默无闻的艾子衿，令杜子非有些吃惊，只觉如独一无二的宝物被人分享却又无法发作，好不气郁。

"快点！我们可是要去出诊，不是游山玩水！走得这么慢，叫病人等急了，耽误治疗，后果你担当得起吗？"杜子非忍不住用师兄的口吻呵斥艾子衿。

艾子衿明白他的敌意，也不加辩驳，快走了几步，赶上二人脚程。

"师傅，我看子衿受不了这么天天往外跑，毕竟是女人嘛。"杜子非的表情比神技变脸还快，他凑到林德伊面前，一边观察后者的反应，一边小心试探。

林德伊微微一笑，道："无妨，我这老头子走得也慢，正可以与子衿一道。"

杜子非见林德伊偏袒艾子衿，心中不忿。林德伊像是看透杜子非的心思，转换话题，指着这一山春色问道："春日里阳光正好，温度也最适合，当如何养生啊？"

杜子非一心要赢过艾子衿，忙抢答道："自然是'夜卧早起，广步于庭，被发缓形，以使志生'①。春三月，万物生发，阳气始苏，人之阳气也开始生发，若能晚睡早起，散步于庭使身体舒展，便能让肝气条达。"

林德伊满意地点头，转头问艾子衿道："子衿，你也来说说。"

艾子衿想不到他会点自己的名，心下微惊。见杜子非又射来一道充满敌意的目光，低头思量片刻后一字一句斟酌道："杜师兄已说出关键。子衿想，或者还可以放纸鸢。"

"放纸鸢？"杜子非嗤笑，"你当还是孩童？"

艾子衿并不想与他起冲突，也不加辩驳："师兄说的是，子衿想得简单了。"

杜子非哪里肯放过她，冷哼一声道："日后多读经典，多思考，莫再随口瞎说个不知所谓的回答妄想蒙混过关。"

这番话却引起林德伊的不满，他不动声色地瞟了杜子非一眼，转头问艾子衿："放纸鸢自古有之，我想不尽是其童趣的原因。你为何会想到放纸鸢？"

艾子衿见林德伊问自己，心知不答有故弄玄虚之嫌，反更引起杜子非误会，便道："放纸鸢即是踏青，正应了古人所说'广步于庭'。而人放纸鸢时脖

---

① 出自《素问·四气调神大论篇》。

颈必然上仰，此则舒展后脊。后脊上的督脉由此伸展，督脉乃是人体最大的阳经，阳气行于督脉亦随之生发，亦应了春季阳气生发之理。再者放纸鸢之时，双目须集中远视，肝在窍为目，此又可条达肝之气。"

"既可踏青又可条达督脉，看来日后应当多出来放纸鸢了。"林德伊捋须大笑，满目赞赏之色，"看来你对经脉也颇有心得呀。"

"经络学问包含万千，子衿不过略知其皮毛。今日妄言请师傅师兄见谅。"艾子衿听出林德伊话里有话，压低下颌不让自己与他对视。

"不过是平常聊天罢了，何来见不见谅？"林德伊微笑道，眼角余光却轻轻扫过杜子非。

杜子非收到林德伊警告式的目光，觉得气恼，又不好发作，只得趁林德伊不注意，狠狠瞪艾子衿。艾子衿心知不能再多说什么，此后无论林德伊问了什么都装作不知，总算让杜子非心里舒坦了些。

走了约莫三炷香的工夫，三人终于来到南山寺。南山寺里正好敲响了晨钟，僧侣开始诵念早课，清雅悠扬的梵音仿佛有一种魔力，叫人生出莫名的敬畏。几人在大雄宝殿前站了一会儿，便有一名沙弥出来迎接，引他们进入一间禅房内。躺在榻上的大和尚脸色微暗，眉毛痛苦地皱成了一团。

"用了三天的药，效果如何？"林德伊一边问一边撩起被子，一股恶臭顿时扑面而来。只见大和尚那粗壮的腿脖子上肿起的如小山般的脓包此时正往外不停渗着脓血。原来这和尚几日前化斋途中被不知名的虫子咬了，三日前林德伊来看过，给他开了透脓散①。

"脓是出来了，可是师兄的身体烫得灼人。"小沙弥担忧道。

"这是自然现象，平时多为他温水擦身。"林德伊沉思，"如今之计是将他的脓尽快吸出。子非，当用何法？"

杜子非为难道："师傅，我们以前不曾治过这类病人。我……"

艾子衿心中生出一个模糊的想法，又碍着杜子非，正想着要不要回答。犹豫之际，她接到林德伊询问的目光，只得硬着头皮小声道："或许可用拔罐法。"

---

① 透脓散：出自明代陈实功《外科正宗》（公元 1617 年），治疗治痈疽诸毒，内脓已成，不穿破者，服之即破。

"拔罐法？"林德伊眸中一亮，"你知道这方法？可曾做过？"

艾子衿心中警钟大敲，忙不迭摇头："我只是从书中看过。《肘后备急方》^①中有用兽角吸拔脓痈的方法。"说罢，她急忙低头避开林德伊探究的目光。

林德伊若有所思地看着她，捋须道："既然你在书中看过，就来帮我。"

艾子衿见杜子非果然因为这句话拉长了脸，心中叹气不已。但林德伊既然发了话，她也不好推托，又见那大和尚确实痛苦难忍，心知不能因为小事耽误了治疗，便上前嘱咐小沙弥找出一段长约七寸的新鲜嫩竹节来。她让人将这段嫩竹一头的竹节留着，用斧子在另一头劈开，露出中空的内筒，再用匕首划去外青部分，只留内白约一半，又在有竹节的那一端钻出一个小孔，以栅木条塞紧。随后她将羌活、独活、紫苏、艾叶、鲜菖蒲、甘草、白芷各五钱放入竹筒之内，用连须葱塞进筒口，再嘱人将十大碗清水倒入锅内，把已装好的药筒放进清水中，用一块石头镇住，防止药筒浮起。最后她生起灶火，用文火将锅中的清水煮沸数次。

林德伊见艾子衿手法纯熟，遂放下心来，叫杜子非取来针袋。针袋中放了长长短短银针约十数枚，他从中挑出一枚铍针^②来。铍针是九针中的一种，约二分半粗，长四寸余，据说与其他八针一样，都是伏羲氏所创。《灵枢》中记载，铍针恰恰便是放痈肿毒疮最好工具。

只见林德伊右手以拇指食指夹住离针尖半寸处，左手以拇指食指撑开和尚腿脖子周围泛出红晕的皮肤，小心地在痈肿顶端开出"品"字形的三个小孔。等到竹筒内草药已浓熟，他才叫人将药筒连汤端至榻前，再把筒内之药倒出，急用筒口趁热与疮口合上。艾子衿则配合着林德伊迅速用手按住竹筒上端，使其自然吸住肌肤。片刻后，竹筒变温，艾子衿轻轻拔出原先塞在竹节处的木栅，竹筒则盛满猩红的脓血后自然脱落^③。众人见他的腿脖子上虽依旧发红，却不再流出恶脓血水，才放下心来。

接着，艾子衿遵林德伊之意，将随身携带的小金丹取了出来，碾碎后仔细

---

① 《肘后备急方》：晋代医学家葛洪所著。

② 铍针：九针中的一种是形如宝剑、两面有刃的针具。多用于外科，以刺破痈疽，排出脓血，《灵枢·九针论》记载："铍针，取法于剑锋，广二分半，长四寸，主大痈脓，两热争者也。"

③ 此法出于《外科正宗·痈疽门》。

洒在伤口周围。治疗不过才花了两刻钟时间，原本痛得几乎说不出话来的大和尚已能开口说话了。众沙弥高兴极了，对林德伊感谢不已。

林德伊看了眼在旁边低头收拾残余药渣的艾子衿，笑道："多亏了我这徒弟还知道火罐的方法，靠我一人也忙不过来。"

杜子非原本便因为治疗时一直是艾子衿在打下手，而自己只做些杂事，心中愤懑，此时见林德伊又在众人面前表扬艾子衿，更是妒火烧心，忍不住嘟囔："师傅这法子从来没见用过。"

林德伊没注意杜子非的情绪，反倒被他的话触动心弦，混浊的双眸里隐约纠结着敬佩、痛苦、内疚的复杂感情："我确实不曾在你面前用过，这是我从一位故友那儿学得。他家世代行医，尤其精通火罐、针灸、砭石……可惜……"叹息声仿佛一下子苍老许多。

杜子非见他不愿继续说，也不敢再深入，忙换了个话题问起僧人佛法之事。林德伊心情沉重地转过身，就在转身的刹那，他仿佛感到一道探究的视线从右边射来，不由得转头往右望去。艾子衿就在他的右手边，低头收拾着针具，一心一意的模样仿佛已忘了周遭的一切。

艾子衿叠了两把木凳在屋子中央，然后慢慢往上爬。屋外已是深夜，屋内的灯火明明灭灭，将她颀长的影子映在昏黄的墙面上。她站在凳子上，踮起脚尖，伸手费力够着屋梁上的木椽。虽是房顶，这根木椽擦得却很干净。艾子衿从屋梁上取下一本手抄的册子，然后小心爬下。

册子上写满医方病案，艾子衿小心翻开一页。油灯如豆，笼着发黄的纸面，一笔一画勾勒的字体尤其苍劲有力："唐代王焘所著《外台秘要》曰：'取三指大青竹筒，长寸半，一头留节，无节头削令薄似剑，煮此筒子数沸，及热出筒，笼墨点处按之，良久，以刀弹破所角处，又煮筒子重角之，当出黄白赤水，次有脓出，亦有虫出者，数数如此角之，令恶物出尽，乃即除，当目明身轻也。'以拔罐法放脓血，效卓然。"

艾子衿细思片刻，在书册留白处添上几笔："天启七年，浙东有病患一名，小腿遭虫咬后生脓痛，先用透脓散透脓，三日后以羌活、独活、紫苏、艾叶、鲜菖蒲、甘草、白芷各五钱塞于药罐内，拔罐治之，吸出脓血约三大碗，后以小金丸碾碎敷其外。"

而后她放下笔合上书，轻轻舒了口气，推开窗往外看。如墨的夜色带着莫名的冷意，料峭的春风吹乱她满头的青丝，有几缕落在惨白的封皮上，轻轻拂过那四个字——乔氏医案！草书而成的字啊，一笔一画，宛如悬崖上不屈的松，劲透纸面。艾子衿只觉那字迎面扑来仿佛有生命一般，不由得怔住。

却在此时，忽闻后院高墙外几声狗吠，紧接着便有脚步突兀地响了起来，艾子衿心下一惊，匆忙收起书册行至后院。后院门外有人扑在门上，似在叩门，隐约还听得见他虚弱的呼救声。

艾子衿慌忙拔下门闩欲开门，然而那顶着院门的力道突然松了，紧随而来便是一声喝："你这贼寇敢跑！看老子打不死你！"艾子衿悄悄打开一条缝。月光正从巷子口落下，惨淡的白光里，只见一伙手拿长棍身穿官服的人疯狂地击打地上一名看不清面貌的中年男子。另有一名道貌岸然的锦衣男子背着身站在阴影里狞笑着："把名册交给我，还能饶你一条狗命！若不然，就让你和那个杨涟[①]一样，浑身长满钉子！"

透过门缝，艾子衿见那男子身上被打得渗出丝丝斑驳血色，吓得捂住了嘴。

中年男子匍匐在地面，依旧艰难地向前爬着，拖出的血痕被月光照出诡异的暗红。

"还敢跑！快说，东林党的名册究竟在哪儿？"锦衣人将他拎了起来。

"要杀要剐随便！想要名册，叫那个姓魏的阉贼做梦去！"男子视死如归，往锦衣人脸上吐了口血水。

"妈的！敢辱骂九千岁！长了熊心豹子胆！"锦衣人抹了一把脸，恼羞成怒，连甩了几个结结实实的巴掌在他脸上，"叫你吐我口水，叫你吐我口水！"

中年男子霎时如断了线的风筝摔到地上，太阳穴上溅出血来，在惨白的月色下犹为触目惊心。"给我打！"锦衣人却丝毫没有怜悯之心。乱棍如雨点落

---

① 杨涟：（公元1571—1625年），字文孺，号大洪，明代湖广应山（今属湖北广水）人，明代著名谏官。万历三十五年（公元1607年）进士。初任常熟知县，因考选清官第一，入朝任给事中。神宗病危，力主太子进宫侍皇帝。光宗即位，极力反对郑贵妃求封皇太后。光宗病重，召见大臣，他不属大臣，亦在召见之列，临危顾命。后被阉党许显纯等人"土囊压身，铁钉贯耳"迫害致死。史家评价他"为人磊落负奇节"。

在灰衣人身上，直打得他皮开肉绽，他却紧紧咬牙，连哼都不哼一声。

不知从何处涌来的乌云渐渐挡住了那冷冷斜睨大地的月，天地顿时黑了，中年男子变了形的脸也跟着一暗，如鬼魅般只露出森冷的白牙。不知是不是想起传说中索命的恶鬼，众人不约而同地停下，脸上尽是惧色。

"停着做什么，还不给我继续打！"锦衣人恶狠狠道。众人只得一棍一棍又往那人身上砸去。

那人依旧声嘶力竭地咒骂："魏忠贤一手遮天，诬陷忠良。老天不长眼哪！我不会放过你们，做鬼也不会——"声音突然截断，恰是一记棍子落，砸在了天灵盖上——血刹那间从他的耳孔、嘴角、鼻孔里汩汩流出。

"他死了！"有人惊呼。众人终于停止了殴打。锦衣人脸色似乎变了，叫嚷道："妈的！这么快就死了！"

"郭大人，名册没找到，怎么跟上头交代？"

"怎么交代？"锦衣人没好气白他一眼，"去他家再看看。"

一干人等随即离开。鲜血满地，黑暗中模糊了颜色，血腥的味道随即弥漫了整条小巷。艾子衿目睹这一切，早吓得说不出话来，半天才回过神，打开门走了出来，半跪在这中年男子的身边。

这男人脸较一般人长，右边嘴角有一颗黑痣。艾子衿发愣片刻，伸手去探他的鼻息，然后又去摸他的脉，最后趴在他的胸口仔细听着。

却在这时，嘤嗯一声低喃像是从地狱深处幽幽飘来。艾子衿顿时僵住，惊恐得瞪着躺在地上浑身染血的男人。

男人的手开始抽动，一下又一下。他那张变了形的脸似乎动了动，早已碎裂的鼻骨立刻发出轻微的咔嚓声。

"你说什么？"艾子衿见他似乎想说话，忙问。

那人依旧嗫动嘴唇，虚发出几个音，艾子衿只得将耳朵凑近他唇边。

"他说了什么？"突然传来的厉喝让艾子衿一惊，转过头，见杜子非已来到身后。

"让开！"杜子非推开她，凑到那个中年男子跟前，却只看到他微开的唇形和一对诡异的混浊的眼珠子。"他跟你说了什么？"杜子非又问。

艾子衿迎向他像刀锋般的眼光，镇定道："我没听清。"

"他是九千岁要的人！"

艾子衿仿佛不曾听见杜子非的话，扬声道："如今之计应当先找个棺材。"

"你要葬他？"

"他既已死，生前之事便与他无关。如今，他只是一具尸体，难道连入土为安的权利都没有吗？"

"咱们医堂救的是活人，若是他活着还另当别论，既是死了，便不能叫他连累了师傅……"

"师兄，既然是医者仁心，又何分生死。"

师兄妹正争执，只听背后传来声音，极是寂寞苍凉："子非，找间棺材铺葬了他。"

二人俱是一怔，不约而同转过身来。林德伊站在门边，伛偻的背影似一夜间老了许多。然不过眨眼间，林德伊又恢复往常的神情。杜子非回过神来，叫道："师傅，他是东厂要的人。咱们葬了他，若被旁人知道……"

"这里除了你我还有谁？"林德伊冷冷看杜子非，后者脸色一变，匆忙低下头。林德伊叹了口气，夜色里看不清他脸上的表情是沉重还是悲痛，"行医之人理应心怀仁义。就算他是个十恶不赦的犯人，到了我们面前也与普通病患无异，更何况他已经死了。"

白云山上云雾缥缈，艾子衿站在山顶俯瞰山脚。方圆几百里内如豆腐块般的田地、古旧的屋檐、交错的街道……静静融入她水波轻动的眼底。她的身旁不远处是一座新坟，坟头的墓碑没刻下姓名，只因她也不知道这个半夜出现在杏林堂后院的可怜男人的姓名。入土为安，不论这个人生前做过什么，遭受过什么样的事情，一旦他回到土里，就能够得到真正的安宁，因土乃世间生化之源，是承载万物之母。但愿他真的能忘却尘世痛苦，回归宁静。

她轻叹一声，忽闻身后有人靠近，嗓音压得极低："你是最后一个见他的人？"

不知是不是由于他说话带了北方口音，她觉得这个男子的声音格外熟悉。她转过身，但见眼前的黑衣男子身量颀长，面容被头顶的斗笠遮住半边，只能瞧见他消瘦下巴上的青色胡楂。

不知为何，在看清艾子衿的脸时，这男子身子一僵，呼吸也似乎顿住。然而只是一瞬，他又恢复平稳，缓步走了过来。

以他消瘦的身形，应当迈不出如此沉稳的步子，他却走得不慌不乱，一步一步仿佛踏在艾子衿的心上。艾子衿没来由地觉得心头急跳，双手紧张地交握成拳放在腹前。

他又往她脸上瞧了，她纵然看不见他的脸，却也觉出那道视线的冷冽。她只觉后背都要被冷汗浸湿了，身子也仿佛随时要瘫软下来，但她还是鼓起了勇气直视被斗笠挡住的那张脸，仿佛这样就能看到他的眼："你是东厂的人？"

"敢直呼东厂大名，胆子倒是不小。"

仿佛对东厂不屑一顾，却又对她极尽嘲讽，他应当不是东厂的人，或许他是这名死者的朋友，艾子衿这样想着，斟酌了一下，问道："你认识他？"

那人径直往前走，在擦过艾子衿的肩时微有停顿，然后擦肩而过，在坟前跪下磕了几个头后慢慢站起，盯住艾子衿冷冰冰地问道："他是否三十岁左右，脸稍长，右嘴角有一颗黑痣？"

艾子衿点了下头，觉得这男子的声音实在熟悉，便多看了两眼，立即觉得他的下颌其实也是极熟悉的，却想不起来，仿佛一件东西被她遗落在角落，真正要找时却怎么也找不到。

男子察觉她的目光，一双眸子即便隔了斗笠，也像是锋利的刀。艾子衿自然能感觉，然而她也不知自己何时得罪过这男子，或许是因为自己这样大胆的目光太过冒犯了吧。其实她并不是一个喜欢盯着陌生男人看的人。艾子衿觉得有些脸红，微微侧过脸。

那男子冷冰冰地问她："他死前对你说了什么？"

心下一沉，艾子衿面上却仍是淡然，转过身佯装眺望远方，缓缓道："什么也没说？"她知道这男子不会信自己，却料想不到他会走过来，甚至逼到她身后。这速度实在是太快了，待她反应过来时，已感觉到他温热的气息直喷自己的耳后，又是那种熟悉的感觉。

"他真的什么也没说？"

这应该是轻薄吧，艾子衿却觉得熟悉，不知为何，她慌了，一向淡然沉着的她竟然脸色发白，身体发抖。她下意识地往后避开，腰却被对方一把揽过。"你要做什么？"艾子衿再也忍不住了。男人的手臂像积郁了万千怒气紧紧地箍着她。

她被迫靠近他，听着他胸口如击鼓般的危险心跳，羞怒得说不出话来。

他的眸子里似乎着了火，透过低垂的斗笠帽檐，灼伤她的眼。她不由自主地捂住胸口，以一只手无力地阻隔他与自己越来越接近的距离。他的怒火在她不退让的对视里终于一点一点熄灭。艾子衿只觉那只揽在自己腰上的手臂一松，身子跟着往后仰去。她有些害怕，仿佛已听到后脑勺重重敲在地上的声响，然而在即将坠地的一瞬，那只方才似要折断她的腰的手又伸了过来，极尽温柔地将她扶起。而后这个奇怪的男人一言不发地转身朝山下走去。

艾子衿惊惧万分，生怕惹了他回来又做出什么怪事，只得呆呆站在山顶瞧着那个孤独的背影往山下走。

大约过了一盏茶的时间，一声焦灼的呼救从山下传来，艾子衿听着像是常常来杏林堂抓药的唐府小丫鬟喜儿的声音，慌忙朝声音来处跑了过去。才行至半山腰，艾子衿远远便瞧见喜儿着急地站在一棵柏树底下。喜儿这时也看到了艾子衿，喜不自禁地奔了过来，急道："艾姑娘，四夫人晕倒了，快来帮帮她！"

顺着喜儿的手指，艾子衿果然看到了柏树下平躺着的唐知府的四夫人郑南清。让她吃惊的是，那个头戴斗笠的男人竟也蹲在一边。艾子衿见他抓着郑南清的袖子，似乎想要撩开，只当这奇怪的斗笠男人意欲轻薄，忙冲上前，也不知从哪里来的勇气，竟将他一把推开，喝道："你在做什么？"

"你以为我要做什么？"那男人嘲讽地瞥她一眼，继续低头检查。

喜儿慌忙解释："这位侠士是要救四夫人。刚才四夫人直冒冷汗。他才捏了几下，夫人的汗就少多了。"原来这男人走到半山腰也听到了呼救，便赶了过来。

艾子衿心知自己错怪了他，脸上不禁发热。斗笠男人见她不说话，傲慢道："不要在这边碍手碍脚。杵着干吗？还不快帮忙。"说着他从怀中掏出一个针袋，又朝艾子衿扔出一团艾绒。

艾子衿被他这么一叫，终于反应过来。斗笠男人一边熟练地在郑南清的太冲、行间、足三里等穴迅速扎上毫针，一边吩咐艾子衿道："快在她的关元、气海处施灸。"

艾子衿一边施灸，一边观察他的动作。只见他手法利索，针起针落，快得像一阵风：有些穴位他用补法留针，有些穴位却只是以如小鸡啄米之势，迅速落针又起。依艾子衿多年行医经验看来，这男人的手法纯熟，甚至比林德伊更要高明许多，若非几十年功力根本达不到这种水平；可看他的身形却又不过三十上下，除非是从小便练习。但从小练习针灸之术的人，一般都是世家出身或是从小拜入某个针灸世家门下。而她所知晓的针灸世家，仅是七年前京城里名闻一时的精诚馆，但精诚馆在七年前便已……

想到这里，艾子衿有些伤怀，疑惑也随之而来，忍不住又往那人看去。男人的斗笠依旧压得极低，坚毅的唇角微微一抿，冷冷道："看够了吗？"

艾子衿脸上一烧，慌忙收回视线。

"四夫人，您终于醒了！谢天谢地，阿弥陀佛！"喜儿一声恰到好处的惊呼刚好解了二人的尴尬。艾子衿转头，见郑南清悠悠睁开了眸。

"这是……在哪里？"她虚弱道。

"这是白云山脚。"喜儿小心翼翼将郑南清扶了起来，指着斗笠男子道，"都是这位侠士救的您！"她想了一下又指着艾子衿道，"哦，还有艾姑娘也帮忙了。"

郑南清这才想起自己晕厥过去的事，对着男人羞赧一笑："多谢恩公。"

"举手之劳，夫人莫介怀。"斗笠男子温和地说道，一改刚才与艾子衿对话的冰冷态度，"夫人你素体虚弱，又遇惊恐之事，这才突然晕厥。"

"啊呀侠士，您真是太厉害了，我家四太太就是把那根绳子看成了蛇，所以才晕倒的。"喜儿崇拜地望着男子，指了指树梢挂下的一条麻绳。只见那绳索上打了几个结，个个都是古怪异常的形状。

斗笠男子一见这绳子便仿佛连魂魄都被吸引了过去，动也不动了，其余几人见他如此反应也是暗自吃惊。

半晌，郑南清轻轻唤了一声："恩公……"斗笠男子仿佛听不见，往那绳子走了过去，伸手慢慢摸过麻绳上每一个奇怪的索结。正在众人惊讶他的举动之时，他突然回过头来，已不见了刚才的严肃："呵呵，这种绳子挂在这里，莫说是夫人，便是我也会认错。夫人既然无恙，就快回去吧。再晚可就要下雨了。"他说这句话时仿佛完全没看见艾子衿，只一味盯着郑南清温和地笑着。

"但不知恩公姓名……"

"乡野村夫，名字何足挂齿。夫人请回吧。"

"是呀是呀，四夫人，咱们走吧。老唐怕是在庙里等得着急了。再晚大人可要派人来找了。"喜儿在一旁轻声提醒道。

郑南清有些犹豫，半晌方诚恳道："那……南清先告辞了，恩公若是有任何需要，请来北固山脚唐府找我。"说着，她将一支银簪交到了斗笠男子手里。随后她又朝艾子衿说道："此次也麻烦艾姑娘了。南清改日登门道谢。"

斗笠男子听到她自称唐府之人，料想与知府有些关系，便收下银簪，抱拳道："四夫人保重。"

郑南清深深望男子一眼，转身离开。然而艾子衿却没有走，她只是静静站在一边看着这男子，漆黑的眼眸中闪闪发光，仿佛有千言万语，却又不知从何说起。斗笠男子依旧当作看不见她，在郑南清转身离去的瞬间，立即又变得冷肃。只见他缓缓又走到那打着绳结的麻绳跟前，伸出手，用力一扯。麻绳上本就是活结，哪禁得住他这般蛮力，噗的一声暗响过后便打了开来。这绳子长度仿佛被人仔细量过，当绳结解开后，绳端恰恰垂至地面，既不多一分，也不少一分。

男子的身形突然挺直，微蜷的手指蓦地收紧，骨节咯咯作响的同时渐渐泛白，他的手背也不知不觉暴出盘曲的青筋。但是斗笠遮住了他变化莫测的神色，任凭艾子衿如何观察，也只能依稀感觉到他周身散发而出的激动、悲伤、愤怒的气息。这时，他没有任何预兆地转过身来，冷冷地盯着一脸愕然的艾子衿："你既然不肯告诉我那人的遗言，我也不逼你。不过你为何要将他葬在这白云山？"男子一边说，一边逼近她。斗笠帽檐擦过艾子衿的刘海儿，她听见他低沉的磁性声音像是幻觉一般拂过自己的耳边，"是不是他在临死前对你说过白云山？"

艾子衿突然觉得全身发僵，脸色瞬息万变。

"若我真是那群阉人，现在你已是死人。"见她如此脸色，他以为她仍在怀疑自己，又道，"我给你一个晚上的考虑时间，明日此时，我在这里等你。"不待艾子衿反应，他突然长身一跃，瞬间便消失了踪迹。白云山上松柏青葱，雾气浓重，仿佛一切都只是艾子衿的梦。

不，不是梦！

艾子衿摊开手，一块玉佩静静平躺在掌心，是她在他离开时抓到的他腰间的那块玉佩。艾子衿缓缓合上掌，拇指顺着玉佩的雕文慢慢摩挲，眼眸里如蒙了一层薄雾，愈来愈深沉了。

第二章　往事太渊梦

　　第二日是惊蛰，春雷滚滚，雨欲落。杏林堂内安静异常，杜子非一边写着林德伊不久前说过的治疗肺气不足的方子，一边探头往外瞧着，像是在等待着谁，其余弟子则恭敬地望着林德伊。林德伊捋着胡子温和地对面前咳嗽不已的病人说道："你这咳嗽除了喝我给你开的药，另外可平日用艾绒灸此处三壮。"说着他拉过患者右手，指着他腕横纹桡侧处，"这是太渊穴，是手太阴肺经之原穴，可止咳化痰，行药之力而贯通全身。"说话时，眼角余光不住扫着心不在焉的杜子非，眼见他仍是一副魂不守舍的模样，林德伊微皱了下眉，故意问道："你们来说说何时施灸最妙？"

　　他问的虽是所有弟子，视线却直直落到了杜子非脸上。杜子非吃了一惊，方回过神来。哪知林德伊不等杜子非开口，竟将视线又转到了艾子衿身上。众人见林德伊不看自己，悄悄舒了口气，也将视线转到艾子衿身上。

　　林德伊本寄希望于艾子衿，希望借她的回答来提醒杜子非看病当专心。他哪里想得到此刻连艾子衿也出了神。艾子衿的手虽然放在药秤上，视线却落在了门外。

　　林德伊见平时一向专心的艾子衿竟也心神恍惚，顿时火了，提高声音道："子衿，你来说！"

　　艾子衿脑中反复浮现的是昨日那个神秘男人，此刻突然听林德伊点自己的名，茫然地回过头来。

"师傅，子衿师妹怕是昨晚没睡好，没听到您的问题。"杜子非见状，趁势笑道，俨然已忘了自己也在走神。

林德伊眉头紧蹙，也不点破他，冷冷道："那你就来说何时为施灸最佳时刻？"

杜子非原本只是想挫艾子衿锐气，想不到又将师傅这股火气惹到自己身上，略微思量后，硬着头皮道："子非以为，晨起最妙。"

林德伊不动声色地捋须又问："为何？"

"晨起正是阳气复苏升起之时，皆自然之阳恢复人体之阳，以驱邪气，子非以为正是应了天人合一之理。"

林德伊并不作声。众人听杜子非说得有几分道理，纷纷称赞起他来，便是那病者也忍不住钦佩道："杜大夫年纪轻轻，却如此精通医理，果真是名师出高徒，名师出高徒呀！"

杜子非得意地笑了笑，朝林德伊看去，却惊讶地望见他高深莫测地挑了一下眉。林德伊斜侧过身，淡淡望了艾子衿一眼："你现在可听清我的问题？"

艾子衿羞愧地点了下头。

"你认为，子非说得对不对？"

艾子衿望了眼林德伊，低下头去。她此时若是不开口，便是违抗师命，她本来已是有错在先，此番再不开口，那当真是辜负了林德伊的苦心；可若开口让她说杜子非对，那更是违背她原则的事。她不是一个随便说假话的人，何况这假话是有关医术之事，若是因她这句话叫患者误解医理，错误治疗，那她又怎对得起自己热爱的医学？这于她真是艰难的抉择，她感觉堂中所有的目光都汇聚了过来，其中最灼热的且又夹杂着严厉的便是林德伊的那一道。

她轻轻咬牙，抬起头，迎向林德伊的目光。

林德伊的目光如炬，深邃得像海，虽然严厉，当中却又蕴含了深厚的期望。心里的一角突然柔软了，她微微动了一下唇角。恰是那时，杜子非紧张地将笔用力一握，笔尖上的墨汁顿时在纸上勾勒出浓重的一点。

所有的窃窃私语都停了下来，空气里充盈的是众人此起彼伏的呼吸，他们都想知道她如何作答。

她踌躇地开了口，声音却带着笃定："子衿认为寅时末、卯时初最妙。"

"寅卯亦是晨起之刻。"杜子非舒了一口气，冷冷道，仿佛在嘲笑她偷盗自己的答案。

堂中亦有人笑了出来。

"唉，说什么寅卯，不就是晨起吗，那就大大方方说师兄对嘛。"

"唉，她哪里会知道，听到师兄说就顺着说了呗。以为说了具体时辰就是自己的答案呀。"

艾子衿低下头，对这些嘲讽充耳不闻。

林德伊却笑了，笑容里恢复往日的温和："为何？"

众人见林德伊如此问，又纷纷往艾子衿看来，眼中却是看好戏的神情。艾子衿瞧了林德伊一眼，心知他已将自己看破，只得道："人之气血流注皆有盛衰，应时而至为盛，过时则为衰，每条经脉中气血盛衰的时刻各不相同，逢时而开，过时则阖，此谓之子午流注。应子午流注施针灸法便是要'实者刺其来，补者随其去'，寅时正是肺经气血旺盛之时，至卯时则肺经气血而阖。适才师傅已下肺气虚的诊断，治疗亦是以补肺气为主，故而寅时末、卯时初以艾灸补肺气正是最佳时刻。"

"妙！"林德伊大赞一声，转头对众人道，"这才是天人合一之理。"

众人目瞪口呆，杜子非的脸色越来越暗。这时，门外突然传来吵嚷声，随即是杂乱而急促的脚步声。众人惊讶转头，见一柄刺眼的大刀竟从门口劈了进来，纷纷吓得面如土色，往后退去。

"谁是艾子衿？"捕快粗声粗气叫道。

"你想做什么？"林德伊拍案而起，只觉一股刀风凌空打过，脖颈处一凉。当他回过神来，他的身子顿时僵住了，一柄明晃晃的大刀已然架到了他的脖颈上。

刀握在捕快手里，捕快冷冷问道："你是艾子衿？"

"你们别抓错人，这是我师傅，我师傅林德伊！她才是……"杜子非突然站起，指着艾子衿激动得五官都扭到了一块儿。然而他的声音戛然而止，众人举目看去，见他竟被另一名捕用刀抵住胸口。

捕快鄙夷地望着杜子非越来越弱的气焰，恶狠狠道："什么林德伊！艾子衿给老子出来！"

"我是艾子衿，放了我师傅和师兄。"清脆的嗓音虽如空谷中的莺啼，却带着沉着和镇定。

捕快眯眼一瞧，见是名模样娇丽的女子，半天才回过神来，清了清嗓子厉声道："有人说你是东林党人。"

艾子衿不卑不亢："说我是东林党人，有何证据？"

"半个月前那个男人是不是你葬的？"捕快问道。

林德伊脸色一白，往艾子衿看来，后者则斜觑着冷讽捕快："这便是证据？"

"老子管你是不是。你葬了他，就要跟老子走！"捕快蛮不讲理。

"敢问官爷，大明律例第几条说是葬人有罪？"艾子衿冷冷道。

捕快愣了愣，随即嚷道："别跟老子提什么律例。在这里老子就是王法！让你走就得走！"说着，他上前蛮横地要拧她的胳膊。

"放开我，我会跟你走！"艾子衿厌恶地推开伸过来的手，怒视他，"但是你要放了他们！"说着，她朝林德伊等人指去。

"子衿！"林德伊惊惧不已。

杜子非却在一旁惊慌嚷道："快放了我和师傅。是艾子衿葬的那个人，那人死时也只有艾子衿在现场。"林德伊听他说这么一句话，不满地瞪他。杜子非却忽视他的目光继续叫道："师傅与我治过唐老夫人，和唐大人也熟得很，快放了我们！"

捕快听到"唐大人"三个字，脸上果然有犹豫之色。他转头与后面几人商量了一下，虚张声势道："暂且放了你们，让老子查出你们和这事有关联，小心狗命！"

待几人押着艾子衿走远，众人总算松了口气。林德伊冷冷瞥了一眼杜子非，不顾仍有病者求治，掀帘进内堂。杜子非见状慌忙跟了过去，才进内堂，他便听到林德伊急怒的责骂："此事你怎可全推给子衿？"

"我也是迫不得已。您老人家怎能受牢狱之灾？"杜子非可怜兮兮地说着，见林德伊仍是怒气不减，又故作愧疚道，"我知道这么做对师妹不好，可若咱们全进去了，谁还能救她？"林德伊果然眉头稍松，杜子非趁机道，"留得青山在，不怕没柴烧。唐老夫人以前说咱们有任何事都可以去找她。"

"我这就修书一封，明日你便去求唐老夫人。"林德伊忙道。

"是，师傅！"杜子非毕恭毕敬低下头，发亮的眼眸顿时隐进阴影里。

艾子衿被关进女牢，周围的女囚个个瞪大眼，有些是好奇，有些是冷漠，另一些则带了浓浓敌意，目光极是凶狠。艾子衿心中打鼓，面上仍强作镇定。

她被带进了一间密室，被人狠狠推倒在地。地上冰冷，带着潮湿的霉味道。"诸病从寒起，寒从足下生。"曾有人这样对她说过。他告诉她，肾经的井穴涌泉正在足心，若是不注意保暖，天长日久便会使肾阳虚衰既而累及肾阴而致肾气不足，脏腑失调。与他分开那么多年，她始终记得那句话，也始终小心保暖着自己的足心。然而此刻即便是她有心也无力阻止这瘆人的寒意一点一点透进足底。她叹了口气，缓缓打量这间狭小的密室。

密室幽暗，所有的光亮来自墙角插着的那两把火，让原本就沉冷的空间更添上室闷的味道。墙面有些斑驳，青苔自墙角爬起，慢慢往上延伸，一只灰色的壁虎仿佛嵌进粗糙的墙面，一动不动地趴着。

突然，壁虎模糊的轮廓被一道映在墙面的狭长人影遮住。人影虚虚浮浮地移动着，朝艾子衿步步紧逼，让她周身都仿佛浸入一种无形的压力之中。

艾子衿站起转身。火光一晃，一张阴冷的男人的脸赫然出现眼前。她吃了一惊，半晌方定下神来，认出他便是那晚杀了男子的锦衣男人。她记得他姓郭。

郭姓男人的脸上有两道像是丑恶的虫子般浓黑的眉毛，一双细长的总是像在动着歪脑筋的眼睛，一张说厚不厚却在牵起嘴角时形似风干香肠的嘴。此刻，他的厚嘴唇正弯起，对艾子衿露出冷酷的笑："那天晚上你在场？"

艾子衿抬头望他，却不说话。男人被她这种淡漠的态度激怒，突然从身旁随扈腰间抽出长剑，向前一挥："说！"伴着一声厉喝，锋利的剑刃像浸过冰窟，带着瘆人的寒意，划过艾子衿雪白的颈项。

艾子衿面色不改，仿佛对颈边的剑无动于衷，过了好一会儿才问："不知大人说的是哪个晚上？"

"你别跟我装蒜！"男人大怒，"有人看见你葬了何不平。"

原来那人叫何不平。艾子衿暗忖，脸上露出讥讽的笑："何不平？何不平是谁？男的还是女的？老的还是瘦的？大人，我葬过的人很多，乞丐、小贩、没

022

爹的孩子、没孩子的爹——"

　　话音未落，啪的一声清脆的巴掌响起，艾子衿被打得飞了出去，咚地撞到墙上，额头登时渗出了血。男人却不给她喘息的工夫，右手捏住她的脖子，恶狠狠道："不要跟我要花样！那个嘴角有痣的郭姓男人死前跟你说了什么？我警告你，没有人可以在我面前装疯卖傻。你要是还想活命，就给我识相点！我可不会怜香惜玉。"

　　艾子衿冷冷一笑，鄙夷道："就像你们对杨琏大人？"她的目光像是剑一般，有种视死如归的锋利，又带着鄙夷的冷笑。

　　男人似乎被她这种毫无畏惧的神态吓到，呆了一呆又将她打倒在地："好！你要当英雄，我就让你当英雄！来人！"他拍了拍手，不一会儿便见两名狱卒小跑了过来。

　　"好好招待这位艾姑娘。"郭姓男人冷笑道。

　　"是！"两名狱卒齐声道，走了过来，一边一个将艾子衿拉起，绑到立在密室中的木桩上。接着，二人各自用右手从怀中取出一根削得极细的竹签，左手则各自拉起艾子衿的左手和右手拇指。

　　艾子衿的身子顿时绷紧，手指反射地一抽，然而来不及了，那根极细的竹签已刺进了她的拇指指甲。

　　痛！五脏六腑在刹那间一齐被抽空，艾子衿只觉那根竹签从指尖钻了进去，一点一点顺着血脉往心口游，每游到一处，那处的肌肤便像被针扎过，不一会儿又像被火烤过，接着像是身处于冰窖中，冻得连声音都变得嘶哑而断续……

　　"啊！"她发出连自己都觉得陌生而令人惊恐的尖叫，脑中除了痛再也没有其他的念想。

　　"那人到底说了什么？"可恶的声音在此时响起，像虫子爬进她的耳内不断地噬咬着。她的意识处于崩溃的边缘：模模糊糊中，她看见那人虫子一样的眉毛渐渐变浅，转而变成那张拉长的脸，苍白的唇，右唇角还有一颗黑色的痣。黑痣在动，他的唇在动，他轻轻地在她的耳边说……

　　"不！"万箭穿心的痛苦中，她坚决地咬出一个字。她用力地摇着头，额头上密密麻麻的冷汗随之倾洒，弧线般落在地上。她用力睁开眼，用极低极弱的声音喃喃道，"不知道，我不知道……"

火光落在她漆黑的瞳孔里，仿佛在她眼底燃起一簇微弱的火，她脸上的坚毅表情让郭姓男人大吃一惊。愣神片刻，他气急败坏地喊道："刺，给我再刺！"

第二根竹签，第三根竹签……一直到第十根竹签，原本如青葱的十指变得红肿不堪。渗出的血映着墙角的火把折射出诡异的光，一颗一颗在她变了形的指尖凝成珠子，再一滴一滴落到阴暗的地面。她不知昏过去多少回，也不知被人用冷水泼醒过多少回，苍白的脸上早已分不清是冷汗还是冷水。

狱卒终于插完最后一根竹签，满头大汗道："大人，竹签用完了。"

"没用的东西！"郭姓男人怒道，却也拿这个刚硬的女子没有丝毫的办法。

正在此时，艾子衿扇形的睫毛轻轻轻动了。她徐徐睁开眼，将苍白的唇角讥讽地弯起："大人，那个人不是死在你的面前吗？又怎会在我面前再死一次？难道他是死而复活？那么大人您会不会怕呢？"

话音才落，火苗突然蹿起，又灭，密室墙上的人影紧跟着一晃。

"鬼啊！"两名狱卒惊呼一声，抱头鼠窜地往后躲去。郭姓男人也是一阵心惊，强装镇定后发疯似的吼道："怕什么怕，这丫头鬼话连篇！敢跟我郭定玩花样！给我刺，再刺！"

郭定，他叫郭定！

艾子衿一怔，瞪大了眼睛——然而人影却越来越模糊，依稀中，她好像回到了七年前。

七年前还是万历四十八年，那一年的十月，银杏叶子黄得异常早。有人站在门口说："郭定也来了。"这声音就像是蚊蝇的低吟，在艾子衿的耳边响个不停。

万历四十八年，距离光宗帝驾崩已有一月余。传说光宗帝是因为服食红丸而薨逝的，又说这红丸乃大理寺丞李可灼进献，但据宫内流传的最新版本：李可灼进献的红丸是御医院里的乔衍给的。这传闻在万历四十八年的十月初三得到证实。十月初三，新皇下令缉拿御医乔衍同党十一名，无论男女一律压入天牢。午时许，三十名锦衣卫在京兆尹带领下一路小跑至乔家，将乔家的医馆团团围了起来。

乔家的医馆名唤精诚馆，据说已传了七代下来，名医辈出。嘉靖年间，精诚馆内又出了三名御医，一时间，精诚医术更是闻名天下。嘉靖之后，精诚馆便袭下御医一职，至乔衍已是世袭三代。乔衍医术高超，行事向来谨慎，对人也很是和善，又与首辅方从哲交往密切，故而很受人尊重。他的次子乔之跃跟随他在御医院里学习，长子乔之甦则在十七岁时便接下精诚馆坐堂医一职，治病不论贵贱贫富均一视同仁，在京城里有"仁医"之称。故而当锦衣卫将精诚馆围起时，平时受过乔之甦恩惠的百姓也纷纷聚到了周围，将精诚馆门前的小巷挤得水泄不通。艾子衿撑着伞挤在人群里。秋雨不绝，透过涌动的人群和淅淅沥沥的雨帘，她看到乔之跃与其妹乔之曼被人用红缨枪架了出来。

当被绳捆绑的乔之甦甫一出现在门口，围在小巷里的人群立即沸腾了，一颗颗人头像是海浪般向前涌去："不许抓乔大夫！乔大夫犯了什么罪？你们敢胡乱抓人！"

众人喧闹推攘着，锦衣卫见这阵势似乎有些发蒙，纷纷如被定住了。这时，一名粗壮的汉子趁机推开按住乔之甦肩膀的锦衣卫，将乔之甦护在身后。

"大胆刁民！敢——"京兆尹这才反应过来，然而话音未落，底下被鼓动的百姓立即冲了过来，将他推到了地上。

"乔大夫比活菩萨还心善，把我媳妇儿从鬼门关拉回来，连一枚铜板都没收，怎么会害人！你们狗官仗势欺人！"

"就是，我家老幺的水痘就是乔大夫治好的！"

"不许抓乔大夫！"

"上啊！把这群狗官打倒！"

"……"

雨势大了，叫嚷声也更大，百姓将积压在心底对官府的愤怒趁着这会儿一股脑儿发泄，将不知所措的锦衣卫逼进死角。有几个锦衣卫眼见情势不对，慌忙挤出人群去通风报信。

京兆尹见锦衣卫的武器也被人抢了去，吓得魂不附体，连滚带爬地往后钻去。平日受惯他压榨的百姓哪里肯放过，纷纷堵住他的去路，对他又踢又打。趁这混乱之际，另几人将乔之甦及其弟妹身上的绳索解了下来。

"乔大夫，快走！这狗官交给我们！"汉子道。

乔之甦却不为所动，对群情激奋的百姓高声道："请大家住手！"

众人正闹得兴起，突然听到乔之甦的声音怔了一怔，不约而同地停了下来地望向乔之甦，纷纷叫嚷道："乔大夫不要怕这狗官，有我们在绝对不让您受半点委屈！"

"乔某多谢各位的好意！先皇薨逝，红丸案至今未决，若乔某不明不白离去，便是对先皇不忠；且家父含冤入狱，乔某离去则是不孝，更无法洗清我乔家冤屈，如此不忠不孝非乔某所为。何况乔某也不能为了一己之私让众位受难！"他深深鞠了一躬，诚恳道，"请各位乡亲让出一条路方便这几位差爷带乔某走！"抬起头，他环视殷切望着自己的众人，只觉得一股暖流几乎要夺眶。雨淅淅沥沥如张开了一张网，他的眼前渐渐模糊。他深吸了口气，转过头，视线忽然顿住——

她的眼眸依旧波光粼粼，依旧欲诉还休，隔着薄纱般的雨幕，直直落进他的眼底。

艾子衿，这个他爱了四年又等了三年的女人，这个他在一年前娶进门却又在一个月前休了的女人，他以为她不会来，他以为从休她的那天起，他就再也不会见到她。四年啊，她不曾爱过他。她嫁他，不过是为了她娘的临终遗言。他却为了自己的私心强娶了她，甚至希望将来的某一天，她能够爱上自己。然而在娶她为妻的这一年，他夜夜拥她入眠，却终究是心中有愧。光宗病薨后，他料到乔家一门可能被卷入宫中权力的斗争，他狠着心将她休了，为的便是让她能够逃离这一场灾难。他以为她会恨自己的，毕竟是自己让她顶着众人的流言蜚语狼狈地从乔家离开，不想今日她还是来了。

"谁敢造反！"另有一队锦衣卫匆匆赶到，打断乔之甦一时涌起的万千思绪。

"快，快将这些刁民抓起来！"被逼入角落的京兆尹忙叫道。

为首的锦衣卫正要发号施令，哪知手腕一紧，竟被乔之甦抓握住了，抬起头，只觉对面这人眼里射出的光仿佛夺人心魄，不由得说不出话来。

"他们不过是无辜百姓，我会跟你走，不要伤害他们！"乔之甦沉声道。

那锦衣卫似乎被他这视死如归的神情震慑住，竟是半天回不了神。

"乔某多谢各位乡亲，秋寒露重，还请各位保重身体，早点回家去吧。"他的声音不重，却字字清晰，一时之间竟是引得众百姓嘤嘤低泣，到底是将路让了出来。

艾子衿却不曾从小巷正中央退开。雨越下越大，她的四周已经模糊成一片水光，乔之甦已成这一片水光中唯一的颜色，朝着她一步一步走来。

身体被一股力量推开，她仿佛听见遥远时空里传来了一声"让开！"，四周的景象再次清晰，连同从头顶砸下的雨。伞不知何时已坠至地上，乔之甦也已经离开了她的视线。她甚至来不及看清他走到她身边时他的模样。

脸上湿成一片，是雨还是泪，她已分辨不清。身旁的众人似乎已认出她，对她指指点点，她已再顾不得，转身朝城北走去。城北，住着状元沈斯。

沈斯其人和善，生得仪表堂堂，虽只二十有三，已身居要职，又是御史郭如楚的乘龙快婿，乃当朝最有才华的年轻大臣，曾在一炷香内写下一篇百来字的长诗。京城中人传闻他公正不阿，曾为一件冤案在御书房外跪了整整一个晚上；又说他两袖清风，不肯搬入岳父郭如楚的大宅子，为官一年还住在一幢老旧的院子里，刮风时漏风，下雨时漏雨，有人还看见他的贴身家仆沈九半夜爬上屋顶修补。

可沈斯不仅仅是状元、是郭如楚的乘龙快婿，更曾是她亲切的邻居大哥，可谓是"郎骑竹马来，绕床弄青梅"。他搬到她家附近那一年，她只有七岁，他也不过十岁光景。她不懂什么叫山盟海誓，却在院子里那株梅花树下对他认真地说："沈哥哥，子衿以后要做你的娘子。"儿时的戏言也许只有她当成承诺，在她日日期盼着要做他妻子的时候，她不知道自己的沈哥哥已拜入郭如楚门下，她只是记得他离开前对她说的话："等我，总有一天，我会回到你身边。"她等了他五年啊，终于等来了他中状元的消息，却也等来了他迎娶御史郭如楚千金郭若芯的消息。她的母亲听到这个消息后中风不起，她再也无法像以前一样坐在梅花树下傻傻地等待，她只能将母亲送到精诚馆门前……她以为，从那之后他与她再不会有交集。

可是这一次，她必须去找沈斯，因为他是这次红丸案的副审。不知不觉中，她已走到城北。城北也是大雨瓢泼、乌云笼罩，空气里弥漫着一种压抑的味道。沈府的大门在沉闷而压抑的大雨中渐渐清晰，一如四年前，古朴而陈旧。

艾子衿停下脚步，心情不免紧张了起来。她说不清是因为担心沈斯不肯见自己，还是害怕再见到沈斯。她忍不住就要转身离开，门在这时被打开了，熟悉而又陌生的身影出现在门口。空中一道闪电劈过，照亮了沈斯的眸，艾子衿看到他眼眸里苍白的自己，那般熟悉，又那般陌生。一瞬间，白光闪过，沈斯的脸重归黑暗。恰在同时，轰隆隆一阵雷响，艾子衿突然倒退两步，手中的伞也仿佛因被雷声惊吓而坠到地上。

"怎么淋雨了？"沈斯脸上也有刹那的惊讶，却在看到艾子衿淋雨的瞬间有了关切的痕迹。他慌忙将自己的伞撑到艾子衿的头顶，手忙脚乱地要去擦她发上的雨。艾子衿急忙低头避过他伸过来的手。沈斯的手僵在半空，极为尴尬，也记起了两人此时不同的身份。

"官人，怎不请乔夫人进来。"门内传来冰冷的声音，如这漫天秋雨，叫艾子衿心头一跳，抬头便望见沈夫人郭若芯冷着一张脸站在门边。

沈斯脸色一阵白一阵青，手不自然地从艾子衿的头顶缩回，顺势往自己脑后顺了顺发，低声道："子衿如今与乔家没有关系。"

"哦，妾身倒是忘了，艾姑娘二十日前被乔之甦休了。艾姑娘真是好命呀。要不是没生出孩子被休了，此刻怕也要入狱了。唉，也不知道你这肚子是不争气还是争气呀！"郭若芯冷嘲热讽地斜觑她。

雨势似乎大了，艾子衿望了冷若冰霜的郭若芯一眼，一言不发地转身便要离开。

"子衿！"沈斯拉住她，"好不容易过来，进来说。"说着也不管郭若芯越发难看的脸色，不由分说地将艾子衿拽进书房。

书房里有融融的暖香，用的是上好伽南香①。这一刻，艾子衿突然怀念起乔之甦的书房，乔之甦也喜欢点香，点的是艾香。他喜欢在春季艾草最茂盛时亲自上山采摘，然后晒干，一半做成艾绒供病人艾灸，一半则放入房内点燃。夏季里蚊蝇最多，却从来不会进点着艾香的屋。乔之甦与她说过，艾草又名冰台，古时乃是引天火的圣物。巫师会坐在艾香环绕的高台上，祈问天语。故艾

① 伽南香：即沉香、蜜结迦南，别名奇南香（《本草乘雅半偈》）、琪楠（《宦游笔记》）、奇楠（《纲目拾遗》）。药材多呈长方形之条状或块状，外表绿褐色（绿油伽楠香）或紫黑色（紫油伽楠香），油润光滑，很少夹有质。锯开后，黑褐色或紫黑色，油性重，用刀刮屑，能捻成丸。产于印度、马来西亚等地，我国海南岛亦产。《本草汇言》云：性味辛甘、温。可理气，止痛，通窍。治胸郁不舒，气滞疼痛，风痰闭塞。功胜沉香。

草一直被视为辟邪之物，在五月五日时家家户户更将艾草挂门口。乔之甦又告诉她，艾草三月而生，正是天地间阳气生发之时。至五月阳气正旺，艾草恰好长成，由此吸收了天地间最精华的阳气。乔之甦喜欢以艾灸医人之病，他常常挂在嘴边的一句话："以天之阳补人之阳。"

艾子衿一直认为自己不曾爱过乔之甦，却想不到直到现在仍记得他说的每一句话。原来当习惯变成自然，感情也在不知不觉中慢慢滋生起来了。想到此处，她忍不住叹息，耳边响起了沈斯体贴的声音："趁热喝了吧，可散寒气。"她抬起头，见沈斯已为自己沏了一碗茶，便点头端起茶碗。茶碗才碰到唇边，她便听到一声干咳。转头，见郭若芯正站在门外虎视眈眈地瞪着自己，艾子衿叹了口气，略退开沈斯一段距离。

沈斯见她如此，心知是郭若芯在窗旁监视造成，便走到窗边。也不知他与郭若芯低声说了什么，后者竟乖乖走了，只是在离开之前，她警告一般瞪了艾子衿一眼。

艾子衿将她的眼神放在心里，越发注意与沈斯之间的距离了。迦南香烟雾袅袅升起，空气中弥漫开若有似无的暧昧。艾子衿一边轻啜茶水，一边低头思量。

"子衿，你过得好吗？"熟悉的嗓音低沉响起，像是触动心底最深处的弦，过往的岁月就这么无预兆地袭来。艾子衿一怔，抬起头来，在看到沈斯深情款款的眸后，慌乱地又低下头去。

"子衿，你能来找我，我真的很开心。我以为你不会原谅我，再也不会见我。"

他的第二句话却如一记惊雷敲醒艾子衿的神智。艾子衿站起转身，面朝着窗外飘泼大雨，轻声叹道："大人并未对不起子衿，子衿又何来原谅您？"艾子衿语气里的疏离叫沈斯怔了一怔，他还来不及说话，便听艾子衿又道，"沈大人，小女子此来是想求沈大人一事。我想求沈大人帮帮乔家父子。"

沈斯见她竟为乔家求情，不悦地回道："据我所知，艾姑娘与乔家已无任何关系。"

"不管我与乔家是否有关系，乔家父子都是好人。乔御医几十年如一日勤勤恳恳，在宫中尽心尽力服侍圣上。乔之甦虽不曾为官，但忠君爱国之心日月可昭。他在京城中开馆行医，上自达官下至村野，不分贵贱，都一视同仁，得了'仁医'美名。便是太傅孙承忠也对他赞誉有加，挂在精诚馆内的'大医精诚'便是孙太傅为乔之甦题的横匾。"

"乔家父子为人我也听说过，这些年我也见过许多……好人也可能会因一时私欲而做错事。"沈斯背过身，一副公事公办的模样，"红丸案牵连甚广，更关系到谋逆——"

"乔家父子绝不会谋逆！"艾子衿激动道，却在发觉自己的失态后顿住，侧过身低声道，"我听说红丸乃是大理寺丞李可灼献给先皇的。"

"但先皇病薨后，却是乔衍第一个认出红丸的。而李可灼又一口咬定红丸乃是乔衍给他的。"沈斯望着她道，"除非有证据证明李可灼在说谎……"

"李可灼在说谎！虽然他确实来过乔家，但是我可以证明他离开时并没有带走任何药丸……"

"他去找过乔衍？"沈斯的眼中似乎有一道光，很快又隐入低敛的睫毛下。

艾子衿沉吟道："他虽然来过，但不是为了红丸。他是来找公……乔御医治疗他的腿疾。"

"是吗？"

"是！"艾子衿肯定地点头，见沈斯脸上平静，说不清是相信了自己的话还是没有相信，只得又道，"我听说红丸乃是嘉靖年间的一名御医研制，那名御医后来被判极刑……乔家三代为御医，必然不会是那名御医的后代。"

"他当然不是那名御医的后代。"沈斯道，"可谁说只有那名御医的后代才知道红丸配方？"

艾子衿脸色大变，问道："这是何意？"

"那名御医姓凌，乃乔家先祖的同僚。"沈斯眉心微微蹙起，眸光渐渐幽深，"当年红丸之所以成为禁药，正是因为乔家先祖举报其药方中含有红铅。"

"你是说，是乔家的先祖的原因，那名御医才被判极刑？"

"所以乔衍也极有可能知道红丸的组方。"

"知道组方又如何？你可知药方中，非但药物很重要，其君臣佐使、配伍用量更是关键，一钱半两之差，疗效便有云泥之别。乔家先祖不过是说了其中一味药，仅凭这点便断定乔家人知道红丸的配方？未免也太草率！"

"自然还有其他原因。先皇病重时，你道乔衍开了何药？"

"何药？"

"附子！"

"附子为急救回阳之品。先皇病重时开此药必是因为元阳涣散，若从医者角度，并无过错。何况御医不只乔大人一人，先皇危在旦夕，想必也是众御医群策群力共同商议的，怎可问一人之罪?!"

"问题便在于其他御医一口咬定是乔御医一意孤行要用附子，而且用的还是生附子。"

"生附子！"艾子衿倒抽一口气，"生附子有大毒啊！他当真开了生附子，我不信那帮御医院里的人没有一人阻止！"

"最初开的确实是炙附子，只不过用的却是生附子。"

"那也是煎药官的责任，为何……"

"煎药官称乔衍临时换了药方。"

"仅凭片面之词，怎可下判断！"艾子衿不由得有些激动了。

"另有乔衍亲手所书的药方为证。何况值班侍卫称，在药煎出之前，乔衍确实去找了煎药官。"

艾子衿愣住，半晌才摇头喃喃道："不可能，公公向来是谨慎之人，就算他真想换药，也不会留下方子落人口实啊……何况他一心向医，绝不会做这种害人害己之事呀！"

"你已与乔家没有半点联系，还叫他公公？"沈斯似乎不满，很快又收敛了情绪语重心长道，"原本这些是不能外传的。既然是你问我，我自然是要说的。子衿，如今正是敏感时期，你还是不要和乔家扯上关联为好。"

艾子衿抬头望他，眼眸澄澈，语气坚定："可我确实和乔家有关系啊。我是乔之甦的休妻！"

沈斯一时失语，屋内顿时陷入诡异的沉闷。

艾子衿思索片刻，抬头望他道："多谢沈大人今日所言，子衿记在心上。只是当初是乔家助我葬母，又收留我多年，这个恩我必须要报！"

沈斯知她讲的是自己抛弃她而让她母亲中风，最后在乔家帮助下入葬的事，心中有愧，低下头道："子衿，我知道当初是我不对——"

"沈大人！"艾子衿打断他，"子衿求您，请您救乔家父子。"

沈斯叹了口气，望她道："能帮他们的并非我。子衿，如今能帮他们的，只有你！"

"我？"

"只要你当堂做证李可灼确实找过乔衍。"

"可是这样……"艾子衿迟疑了。

"你刚才对我说的是什么？"沈斯笑道。

"李可灼找过乔御医，但是只是请他治疗自己的腿疾。"艾子衿说道，眼眸突然一亮。抬起头，她望着沈斯，眼眸发亮，"你相信我刚才的话？"

"我一直都相信你。"沈斯的眼眸含笑，叫艾子衿一时怔住。他趁着艾子衿出神之际，握住她的柔荑，"若是还有其他证据，你也一定要交给我。子衿，你要相信我！"

温柔的声音仿佛催眠了她所有的意识，她抬起头，望进他琥珀色的眼眸："我相信你。我，还有证据。"

沈斯大喜，正要说话，门外有脚步声传来。他转头看见自己的贴身家仆沈九站在门边张望着。

"何事？"沈斯不自觉地皱了皱眉。艾子衿此刻回过神来，尴尬地抽出自己的手，快步走到窗边。

沈九欲言又止，望了望沈斯，又看了看艾子衿。沈斯瞧见他眼底的神色，亦往旁侧看了眼正举目凝望窗外的艾子衿，快步走到门边。沈九立即凑近沈斯耳边低语。想是两人谈话快结束，沈斯有些不耐烦地耸了耸肩。沈九说出的不轻不重的声音恰好在这时钻入艾子衿的耳畔："郭定也来了。"

她慢慢睁开眼，迷茫地望着四周：地上的杂草带着潮湿的霉味；昏暗的火从远处打过来，照得墙上的人影摇摇曳曳；屋顶上有一个小小的天窗，洒下一条玉带似的银色。

"郭定也来了！"梦中最后的这句话又一次缠绕在艾子衿耳畔。七年前的梦似假还真，分明就是深刻进心底的回忆，连那一处茶的温度都如此真实地灼烫着手。艾子衿轻轻动了一下手指，撕心裂肺的疼痛顿时顺着血脉蔓延进四肢百骸。

这一刻，她彻底清醒过来了——狱中，虽然已不在密室里，她却还身处狱中！此刻也不是万历四十八年十月，而是天启七年的三月！

"你醒了？"声音听起来有些耳熟，也是带着浓重的北方口音。在这一带极少能听到这种口音，艾子衿心一沉，抬眼朝来人看去，陡然出现的一张英气十足的脸让她有片刻的怔忡。

"想不到会在这里见到我吧！"一身牢房女监打扮的女子鄙夷地斜睨她。

"孙九妹！"艾子衿的表情由惊愕逐渐变得平淡，"你也来了。"

"哼！"见她如此平静，孙九妹只觉得怒火一下就蹿了上来，"你以为我想来，还不是为了——"话到一半，孙九妹突然停住，恶狠狠道，"艾子衿，你以为当初离开京城，做伪证害乔家的事就会一笔勾销？哼，老天都看着呢，就算过了七年，你欠乔大哥的也会一样一样还回来！当年乔大哥在牢里遭过什么样的罪，老天也一定会让你受一模一样的罪！"

"当年的事我不想再辩驳。若我坐牢真能偿还欠他的，那真是再好不过了！"艾子衿紧紧盯住孙九妹，仿佛不肯放过她眼中任何的神色变化，"但是孙姑娘到这里就是为了看我落魄的模样，还是孙姑娘知道我下狱怕我说了什么来监视我？"

"你、你知道什么？"孙九妹大吃一惊。

"我什么也不知道。"艾子衿望了望过道，那里似乎有人在咳嗽。孙九妹警觉地随之望去，顿时变了脸色。几个女监嬉笑着从走道那边走了过来，孙九妹见状慌忙蹲下装作整理裤脚。那几名女监倒也没太注意他，谈笑了几句家长里短便去巡视其他牢房里的女囚。狭窄的牢房走道里又只剩下虚虚浮浮的火光，笼罩着压抑的空间。

孙九妹不敢再久留，压低声音冷冷道："你最好继续什么也不知道！若让我知道你在郭定面前说一个字，不管谁替你求情，我都会杀了你！"

第三章　府舍遭变故

　　艾子衿的母亲曾是有名的花魁，据说卖艺不卖身，却在有一年突然怀了身孕，且不顾旁人劝阻硬将孩子生了下来。艾子衿从小便在青楼里长大，一直做着粗使丫鬟的活计，养活自己和年老色衰的母亲，直到母亲突然中风。她将母亲送到精诚医馆，在门前磕了十个头，磕得头都破了。母亲没救回来，可在守孝三年之后，她竟然嫁给了乔之甦。孙九妹也喜欢乔之甦。孙九妹是太傅孙承忠的孙女儿，孙承忠又是乔之甦的老师。在乔之甦娶艾子衿的那一日，孙九妹在婚礼上大闹一场，若非孙承忠及时赶到，便要血溅当场。而后孙九妹离开了京城，从此杳无音信。

　　这一段被说书先生编成缠绵悱恻的爱情传奇，在万历四十八年之后的岁月里传唱了很久很久。

　　万历四十八年十月十五，一名身着红色劲装的女子回到京城。此人正是失踪一年有余的孙九妹。孙九妹一进城便匆匆往大理寺走去。大理寺门口挤满了各方赶来的群众，黑压压的人头攒动得像是成群的乌鸦。孙九妹好不容易挤到门口，见两旁威武的石狮子边，侍卫正严阵以待地高举长枪长刀。

　　"今天可是乔家审判的日子。"

　　"哼，那群狗官一定拿不出什么确凿证据！"

　　"那可未必，我听说今天会出来个新的证人。"

　　"谁这么黑心要诬陷乔大夫？"

"……"

孙九妹一边听着身旁之人说话一边往里头张望。此时有一顶轿子从道旁匆匆抬近，侍卫见状恭敬地分列两旁让出一条道来。轿子停下，一名鹤发童颜的老者踱步走了出来。

孙九妹望见那人，激动地大叫："爷爷！"

来人正是太傅孙承忠。孙承忠见到九妹那双标志性的大眼睛，眼眶一下子热了。他在侍卫帮助下推开周围挤攘的人群，上前紧紧握住孙九妹的手："丫头，这一年你去了哪里？"

孙九妹也有些热泪盈眶，但想起当下情况，顾不得与孙承忠叙祖孙之情，慌忙道："爷爷，一定要救救乔大哥。我不能看着他出事！"孙九妹说着说着，急得落下泪来。

孙承忠叹了口气："你果然还是为之甦回来的！"

"爷爷，我……"孙九妹欲言又止。望了望周围眼巴巴看着她的群众，又瞄了眼门前严肃的侍卫，她凑近孙承忠的耳边，轻声道，"爷爷，我要去听审！"

"胡闹！"孙承忠虽早已料到她会有此请求，仍是忍不住瞪她。

"爷爷，求求您了！"孙九妹撒娇似的拉住孙承忠的手，用一种期盼的目光看着他。

"我答应你，我会尽量帮他！他一定不会有事！"孙承忠握住她的手。

孙九妹知道爷爷一向有办法，也知道他答应的事很少有办不到的，但此事非同小可，即便有爷爷的承诺，也不能让她的焦灼减轻半分。她拉住孙承忠恳求："爷爷，至少让我进去等。这是孙女这辈子最后一次求您，请您成全！"

孙承忠抚了抚孙女的头，无奈道："你只能在堂外等，万不能私自闯入内！"

孙九妹只能忐忑不安地站在大堂外，眼睁睁看着相关人等依次入内。每一时每一刻都犹如千年万年，孙九妹只觉自己活的这半辈子都不如此刻的等待来的长。堂木时不时拍得啪啪响，伴着衙役"威武"的呼喝，孙九妹的心扑通直跳，恨不能变作虫子飞进去。

空中飞来一只掉了队的大雁，吃力地直追南方，很快化作黑点隐入渐渐沉暗的苍穹。树枝上的黄叶在萧索的秋风里簌簌而落，擦着孙九妹的额前发梢，最后被碾进泥中。孙九妹浑然不觉。这一天过得实在是快，又格外漫长，一晃眼，竟已是黄昏，孙九妹这才发现，西斜的残阳已将半个京城笼罩成一片玫瑰红，她不曾见过的悲壮的玫瑰红。

至此时，该来的人都该来了吧，该做的证也该做了吧。孙九妹想，只要有孙承忠，便是此时东林党占据堂内的大半壁江山，也不能生生给乔之甦硬扣下谋逆的帽子。孙九妹觉得，这一场审判，应当是胜券在握了。

在这一天的末尾，孙九妹终于露出了久违的笑容。这个如朝阳明媚的笑容却在看到来人时戛然而止。

孙九妹太熟悉这个人了。这人内着青色襦裙，外罩鹅黄长褙，满头青丝以一支桃木雕花簪绾成妇人发髻，神情如寒冬里的白梅，一如初见她时的清冷。此人正是艾子衿，孙九妹虽仅见过她几面，却觉得已将她冷清的模样刻入骨髓。

艾子衿也停下脚步看孙九妹。孙九妹不知道艾子衿是否还能记起自己，只觉她这看过来的视线里似乎有话要说。可是艾子衿来不及说话，她身后的官差已经不耐烦地叫唤了："看什么看，快进去，别叫几位大人等久了！"

孙九妹想不明白。她还不知道艾子衿已经离开乔府了。在她的认知里，艾子衿应当作为女眷被押入狱内，此刻不是在狱中也应该是在堂上。可如今看来，她却是白身，还以证人的身份进入内堂的。

疑窦既起，自然是要弄明白的。孙九妹自恃轻功不错，趁人不注意一个跃身跳到了屋顶。她小心拿开屋顶层层的片瓦，挖出一个方便偷窥的小洞，内堂情景顿时尽收眼底。孙九妹觉得自己有点儿傻：她该早些跳上屋顶的，何至在外头焦急不安地干等。

清正廉明牌匾下，正中位置坐的是主审郭如楚，他的左侧是副审沈斯，右侧则是监审孙承忠。

这不是三堂会审，却也集聚了朝野众多目光：其一，此案关系先皇病薨隐秘；其二，乔衍是首辅方从哲挚交。

方从哲乃浙党首领，因此案特殊，很早便避嫌闭门不出了。这主审的人选一推又推，最后推给了郭如楚。郭如楚是东林党人，他趁机提拔自己的女婿沈斯做副审。没想到开厅前一天，在朝野上名望较高的孙承忠竟然主动要求担任监审。孙承忠也是东林党人，不过一向不喜党派争斗，此番主动请缨叫人一时摸不着头脑。于是案子更显得错综复杂，简直成了一场东林党与浙党的正面冲突，最后被东林党全面占领了高地。然而似乎所有人都忘了孙承忠的孙女儿与乔之甦有一段让人摸不着头脑的关系，于是也忘了孙承忠曾是乔衍为乔之甦请来的私塾老师。

孙九妹哪里会去看堂内权势最大的三个人。她一早便在寻找乔之甦了。乔之甦与其父乔衍、其弟乔之跃跪在堂下。几日的牢狱让父子三人看起来形销骨立。孙九妹几乎就要不认识眼下这三个血迹斑斑的人了。她恨不能飞身下堂解开那些铁链，恨不能替乔之甦承受这些牢狱之苦，她觉得浑身上下都被一种沉闷充盈着，仿佛一呼一吸都要拨开荆棘。

此时主审郭如楚正在发问，诸如"堂下何人""与乔家是何关系"等例常问题。初时艾子衿都是好好回答了的。然当郭如楚问到"为何而来"时，她却默不作声了。

孙九妹也很想知道艾子衿这个女人为何而来。可任凭时间流逝，艾子衿就是不发一言。

夕阳已彻底归落山后，堂内已点起烛火，照得堂内人的脸阴恻恻地冷暗。"啪！"一声惊堂木响，郭如楚已等得不耐烦了："大胆艾子衿，本府问话，为何不答？"

这一拍立即引得两侧衙役齐声高喊："威武——"。

哪知艾子衿却依旧像块木头。郭如楚怒不可遏，喝道："来人，上刑！"

"郭大人，证人尚未说话便用刑，是否不合规矩？"说话的是孙承忠，听到他的声音，孙九妹觉得一阵心安。

一旁的沈斯忙也搭话道："二位大人，艾姑娘从未上过堂，怕是被这气势震慑。请郭大人准许下官问话！"

郭如楚望他一眼，点头示意。孙承忠自然也是没什么问题的。那沈斯清了清嗓子，道："艾姑娘，只要你如实做证，本官定当如你所愿。"

愿？她的愿是什么？

孙九妹的心怦怦直跳，一瞬不瞬盯着艾子衿的发顶。

艾子衿抬头望向沈斯。

沈斯问的却与郭如楚不尽相同："乔衍可认识李可灼？"

孙九妹不知前情，自然不晓得这李可灼在案子里占了个什么位置。她只是觉得堂内的气氛有些变化，仿佛所有人凝神静气，只等艾子衿的回答。

时间仿佛沙漏过指缝，一粒一粒都清晰可见，孙九妹在等待良久之后，终于等到了艾子衿的回答，所有人都听到了艾子衿的回答："认识。"

孙九妹不知道这个回答代表了什么。李可灼是朝中人，乔衍也是朝中人，认识不是很自然嘛。沈斯实实在在问了个无聊的问题。

可似乎郭如楚觉得这问题并非无聊，他紧接着沈斯发问："红丸案之前，乔衍可见过李可灼？"

艾子衿抬头又往沈斯望了一眼。孙九妹顺着艾子衿的目光看过去，恰看到沈斯在点头。这无异于看到一场事先便打过招呼的串供，孙九妹的心提到了嗓子眼，只觉得一张无形的网正在慢慢铺开。

艾子衿又回答了："李可灼确实来找过乔大人，但——"她似乎还有未尽之话，郭如楚却不让她讲完。

"本府只问你他见过还是没见过，其他废话不必再说！"

艾子衿似乎噎住，转头又去看沈斯。沈斯摇了摇头，似乎在叫她不要开口。她果然闭了口，纵然孙承忠在此后反对郭如楚道："艾姑娘既然还有未尽之话，理应听她说完。"

郭如楚却丝毫不给孙承忠面子，严词厉色："孙太傅，我尊您为监审，然此处我为主审，自然有我审案的法度。若此案审理有误，将来闹上殿，便是孙太傅您也不能免责！"

孙承忠冷笑道："老夫也不怕担责，既然圣上信任老夫，命老夫为监审，老夫断不允许有冤假错案。此案关系重大，若仅凭片面之言便要定人之罪，老夫也不怕将这案子呈上殿。"

郭如楚亦是冷冷一撇嘴，有恃无恐道："恐怕这案子不仅仅只有人证了。"接着，他拍了拍手，便见两名衙役递上一本书册。

孙九妹有些发蒙，凑前想要看清这书册上的字，然光线实在是暗，饶她自诩目光如炬，也仅瞧见了封面上一个大写的"乔"。她忽然想起来了，乔之甄惯将医案整理成册，封面便是《乔氏医案》。

郭如楚接过书册翻阅，而后询问艾子衿："这可是乔之甄所书？"

艾子衿依旧是先瞄沈斯，在得到沈斯首肯后轻开其口："是。"

光线忽明忽暗，照得郭如楚的脸亦是忽明忽暗的诡异。他翻至书册的其中一页，递到孙承忠面前。孙九妹见孙承忠匆匆扫了一眼后似乎有些异常地定住，不由得有些发虚。

随后便听郭如楚大拍惊堂木喝道："乔衍，乔之甄，乔之跃，如今罪证确凿，你等还有什么话说？"

孙九妹一愣，便已错过堂内各人的神色了。再看时，仅见艾子衿又是往沈斯看。

孙九妹是知道艾子衿与沈斯的过往的，自然也知道他们并非旧识那么简单。在她看来，这堂上来来去去的几眼真正当得上"眉来眼去"这四个字，简直大大打了乔之甄的脸！

至此时，孙九妹大约也知道了，这《乔氏医案》必然是艾子衿呈上来的。艾子衿能脱罪大约是沈斯的原因，那么艾子衿与沈斯必然已有了某种联系，甚至是以脱罪为前提的串供！孙九妹至此时才真真正正心乱如麻，她想要飞身下堂，又担心自己这一现身给乔之甄招惹更多麻烦，继而又觉得仅仅凭《乔氏医案》这里头桩桩件件的经方药籍便要定乔家父子的罪，未免太可笑！一时之间犹豫不定。

郭如楚已念出声了："红丸中有辰砂、红铅等，性猛，用于强阳之人则耗人精血。可伤人于无形，虽为禁药亦为妙药。乔衍，你等对红丸配方了如指掌，亦深知其功效利害关系，竟然还敢将其交与李可灼以'仙丹'之名献于先皇供强阳之用！天网恢恢疏而不漏，今日叫本府查出尔等如此包藏祸心，必禀告圣上严正处理，以正视听！"

孙九妹听了心惊，下意识去看乔之甄。乔之甄正抬头朝艾子衿看。孙九妹自然看不到乔之甄的脸，却也能想象他此刻必然是震惊无比。

从来都是温和冷静的乔之甄也会有如此震惊的时候。此刻孙九妹忽然觉得自己心痛难安。

孙九妹来不及看清艾子衿此刻的模样，便听道郭如楚已经喝令人押她下去了。

乔之跃已经怒极，激动地大叫："艾子衿，竟然是你！没想到你会来帮这帮人做伪证！我哥哪写过这些话。他分明写的是'红丸原方已失，中有辰砂、红铅等，其性猛，可治五劳七伤，虚惫羸弱诸证。然切不可以强阳之用，多用则耗人精血，虚人元阳'。他是要警示众人才在书中列举红丸。这本书不是我哥写的，绝对不是！艾子衿，你做这样的伪证对得起我们家吗？当初你娘死的时候，要不是我们家，你娘下得了葬吗？"

孙九妹也想跳下去指着艾子衿的鼻子骂，骂她狼心狗肺，骂她是非不分，骂她为了利益不顾乔家多年的恩情。可是当她看到乔之甦那落寞的身影，她忽然说不出话了。此时此刻的乔之甦难道不是这群人里最痛苦最绝望的吗？

乔之跃骂红了眼，直至艾子衿被带下堂还在咒骂不止："你这个不知好歹的女人，见到我家现在落魄了就来落井下石！你良心是被狗吃了吗？亏我哥瞎了眼，不想连累你才休了你！想不到你这个黑心女人为了你的老相好，就昧着良心编造胡说这书是我哥写的！你……"

乔之甦竟然为了保艾子衿周全而休妻。此时此刻，孙九妹已不知能用什么来表达自己的心情。嫉妒？痛恨？不，统统不是，她只是心疼，她心疼乔之甦的付出，心疼乔之甦的落寞。可是，她又能做什么呢？她总不能像一年前大闹他的婚礼，此刻又大闹这内审堂吧？

只听郭如楚喝阻道："住嘴！这本书上分明就是乔之甦的字迹？如何不是他写的?!"

乔之跃却越骂越激动，越发口不择言了："那女人胡言乱语，你身为堂堂御史也信！难道你不知道你的好女婿和这个女人差点要拜堂吗？要不是你这攀龙附凤的好女婿悔婚，她娘怎会气得中风？我哥就更不会因为同情她们答应娶她而落得如此下场！你们姓艾的姓沈的姓郭的都不是好东西……"

众人没想到乔之跃会扯出这段恩怨情仇，一时都噤了声。只听郭如楚怒极喝道："本府素来公正，怎会听这姓艾的女人一面之词！刚才孙太傅也看了这本书！他与乔之甦素来交好，你问问他，这是不是乔之甦的字体？"

此言一出，堂中顿时肃静，孙九妹忙往孙承忠看。

孙承忠此刻看来亦是无力反驳。孙九妹立即想到，大约郭如楚与沈斯没有推辞孙承忠来监审也是这场阴谋中至关重要的一环吧。环环相扣，这才要了乔家父子的命呀！

孙九妹想起了七年前的那次堂审，那个阴冷的夜晚就像雕刻进心底的印痕，从来不曾有一刻的遗忘。然而如今的风是柔和的，如今的天也是明亮的，如今是天启七年三月，浅蓝的天空上铺着棉絮一般的云。孙九妹坐在石桌旁双手托腮想得出了神，以至于没听到越来越近的脚步声。

　　一双很普通的麻布靴，一件很普通的粗布短褂，他的下半张脸遮在一顶大斗笠里，只露出坚毅的下巴以及冷峻的唇。他在孙九妹对面坐下，轻轻弯起右手的食指、中指和无名指，像是要给人号脉。然而他弯起的三指只是在石桌上有一下没一下地随意敲着。

　　"咚咚咚——"细微的手指敲打石桌的声音唤回孙九妹的神志。她的视线凝聚到那三根正扣着石桌的手指，嘴角欢快地一弯，发亮的眼眸已抬起，"乔大哥！"

　　"在想什么，这么出神？"斗笠男子嘴角一弯，冷峻的气息立刻消散。

　　"还不是——"孙九妹几乎要脱口而出了，好在收在了嘴边，她不自然地笑了笑，"能想什么，就觉得这段日子以来好不容易出个太阳，真是好呀！嘿嘿……乔大哥，你来得好晚。那半本册子呢？"

　　"已交给秃鹰。"

　　"他会怎么做？"

　　斗笠男子收紧拳。看不清他的脸，孙九妹却分明感觉到他身上散布着的阴冷气息。

　　"杀了那些叛徒。"斗笠男子的声音不带一丝温度。

　　孙九妹并不震惊，又问："另外半本名册有下落吗？"

　　"我适才去了何不平家……"男子似乎有迟疑，停了半晌才道，"或许算有吧。"

　　"和另外半本……"孙九妹激动地叫道，却被男子打断。

　　"你刚从女牢中出来，里面的情况如何？"

　　孙九妹听他说起艾子衿，立即忘了何不平的事，不满地嚷道："你真要救那女人？！七年前我亲眼看见那女人在公堂上与沈斯眉来眼去，分明是与沈斯勾结……"

　　"那么久的事我早忘了。"男人转过头，声音听起来淡然，实则冷酷，"对我来说，那女人只是个陌生人，救她只是为了何不平的遗言。"

"刚才你不是说有发现吗？还救她做什么？"孙九妹醋味十足地嘟囔道。

"那个发现不提也罢，与名册并无多大关系。"他的手指依旧扣着石桌，孙九妹知道，那是他在思考。孙九妹并不想打扰，便静静等他说话，"何不平临死前见的最后一人便是艾子衿，她极有可能从他那里得到了消息。"

"可是艾子衿一口咬定何不平已经死了呀！"孙九妹噘起嘴，"若她真从何不平那儿知道了什么，会不告诉郭定？可别忘了，七年前她就曾为了私利出卖乔家。我就不信她能为一个陌生人扛住大刑！"孙九妹一口气说话，才发觉自己似乎说了一些不该说的。偷偷抬眼瞧那男子，见他一如平常，只是那指敲石桌的节奏似乎有所变化，不由得暗自懊恼。

风吹枝动，不闻他响。孙九妹如坐针毡，忐忑不安。

"你继续监视她。"

好半天才听那男子再度开口，孙九妹忙不迭点头，又问："若她扛不住……"

男人敲着石桌的手指突然一收，接住不知从何处飘来的一朵半残的迎春花，慢慢捻着花瓣，徐徐抬头，斗笠檐亦随他仰头的弧度微微上抬。天上白云幻化万千形状，映在他漆黑的眸底，也是变幻万千。

"杀了她！"声音几乎压在喉间，一字一句清晰地落进孙九妹的耳，情绪难辨。

孙九妹没由来地心里一颤，说不清是什么感觉："好！"发出的声音自己听来都宛若隔了十万八千里。

又是一阵静默，好一会儿，那男子才又问："你还查出了什么？"

"没什么大发现。不过昨晚郭定身边的小跟班喝醉了漏了点口风，此次艾子衿入狱，好像是知府告的密。"

"知府？唐何？"

孙九妹点头，见他一副沉思模样，不由得问："大哥可有什么主意了？"

"你还记得我跟你说过在白云山遇到那位唐四夫人？"

孙九妹点头："若不是那位夫人将何不平打在树上的绳看作了蛇，你也不会发现。"

"不错，我将绳上结全打开，才找到埋那半本名册的地点。"

"你想利用唐四夫人混进唐府？"孙九妹有些忧虑，"但你现在的身份……"

"不入虎穴焉得虎子，"男人似乎成竹在胸，"何况在他们的心里，乔之甦早在七年前就死在发配边疆的途中了。"他缓缓摘下斗笠，露出一双似耀目星辰的黑眸，也露出了一头黑白交杂的灰发，"这样的乔之甦，还有谁能认识吗？"

清晨，乔之甦敲开了知府唐大人府的门，将银簪递给了满腹狐疑的唐府管家老唐。日头渐渐高升，乔之甦的影子长长地投到朱红的大门前。他静静地站着，灰发在日光底下呈现出神秘的光泽，他的眉色则是漆黑如墨，粗眉下一双细长的眸隐在浓密的睫毛下，敛住偶尔一闪而过的精光。

不一会儿，便见老唐又走了出来，身后还跟了一个十五岁上下的小丫鬟，正是乔之甦当初在白云山腰遇到的丫鬟喜儿。喜儿初见乔之甦有些疑惑，乔之甦想到当时自己戴着斗笠，微微一笑道："喜儿姑娘看不见在下的斗笠便认不出在下了吗？"

喜儿听到这声音，脸上顿时绽出了一朵花儿，兴高采烈道："果真是侠士呀！四夫人本来想找艾姑娘打听侠士的消息，这几日四夫人还念叨着要谢谢您呢！"

"不过举手之劳而已，你也不必总叫我侠士。"乔之甦笑道，"我姓甦，是名大夫。"

"啊，那就是甦大夫。"喜儿笑得眯起了眼，"甦大夫里边请，四夫人都等得着急了！"

乔之甦被引进偏厅，然而偏厅里不仅坐着唐四夫人郑南清，另有一名容貌艳丽的女子也端坐着。见乔之甦进来，她扬起头冷冷地瞥他一眼道："我道是哪个神医，原来不过是个半老不老的怪物，亏得四妹妹天天念叨着。"

本欲站起迎接乔之甦的郑南清听那女人说了这话，气得脸上涨红，冷冷道："三姐姐在这儿也坐了好一会儿了。妹妹现在要招待恩公，冷落了姐姐也怪不得妹妹。希望姐姐待会儿回去不要没事儿加油添醋，闹得人仰马翻！"

"你，你这是什么话！"唐三夫人贺兰溪气得柳眉倒竖。

郑南清不顾她铁青的脸，下了逐客令："喜儿，三姐姐现在累了，还不扶她回去。"

喜儿早迫不及待，得了令高兴地朝四夫人挤了挤眼，而后走到贺兰溪面前一本正经道："三夫人，喜儿扶您回去吧。您老年纪大了，坐多了腰疼，那就是奴婢们的不对了。"

"你！好你个郑南清，连你们丫头都敢羞辱我！别仗着自己是郑府千金就在我面前装清高。你那个没用的哥哥还不是把郑家败光了要靠你来还债。什么书香门第，到头来你还是跟我一样，混到这儿来做妾！走着瞧，我不会放过你的！"贺兰溪边骂边站起来，啪地一甩衣袖，转身就走。

"呀，三夫人，您腿脚还挺利索的，喜儿就不送了呀！"喜儿走到门口，故意高声嚷道，似乎要让全院的人都听见。

"恩公见谅。"郑南清听见贺兰溪说到郑家时脸色便暗了下来，此时她故作镇定地抬起头，朝乔之甦艰难地一笑。

乔之甦自然看到了她这番神情变化，他不动声色地敛衽行礼："若是不方便，甦某先行告退！"说罢便欲转身。

"恩公留步！"郑南清顾不得男女授受不亲，慌忙拉住他，惊觉自己的行为后，猛地往后退去，大声道，"南清光明正大，不怕人说。"

乔之甦听出她话外有话，转头只消一眼便看见了管家老唐在外面鬼鬼祟祟地偷看，心头顿时如明镜。

郑南清请乔之甦上座，两人聊了几句闲话。乔之甦粗略地知道了郑南清原本是当地望族郑家的千金，奈何家道中落，被长兄一纸卖进唐府，也算是身世可怜之人。郑南清以为乔之甦是一方游医，无意到此处救了她。

郑南清问道："南清原本逢月事必腹痛，不知为何上次恩公为我灸了一回，腹痛竟痊愈了。"

"此次不过恰好撞到你行经前期，故而不痛。下月这腹痛还是会犯的。"

"那当如何是好？"

"经前疼痛乃是宫寒血瘀。我瞧夫人眉心黧黑。眉心乃是肾经印堂穴，此为肾阳虚之兆。夫人是否常常手脚冰凉而怕冷？"

"确实如此！"

"夫人素体阳虚，不能温煦经脉而使寒凝血滞而痛。夫人是否月事来时血色暗而有血块？"

"当真都说对了，恩公真乃神医。"

"神医不敢当，甄某不过依据夫人面色而下判断。"乔之甄道，"方法有二，也不用夫人吃什么汤药。夫人只需每日睡前以盐水泡脚一刻钟，日久必见奇效。"

"这么简单？"

乔之甄点头又道："另外，可于月事前三四日在气海穴搭配府舍穴艾灸。"

"气海、府舍穴？"

"气海穴在脐下一寸半，乃是任脉上要穴，可温养全身气血，亦是下丹田所在。府舍穴则脐下旁开四寸处，为脾经之穴，亦是足太阴经、厥阴经与阴维脉之交会穴。此穴中所行气血皆来自脏腑，又因其乃是脾经之穴，可润脾之燥，生发脾气。若是配合气海穴艾灸，更有治疗腹痛之用。"

"恩公所言必是良方。"郑南清微笑道。

这时，一名老妇端着一碗汤药推门而入，冷淡道："四夫人，时辰到了，请喝药。"

郑南清极是不满："秦妈妈，没瞧见我这儿有客人吗？"

这秦妈妈却不害怕，冷声："这药是老夫人吩咐四夫人喝的。若四夫人不想喝，应当去寻老夫人。老奴不过遵老夫人之命。"

"这是什么药？"乔之甄问道。

不等郑南清回答，喜儿插嘴道："杏林堂开的四物汤①，说是可补气血，可四夫人都喝了一年了，怎么还不见受孕。"

"喜儿！"郑南清微微尴尬地打断她。

喜儿朝乔之甄吐了吐舌头。

"可否让甄某一看。"乔之甄问道。

"怎好麻烦恩公……"

"甄某瞧四夫人的脸色不似喝了一年四物汤的模样。"

喜儿一听便急了，急忙抢过秦妈妈手中的药碗，秦妈妈脸色一变，正要说

---

① 四物汤：出自《仙授理伤续断秘方》，异名"地髓汤""大川芎汤"，是中医补血、养血的经典药方，方用当归、川芎、芍药、熟地四味药组成。

话，却被喜儿一顿抢白："这位甦大夫可是神医，一炷香不到就治好了四夫人的腹痛。"说着，也不等秦妈妈反应，将药碗递给了乔之甦。

乔之甦接过药碗细闻，又拿食指蘸了点儿药汁儿舔了舔，转头问老妇："药渣可还在？"

秦妈妈冷哼一声："煮完了药自然是倒了。"

乔之甦知那秦妈妈不想配合，也不恼怒，望了眼窗外，道："四夫人一日仅服一剂四物汤，难怪气血尚有不足。"

"谁说仅服一剂。"秦妈妈忍不住辩道。

"此时未至午时，药渣便已倒了……"乔之甦朝郑南清道，"请四夫人勿怪甦某多事，午时未至便服两剂，于身体并无益处。"

郑南清早已知晓乔之甦用意，配合道："甦大夫误会了，南清今日只服了一剂。"转头朝那秦妈妈严厉道："你今日只给我煎了一剂？"

至此时，秦妈妈才惊觉自己掉进了乔之甦的陷阱，脸色一阵白一阵青："老奴糊涂了。药渣，药渣还在锅里呢。老奴这就去取。"

见秦妈妈走了，郑南清这才问道："甦大夫瞧出不妥了？"

乔之甦用余光扫了一眼窗外偷听的管家老唐，故意抬高了声音："恐怕这四物汤里还掺了其他东西。"管家老唐闻言，果然急匆匆往外离去。

未几，秦妈妈便将盛了药渣的药罐端来。乔之甦正要辨认，眼角余光见老唐带着一名身穿官服的中年男子走进了园子。乔之甦自然知道他是唐何，却装作没看见，将药渣从药罐里倒出，一一分辨。

一炷香后，他才将药渣完全分离，果然除了当归、川芎、白芍、熟地，另分出几颗几乎要被忽略的焦黑色颗粒状东西。他直起身子，故作吃惊地瞪圆了眼。听见老唐高声厉喝："见到知府，还不行礼！"他才恭敬跪倒："草民不知知府驾到，请唐大人恕罪。"

"起来吧，"唐河不耐烦道，"这药怎么回事？"

"草民要看原药方。"乔之甦道。

药方送了过来，正如郑南清所说，写的是四物汤：当归、川芎、白芍、熟地。乔之甦看过药方似乎面露难色，却始终不开口说话。

"你倒是说话呀！"唐何心急道，"这药方有什么问题？"

"四物汤乃补血经典方子，于女子来说，最妙不过。"

"姓甄的，你给我一次把话说清楚。要不然就给我进牢里去。"

郑南清闻言一怔，忧虑地看住乔之甄。后者却仿佛没听见唐何恐吓的话，镇定而从容地抬起头，目光炯炯盯着他："但是芸薹子①却有另一种功能——破血。"

"芸薹子和这方子有什么关系？"

"芸薹子加上四物汤在经水行后可断产，也就是说此为避孕之药！"

"你是说这药里加了芸薹子？"唐何不敢相信地盯着他。

乔之甄指着那几颗黑焦色的小颗粒，道："这就是芸薹子。"

在场之人均大怔，一时回不了神。拍桌的声音猛然响起，唐何怒得白睛都布满血丝："谁？！是谁抓的药？在哪儿抓的药？又是谁煎的？"

秦妈妈听他一吼，脚顿时软了，跪倒在地，结结巴巴道："老夫人吩咐老奴去杏林堂抓的药，也是老奴亲手煎的！"

"来人，把这刁奴给我拖出去掌嘴！"唐何气红了脸。

"不，不是我！大人，真的不是老奴！老奴不过遵老夫人之命……"秦妈妈吓得魂飞魄散。

"竟敢抬出母亲！你是想说这幕后黑手是母亲！"唐何大怒，"还不把这刁奴给我拖出去！"

"四夫人，四夫人，老奴不知，老奴真的不知呀！"秦妈妈原本以为唐何总会看在唐老夫人的脸面饶了自己，哪知他油盐不进，只得转而向郑南清求救。

郑南清一来见她老迈，二来因她确实乃唐老夫人的心腹不愿得罪，只得劝道："老爷，秦妈妈侍奉母亲多年，断不敢做下这等事，怕也是被人利用了。"

"老奴不知，老奴不知呀！"秦妈妈闻言立即叫了起来。

乔之甄见状，朝唐何道："唐大人，是否可听草民说一句话？"

唐何斜觑他："说！"

"草民相信，此事不会是秦妈妈所做！若是秦妈妈暗中加了药，此番拿来

---

① 芸薹菜，中药名，十字花科植物油菜的种子。芸薹能温能散，长于行血滞，破结气，可消肿散结，经水行后，加入四物汤服之，云能断产（即现代说的"不孕"）。

的药渣必然已经换过，怎会将含有芸薹子的药渣取来自投罗网。"

"这老刁奴或许想不到你会看出来。"唐何没好气说。

"能在药方里混入芸薹子，必然思虑极细，怎会想不到可能被人看出。"

"这……"唐何犹豫了，却还是板着脸，"这药从抓来到煎药，都是她一手包办，除了她还有谁？"

乔之甦不答反问秦妈妈："这药都是一抓来便煎的吗？"

秦妈妈摇了摇头："老夫人、大人和几位夫人都要吃药，所以配有专门的药房，里面分别有药柜供老夫人、大人和夫人们。因四夫人常年不受孕，老夫人心里着急才特别嘱咐老奴亲自给四夫人抓药煎药。老奴七天抓一次，每次抓来会先放进四夫人的柜子里。"

"这药柜可有锁？"

"药不能乱吃，平时谁会去动别人的药柜，从来不用锁的。"

"唐大人，如此看任何人都有可能动过四夫人的药。更何况也有可能是这药在杏林堂便被多加了一味。"

"来人！老唐，最近谁买过芸薹菜？"

老唐不答反低下头去。

"说！"见老唐如此，唐何更是火上心头。

"老夫人从去年起便常年吃素，每日都会吃芸薹菜。"

唐何听完怒视秦妈妈："你还敢说你不知！"

"老奴真的不知，不知呀！"秦妈妈早吓得魂飞魄散。

"就是你这等刁奴撺掇了母亲！就算你不知，这药却是在你手里煎出来的。我不管你是谁的人，今日，我都要治一治你！来人——"

"唐大人！"乔之甦抢断唐何的话。

"你又有什么话说！"唐何正在气头上，极是不耐烦。

"唐大人若今日打了秦妈妈，恐怕便会打草惊蛇。"

唐何愣了一下，转头望乔之甦："此话怎讲？"

"唐大人难道不想找到真凶？"乔之甦道，见唐何眉头一蹙，凑近道，"唐大人当真认为老夫人会害四夫人？"此话一出，唐何脸色已是黑如锅底，正待发作，却听乔之甦又道，"若唐老夫人不喜四夫人，直接便可让唐大人以七出之条休了四夫人，何至于找人开药却又下药？"

唐何到底也是断案之人，被乔之甦这么一提醒便想到了其中关键。

"甦某不才，愿为唐大人解忧。"乔之甦几乎是向唐何耳语。

这件事儿说大不大，说小却也不小，若真是后墙起风波，于他的风评确是不妙。唐何打量乔之甦半晌，亦是耳语："你有把握？"

"只要今日之事，在场之人绝不外传！"

这句话正中了唐何下怀，立马便让在场的人封口。至于秦妈妈，差点儿从鬼门关里逃回来，自然也是涕泪横流地发誓不外传。

事毕，乔之甦向秦妈妈问话："药房中还有几剂四物汤？"

秦妈妈战战兢兢地望了唐何一眼，细声答道："已是最后一剂。"

"烦请秦妈妈明日继续抓药，只不过再多抓一服。多抓的那一服交给喜儿姑娘，剩余的药还请正常放入药柜，这几日也继续煎药给四夫人送过来。"

秦妈妈不知他葫芦里卖的什么药，但见唐何在一旁虎视眈眈，只得答是。唐何将秦妈妈差遣走，又吩咐了心腹去监视那秦妈妈，最后摒弃众人，开门见山地问道："几日可破？"

乔之甦微微一笑，胸有成竹道："三日足矣。"

"我便给你三日！"

第四章　魂落清冷渊

　　唐何是独子，娶了四房夫人。大夫人名叫廖清妍，据说是唐老夫人的外甥女儿，父母早逝，从小跟在唐老夫人身边。唐老夫人心疼她，怕她嫁出去受人欺负便自作主张给唐何娶进了门。这位大夫人虽是唐何的表妹，但从小娇生惯养，与这个表哥感情不是太好。不久唐何便纳了城中一名闺秀为妾。廖清妍哪里受得了，一哭二闹三上吊非要赶唐二夫人出门。唐何一怒之下要写休书，幸亏唐老夫人的阻止，两人才偃旗息鼓。唐二夫人从此受到唐老夫人和廖清妍百般刁难，在第二年的端午便投河自尽了。廖清妍见到她的尸体时受了刺激，夜夜梦见她回来索魂，从此得了失心疯。一来二去，唐何虽成亲三年，竟不曾诞下一个子嗣。于是在第四年，他娶了第三房夫人贺兰溪。贺兰溪进府之后，深得老夫人和唐何的宠爱，可三年下来也只生出两个闺女。唐老夫人心里着急，催着唐何再纳妾。唐何对书香世家郑府的千金郑南清心仪已久，机缘巧合下闻得郑家长子因赌博欠下巨额账款，便以郑南清为要挟替他还了债。郑南清入府后也曾有过身孕，却在三个月时意外流产，从此不再受孕。

　　第一日，乔之甦得到了这些消息。云雾正浓，唐府园子里新抽的柳枝轻轻拂着静谧得如同一块黑玉的小池子。黑暗的小径中匆匆走来一名丫鬟，她悄悄敲响了唐府西苑客房的门。

　　乔之甦打开门，问道："药拿过来了？"

　　进来的正是喜儿，她神色紧张地关好门，忙不迭点头。

乔之甦又问："放入药柜后的也拿来了？"

喜儿又点头，伸出两只手，每只手上各拎了一小包药，她摊开左手："这是秦妈妈多抓的一服药。"然后她又将右手上的药交给乔之甦，"这是秦妈妈午后放入药柜的，我听您的吩咐一直守在药房附近，刚刚才偷拿出来的。"

乔之甦接过药放在桌上，先将左手药包打开，借着微弱的灯光仔细辨认了会儿，随后他又打开另一包药，用一根细长的药勺翻了翻，从里面分出几颗红褐色的绿豆大小的颗粒来。

"芸薹子？"喜儿脸色大变。

乔之甦脸色沉重地点了点头。

喜儿又惊又怒："没想到那人手脚这么快！"

"下午都有哪些人进过药房？"

"只看见阿妹姐姐进去了。"

"阿妹？"

"是呀。她是老夫人身边的人。老夫人每天都要吃药，她上午下午都会过去。"喜儿越说脸色越差，"难道真是老夫人？"

"老夫人一直不喜欢四夫人？"

"那倒不是。四夫人小产后，老夫人才苛责四夫人的，为此，四夫人都哭过好几回了。"喜儿越说越气，忍不住为郑南清落泪，"四夫人多好的人啊，老夫人怎么就听信三夫人的话呢？那个女人明明唯恐天下不乱，就想独霸着唐府，当唐府的女主人。"

乔之甦沉吟片刻，道："除了她再没有其他人？"

喜儿摇了摇头："我从抓药回来便在那附近待着，没见其他人。"想了想又道，"有件事儿，不知道与这事儿有没有关系？"见乔之甦询问似的望着自己，便继续道，"我瞧见三夫人了，她经过了那里，啊，不过她没进去。就是阿妹姐进去的那个时候，她还往我这边看，差点就看到我了。"

"她路过那儿？"

喜儿点点头："三夫人午后一般都要去老夫人那儿的。"

"你是说她要到唐老夫人园子里去？"乔之甦疑惑问道。

"那条路就是往老夫人园子里去的啊。"喜儿不好意思地摸了下鬓发，"其实也挺平常的。唉，我也不知道为什么就是觉得有点儿怪，但又想不出来是哪里怪。"

"你再详细讲一讲当时情况。"

喜儿点了下头，道："我跟在秦妈妈身后，亲眼见她将药放进药柜。然后我便等在樟树底下等着。大约半个时辰后，阿妹姐便进去了。我正想仔细看呢，便看见三夫人自己过来了，是朝老夫人园子那边过去的。但走得特别慢，一边走还一边到处看着，差点便看到我了。"

"她自己？"

喜儿用力点头，一拍脑袋叫道："我就说哪里不对。她平常最喜欢带一堆人在园子里瞎逛，最喜欢看人毕恭毕敬的样子。但今儿就她一个人，连个丫鬟都没有……啊，还有，她明明看见阿妹姐姐在房间里，也没打招呼。阿妹姐姐是老夫人的心腹，平时，她都是贴上去招呼的呢！"

乔之甦边听边用手指轻轻敲着桌面。油灯上的火微微跳着，映得他的眸格外发亮。

良久，喜儿方又听见他的发问："四夫人为何小产？"

"就是一天早上起来，夫人觉得落了枕，阿妹姐姐便过来给她按摩。哪知到下午的时候夫人竟肚子疼，然后……唉……"

"阿妹姑娘给四夫人按摩过？"乔之甦指着自己肩胛上一处，问道，"可在这儿？"

"嗯？"喜儿想了半天，方苦恼地摇头，"记不得了，只记得阿妹姐在四夫人肩膀上捶捶打打的。老夫人腿脚不舒服，一般都是阿妹姐姐按的。那会儿四夫人怀着孩子，老夫人自然对夫人格外上心，可孩子一没她就变脸……"喜儿又是气又是惋惜，"之前一直好好的，还特地去开了安胎药的。"

"谁开的？"

"杏林堂里的林大夫呀，而且每回都是林大夫的高足杜子非大夫亲自抓的药。"

"又是杏林堂？"乔之甦眯起眼。

"杏林堂是这一代最有名的，林大夫心肠好医术好，听说他的祖上还在宫里做过御医呢。老夫人的风湿也一直是他治着，所以……"

"那药方还在吗？"

"都一年前的事了，哪里可能留着方子。我听着好像叫什么千金保——"喜儿想了半天没想起来。

"千金保孕汤①？"

"对对，就是那个！"

乔之甦沉默了下来。风轻轻透过窗缝吹得烛火明明灭灭地跳着，映着他的眸幽幽地闪烁。喜儿见他似在沉思，不敢打扰，在一旁待了约莫一盏茶的工夫才忍不住问："甦大夫，还有什么问题？"

乔之甦回过神来，微笑道："暂时没有了。你先回去休息吧！"

喜儿点点头，走到门边忍不住又回头嘱咐道："大人只给您三日的时间，现在第一日已过去了。"

乔之甦微笑点头。

"四夫人很担心呢。我来之前她一直让我叫您小心。"

"替我多谢四夫人。"乔之甦道，见喜儿的背影消失在黑暗的园子里，才关上门，吹灭了灯，抬头对着横梁说，"可以下来了。"

孙九妹俏皮一笑："乔大哥早知道我来了吗？"

"你这次香包的味儿有点儿重。牢中的情况如何？"

孙九妹扁了扁嘴："你让我来就是为了知道那个女人的消息！"

"九妹，这不是玩笑！"乔之甦严肃道。

"好了好了。"孙九妹郁闷道，"郭定今日又审讯了一回。她昏过去了，倒是没说什么。"

"又昏过去了？"乔之甦似乎有些担忧。

孙九妹吃味道："你就是还想着她！"

"九妹，我只是想……"

"想知道名册的事儿！"孙九妹没好气地说，"谁知道那女人知不知道呢，说不定就是因为什么都不知道才被打昏的……"见乔之甦蹙眉，忙又叫道，

---

① 千金保孕汤：选自《赤水玄珠》卷二十一。方中有人参、黄芪、白术、川芎、甘草、桑寄生、杜仲、川续断、白芍药、砂仁，加糯米五十粒，水煎服，可治妇人妊娠、气血不足、每至三四月而堕者。

"哎，哎，好啦，我知道啦……已经照你的吩咐先给她灌了一碗八珍汤①。"接着，又上下打量乔之甦，疑惑道，"你怎管起这里的闲事来？"继而噘起嘴来，"啊，你不会看上那个什么四夫人了吧……"

"你想到哪里去了！"乔之甦哭笑不得，解释道，"你还记得是谁告诉郭定是艾子袗葬的何不平？"

"听说是这里的知府，啊，唐何。"

"那又是谁告诉唐何的呢？"

"原本就只有杏林堂的人知道，当然是……"孙九妹抬起头瞪大眼，"你要找到那个告密者？"

"或许他，就是隐藏的阉党。"乔之甦拿手指轻轻敲着桌面，"我想那个人未必直接与唐何接触。"

"你是说，有人给他传话？"

"最容易传话，莫过于唐府中人……"

"你认为唐府里有人和杏林堂的某人勾结？"

"听说，郑南清小产后一直服用四物汤。四物汤本是个好方子，可加上芸薹子却截然不同。如此周密的安排，若是一个不懂医的人，恐怕做不到。而且光有这计策，没有人开四物汤这方药，也是枉然。"

"那人不但出谋划策，还参与其中？可你如何就断定这四物汤是故意开的而不是辨证开的？"

"若说一年前唐四夫人刚刚小产，开四物汤或许有可能。毕竟小产之人会伤气伤血。可这方子用了一年竟然不曾换过。"

"那就是说她现在气血仍弱。"

"不，她如今的症状分明便是阳虚。任何一名有经验的大夫都应当看得出来！"

"所以你认为这个暗中出主意的人便是告密者。"

"这个人与四夫人事件中的主谋必定有很深的关系……"

---

① 八珍汤：由四君子汤与四物汤组成，气血双补经典方。出自《正体类要》卷下，由当归、川芎、熟地、白芍药、人参、白术、茯苓、甘草等组成。

"你要顺着四夫人这根藤摸到告密者的瓜。你心中是否已有结论？"孙九妹见他将眉蹙起，忙问道，"难道真是那个老夫人？我听说她与杏林堂中的林德伊是老相识。"

"动机呢？"乔之甦问道。

"刚才那小丫头也说了，那个老太婆要赶四夫人出门。生不出孩子岂非最好的理由？"

"倒是个好动机。"乔之甦脸上的冷笑像已掌握了真相。

"就是呀！反正没有四夫人，唐何又不是没老婆了，不是还有那个三夫人吗？"孙九妹不以为然道，"肯定是那个老太婆和林德伊这个糟老头子勾结。"

"那么林德伊的动机呢？若唐老夫人是幕后主谋，能说动他告密的人也只有林德伊。可将艾子衿投进狱中，对他有什么好处？"

孙九妹一时语竭。

乔之甦弯起唇角，眼眸里却不见笑意："这唐府里处处透着诡异，与杏林堂似乎渊源颇深。要了解杏林堂，得先了解唐府。这，应是最好的一条路。"

第二日，断断续续下了十日的雨终于放了晴。一缕日光透过树荫洒上池面，蜻蜓偶尔轻点才露出水面的荷叶尖，低空飞舞。一名年轻的青衣丫鬟挎着菜篮走在池边，正是唐老夫人屋里的丫鬟阿妹。

唐老夫人最喜欢吃芸薹菜。府里的芸薹菜都是由阿妹亲自挑选。她的菜篮子里装满了还带着水珠子的新鲜芸薹菜。然而阿妹没有往厨房走，也没有往老夫人的大屋里走，反而朝兰溪苑走去。兰溪苑里住着唐三夫人贺兰溪。

阿妹走着走着，忽觉膝下三寸处像被什么打了一下，整条腿顿时麻了，重心往前倾去，所幸被一只有力的手臂及时扶住。她惊魂未定地瞪圆了眼：落入眼底的先是一头灰白的发，然后是一双深邃如海的眸，最后是高挺的鼻梁。阿妹脸上一红，慌忙往后退了几步，羞涩道："谢谢甦大夫。"

乔之甦以客人身份住进唐府后，那一头怪异的灰发早已成为唐府中人最常讨论的事，故而阿妹对他并不陌生。

乔之甦微微一笑，瞄了瞄阿妹的菜篮子，神情很是随意："怎么买了这么多芸薹菜？"

阿妹笑道："这不算多，上次三夫人还要了五斤呢！"

乔之甦露出惊讶的表情："我听说老夫人常年吃素，每顿必有芸薹菜，原来三夫人也喜欢吃呀！"

"就是老夫人要的。每次都是三夫人亲自下厨做的。"

"这么多芸薹菜怕是要做好几顿吧。"

"不会不会。三夫人每次都会把梗和籽去点，而且只挑其中最嫩的部分。别看一满篮子，至多也只能做一顿。"

"三夫人真是有心人。"

"甦大夫，三夫人赶着要这些菜，我先走了。"

阿妹已走远，乔之甦沉思地低下头：刚才他用来打小丫鬟足三里的石子正静静躺在新长的嫩草间，好像它一直就在那儿。他捡起石子慢慢摩挲，突然一掷。石子在空中划出一个优美的弧线，乔之甦的唇角也弯成一抹好看的弧线。只听扑通一声，池子里漾开层层涟漪。

乔之甦也朝兰溪苑走去，走的却是另一条路，这条路直通兰溪苑的后院。兰溪苑后院的门紧紧闭着，乔之甦轻轻一跃便上了墙头。这时阿妹正将满篮子的芸薹菜交给一名小丫鬟。

"三夫人呢？"阿妹问道。

"三夫人去杏林堂看病了。"小丫鬟道，"三夫人说今儿日头好，让我把这些决明子都晒了。正巧我跟着阿妹姐你一块儿过去。"说着她指了指不远处摊在地上的一个大筛子。这筛子原本是用来筛米的，此时却被装了满满的绿豆大小或红褐色或深棕色的小豆子，从远处看似乎便是那丫鬟口中的决明子。

两人又嬉笑闲聊了一番，一同端着大筛子打开后院门走了出去。乔之甦悄悄从墙头跳下，一路尾随二人到了后堂。

后堂里供着唐家先祖的灵位，也供着几尊从天台国庆寺里请来的菩萨金身，一名面容严肃的老妇人虔诚地跪在蒲团上礼佛。

后堂外有一方空地，是唐府中唯一一块没有被参天古木遮蔽的地方。小丫鬟与阿妹将大筛子放到地上，随后小心翼翼走到后堂内，直到老妇人念完一遍佛经，才恭恭敬敬唤了一声："老夫人。"

"三丫头又让你来晒决明子了？"唐老夫人对那小丫鬟道，神情很是威严。

"三夫人想着上次林大夫说决明子可明目，所以这回让我多晒点给老夫人泡茶喝。"

唐老夫人闻此言果然脸色柔和许多。阿妹眼见老妇人微笑赶紧在一旁谄媚道："三夫人真是孝顺呀！四夫人要是也这么有心就……"

"别跟我提那扫把星！"唐老夫人的脸立即又拉长。阿妹自知失言，忙噤声退于一旁。正此时，隔壁院内忽然传来一声尖厉的叫喊。唐老夫人听到这声音，又是心痛又是无奈，叹了口气，问道，"现在谁在清妍身边伺候着？"

"大夫人刚才把所有人都赶走了！"阿妹低头不敢看她，一旁的小丫鬟也害怕地低下头去。

"你们就没有一个人留在她身边?!"唐老夫人勃然大怒。

"大夫人用扫把打……"阿妹的声音越来越轻。

"还不扶我过去看看！"唐老夫人心急如焚道。

唐老夫人等来到清妍轩，见院子内早已围满了不知所措的人们。管家老唐正跪在天井中苦苦哀求着："大夫人，把刀放下，老唐求您了，把刀放下吧。"

只见天井的石凳上，唐大夫人廖清妍头发凌乱地手持一柄菜刀张牙舞爪地挥着："二妹妹，你出来，我知道你来找我！你出来！明明是你要抢表哥，为什么装出那副可怜模样？人人都说我害你，我哪里害了你？你说，你说！"她嘶哑地呼喊着，空洞的眼神中满是绝望和惊恐，"出来！出来！"她用力地劈着空气，仿佛那里果真有一个人冷冷地笑看着她。

"清妍！"唐老夫人痛心疾首，不顾旁人阻拦，步履蹒跚地走到凳边，"二丫头死不是你的原因，是我的原因。下来！听娘的话，下来吧！"

廖清妍停下挥舞的手臂，定定地看住唐老夫人。

"清妍，是我呀！我是娘。"

"娘？"唐大夫人重复了一声。

唐老夫人以为她终于认出了自己，激动地直点头。

"不，你不是娘！"廖清妍突然尖叫，"你是二妹妹！你是二妹妹！你扮作娘来骗我！你要抢走表哥，抢走娘！我杀了你，杀了你！"她狂躁地叫了起来，突然张开双臂往下跳，右手上的菜刀顺势劈了下来。

"老夫人！"

"天哪！"

"快救老夫人啊！"

风声、刀声、众人的惊呼声……

唐老夫人只觉得声音突然飘得很远，而眼前这把明晃晃的刀以及廖清妍看起来很快乐实则痛苦非常的诡异笑容越来越大，自面前直扑了过来。

冰冷的刀风似乎在颈边一划，唐老夫人看见被劈成半片的叶子飘过眼前，然后她的脚下一软，天地顿时黑了。晕倒之前，她似乎看到了闪着光泽的灰发。

唐老夫人醒来时看到的是一脸忧色的唐何。

"娘！"唐何轻叫一句，"还有什么不舒……"

"啪！"一声清脆的巴掌声打断唐何的话。

"娘！"唐何震惊地捂着左颊。

"你这个孽畜，要不是你，清妍会变成这样?!"唐老夫人怒不可遏。

"娘，这事都过去了，下次我把她送到——"

"你还要送她到哪里去！"唐老夫人喝道。

唐何见唐老夫人动怒，只得在一旁保证："哪里都不去，就在清妍轩！"

"我不信！我现在就要见她！"

"娘，是真的。表妹就在清妍轩！"

"那怎么不让我见！"

"现在她还不稳定。"

"那我更要去见她。要是她出了事，我下去后可怎么有脸见我妹妹哟！"说着说着，唐老夫人哭了起来。

"娘，她不会有事的。甦大夫正在治她。"

唐老夫人停住哭泣："就是那个四丫头的恩人。"

唐何心有余悸道："刚才若不是他及时阻止了表妹……"

唐老夫人思量片刻，道："如此说来算是他救了我！他能救我一次，就能救第二次，你怕什么！带我去见清妍。"

乔之甦、郑南清、喜儿与管家老唐皆在清妍轩内。乔之甦在给廖清妍扎针，其余几人则在一旁担忧地看着。只见乔之甦镇定地在廖清妍神门刺上一寸毫针。神门乃手少阴心经之原穴，直通心脉，正可治心神恍惚、癫狂，乔之甦又在其清冷渊上加了一针。这清冷渊又称为清冷泉，位于肘上二寸处，属于手少阳三焦经，正可疏通三焦经阴阳气血，治头痛诸症。乔之甦轻轻捻转针柄，果然见廖清妍紧蹙的眉头疏解开了，大概正好解除了因癫狂病发而引起的头痛。随后他拿起一根艾炷。艾炷是用白纸包裹艾绒卷成的长条状，只见他用火折子点燃艾炷后，又用左手拉起廖清妍的手——竟用火艾烤灼廖清妍的十指指缝。

郑南清疑惑地问："恩公，您这是做什么？"郑南清这一问叫奉命照看的老唐也紧张了起来，生怕他烫伤了廖清妍。

"放心，这艾炷上的火还烧不到她。"仿佛看出老唐的心思，乔之甦淡淡道，右手腕突然一弯，手中的艾炷往廖清妍手上轻轻一点。廖清妍仿佛被人打了一下，浑身肌肉一缩，竟突然啊地叫了出来。

老唐立即往前迈了一步，打定主意只要他再做一次便要拉开他。

"不要动！你再近一步，我便救不了她了！"乔之甦的后背像长了眼睛，冷冷道。

老唐吓了一跳，止住脚步。乔之甦这时虽稍稍提起艾炷，却将艾炷垂直对着廖清妍十指指缝来回熏烤着。众人不明所以，纷纷瞪大了眼。只见那廖清妍虽然手指不再直接接触艾火星子，脸上的表情却越来越痛苦，像是被撕扯着，额头上也布满了冷汗。

"啊！"她又叫了一声，开始了挣扎。

"压住她！"乔之甦叫道。

老唐反应过来，忙扑过去压住廖清妍乱舞的脚。

众人吓得不敢说话，直到艾炷燃尽方反应过来。廖清妍在经历挣扎、辗转反侧、低喃呻吟后，终于慢慢睡了过去。

郑南清担忧地注视着廖清妍与适才判若两人的沉静睡容，问道："恩公，姐姐怎么样了？"

乔之甦淡淡一笑，转头对老唐道："大夫人再过一个时辰可醒过来，麻烦老管家去找唐大人。"

老唐舒了一口气，退了出去。

乔之甦见老唐走远，方转头问郑南清："她现在在用什么药？"

"甘麦，甘麦……"喜儿讲了一半没讲出来。

"可是甘麦大枣汤？"乔之甦道。

"是，是！"喜儿忙点头，崇拜道，"甦大夫，你什么都知道呀。"

乔之甦的神情并未因喜儿这句话而轻松，反倒更加凝重了。郑南清望见他如此神情心中一跳，问道："药有什么问题？大姐的病可痊愈吗？"

"若她不再服用这药，还有治愈的可能。"乔之甦沉声道。

"甦大夫说的什么，不服这个药，病不是更坏吗？怎么可能治愈？"喜儿听得莫名其妙，郑南清却听出他话里有话，不免吃了一惊，问道："你是说有人暗中作梗，要让大姐好不了？"

乔之甦沉默地点了一下头。

"这个人是……"

"四夫人不用担心，这个人会自己跳出来。"乔之甦胸有成竹地一弯唇角，眼里却透着一丝冷酷。

郑南清虽将信将疑，还是郑重道："恩公若有需要，南清必当鼎力相助。"

乔之甦微微一笑，转头望向喜儿："喜儿姑娘不是一直担心我与唐大人的三日之约吗？"

喜儿忙不迭点头："是呀是呀，甦大夫，现在可只剩最后一天了呀。"

"那么便请喜儿姑娘通知秦妈妈装作不小心，将生药撒到地上，明日重新去杏林堂抓药。"

"什么？"喜儿丈二和尚摸不着头脑。

"另外，秦妈妈为四夫人抓药的时候，请她再抓一服药。"说着，乔之甦走到桌边，快速写下一方：礞石滚痰丸①。

喜儿还想再问，却听见唐老夫人的声音从门外传了进来："清妍！"三人同时转过头去，见唐何已扶着唐老夫人跨进了门槛，而老唐就在两人身后谦卑地低着头，料想老唐已将这里的情况向他二人禀报了。郑南清先是恭敬喊了一声

---

① 礞石滚痰丸：出自《玉机微义》，由青礞石、沉香、大黄、黄芩组成。用于实热顽痰证，可治疗癫狂惊悸，或怔忡昏迷，或胸脘痞闷，或眩晕耳鸣，或不寐，或奇怪之梦，或咳喘痰稠，大便秘结。舌苔老黄而厚，脉滑数而有力。

"娘"再退到一边，并未再说一句。唐何望了郑南清一眼，又看了看乔之甦，倒也没说什么。唐老夫人则径直走到了床边，先抓着廖清妍的手抹了几把眼泪，然后才抬头寻找乔之甦："你就是那个甦大夫？"

"正是鄙人！"

唐老夫人将他从上到下打量一番："听说是你救的我。"

她的语气不减高傲，仿佛乔之甦救她乃是理所当然，连郑南清听了都觉得很是尴尬，乔之甦却处之泰然："若是见到一名乞丐身处危险之中，甦某也会相救。"

唐老夫人想不到这个不知名的小大夫竟然将自己与乞丐相提并论，气得脸色发青。

郑南清慌忙解围道："娘，恩公刚才说姐姐的病可以治愈。"

乔之甦微微一笑，淡淡道："当然可以。"

"哟！林大夫都治不好的病，甦大夫倒能治好！我倒要看看了。"一个阴阳怪气的声音传来，众人往外看去，见唐三夫人贺兰溪不知何时也进了屋，并自动自觉站到了唐老夫人身后。唐老夫人本来有点儿相信乔之甦，被贺兰溪这么一说，脸上又露出怀疑的表情。

唐何眼见一场风暴即将展开，忙问道："你当真能将她治好？"

乔之甦笑道："不但能治好，还能替唐大人解答疑惑。"

唐何自然知道他说的是什么，不等唐老夫人发作，说道："好！本府便给你这个机会！"

唐老夫人见唐何如此说，心知在众人面前不好驳他面子，只得压下心中的郁怒，狠狠瞪了乔之甦一眼，随后又警告般看了一眼郑南清。贺兰溪见唐老夫人愈发厌恶郑南清，更是得意万分。

乔之甦不动声色地将众人神情收进眼底，转头朝窗外望去，窗外阴阴沉沉，才晴了一日的天又开始聚满了云。

第三日又是一个阴天，空气中氤氲着欲下不下的雨水的味道。无风，墙头的树枝一动不动地伸着长臂抚触药房的屋檐。药房外的一隅俨然已成了一幅新上过颜色的水墨画。

脚步轻缓，阿妹身着一袭白底碎花的襦裙如往常般从走廊转角走了过来。她走到门前，手握住门闩，然而脚步却停了下来。她的神情突然变得紧张，机警地四处张望。药房外静悄悄，连鸟雀都仿佛消失了踪迹。她轻轻吐出一口气，然后慢慢推开了门。"吱——"门轴的转动像突然闯进一个静谧空间的极不协调的音符，阿妹的心也随之一跳，然后她踏进门去，往外警惕地再看了一遍，才小心翼翼将门关上了。

　　药房内有五个黑漆的柜子，便是唐府中为唐何母子及其各位夫人放药的所在。从左到右分别为唐何、唐老夫人、唐大夫人、唐三夫人、唐四夫人的药柜。阿妹略作停留，突然朝最右侧药柜走了过去，然后她小心地拉开了药屉，并从怀中取出一小包东西。

　　"吱——"门猛然被推开。"阿妹，你在做什么?!"一声厉喝，唐何走了进来。阿妹惊讶转身的同时，手一抖，手中的小包落了地，一颗颗绿豆大小的红褐色或棕色颗粒立即滚了出来。

　　"大人!"阿妹脚一软，扑通跪倒。

　　"这是什么?"唐何怒道。

　　"决，决明子。"阿妹颤声道。

　　"决明子?"唐何冷似剑的目光朝她一瞥，吓得她连身体都抖了起来。"你看看是什么?"唐何用目光示意身后的乔之甦。

　　乔之甦捡起一颗嗅了嗅，道："此虽像决明子，却非决明子，而是芸薹子。"

　　"芸薹子?"阿妹身子一震，似被这结论吓了一跳。

　　唐何听闻"芸薹子"这三个字立即勃然大怒："大胆阿妹，你胆敢害四夫人，敢害本府无后! 来人，把她给我拖出去打!"

　　"唐大人少安毋躁!"乔之甦看出阿妹也不甚知晓事情全部，慌忙阻止。

　　唐何哪里听得进去，朝家丁喊道："还不给我拖出去打!"

　　阿妹这才如梦初醒地大叫了起来："不，不是! 这是决明子，怎么会是芸薹子! 三——"

　　"谁敢打阿妹?"声音虽沙哑，却极威严，叫一众家丁不自觉停住脚步。阿妹见唐老夫人带着唐三夫人贺兰溪出现，慌忙连滚带爬扑了过去："老夫人、三夫人，阿妹不知道呀，阿妹什么都不知道!"

"你为何要打阿妹？难道连老身的丫头都看不过眼了吗？"唐老夫人将拐杖跺得直响。

"娘，别气坏身子！"贺兰溪忙拍着她的后背。

"娘！这丫头将芸薹子放进南清的四物汤中，才让她不孕……"

"什么芸薹子！这明明是决明子！阿妹是把三丫头晒的决明子放到我的药柜里，这都有错了？"唐老夫人怒道，"那个狐狸精自己生不出孩子，倒说起什么芸薹子！"

"若她是要替您放药，为何打开南清的药柜？"唐何脸色铁青地指着屋内唯一被打开的药柜，郑南清的药柜。

唐老夫人一时怔住，也有些怀疑起来。

"娘，我想阿妹一定是听说秦妈妈昨日下午把四妹妹的药撒了，这会子看看秦妈妈有没有抓回来呢。阿妹服侍您多年，知道您想着抱孙子，才会多替四妹妹留了心。"贺兰溪忙替阿妹解围，"母亲若是怀疑，找秦妈妈来一问便知。"

阿妹慌忙点头如捣蒜："就是就是，老夫人，您也知道秦妈妈有时候糊涂，我就是看看这药有没有抓来。"

既然各有各的理，唐老夫人自然是要找秦妈妈来对质的。秦妈妈早得了乔之甦的嘱咐，一五一十地将自己打翻药柜又去买药的事儿说了出来。至此时，唐老夫人对阿妹的话更是深信不疑，冷声对唐何道："你听到了，阿妹是为了那个狐狸精好，不是害她。"说着，她狠狠剜了乔之甦一眼，轻回头对唐何道，"没事不要听一些不知来历的人莫名其妙的话。"

唐何一时语竭，往乔之甦望了过去。

"原来吃芸薹子的是老夫人。"乔之甦冷笑了出来。

"说什么！"唐老夫人勃然大怒。

"这些是芸薹子，既然不是给四夫人吃的，自然是给老夫人服用的。却不知老夫人用芸薹子是为何。"

"什么芸薹子，这是三丫头给我晒的决明子！"唐老夫人气怒道。

听唐老夫人说出这话，贺兰溪脸色顿时发白，见唐何冷厉的视线往自己瞪来，慌忙辩道："这就是决明子。大人若不信，可以请杏林堂中的杜子非大夫来辨真伪。"

"为何不让林德伊大夫辨真伪？"乔之甦接问道。

"林大夫太忙，哪管得了这些！"贺兰溪仍强辩，拉住唐老夫人道，"娘，你别听这外乡人胡言乱语。大姐现在还被他害得躺着呢！说不定他和四妹妹就是串通好的。"

唐老夫人闻言脸色一变，厉声道："你到底是谁？为何要害清妍？是不是四丫头要你做的？你和她究竟是什么关系？什么恩公、神医，都是胡说八道！别以为我老就看不出来！告诉你，我眼睛亮得很！"

唐何听出话中有话，脸色大变："娘，您说的什么意思？"

"什么意思？"唐老夫人鄙夷地瞥了一眼乔之甦，"把那个狐狸精带过来！"

不多久便有几名家丁将神情萎靡的郑南清拖进了屋子。唐何见郑南清披头散发，原本白皙的脸也红肿了，分明被人打了巴掌，顿时心痛不已。

"老唐，你说！"然而唐老夫人严厉的声音阻止了唐何迈向郑南清的脚步。

"大人，那天您让我看着四夫人。我看见她和这个姓甦的抱在了一起。但是后来发生了那个芸薹子的事，我、我就没告诉您。"老唐低声说着，却不敢抬头看唐何。

唐何此刻的脸色活像被人扇了耳刮子，唐老夫人继续喋喋不休地又是哭又是叹气："这不知来历的野男人就是要害我们唐家的！不但勾引你宝贝的四夫人，还把清妍……清妍她到现在都没醒，都已经一天一夜了。也不知道他用了什么妖术。刚才我们用了人参汤都灌不醒啊！"

"人参汤！"乔之甦脸色顿变，突然又大笑了起来，"哈哈……老夫人，你的好儿媳真死了，也是死在你的手里！"

唐老夫人大惊失色，喝道："你这贼人胡说什么！"

"难道不是？大夫人分明是气赌胸口，痰火扰清窍，你不但不清不泻，反用人参汤，不是害她是什么？"乔之甦道。

"娘用人参汤是要为大姐姐补元气。"贺兰溪慌忙道。

"究竟是你的意思还是老夫人的意思？"乔之甦的一句话叫贺兰溪说不出话来。他转过头不卑不亢地望向唐何。唐何也正将信将疑地看着他，嘴角微微一动，似乎想要说什么，乔之甦却比他更早说了出来："唐大人可以不信我，但应当比任何人都相信自己的妻子。"

唐何一时无语，痛苦而心疼地深深凝望郑南清，后者却转过头不肯看他。

"若甄某可在一盏茶内令大夫人醒来，便可证明甄某之话属实。而害大夫人者另有其人。"

"娘，不要听他——"

"不过一盏茶便可试出甄某所言是真是假，难道三夫人不敢？"

"你不要挑拨离间！娘，您不要相信他！"

"若一盏茶内，大夫人不曾醒来，甄某任凭处置。老夫人，此时再害大夫人对甄某已无好处。若再不施救，只怕华佗再世亦无力回天，难道您真要眼睁睁看大夫人离开？"

贺兰溪见唐老夫人已有犹豫，着急了起来："娘，咱们还是请……"

"就这么决定！"唐何突然道，冷厉地望着乔之甄，"我给你最后一次机会。否则，今后世上再没有你这个人！"

郑南清心中一跳，忍不住抬头担忧地望乔之甄，后者却胸有成竹般微微一笑："好！"

乔之甄只要了一碗没有放任何调料的萝卜汤。萝卜汤可下气。乔之甄认为廖清妍之所以昏迷不醒乃是被人参误补了气。

轻烟袅袅升起，火星一点一点往下燃着，香换了一炷又一炷。三炷香乃是一盏茶，这是最后一炷香。香灰徐徐飞落在香坛中，床上躺着的人却没有丝毫要醒的意思。唐何想到郑南清与乔之甄之间的暧昧关系，烦躁地在屋内踱着步；唐老夫人更是等得心焦，不住地用拐杖敲着地面；唐三夫人则小心服侍着唐老夫人，忍不住暗中得意。屋内四人，只有乔之甄最镇定。他半蹲在床边，仔细地将针轻轻捻进唐大夫人的神门穴，用拇指快速一弹，接着捏住针柄，用力一提，将针迅速起出皮肤。随后，他在合谷、足三里等处加针，用拇指食指夹紧针柄，快速向右捻转，逐一施以泻法①。

最后一针起，恰香上的火灭，最后一小截烟灰落了下来。

贺兰溪激动地叫道："一盏茶时间到！"话音刚落，床上陡然响起一声矢气，紧接着，一连串矢气放出，屋内人纷纷皱眉捂住了鼻子。突然，一声若有

---

① 针刺有补法、泻法两种手法，补虚泻实。即体虚用补法针刺，实邪侵犯则用泻法针刺。

似无的呻吟从廖清妍的唇间逸出。众人吃了一惊，同时转过头去。床榻上那个虚弱昏睡的人似乎动了动。

"动了，她动了！"老唐激动地叫了出来。

"清、清妍……"唐老夫人如梦初醒，眼眶里突然涌出泪来，浑身的紧张在刹那间一齐释放，她微一摇晃，竟向旁侧倾倒。

"娘！"唐何慌忙扶住她。

"快，快带我去看清妍。"唐老夫人斜倚在唐何怀中，虚弱道。

唐何只得将已被担忧、紧张、宽慰折磨得没有一丝力气的唐老夫人带至廖清妍床边。唐老夫人紧紧地抓住廖清妍苍白得几乎没有一丝血色的手，老泪纵横道："清妍，我可怜的清妍……"

乔之甦站在床边，镇静地望着一屋子或喜或惊或失望的人，淡淡道："她醒了。"

第五章　鬼穴乱梦醒

子夜，依旧是细雨绵绵。乔之甦推门进屋，将油灯点燃。细弱的火苗在墙上投出一抹晕黄。这一片晕黄中突然落进一个人影，是个女人的影子。乔之甦却丝毫不惊讶，他给自己倒了一杯水后淡淡道："你来了。"

孙九妹笑着在他对面坐下，油灯映着她漆黑的眸，格外发亮："你忙活一天，贺兰溪还好好地住在兰溪苑里，郑南清还是不受那个唐老太婆的待见。"

"四夫人不再喝四物转而服右归丸，大夫人也醒了过来，这难道不是收获？"乔之甦细眼微眯，俊眉一挑，"更何况我们知道贺兰溪便是主谋，那么杏林堂中的杜子非定是告密者。"

"可阿妹明明是老夫人的人，你怎么就推断出那个人是贺兰溪了？"

"任何事都要看动机。我实在看不出四夫人无法生育对唐老夫人有什么好处。"

"连喜儿那个丫头都说是老夫人要赶走郑南清。"

"喜儿也说老夫人对四夫人态度的完全转变是从四夫人小产以后。"

"你这是什么意思？"

"若我猜得没错，四夫人那次小产根本不是意外，那么害四夫人小产的人必然也是这次给四夫人暗中加用芸薹子之人。"

"四夫人当年的安胎药用的是千金保孕汤，照理说不会发生滑胎之事。可如果有人暗中下了药，究竟是什么药才会让人看不出来？"

"红花。"乔之甦道，"少量红花每次放入药中同煎，几次之后便会有胎动不安。如此一来必当加大药量，殊不知正是加大了药中红花的量。"

"可这样就不会有人发现吗？"

"这便要看用药之人的水平了。"乔之甦道，"我听说杜子非是个用红花的高手，常常以红花破血以治妇人月事不调诸症。"

"你怎知是杜子非搞的鬼？莫忘了，喜儿说方子是林德伊开的。"

"可药却是杜子非亲自抓的，以杜子非的性格，你觉得他会亲自为人抓药吗？"

"这，好像不太可能。"

"在抓药的时候偷放红花，是掩人耳目的最好办法。旁人只会注意开方子的人，却忘了抓药的人。"

"他也想不到，喜儿这丫头竟然把这件事都记得一清二楚。可郑南清流产总要找林德伊看的吧，难道林德伊看不出来吗？"

"你来看这个。"乔之甦从怀中拿出一张纸。

"这是……"孙九妹瞠目结舌，"这是杜子非开的方子。"原来乔之甦拿出的正是一年前郑南清小产时请人开的四物汤，因这方子一直未换，所以便一直保存到了如今，只见其落款处映着昏暗的火光恰恰是"杜子非"三个龙飞凤舞的字。

"若是杜子非自己看病，他能说四夫人是因为服用红花而小产的吗？而且，四夫人除了一直在服用红花，更被人按了肩井穴。"

"肩井穴？这是什么？"

"肩井穴乃是足少阳胆经上的穴，可治疗肩颈疼痛。"

"我听那晚喜儿说过。郑南清落枕，按这个穴位不是正好吗？"

"但肩井穴于孕妇却是禁忌。"

"你是说它可致流产？"

"我想阿妹去给郑南清按摩并非是老夫人的主意，而是贺兰溪私下授意。"

"原来你早已有了推测。你到底是从何时开始怀疑贺兰溪和杜子非的？"

"从喜儿那日下午在药房外看到贺兰溪开始。"

"可进药房的是阿妹，你应该还不知道阿妹被贺兰溪收买了吧。"

"当时确实不知道，可也正因为那样，我才在想或许阿妹就是贺兰溪的人，这样一来，所有环节都解开了。"

"我还是不明白，阿妹虽然进了药房，可她与贺兰溪并没有交流呀。连喜儿都说贺兰溪是要到唐老太婆屋子里去。"

"喜儿是否亲眼看到她进了老夫人的屋子？"

"这倒没有。"

"人总会有惯性思维。在喜儿的意识中，贺兰溪总是对老夫人逢迎拍马，每日午后必要去老夫人房中，她自然而然以为贺兰溪是要到老夫人那里去。但喜儿忽略了一点，那条路虽然也可以通往老夫人的住处……"乔之甦拿手指沾了茶水在桌上简单地画了几笔，边指边说，"这是老夫人的园子，这是兰溪苑，这儿是药房。这几条便是唐府里的路……"

孙九妹借着昏暗的烛火仔细看乔之甦画的这一幅唐府地形图，惊道："从兰溪苑到唐老夫人的园子，药房外的那条路是最远的一条路。难道，她只是在逛园子？"

"若想逛园子，为何一个随从都不带？"

"那倒是，贺兰溪这个女人如此招摇，怎会一个人都不带？"

"那是因为她要做的事太隐秘了。"乔之甦的眸中射出一道冷光，"她大概不放心阿妹，所以要亲眼看着阿妹进药房去，顺便为她放风。她们二人密谋此事必然心中有鬼，故而明明见了面却装作未见。后来阿妹篮中的芸薹菜又正好证实了我的猜测。"

"一般人看到芸薹菜只会想到唐老太婆。"

"吃菜的人是老夫人，做菜的人却是唐三夫人。她对人宣称自己为老夫人准备决明子，其实便是要掩盖晒芸薹子的事实。"

"芸薹子状若决明子，所以阿妹才口口声声说自己放的是决明子。"

"原来你下午也看到了。"乔之甦看了孙九妹一眼，见她俏皮地一笑，便也笑了笑，"昨日阿妹与那丫鬟晒的就是芸薹子。最危险的地方就是最安全的地方。我想唐老夫人根本不知道，自己的佛堂外晒的就是让媳妇不孕的东西。"

"这个女人真是狠毒！可就算是这样，唐老夫人还是没拿她怎么样。哎，你为何不让秦妈妈将郑南清药渣里混着芸薹子的事儿告诉唐老夫人？那不是简单多了吗？"

"你觉得唐老夫人仅凭秦妈妈的话就能发落贺兰溪？"

"至少证明郑南清确实被人下药了。"

"贺兰溪完全可以说，那是不小心混进去的。不要忘了，这么多年，唐老夫人最信任的就是阿妹和贺兰溪。仅凭一碗药渣，根本不能说明什么。"

"那怎么办？做了那么多，难道就只能这样？"孙九妹义愤填膺，"那个贺兰溪真是太可恶了，难道就要看着她继续作威作福？"

乔之甦冷冷一笑："虽说唐老夫人目前看起来仍然信任阿妹和贺兰溪，但怀疑的种子已经种下了，若她知道害唐大夫人病情一直无好转的人是贺兰溪，你猜她会如何？"

"廖清妍也是她害的？"

"我摸大夫人之脉，只觉其浮数而滑，分明便是有痰热，喜儿却告诉我大夫人一直用的是常治女子神乱的甘麦大枣汤①。甘麦大枣汤虽是良药，可用在唐大夫人身上，其甘草、麦冬补阴，恰恰好就增长了其痰湿体质，且唐老夫人又时常用人参相补，更使其气郁。"

"这就是你常常说的不辨证乱下药。"

"这当是有人故意为之，反而加重其病情。"

"以药下毒，若不是懂医者根本无法做到，定是杜子非干的。学医者不以仁心为先，反存害人之心，不配做一个大夫。可就算唐老夫人知道真相了又能怎么样？"

"那么贺兰溪的话就不会对唐何再起任何作用。她替杜子非告的密也不会占有多大的分量。"乔之甦微微一笑，"其实唐何现在已经不相信贺兰溪，但碍于老夫人的面子……"

"你还是打算救那个女人。"孙九妹扁了扁嘴，"今天我来不仅仅是想知道这件事的结果。我是来告诉你两个消息的。你是要先听好消息，还是坏消息？"

"你一向先说坏消息。"

"艾子衿已经晕过去一天了。"

乔之甦敲着桌面的手指猛然一顿，虽然很快便恢复了镇定，却还是被孙九

---

① 甘麦大枣汤：出自《金匮要略》，为补养安神之剂，以甘草、小麦、大枣组成，有养心安神、柔肝缓急的功效。主治精神恍惚、悲伤欲哭、不能自主、心中烦乱、睡眠不安，甚至言行失常、哈欠频作。

妹瞧出了他心中一瞬间的情绪起伏。孙九妹忍不住嘟囔："这么多年，你怎么就是放不下她呢！"

"不，我放下了，我早就放下了。"乔之甦低下头，低沉的声音像是从遥远的时空虚浮飘过来，"但是我忘不了之曼是如何被人凌辱的，也忘不了爹和之跃是如何死的，我差点也这么不明不白地死去。"

"所以我恨她！我永远都忘不了是从哪里将你找回来的！如果不是她，乔家不会这样，你不会这样！"

孙九妹激动的声音不断地在乔之甦耳边环绕，他只能这样静静地站着，等待她的声音慢慢减弱，最后融进尘埃之中，然后他敛下双目，掩去眼中那一抹悲伤和绝望，冷冷道："但是她必须活下来，为了已死去的何不平，也为了孙老师的嘱托，咱们一定要找到名册！"最后一句像是他对自己的誓言，每一个吐字都咬得格外清晰，在这个细雨沙沙打着嫩叶的黑夜里显得格外地坚定。孙九妹已被他这样冷静而坚决的神情吸引住，半天没有说一个字。

乔之甦又问道："你刚才说的好消息是什么？"

"郭定走了。"孙九妹回过神来，"我听说他去临安见督御史。"

"这可能是将艾子衿带出狱的唯一机会！"窗缝里漏进带着春雨寒气的风，油灯上微弱的火苗蓦地一跳，乔之甦轻敲桌面的手指一停，一道凌厉而果断的光从他的眼中射了出来，"九妹，你去打听那个督御史究竟是谁？到这儿来有什么目的？"

第二日，唐老夫人着管家老唐请乔之甦到唐大夫人房内。乔之甦一路由老唐引着走到唐大夫人门前。门微敞，昏暗的屋内隐约见青纱帐放下的床前站着两个人，其中一名自然是唐老夫人与唐何，另外一人背对门口，只露出脑后的白发。

"大夫人如今脉象比原先平和许多，不见浮脉，可见痰火确实被引到了下焦①。"那人的声音听起来带几分沧桑的味道，乔之甦料想应是林德伊。

---

① 中医说的"三焦"，既是体腔的划分，又是六腑之一。作为体腔划分时，上焦为心、肺、中焦为脾、胃，下焦为肝、肾、大肠、小肠、膀胱。此处下焦即为体腔划分之下焦。然中医五脏六腑更多为功能的定义，须与现代解剖学的位置相区别。

唐老夫人叫了一声"林大夫"，而后又问："这么说姓甄的后来给清妍用了礞石滚痰丸倒是对了？"

林德伊点了点头。

"可为何杜子非一直开甘麦大枣汤？还让我多用人参补元气？"

"是子非让老夫人这么做？"林德伊似乎不敢置信。

"三丫头说是杜大夫说的。"说完这句话，唐老夫人脸色突然变了，想起这一年全是贺兰溪自告奋勇照顾廖清妍，心中渐渐明白过来。

林德伊见杜子非开了这么一个文不对题的方子，很是奇怪，念及其是自己弟子，在事情没明朗之前不好在唐老夫人面前多说什么，斟酌片刻后开口道："大夫人最早发病确实是脏燥引起，但这方子用了这么久也没见效果，或许换成礞石滚痰丸更好。"

唐老夫人点头，心事重重地取出一个纸包递给林德伊："林大夫，这究竟是五味子还是芸薹子？"

林德伊一时摸不着头脑，打开纸包看了一眼，讶异道："这是五味子，不过里面有几颗是芸薹子。"

唐老夫人脸色发冷。昨日她听乔之甄说了芸薹子一事，便存了心思，从贺兰溪送来的五味子中拿了一包出来。贺兰溪确实送了五味子给她，可是连她自己都想不到竟然混进了少量芸薹子。

唐老夫人又问："芸薹子可致断产？"

"四物汤中加芸薹子在行经之后服用，确实可断产。老夫人是从何而知？"

"就是给清妍开礞石滚痰丸的人告诉我的。"

"可否让林某见见这个大夫。"林德伊从唐大夫人的脉象看出，这名大夫医治得宜，心知他医术不在自己之下，一时起了结交之心。

"我已经让老唐去叫他了。"唐老夫人说完便转过头去，见乔之甄站在门口，道，"他来了。"

林德伊缓缓转过身，在看见乔之甄的脸以及他诡异的灰发时突然怔住。

"甄大夫，这位是杏林堂的林大夫。"唐老夫人介绍道。

"林大夫。"乔之甄看似礼貌，眼中却似乎有厌恶。

林德伊仿佛看不见他的眼神，微笑道："想不到甄大夫年纪轻轻医术已如此高明。"

"林大夫过奖了。"乔之甦冷冷道，转头问唐老夫人，"不知老夫人请甦某来有何事？"

"你昨日曾说清妍之病可愈，今日林大夫亦在，你不如说说方法，也好与林大夫一同商讨。"

"原来唐老夫人不信甦某，想让林大夫鉴别甦某之话是否可靠。"乔之甦不卑不亢道，"既然如此，甦某告辞。"

"甦大夫……"唐老夫人有些着急，慌忙示意门口的老唐，后者忙将他拦了下来。

"甦大夫，非老夫人让林某鉴别，而是林某听闻甦大夫医术不凡，特来学习治疗癫狂病之法，请甦大夫不吝赐教！"林德伊不慌不忙走到乔之甦面前，诚心诚意作了一揖。

乔之甦想不到在台州城内算是德高望重的林德伊竟说出这番话，且看不出任何惺惺作态之姿，也不好意思对他太过不敬，只得回礼道："林大夫言重了。"

林德伊见他暂时放下戒备，便问道："你觉得唐大夫人当如何治？"

"十三鬼穴。"乔之甦道。

"十三鬼穴是什么？"唐老夫人插嘴问道。

"十三鬼穴乃是人身上十三个穴位，分别为人中、少商、隐白、大陵、申脉、风府、颊车、承浆、曲池以及舌下中缝。"林德伊解释道，"医神孙思邈①认为这些穴位最易被鬼邪侵占而扰动心神，故而称之为鬼穴。"

"鬼，清妍果然是被厉鬼纠缠了！"唐老夫人脸色发白，"我这就请道士去。"

"此鬼非彼鬼。"林德伊道，"这鬼是使人神志迷乱的病邪。这种病邪最易侵犯心神虚弱之人，而十三鬼穴法正是治疗此病的。"

"那么林大夫是否……"

"林某对于针灸一术不算精通。"林德伊抬头望了一眼乔之甦，"甦大夫可当此任。"

---

① 孙思邈，京兆华原（现陕西耀县）人，唐代医学家、药物学，被誉为"药王"，著有《千金方》等，其中名篇"大医精诚"将医德规范放在了极其重要的位置上来专门立题，重点讨论。

话音才落，唐老夫人焦灼的视线便又移到了乔之甦脸上。后者却露出为难的表情："甦某是可令其病愈，只是……"

"甦大夫有何要求尽管说。"

"我需要一名女大夫。"

唐老夫人怔了一怔："女大夫，城中哪里会有女大夫？"

想那唐老夫人之前虽见过艾子衿几面，终究是对她印象不深。林德伊本以为唐老夫人已从杜子非手中收到自己的信，见她此刻对艾子衿全无印象，奇怪道："老夫人，林某求您搭救的那位女子正是林某徒弟，也是城中唯一的女大夫呀！"

"女子？搭救什么女子？"唐老夫人一听更是迷糊。

林德伊只得将事情讲了一遍，最后恳切说道："我这徒弟真是冤枉，我还让子非给您送过一封信，请求在大人面前美言几句。"

"什么信，我已经许久未见杜大夫了。"

"子非没来找您？"林德伊心下也隐隐明白了过来，不由得叹气。

唐老夫人点了点头，沉吟道："也许他来时我恰好不在。"

乔之甦暗暗将二人神情收进眼底，却不发一言。

林德伊不想再纠缠杜子非的事儿，忙转移话题道："老夫人，不知我那徒弟……"

"这件事是朝廷里的事，我一个妇道人家恐怕……"

林德伊脸色一暗，眼角余光突然扫到乔之甦，想起刚才他提到女大夫之事来，又对唐老夫人道："适才甦大夫希望一名女大夫……"

唐老夫人也想了起来，怀疑地问乔之甦道："为何非得要女大夫？"

"甦某不敢对大夫人不敬。"乔之甦低头谦恭地作了一揖。

唐老夫人也明白有些穴位确实不是一个大男人能够去碰的，便问道："有丫鬟侍候也不行？"

"十三鬼穴非同小可，稍有差池便是前功尽弃，只怕情况比现在更糟。"

唐老夫人犹豫地望了眼躺在床上目光无神的廖清妍，问林德伊："刚才你说你那个徒弟叫什么？"

"艾子衿。"

唐老夫人蹙眉思量片刻，握紧拐杖点了一下地，转头大声问老唐："大人回府了吗？"

"刚刚回来，正在四夫人院子里。"

"让他来见我。"

唐何与唐老夫人已商量了半天，房门还是紧闭。管家老唐送来第三碗茶，悄悄地观察院子里各坐在石桌两旁的乔之甦和林德伊：林德伊温和地打量乔之甦，嘴边的笑容像是欣慰。乔之甦却是脸色冷峻地闭着眸，仿佛不曾感觉他的视线，又像是对他的这种视线不屑一顾。

老唐越瞧越觉得奇怪，既觉得二人是旧识，又觉得二人乃初次见面。他琢磨了半天也没琢磨透，只得摇着头走出院子。也不知是有意还是无意，老唐前脚才跨出院门，林德伊就开了口："甦大夫从京中来？"

"甦某漂泊惯了，居无定所。"乔之甦连眼睛也懒得睁。

"林某有个世侄，他的名字中有个甦字。"

"我姓甦。"乔之甦不耐烦地强调。

林德伊却仿佛没听到他的话，叹道："他若能活到今天，想必也与甦大夫一般年纪。"

"一般年纪？"乔之甦冷笑一声，轻轻摇了下头。云端漏下的日光恰好洒在他黑白交杂的发上，闪出一抹诡异的灰色。

林德伊自然看到了他那一头灰发，脸色暗了下来，似乎是疼惜，又似乎是愧疚，更多的却是悲伤。他低敛下眸，淡淡道："当年我知道时已经……"

"林大夫说的是谁？"乔之甦打断他。

林德伊深深地望着他，一句话也说不出来。乔之甦厌恶地望了他一眼，转过头去。

恰在这时，屋内传来哗啦一声，像是瓷碗落地碎成几瓣儿的声音。唐老夫人激动的声音紧接着传了出来："你干的好事，娶了一个不要脸的女人，竟然这么大胆想害清妍。今天要不是甦大夫和林大夫在这儿，我还被她蒙在鼓里！现在清妍有救了，你却因为一个死人，不肯放艾子衿！你让我，喀喀喀，让我死了怎么见我妹妹呀，喀喀喀……"

"娘，这个女人不能放！她关系到东林党……"

"什么东林党？别跟我提这个党那个党！一个女人家跟这些能有什么关系？我只知道她可以救清妍。"

"我可以找别人，艾子衿是郭大人要的人……"

"还不是你跟姓郭的说她有问题，别以为我不知道！你只要说你听错了不就好了！何况那个姓郭的不是昨日就走了吗？"

"娘……"唐何的声音听起来颇是为难。

"你到底肯不肯救清妍？我知道了，你就是想让清妍永远这么病着，你就有理由再娶十个八个！好啊，你下一个娶的恐怕不是害清妍，她害的大概是我！"

"娘，您说到哪里去了。"

"你到底放不放她？"

"现在没有证据证明她是冤枉的，却有人说她葬了那个东林党人！"

"谁？是谁？叫他站出来！"

"兰溪说的，我还没……"

"她说的话你现在还信！我刚才就跟你说了，清妍就是她害的。好，我知道你不关心清妍。你那个宝贝郑南清四物汤里的芸薹子也是她叫阿妹加的。你叫姓甦的查，他现在查出来了，你又不信！"

这句话说完，屋子那头便静了，屋外的两人也跟着紧张了起来。风吹过，枝梢的嫩叶轻轻动着，落下的阴影徐徐扫过乔之甦的脸，将他眸中那一闪而过的锐利目光掩盖了起来。

也不知过了多久，那扇紧闭的门终于开了，唐何面色凝重地走了出来，唤道："甦大夫。"

乔之甦不慌不忙地站起，慢慢走向他。

"你一定需要女大夫？"

"理由我已与老夫人说过。"乔之甦面不改色。

"若不是艾子衿呢？"唐何对他仍有怀疑。

乔之甦笑了笑："是谁并不重要。只要她懂医术，是个女子。"

"好，我给你这个人！"唐何道。

乔之甦在唐家见到艾子衿时，她还在昏迷。她躺在床上，惨白的脸上有几道殷红的鞭痕，长长的睫毛覆盖在紧闭的眸上，不时轻颤着。她似乎很痛苦，眉头皱成了"川"字。

　　乔之甦觉得脑中一片空白，说不出是疼还是别的什么。他用故作漠然的神情看着林德伊将艾子衿血痕斑斑的手从被子里小心拉了出来，她那原本青葱般的十指竟肿得比红萝卜还粗，他觉得心突然像被谁用指甲一掐，他觉得心在被撕扯着，一边是痛，一边是恨。他应该只有恨的，他告诉自己不能再为她心痛，可世上草药万千，又有什么能治得了心痛？他一言不发，双手不由自主地握拳，待发觉时又放开，然后再握拳，再放开……虽然他的面上仍维持了漠不关心，手心还是在这春寒料峭里热出了汗。

　　唐老夫人冷漠地看着艾子衿，怀疑道："她这样还能给清妍治病？"

　　林德伊心知若艾子衿不能及时醒来为唐大夫人治病，很快便会被关回狱中，于是强装镇定道："手指的伤是外伤，用些活血化瘀的药，很快能好。老夫人放心，至多三日，她定可为大夫人治病。"说完，他回头看了一眼乔之甦。

　　乔之甦接到他询问的目光，轻轻点了下头，对唐老夫人道："请老夫人准备一盆凉水，另外我想请四夫人身边的喜儿姑娘过来帮忙。"

　　唐老夫人见二人都这么说便吩咐下人着手准备，不一会儿便有人将凉水端了过来。林德伊与乔之甦赶忙用毛巾蘸冷水擦艾子衿的手指。二人才擦过艾子衿的手指一遍，便听见急促的脚步声，转头见郑南清与喜儿跨进了门槛。原来郑南清听闻这件事放心不下，便跟着喜儿赶了过来，并自告奋勇要帮忙。唐老夫人本来对她没什么好感，此时只想着艾子衿能快些醒过来治廖清妍，便由着她去了。郑南清与喜儿在乔之甦和林德伊的吩咐下先将艾子衿身上的鞭痕用水仔细洗了一遍，而后将一些止血的外用散药轻轻涂在她的伤口上。这时，乔之甦与林德伊已用冷水敷过艾子衿手指三遍了，只见她指端的红肿果然退去不少。林德伊又让人去杏林堂中拿些跌打损伤膏，乔之甦存了个心眼，吩咐抓药的人道："去了杏林堂什么都不要说，只说唐府需要。"林德伊知他对杜子非不信任，也不好说什么，只将自己写好的四君子汤①也递给了那人。二人未互相对看，也未交谈一句，默契地继续为艾子衿的手指冷敷。

天色渐渐晚了，唐老夫人早等得不耐烦回了屋。唐何办完公事回来看了看，而后将郑南清带走。终于只剩下乔之甦、林德伊与喜儿，外加屋外几个守卫的护院。乔之甦将从杏林堂中取回的跌打损伤膏小心翼翼地涂到艾子衿的手指上。在涂到她右手食指时，他觉得掌心有东西轻轻一撞，一种异样的感觉立即从掌心透进血脉，瞬间便融进了心底。他低下头，果然看到了一双亮得像黑珍珠的眼眸，一眨不眨地盯着自己。他顿时觉得口干舌燥，心跳也像忽然停了。

"你是……"艾子衿喃喃道。她做了一个梦，梦见乔之甦，梦见七年前的自己，可她万万想不到睁开眼第一个看到的便是他。只不过梦中的他仍有乌黑如绸缎的发，而眼前的他只剩下一头灰白的发。她不敢相信地伸手想要去摸他的发，却被他厌恶地推开。"啊！"手指上的伤让她不自觉地呻吟，她这才惊觉手指上火辣辣地疼。

她的声音让乔之甦心头一颤，但他还是决定忽视心中的感觉，冷冷地侧过脸。

"子衿！"林德伊听到艾子衿的叫声，惊喜地奔了过来，"你醒了！"

看着林德伊满脸的关心，艾子衿一时反应不过来。

林德伊柔声道："这是真的，你没有做梦。"

艾子衿望了他一会儿，又看了一眼冷淡的乔之甦，虚弱地问道："这是怎么回事？为何我会到这里？"

林德伊瞧了瞧乔之甦一眼，见他似乎不想说话，便转头嘱咐喜儿将四君子汤熬好端来，再将自己所知道的事叙述了一遍。末了，他深深望了一眼仍是脸色阴冷的乔之甦，对艾子衿道："我去看看喜儿姑娘的药熬好了没有。"说罢，他走了出去，并仔细关好了门。

乔之甦仍是一动未动，桌上的油灯明明灭灭，他的脸一半掩进阴影里，独显得另一半脸上的眸如刀剑般冷厉。

---

① 四君子汤:出自《太平惠民合剂局方》，由人参、甘草、白术、茯苓组成，为补气基本方。

"我以为你会一直戴着斗笠。"艾子衿幽幽道。

乔之甦微挑眉梢，冷冷地看她。

"你我毕竟夫妻一场。"艾子衿叹了口气，"那日你在山上落下了玉佩。"那块玉佩是乔之甦出生时乔衍叫人所制，乔之甦曾在成亲时送给了艾子衿，然艾子衿离开乔府时又将它留了下来。

"以前的事我已经忘了，你最好也忘了。"乔之甦冷冷道，"这次我会救你，你应该很清楚是为了什么。"

"你是为了何不平。若不是何不平，你怎还愿意与我有瓜葛。"艾子衿自嘲道，"恐怕你要失望了。"

"你不想说？"乔之甦阴鸷地直视他。

"那日你问我为什么将那个人葬在白云山。"艾子衿抬起头，坦荡的视线直直落入乔之甦的眼底，"答案很简单，他对我说的最后三个字就是——白云山！"

"只有这三字？"

"除此以外，再无其他。"艾子衿声音低了下去，似乎也为不能帮助乔之甦而难过。

然此刻的她在乔之甦眼中却只有惺惺作态，或许只是因为乔之甦更愿意相信她只是惺惺作态。

"师傅说是你向唐老夫人要求我做你的助手治疗唐大夫人。现在你已知道了那句话，再没有理由救我。你走吧，不要再留在这里。至于何不平的话，你放心，我一个字都不会说出去。"艾子衿的声音看似平淡，却透着一股倔强。

乔之甦深深看着她："既然我已决定要救你，就不会半途而废。"

唐家人只给了艾子衿三日时间。第三日，艾子衿来到了廖清妍的卧室。卧室内立着一个极大的屏风，透过山水画淡染的屏风，隐约可见廖清妍躺在床头。原来乔之甦已用推拿之法令其睡了过去。

唐老夫人坐在屏风左侧的太师椅上，郑南清、林德伊、乔之甦各站在她身后。见艾子衿进门来，几人神色各异地打量着她。经过三日调养，艾子衿精神略有好转，只是脸色仍如白纸一般。她淡然地扫过每个人的脸，沉静地低下头，低头向唐老夫人行过一礼后，腿脚一软。郑南清眼见她差点摔倒，忙上前扶起她，担心地问道："艾姑娘，你没事吗？"艾子衿微笑地摇了摇头，眼中的倔强叫郑南清心生敬意。

唐老夫人见她这一副弱不禁风的模样，怀疑地转头问乔之甦："她这样子，能当得了你的助手？"

乔之甦胸有成竹地笑道："只要她懂医，会找穴位便好。"

林德伊忙在一旁道："老夫人放心，子衿一向刻苦，针灸一术更是杏林堂内学得最好的。"

唐老夫人转头冷冷道："艾子衿你听清楚了，清妍是知府夫人，有任何差池……"

艾子衿不卑不亢道："老夫人放心，子衿是一名大夫，时刻谨记自己的职责。"

唐老夫人也被艾子衿说话时那执着而坚定的目光镇住，不知怎么竟心生信任，转头问乔之甦："何时开始？"

"午时阳气最旺，且借自然之阳驱人体之邪，最是事半功倍。"

"那便等午时吧，只差一刻钟了。这会儿还有什么要准备？"

乔之甦从药箱中取出艾绒："先请艾姑娘在大夫人的气海穴上点一炷艾灸。"

气海在脐下一寸半处，乔之甦不便入内，隔着屏风指挥艾子衿。艾子衿在唐老夫人怀疑的视线里步履蹒跚地走到床前。冷汗从额头顺着脸颊一路流了下来，滴到她走过的路径，跟着她来到床头。

"隔姜灸。"乔之甦的声音从屏风后传来。艾子衿无力回答，她小心撩开廖清妍的衣衫，再翻开肚兜的一角，摸索到气海穴，将衣被等仔细盖在了其余裸露的肌肤。然后她将一片隐约可见几个细小针孔的薄姜片放在廖清妍的气海穴上，再将一小撮艾绒堆成小山，放在姜片上，最后用火折子将其点燃。

艾绒引了火，迅速燃起一点火星，艾烟缭绕，屋内渐渐变得宁静而祥和，众人只觉得像身处日光中，浑身暖洋洋。唐老夫人见艾子衿动作纯熟、态度认真，遂放心下来。

乔之甦隔着屏风看伏在床榻边的艾子衿的背影，就像回到七年前，他隔着朦胧的纱窗看她的背影，心里最柔软的地方被撞了一下。他回过神来，暗自握紧了拳，指甲刺进掌心的疼痛让他涌起的温柔刹那间消失。他冷起声音道："再灸足三里。"

屏风的另一侧，艾子衿不慌不忙地准备着，在唐大夫人外膝下三寸又点上艾灸……

一刻钟后，艾灸刚好燃尽。乔之甄走进内房，见廖清妍仍在沉睡，但眉头已舒展，嘴角也不知何时弯起了，似正在做一场美梦，于是便开始准备行十三鬼穴法。

林德伊见他没有丝毫用针的意思，惊诧道："难道你已学会气针之法？"

艾子衿听到"气针"二字，也吃了一惊。她曾在他的医案中看到过："上工用气，下工用针。"她也知道针灸最高境界便是不用针，乔之甄七年前便已在各种医书中苦苦探索气针的方法，又拜了不少名师习武。几乎所有人都知道，习武运气，运的便是十二经络中的气。当年他已经打通督脉与任脉的气血，可将气贯通小周天。难道短短七年，他便将十二经络也打通，贯通了大周天，真正掌握气针之术了吗？她有些好奇，目不转睛地观察他的一举一动。

只见他提起右手，食指中指并拢。然后，他的手臂上竟出现一个红点。红点慢慢延伸，似血脉般向手腕生长，再连接食指指端。紧接着，一股气旋转而起，以食指为中心，越转越大，形成一股强风，开始只是打得他的衣袖噗噗乱舞，最后将床边的纱帐也打得啪啪直响。

其余几人在这样强烈的气流中几乎站不住，纷纷往后退开。然而乔之甄却像一座雕塑纹丝不动地半蹲在飞摆的纱帐间。

这样的乔之甄，这样专注的乔之甄，艾子衿觉得自己仿佛回到了七年前，她偶然路过医馆的大门，远远地望着他专注地为人诊脉。

突然，一股强风撞上她的胸口，她踉跄跌倒，也将七年前的幻影打成碎片。她抬起头，见乔之甄已开始点人中穴。人中又名鬼宫，乔之甄曾有记录需针刺入三分。此时他用的是气针，艾子衿见乔之甄指腹上的红线竟延伸进唐大夫人的人中穴，恰恰好便是三分！第二针乃是刺鬼信穴，鬼信即是少商穴，拇指关节距指甲角十分之一寸处。若在平时，此穴可治咽喉疼痛。然作为十三鬼穴，应刺入二分。乔之甄依前法依旧以气为针刺入二分。

突然，唐大夫人的眉头一紧，表情痛苦得扭曲了，同时她的身子像被闪电击中，猛地一抽，四肢也跟着激烈地颤了起来。唐老夫人看得心惊，情不自禁便要上前，却被林德伊拦住："老夫人，正邪正在大夫人体内争斗，切不可打扰。"

"可是她……"

林德伊思量片刻，果断道："让人在屋内燃艾草。"唐老夫人颇为疑虑，却还是照做。艾草燃了一会儿，唐大夫人紧皱的眉头果然舒展了不少。

这时，乔之甦已用气针刺完鬼垒、鬼心、鬼路、鬼床等穴，只剩下最后的鬼封。只见乔之甦左手按住唐大夫人两侧下颌穴，使其张口。艾子衿知他要刺舌中缝，便走了过去，拉起唐大夫人的舌。乔之甦想不到她如此默契，忍不住望了她一眼，见她脸色苍白、冷汗直冒，知她是顶着极大气旋过来。他想到她身体未复原，怕她经受不了自己的真气，不由得停了下来。

"不要停，停下鬼邪又都回来了。"艾子衿虚弱却坚强的声音叫他一震，他转头，迎向她看过来的坚定视线，轻点了下头，然后猛一提气——一股火热的真气顿时从下丹田直冲而上，贯通天灵，流入右手臂中，指尖顿时如被一股真气涨满。乔之甦微一蹙眉，手指朝廖清妍舌尖一点，真气顿时泄出，如针般刺入廖清妍舌中缝。同时一股强劲气流忽地擦过艾子衿，她的身子摇了摇，提着廖清妍舌头的手仿佛被万蚁噬咬。这时，她听闻众人惊呼，忙低下头，欣慰地看见一滴血从廖清妍的舌尖滴下。然而那一滴血坠地之前，天地突然倒转，血珠子放大成无限倍在她的眼前旋转，她恍觉自己站在了悬崖边，身子不听指挥地往旁侧倾倒。意识昏迷前的一瞬，她的脑中突然浮现《乔氏医案》中的那句话："鬼封刺出血，引鬼而出，封神于心。"然后，她便跌进了无尽的黑暗中……

第六章　玉枕燕分飞

万历四十八年十一月，北风飒飒，黄沙飞舞，满空的乌云将大地笼罩成一片阴暗。寒风料峭中缓缓走来一名素衣女子。她在一座古旧的院落前停了下来，朝那紧闭的主色大门望了过去。大门上悬着一块灰暗的额匾，其上刻着两个铜漆的隶书大字：沈府。

女子缓缓伸手，手指在触及铜环的刹那停了下来。巷子里行人不绝，不断在她背后指指点点——

"就是她，她就是那个害乔大夫一家的人。"

"还真不要脸，也不想想乔大夫当初怎么对她的。"

"不过是个妓女的女儿，连自己父亲是谁都不知道。乔大夫不计较这些娶她。好了，看到乔府失势，她竟然反咬一口！"

"听说她是为了赏银！"

"呸！不要脸的女人，她现在又想攀龙附凤勾引沈大人！"

"我说呀，就是沈大人被她迷昏了头才会相信她的供词。"

"就是，她娘做娼的。她从小在那种地方长大，谁知道学了什么狐媚功夫，迷了乔大夫，又来迷沈大人。我看沈大人的声誉也要毁在她手里哟！"

"啊啊，她看过来了。这种水性杨花的女人，看了会得病，赶紧走！"

艾子衿不过想要抬手扣铁环，便被路人误会要转头，纷纷离开。她已经让人厌恶至如此程度了啊。她自嘲地牵了牵嘴角，扣响铁环。

"咚咚。"沉闷的声音打破令人窒息的安静，许久才听见脚步声自里面传来，门被打开了。沈九站在门内，表情依旧僵得像是冰雕。在有限的几次会面里，艾子衿从未见过他有过其他表情。

"我要见沈大人。"艾子衿道。

"大人上朝未归，艾姑娘请回。"说完，沈九关上了门。

"啪——"也许是街上太过安静，关门声响得连空气仿佛都抖了一下。风依旧呼啸，她鬓边的发丝扬起，一片枯叶旋转飞来，从她的发梢一路向下，滑下她的削肩，最后落到她的裙边。她低头茫然地看那片枯叶，泪陡然蓄满眼眶。她不想哭，她只是鼻子有些酸涩。她深吸一口气，觉得似乎有水一路流过鼻腔淌进喉，喉间立即积蓄了苦涩焦干的味道。她觉得有点儿痛，不知道是喉痛还是心痛。路上偶有行人路过，依旧指指点点，那些鄙夷的视线从四面八方刺过来。若那些视线是剑，那么此刻，她必然已是千疮百孔。她无法承受地往后倒去，所幸手牢牢扶住了墙，那就是她的支撑。墙上爬满的爬山虎已经成片，已经入秋，叶已暗红，血渍一般铺满视野。她不由得颤了一下，却也只有一下，然后她转过身，背靠在墙上，静静站着。

半月前，红丸案审毕，乔家罪同谋逆，念及乔家几代为御医，只乔衍一人被诛，乔之甦、乔之跃被流放北疆，乔之曼没入妓籍。艾子衿因为在乔家案发前已被乔之甦休妻，又因做了这个案子里"最重要"的证人，不但不予追究，反而得"赏银"五十两。银子送到艾子衿的手中，沈斯却再也不曾出现。所以今天，她必须等下去，必须见到沈斯。

沉思被一声马嘶打断，艾子衿抬眼看去，见黑暗的巷子口驶进一辆马车。车厢的影子贴着墙面慢慢移近，直到将墙角的她完全遮掩。这一片暗影里，艾子衿的眼像天边的星辰，格外闪亮。

沈斯甫一下车，便看到这片阴影里那双如星辰的眸，不自觉停了下来。沈九算准了时机开门，正看到他往艾子衿走去，眉峰几不可见地一蹙。

"这么晚还在这里，你在等我吗？我不是告诉你，过段时间就去找你吗？"沈斯不满地蹙眉，转头四处查看，因是接近晚饭时分，行人不多，他松了口气。

这番举动自然未逃过艾子衿的眼。她细细查看沈斯，分明是熟悉的眉眼、熟悉的唇鼻，分明离得那么近，她却觉得那么陌生，那么遥远，像是被黑暗蒙住，她竟是再看不清了。她自嘲地想要弯起唇角，只觉唇角上也仿佛挂了千斤重物，不自觉竟是往下垂着："过段时间是什么时间？要等乔之甦离京之后，还是要等这件事完全平息？对啊，现在的沈大人来找我这个恩将仇报的恶女人，实在是有辱您的清誉。"

"这是什么话？"沈斯眉头蹙更深，"我知道最近太忙冷落了你，是我不好。但是如今非常时期……算了算了，我送你回去。"他上前欲握住艾子衿的纤手，惊呼道，"怎么这么凉？你在这里待了多久？"眼中流露出关切与揪心。

艾子衿却不敢再相信自己看到的这双情感流露的眸子。她迅速抽出手，垂下臻首后退一步，似乎不想让自己沾惹他的气息。

见她如此抗拒，沈斯的手僵在半空，脸色顿时暗了，语气却依旧温和："乖，别闹脾气。我送你回去。"

"沈大人以为我在闹脾气？"艾子衿抬眸，"大人错了，子衿是来要东西的！大人日理万机，该不会已经忘了我交给您的东西了吧。"

艾子衿生硬的质问让沈斯一怔，立即便想到了她要什么，僵在半空的手迅速握拳，低声道："子衿，不要胡闹……"

"沈大人，请您将乔之甦的医案还给我。"艾子衿冷声打断他。

沈斯显然想不到她如此直接，冷声回道："那是呈堂证供，已上呈大理寺。"

"我给你的却还在你的府中！"艾子衿不退不让地瞪视他。

"子衿……"沈斯拉下脸。

"红丸中有辰砂、红铅等，性猛，用于强阳之人则耗人精血！可伤人于无形，虽为禁药亦为妙药。这句话到底是谁写的？"

沈斯只觉她直视过来的目光有如刀锋，一时说不出话来。

艾子衿冷笑着继续道："沈大人，我怎么记得当初我将医案送到你这里，写的还是'红丸原方已失，中有辰砂、红铅等，其性猛，可治五劳七伤，虚惫羸弱诸证。然切不可以强阳之用，多用则耗人精血，虚人元阳'呢？沈大人，究竟是我记错了，还是大人根本将这医案递错了？"

沈斯脸色难看："子衿，你要相信我！"

"相信你？你叫我如何相信你！"艾子衿的杏眸里隐忍的怒火终于升腾，"你说只要将这医案递上去就可以洗清乔家冤屈，你说只要我说出公公虽然见过李可灼却只是治他的腿疾就可以证明红丸不是公公交给他的。公堂上为什么只问我公公是否见过李可灼却不让我说后面的话？"

"子衿，乔之甦与你已无关系，乔衍不是你公公！"沈斯脸色阴冷，暗压怒火，"我好不容易在岳父面前力保你，你为何偏偏要和那些钦犯拉关系？你难道不知道乔府女眷如今都没入妓籍了吗？"

"如此说来，那五十两银子也是沈大人帮忙求来的。子衿真感谢您啊！"

"子衿，你知道我不是这个意思！"

艾子衿仿佛没听见他的话，眼中不知不觉噙满泪水："可是那些钦犯是我的恩人，是我曾经的家人。在你离开后，是乔家收留了我！为什么当初你要扔下我，现在又来利用我?！"

"子衿，这不是我愿意的。我也身不由己，要怪就怪乔衍是浙党的人！我不过也是为了——"

"为了仕途，你不过也是为了仕途！"艾子衿冷笑着，眼中却有种绝望，"为了仕途，你果然什么都能抛弃，什么都能放下！"

"不，我放不下你！"沈斯突然用力抓住她的肩，将她逼入墙角，"你知道我放不下你，我一直没放下你！是，当初我离开你是我不对！但是我只是想让你等我。只要再等几年我就可以风风光光地接你进门！子衿，我一直爱的就是你呀，你却嫁给乔之甦，是你先背叛了我们的感情！"

"我背叛我们的感情？"艾子衿笑了起来，"我嫁给乔之甦是背叛，那么你娶郭若芯就不是背叛？"

"你只要等我，我就可以……"

"可以什么？可以娶我做妾？可是沈斯，我宁愿一辈子不嫁，也绝不会做妾！"

"子衿，我不是这意思！"沈斯抓住艾子衿的手，那么用力，以至于她竟挣脱不开，"子衿，我从没有看轻你，我不会让你做妾。你等我，等我有一天风风光光抬你进门……"

"抬我进门？进沈家的门还是进郭家的门？"泪如雨下，她觉得整个世界都在哭，她觉得自己就像在溺死的边缘，好不容易才能找到呼吸的方式，"沈斯，你已经入赘郭家了！"

"可是我爱的是你！子衿我知道，你不爱乔之甦，我知道，你一直没有忘记我！

只要你肯，我们从头开始，无论之前发生了什么，我们都不要计较了，好吗？"

"不好！"艾子衿大声回答，恰此时，电光一闪，如盘古用大斧劈开混沌，将艾子衿的脸照成一片惨白。紧接着轰隆隆一声雷响，艾子衿的声音立即融进这震耳欲聋的雷声，打得沈斯的心一颤。豆大的雨点不一会儿便砸了下来，天地被交织成的一片绵密的雨网。

"是，我不爱乔之甦，当初嫁入乔府不过也是遵循我娘的遗愿。可我不后悔，因为乔之甦给我的，是尊严！"艾子衿浑身湿透，鬓发粘在脸侧，冰冷的雨水淌进她苍白的唇，她的唇角微微一抖。但是她的眼睛却很亮，像是隐藏在云后的星，始终闪烁着坚定而倔强的光。

沈斯一怔，不自觉地松开了她。

艾子衿只觉心如破了个洞。她抬头，用力地望向他。可雨幕仿佛将彼此隔绝在两个世界，她竟是再看不清他的脸。

"我今天来本不是质问你，也不是要你为乔家做些什么？也许就像你所说，你也是身不由己。"骤雨让艾子衿恢复了原本的冷静神态，她用一种疏离的目光望着他，"我只想要回那本医案！"

"子衿……"

"乔衍已经被斩头，乔之甦马上也要被流放，我只是想收回他最后的心血，你该知道我从很久之前便喜欢医学了。"

"你是为了学医？"沈斯盯住她，仿佛要看穿她心底的秘密。

"就当是吧。"艾子衿叹气。

沈斯回头看了眼默不作声的沈九。沈九冰冷的脸上似乎更添了一层霜，却又隐进在这黑暗的雨夜。"去拿来吧，就在我书房的柜子里。"沈斯叹了口气。沈九犹豫片刻，转身进了门。

"子衿，我待会儿送你回去。"

"不劳大人费心。"

"子衿！"沈斯被她冰冷的态度激怒，霸道地抓住她的双肩，"你答应也好，不答应也好，我绝不会放开你！"

艾子衿咬住唇抬头凝视他，半晌方道："好，你送我回去！"

下过一场暴雨，第二日天空露出湛蓝，枯叶在这一夜暴雨中全被打落了，白杨树上只余留空荡荡的枝丫。风已经停了，小路因浸泡了雨水愈发地泥泞，两辆囚车深深浅浅地碾过满是水塘子的路，留下车轮的印迹。囚车中各坐着两名遍体鳞伤的男子，其中一名脸色悲愤，另一名却只是低着头，任凭凌乱的发垂下，遮去脸上的神色。

这两名男子正是乔之甦与乔之跃兄弟，而这一日也正是二人离开京城、流放边疆的日子。

"乔大夫——"远处传来悲戚的呼喊，乔之甦缓缓抬头。

来人气喘吁吁奔来，却被一柄长刀挡住。他微愣，愤怒地赤手抓住刀身，鲜血顿时淌了下来。拦他的侍卫被他这动作吓了一跳，不由得放下刀。那人趁机往前挤去。负责押囚的领头回过神来，忙叫道："挡住他，别让他截车！"两旁侍卫立即冲将上前。那名汉子本就没什么功夫，挣扎了几下便被制伏。

"你们放开我，我要见乔大夫！乔大夫是我的恩人哪，让我送送他，送送他呀！"那人哭喊着扑通跪倒。

几名侍卫第一次遇到有人这样送囚，抓也不是不抓也不是，又不见上头发令，便放开了他。那人跪在地上接连磕了三个响头，边磕边哭着说："乔大夫，我娘的病好了，孩子他妈也生了个娃，都是您，您的功劳呀！"他哆哆嗦嗦从怀里掏出十枚铜板，"乔大夫，您以前总是给我们家赊药。这十枚铜板根本就不值您给我娘、我媳妇儿那些个诊费。我本来打算攒了钱再给您送去，可您这一走……"他哽咽地说不下去。

"王大哥，你起来！"乔之甦很平静，仿佛那个将要流放去边疆的人不是他。他微翘起嘴角，露出一贯温和的笑容，"王大嫂已生了孩子，家里面要用钱的地方更多了。我不过是个囚犯，这些对我没有什么用了。"

"不，有用，有用的！"那王姓汉子猛地站起，直接将钱塞进押囚的领头手中，"大人，我知道这钱很少。可是乔大夫真是好人哪！路上一定要关照他，我求求您了！"说着他又跪倒了。

"还有我的！"这时，又有另一名瘦骨嶙峋的老者奔来，也如王姓汉子般将一吊铜板塞进押囚的官差手中，"大人，您一定要好好照顾乔大人哪！"

"大人，还有这些！"话音未落，另一个声音又起，乔之甦循声望去，见路上不知何时竟挤了十余个人，争先恐后地将钱塞进押囚官差手中。

押囚官差虽平时受贿惯了，可哪见过这情况——零零散散的钱或只是铜板或是些碎银子，竟聚了有满满一大袋。然而那些送钱的人却个个都是衣衫褴褛、面黄肌瘦，分明就是些贫农小贩——惊讶得简直闭不上嘴。

"哥，这怎么办？"乔之跃也被这情景吓了一跳，转头问乔之甦，见他眼睛红红，已说不出话来。

半晌，乔之甦才扶着囚车的围栏，艰难地爬起，高声道："众位父老乡亲，好意乔某心领了。"他顿了顿，垂下眼脸，"乔某实在不想众位乡亲因乔某受累。若各位果真为了乔某着想，请就此离去，日后也不要提起任何与乔某有关的事。"

"乔大夫，我们不会忘了您，不会忘了您！"

"我也，不会忘了你们。"低沉的声音被风送出去很远，他抬起头往后看：京城，那是他待了二十年的家乡啊！城墙、城门在这样遥远的距离里，仿佛被青灰裹住，不见了往日飞扬的艳烈。他突然有些恍然，人来来去去，在这个繁华又孤独的京城上演一次又一次的悲欢离合。可京城从来没有变过，在那些已经逝去正在流逝将要失去的岁月里，它静静地伫立着，像走过沧桑岁月的老人用智慧而包容的目光悄悄打量世间的一切。叹了口气，乔之甦悠悠道，"人生在世，多少人来了又走，走了又来。乔某不过是各位生命里的过客，却得到众位如此厚爱，足矣！乔某在这里谢谢众位！"说罢，他扶着囚车围栏慢慢下蹲，艰难地跪在了囚车狭窄的空间里。

见他突然跪下，众人一惊，纷纷唤道："乔大夫，您这是……"

"天下无不散之筵席，众位请回。"他的神情坚定，带着不容拒绝的气势。众人一惊，纷纷闭上了口。乔之甦说完便转过身去，疲惫地闭上眼靠在囚车四周的围栏上，轻轻喘了几口气，道，"启程吧。"

押囚的官差这才回过神来，慌忙指挥："快，快，快启程！"

众人见乔之甦脸上分明是决绝的神态，又听他说出那些话，不约而同都低头掉下了泪，然后，他们自动自觉便将路让了出来。

风悲凉地吹着，落在地上的枯叶被卷起，随着车轴滚动的方向静静地飘去。众人呆呆望着囚车远去的方向，纷纷跪了下去。

身着劲装的孙九妹就是在这时混进人群。见囚车离去，她眉梢微微挑起，像在思量着什么，然后她猛一点脚尖，迅速往前追。

艾子衿站在三丈外的白杨树下。她很安静，直到人群散尽，她都不曾动过。日光漏过白杨树的枯树丫，洒在她的脸上，点点金光在她浓密的睫毛上不断闪动着。也不知过了多久，她终于转过头，提了提肩头即将滑下的包袱，缓缓转身，脚提起，落下，她踏在雨后的泥地里落下了异常深刻的脚印。她也要走了，终于要走了！载着乔之甦的囚车，住着沈斯的京城，都将消失在身后。

日终于将落下，漫天绚烂的云彩，让大地变成血红一片，艾子衿的身影在这满目红光中，渐渐凝成虫蚁般的黑点，淹没进漫天暮色里。

艾子衿醒来，屋外似乎是阳光明媚，屋内却阴冷幽暗。不远处有一人背身而立，颀长的身影被漏进窗的日光投到斑驳的墙面，虚虚浮浮。艾子衿警觉地抓紧被褥："你是谁？"

那人缓缓转过身，深邃的眸、挺直的鼻、薄厚适中的唇以及线条刚硬的脸颊轮廓。

"夫君！"艾子衿唤道，却又突然噤声，乔之甦高大的身形压了下来，带来一种令人心颤的冷冽气势。

"夫君？"艾子衿的语气已从惊讶变为疑惑，乔之甦却没有放慢弯腰的速度，直到他的鼻尖将要贴近她的鼻尖，他才突然停下，暧昧的距离里，她几乎吸进所有从他鼻尖呼出的温热气息。她的脸庞有点热，不自觉地屏息，心跳也骤然加快了。

"还叫我夫君？"他嘴角翘起的弧度带着一抹嘲讽，眼眸里却带着刺骨的寒意。

艾子衿愈发疑惑地瞪大眼眸，乔之甦突然站了起来，发丝就这样毫无预兆拂过艾子衿的眼。在闭眼的前一瞬，她陡然辨清了他发上那灰白的诡异颜色。

心跳，骤停；记忆，骤启。

在时间仿佛停滞的那一瞬，她想了起来：这不是万历四十八年，而已是天启七年，她身处的不是京城乔府，而是江南的杏林堂。

也不知从哪里来的力量，她突然推开乔之甦，激动地坐了起来："十三鬼穴法……"

"你想起来了？"乔之甦的嘴角依旧带着嘲弄的笑，"我是该叫你夫人，还是艾姑娘？"

他的话让艾子衿羞愧不已，顿时脸如火烧："对不起，我忘了。"

"我希望你永远都不要忘记，你我已没有任何关系。"乔之甦脸上已没了调笑，眸子里闪烁的仿佛是冬日里的雪光。

"我不会忘，以后都不会忘。"

半天没有声响，仿佛眼前这个人凭空消失了般，艾子衿忍不住抬眸，却见乔之甦的视线竟直直落入自己的眼底。她不懂他的眸光，忍不住心慌。为打破这让她几近窒息的气氛，她问道："唐大夫人怎么样了？"

"放心，她已经好得差不多了。"他虽回答了，语气却冰冷，面色也很冷肃。

艾子衿不由得抓紧被子，才想起最关键的事："为何你会在这里？"

乔之甦一怔，仿佛也对自己会出现在这里感到惊讶。然而只是瞬间，他又恢复了冰冷的神态："既然我说过会救你出去，自然不会放你在唐府昏过去。"

"你一直在等我醒来……"

"你不要误会！"乔之甦打断她，"我不过是路过，顺便来看看你的情况，你既然已醒，我也要走了。"说着他便要开门，手却在触到门闩时突然停下，背对她冷冷地开口，"如果你还觉得头疼，不妨试着针刺百会、四神聪、风池、玉枕……"

他说了几个治疗头痛的穴位名。百会在头顶正中心，属督脉，乃是三阳五会之所，可通达阴阳脉络，连贯周身经穴，对于头痛那是最好不过；四神聪为经外奇穴，在百会前后左右各一寸处，所谓四神聪可使人聪明，也就是能镇静安神、醒脑开窍、清头明目，按这四处配合百会，更是可减轻头痛；风池颞颥后发际陷者中，属于足少阳胆经，所谓风池，即是蓄风的池子，受风头痛针刺此处效果最佳，艾子衿虽不是受自然之风而昏倒，却也是因为乔之甦内力之风所袭；最后便是玉枕，位于后发际正中直上两寸半，旁开一寸又三分之一寸，平枕外隆凸上缘的凹陷处，属于膀胱经，配合大椎穴对于颈项僵痛最佳。

这几个穴治疗头痛，艾子衿在乔氏医案中看过，也知道是精诚馆传了多年的方法。乔之甦在此刻说出，叫艾子衿心下一动："等等！横梁上有包东西，你拿回去吧。"

乔之甦这才回过头看她，见她正抬头看向屋顶，便顺着她的视线看了过去，本应落灰的横梁似乎不同寻常的干净，仔细看过去，还能看到藏着的一个深色包袱。乔之甦轻轻一跃，将包袱取了下来。

乔之甦询问地看艾子衿，后者却没有解释的意思，只懒懒地靠在枕上。乔之甦只好自己打开了包袱——"乔氏医案"——簿册上四个熟悉的字狠狠击中他的心。他不由自主要翻开，手却抖了，如缚了千斤，好不容易才能将那书页捏住——一瞬间，他觉得时间倒流了，就如七年前的每一天，他将它翻开，细看，然后做笔记——还是那字体，还是那些医案，他忽然觉得这七年就仿佛一场噩梦，他还是七年前的乔之甦，他还可以将自己所经历的那些病例摘录。然而，回忆戛然而止，他看到了另一种字体，在他记录的病案边还有另外的记录、解释，那些字迹，他自然熟悉——他抬头望向床铺的方向，艾子衿也正在看他，一道光束自窗隙漏进屋子挡在二人之间，以至他们并未看清彼此。

这是从一百年前就传下来的医案啊，每一代精诚馆的弟子都会添上新的注解，也会增加新的病例，他却想不到这样的习惯竟然从他们乔家又传到了她的身上。

他有些发怔，像不认识那些字，又好像不认识写那些字的人，手竟然颤了起来。

这时，写下这些字的人开口了："这是乔家的东西，现在还给你。"

"什么意思？让我感谢你吗？感谢你那么多年保存我们乔家的东西，还是感谢你当年将我们乔家的东西交给沈斯害我全家？"惊雷一般的声音，他狠狠将书扔到了地上。

艾子衿愣住，却没有解释。

"艾子衿，无论你做什么，你都弥补不了！你知不知道之跃是怎么死的……我眼睁睁就看着之跃死在我面前！还有之曼……我甚至连最亲的人都保护不了……"乔之甦胸膛起伏，怒火几乎要燃尽他的理智，他很想冲过去掐住床边那个女人，那个他爱过也恨过的女人。可那么多年的风雨早已将他打造成一个善于自我控制的人。下一瞬，他已经收起所有的情绪，仿佛刚才不过是艾子衿的臆想。他冷冷地看她，仿佛在看一个陌生人，一字一句地说，"艾子衿，我真希望从来没遇见你。"

艾子衿忽然就哭了，那么多年，她从来没有哭过，可是这一刻，泪如雨下。

门已经重新被关上，窗隙漏下的光束里，尘埃起舞。

"艾子衿，我真希望从来没有遇见你。"

耳畔不断环绕他的声音，不带任何温度，却如凌迟。

不知为何，她能忍受他任何的谩骂，却无法忍受他的这一句。

她摇摇晃晃地下床，摇摇晃晃地走过去，将书捡起，紧紧贴在胸口。

艾子衿康复后得知杜子非因未将林德伊的信送给唐老夫人而被罚闭门罚抄《大医精诚》三千遍，乔之甦拒绝了林德伊住进杏林堂的提议。可是谁也不知道他住在哪里，甚至都没人见过他。渐渐地，人们相信这个突然出现在江南的游医已经离开了，以至有时候艾子衿也会去想那日房中的乔之甦会不会只是梦。然而那本被抛在地上因此不小心压出皱褶的《乔氏医案》却不断提醒她，那一天是真实的。

艾子衿摇了摇头抛开困扰她几天的问题，准备去打扫那间从来只让杜子非进去的书房。杜子非自从被罚抄《大医精诚》后，打扫书房的工作便落到了艾子衿身上。艾子衿不嫌麻烦，甚至有些雀跃。书房，是她一直想进去的地方。

她走到书房前，敲了敲门。隔着门，她听见咔嚓一声，像是柜门开合的声音，但是书房里除了书架，哪里来的柜子？艾子衿有些疑惑，正在这时，林德伊打开门来，温和道："把书架擦一擦，再扫扫地，书架上的书不用动了。"

艾子衿点点头。她已过来三日，每一日林德伊都在，每一日他总吩咐一样的内容，仿佛在提醒她：书架上的书是动不得的。艾子衿拿起鸡毛掸子走到书橱前，小心地掸起了灰尘。一边掸，她一边仔细扫视书柜上的书，默默在心底念着：《神农本草经》《素问》《灵枢》《诸病源候论》《伤寒杂病论》《本草集经注》……皆是些医方经典著作，倒没什么特别的。艾子衿悄悄回头望了一眼林德伊，见他正埋头写着什么，便轻轻将鸡毛掸子夹在左腋下，伸手准备抽出一本。却在这时，背后的椅子吱的一声响。艾子衿一慌，干脆装作要去掸书上的灰尘。背后似乎有探究的视线投来，艾子衿仿若不知，掸落书册上的灰尘后，又拿起夹在左腋下的鸡毛掸子，随意扫着书架上的灰尘。然后她听见椅子发出又一声细微的吱响，提到嗓子眼的心这才悄悄地放下。她若无其事地转身，将鸡毛掸子放到一边，又从墙角拿了一把笤帚扫了扫，然后恭恭敬敬道："师傅，徒儿告退。"说着她便离开了。林德伊这才从堆成山的医案中抬起头，望了紧闭的门一会儿，站起身。

然而门外面的人始终不曾离开。午后，细碎的像是金子般的日光漏过飞翘的屋檐一角，在艾子衿脚下铺开。她半蹲在墙角，不敢让自己的头高出窗沿半分。窗沿露出一条小缝，她透过这一条小小的窗缝往里看去。

屋子的人走到书柜前，像是在思量什么，半晌才抽出一本书。然而他并不想看那本，匆匆将它扔至一旁，他又去抽第二本，而后又抽出第三本……第二层书柜里的书几乎全都要被他抽出来，他才停下来。他的手指僵直着分开，又收紧，慢慢握成拳。他的背似乎也动了动，握紧的拳再次松开，像做下一个很重要的决定，他叹息一声，手往书柜内伸去，仿佛在摸索着什么。艾子衿听到细微的一声咔嚓，就是她进屋之前听到的那个声音。那一声响起后，林德伊的手又往里伸了伸，摸出一本书来。

艾子衿紧张地瞪大眼，紧紧贴住墙面，脚不自觉往前一移。噗！一声暗响，惊动了屋内的人。

"谁！"林德伊慌乱地转身。

艾子衿加快的心跳几乎便要破膛。林德伊已逼近窗，只差一步就要将手触到窗沿。

"啪——"他的脚下撞到艾子衿靠在窗边的筥帚，他分神地低下头，恰是同时，艾子衿只觉手臂一紧，随即身子如燕子般往上飞去。她才在屋顶坐稳，窗便被打开。

"喵——"一只猫及时从树梢跳下，屋内的人轻舒了口气："原来是只猫。"说完，他转身将窗又关上了。艾子衿紊乱的心跳至此时才终于平稳下来。转头，她呆住了——乔之甄漆黑的双眸在离她不到一指的距离，嘲讽地看着她，她甚至看得到对方眼底自己失措的倒影。

乔之甄冷着脸带她纵身一跃，几个起落后已站在杏林堂外的巷子里。巷子里无人，隔着高墙能听到墙后的传承正奶声奶气念着《素问》："阴阳者，天地之道也，万物之纲纪，变化之父母，生杀之本始，神明之府也。治病必求于本。故积阳为天，积阴为地。阴静阳燥，阳生阴长，阳杀阴藏，阳化气，阴成形。寒极生热，热极生寒……"

乔之甄有些出神，想起了自己小时候也这般捧着书摇头晃脑地念着《素问》，片刻后方觉察到身边那道探究的视线。他冷冷将艾子衿一望，转身欲走。

见他要走，艾子衿忙拉住他，质问："你还在这里？为何会在师傅屋外？"

"那么你呢？鬼鬼祟祟躲在外面是为了什么？"

艾子衿怔住，慢慢收回手，低下头。乔之甦见她如此神情反倒停住了脚步，玩味地望着她："你是北方人，却到这里来，真的只是要学医？"

艾子衿转过身，仿佛要避开他那能看透人心的目光。乔之甦突然将她的肩膀扳了回来："为什么你会出现在这里？为什么你不远千里要跟林德伊学医？你分明知道林德伊曾是我父亲的朋友，而他也很有可能会认出你，你仍然要接近他，究竟是为什么？你知不知道当年我家被抓后，只要他说一句红丸与我父亲无关，乔家便能幸免于难！可是他躲在这里什么都不做！"

"这就是你拒绝随师傅住进杏林堂的理由？可是你既然拒绝了他，为何又整日徘徊在这附近？那日你说你路过所以来看看我，其实你也是像今天这么进来的，不是吗？"艾子衿仰起头，静静地望着他，"难道你是要来报仇？"

他冷冷哼出一声："我要报仇，首先要找的就不是他！"

艾子衿能看出他眼中的讥讽，忍不住自嘲："对啊，我才是乔家的罪人……"顿了顿，又问，"那么，你要做什么？杏林堂里有什么是你感兴趣的？"

"这不是你应该关心的！"乔之甦冷冷地转过头。

"我知道。"艾子衿低下头，"我没有资格问你这些。但是……我希望你能早点离开。"

"你就这么希望我走？"乔之甦哼道，"你不要忘了，今天要不是我，你已经被发现了。"

艾子衿愣了一下，道："谢谢！"

对于她突如其来的感谢，乔之甦颇有些意外，好半天才缓过神来，冷冷道："我不管你到底是何目的，以后最好小心点，我不会再帮你。"话音未落，人已拐出了巷子。

西斜的落日将巷子染成霓虹色，也将艾子衿孤独的影子愈拉愈长。她望向乔之甦离开的方向，轻轻叹了口气："你以为发色变灰，便没有人能认出你吗？其实师傅已经知道你就是乔之甦了呀。"

第七章　子夜惊魂门

　　春雨说来就来，且有绵绵不绝的意思。子夜已过。后园里已经新抽的嫩枝被雨打得沙沙作响。脚步极轻极浅，有人悄悄走进后院。屋檐上滴滴答答地掉着水，夜色将他冷厉的双眼挡住。他在书房前停下，将身上的雨篷脱掉，抖了抖放在一边，然后推开门蹑手蹑脚走了进去，小心翼翼地将门关好。却此时，忽闻屋内啪的一声，他心头一跳，忙转过身来。屋内幽暗得似伸手不见五指的鬼域，恍然间，他像看到了前方不远处移过一团漆黑的东西。可是实在是太黑了，他只能一动不动，等待眼睛适应黑暗。时间一点一点过去，不过才半炷香的工夫，却好像过了一世，他终于能看清屋内的摆设：一张八仙桌，八仙桌前的桃木椅，以及一旁几乎占了整面墙壁的书架。不久前他还感觉有东西在移动，可在这个幽静的黑暗里，他却只能听到自己的呼吸。

　　呼——吸——再呼——再吸——

　　他闭上眼，猛然睁开，然而黑暗的屋子里再无他人。他的眼睛往旁一瞟，看到了窗旁地上倒着根笤帚。他走了过去，将笤帚扶起。转身，没走几步，突然又是啪的一声。他屏息回头，见那笤帚又倒了，似乎是被漏进窗缝的风吹倒的。

　　难道进屋来第一声暗响也是风吹倒笤帚的声音？

　　他一边蹙眉思考可能性，一边竖起耳朵聆听其他声音。可是书房里除了窗外传进的风声雨声以及自己细微的呼吸声，什么也没有。

他似乎放下心来，快速走到书架前将第二层架子上的书都抽了出来，然后伸手往里面慢慢摸索。当摸到一小块凸起时，他的眼中一亮，随后他用力往下按去。"咔嚓。"门开了，书架里竟另有一层内柜！他的手摸进内柜，摸到一本小书册，小心地取出。嘴咧开，露出一排森冷的白牙，他冷笑道："林德伊，你以为你把这东西藏着，我就不知道！"

然后他将内柜门一关，又将书摆回原样，得意扬扬地走出书房。门才关上，八仙桌前的椅子便轻轻被移开了，一条纤细的人影匍匐着从八仙桌底下爬了起来。黑暗中依稀看得见她尖削的下巴和一双像是清泉的澄澈眼眸，正是艾子衿。

艾子衿若有所思地盯着再次关紧的门，门外春雨如丝，淅淅沥沥。她思量片刻，开门迅速追了出去。

雨落在她的身上异常冰冷，湿透的衣衫包裹不住玲珑的身躯，她已接连打了十余个喷嚏。所幸越来越大的雨掩盖了她急促的脚步声，也掩盖了她激烈的喷嚏声。身前三丈外那个身穿雨篷的人越走越急，艾子衿也跟着越走越急，长裙拖在地上，几次绊住她的脚，她不知在泥泞的小道上摔了几次。一次又一次爬起，她顾不得身上阵阵的酸痛，紧紧跟着。

她跟着他穿街走巷又翻山越岭，竟从山间小路绕到了城外的江边。江水滔滔，无数漩涡在打转，江面上却只有一座用几根粗短的麻绳牢牢拴在两岸的浮桥。在无风的晴日里，走上这座浮桥尚需万分小心；如今夜色深浓，风急雨骤，浮桥在江面上不时被水花扑打着，晃得越发厉害。

前方的男人停下脚步，肩膀微微一耸，似乎要转头。艾子衿一慌，忙蹲下扯了身旁的灌木挡在身前。男人回过头，视线往灌木丛扫了一眼。艾子衿的心都提到了嗓子眼，所幸男人并未走过来，他只是看了一眼，很快便转过头去，抬脚踏上了浮桥。

艾子衿待男人到达彼岸后才重新跟了过去。桥下江水滚滚而过，卷起的浪花一次又一次没过艾子衿的裙角，原本已湿透的长裙此时愈发沉重了。她一边心惊胆战地提着裙子踩在摇摇晃晃的浮桥上，一边抬头去找漆黑对岸的男人。

那男人竟然没有离开！艾子衿惊讶地瞪大眼看着他慢慢将身体转了过来——

杜子非！

她早就知道是杜子非，杜子非却不知道是她。如今，两人终于隔着雨面对面了！

艾子衿的身子陡然变僵。"哗——"一个浪打过来，浮桥一晃。她缓过神来，却陷入手忙脚乱中，一不留神踩住了裙摆。

杜子非似笑非笑："多谢师妹一路相伴，可惜为兄恐怕不能再陪师妹了。"

声音隔着激烈的雨声飘了过来，艾子衿神色一凛，见杜子非弯腰欲解浮桥拴在岸边的绳索，忙解释："我看到刚才有人出来，以为是小偷，原来是师兄你。"

"你在屋内没看清吗？不要告诉我躲在桌子底下的是别人！"

"你在刚才就知道了？"艾子衿脸色微变。

"若不是知道是你，我何必带你走这一大圈。"杜子非冷笑道，"当初把你送进监牢都要不了你的命，今日是你自己跟过来。"

"果然是你告的密！"艾子衿并没有太惊讶，"你带我走这么多路无非是要引我上这座桥。"

"这浮桥不太牢固。"杜子非嘴角划出残酷的弧度，抬头望着越下越大的雨，"你大概不知道，只要下雨，这桥上总会死一两个人，死了的人一般会被冲进东海里。等到旁人发觉，那些人大概都已经葬身鱼腹了。"

"所以今晚即便我死了也不会有人发觉。等杏林堂的人发现我不见了，又发现书不在，你便可以将偷书的罪责推到我身上。"

"难道你不想要这本书？"说着他眼眸一冷，迅速弯腰解绳。

艾子衿心知必须要拖延时间，便又问："杜子非，这书上究竟藏着什么？"

"你不知道这书里写着什么？若是你不知，为何费尽心思跟我到这里？少跟我耍花样拖时间，我告诉你，没人来救你！明天这个世上再不会有艾子衿这个人！"

"杜——啊！"艾子衿惊呼。杜子非才解开一半的绳索，桥身便哗地翻了，猛浪狂拍上一半沉入水底的桥，将艾子衿也卷了进去。说时迟那时快，她双手胡乱向半空一摸，抓住了浮桥的边缘。她急蹬着水，勉强让自己半身浮在水面。但即便如此，她仍不可避免地被一个又一个的浪呛到。气力终究是越来越弱，她原本借助的那半悬的桥沉了下去，冰凉的江水已没到她的下颌，她只觉胸口像是被什么东西压住，呼吸艰难。

风愈刮愈烈，雨愈下愈大，铅色的苍穹里乌云一层又一层，仿佛已压到了头顶。艾子衿只觉身子被江水包裹，一波又一波的浪自西向东，在她的胸口、头顶急拍，她用力地蹬水，却觉得脚踝似被什么牵扯，越蹬越深。

杜子非眸子里闪过一道阴鸷的光："我看你能坚持到何时？"说着，他将绳索彻底扯断。

浮桥陡然一荡，她被彻底淹没在一个急打过来的浪里。求生的本能让她在慌乱中放开急速下沉的浮桥，她用力拍打水面，企图让自己浮起。然而江水漩涡里的引力，将她越卷越深。撕裂的痛楚从每一寸的肌肤渗透进，她觉得最后一丝力气也要随着冲到胸口的水一点点化尽。她想要放弃了，放弃这种看不到希望的无力的挣扎。手渐渐停止了扑动，她的身体沉了下去。

"我真希望从来没有遇见你。"

耳畔突然出现乔之甦的声音，她的意识像被雷电击中，惊醒过来。

不，不能，不能死！

她用力地拍水，用力地蹬着，用力仰头，企图让自己重新浮起。水面的阻力突然消失，她只觉腰被一双有力的臂膀托起，脸上竟然重新有了被骤雨击打的疼痛。她突然发现自己那么喜欢这种痛。

她吸着得之不易的空气，尽管这空气里还带着雨的潮湿，随后才转头去寻找那个将自己从深水中救起的人。脸突然变得煞白，她做梦也想不到，在这危急时刻，她看到的竟是这张冷峻的脸。

"是你！"她不禁惊呼出声。

乔之甦一言不发地将她拖上岸。上岸之后，他见艾子衿因呛了水几度呼吸困难，便用力在她背后的肺俞穴上一拍。待她吐出一大口水后，他又在她手臂内侧太渊、列缺、孔最、尺泽等穴轻轻揉了一会儿。艾子衿只觉一股真气从手腕内侧徐徐渗入，顺着手臂血脉上延，原本滞涩的胸口像是被暖流温暖着，舒解开来，鼻息顿时平稳了。

乔之甦见艾子衿好转，冷冷地扔了一件雨篷给她："披上！"

艾子衿见这雨篷是杜子非的，不由得吃了一惊："杜子非呢？"

乔之甦鄙夷往旁侧一瞥，艾子衿顺着他的视线看去，见杜子非被一根青藤捆着蜷在一旁。见乔之甦看他，他啊的一声叫了出来，惊恐的表情像是看到了魔鬼。

"他怎么……"

"跟我走！"乔之甄冷冷打断她，往前疾走。艾子衿犹豫地望着颤抖不已的杜子非。见她不走，乔之甄面无表情道："你要想陪他就留在这儿？"

艾子衿只得跟了上去。雨渐渐小了，风却未停止呼啸，艾子衿连声打了十几个喷嚏。每当她打喷嚏时，乔之甄的脚步便慢几分，有几次像是要转头去看她。然而他只是稍稍动了一下肩，又往前走去。他带着她走过一片黑漆漆的稻田，又走过几个散落的农家小院，然后走进一座不知名的小山坳中。

半个时辰后，乔之甄在一座破旧的土地庙前停下，推门走了进去。艾子衿踌躇片刻后，也跟了进去，见乔之甄已在土地庙里生起一小簇火。

火苗徐徐燃烧，艾子衿觉得周身顿时一暖，胸口那股寒气随之往外冲去，忍不住又打了几个喷嚏。

"把衣服脱了。"乔之甄抛下一条干布，冷冷道。

"你，你说什么？"艾子衿心慌意乱地红了脸。

"刮痧。"声音依旧冰冷，乔之甄的语气里不见半点暧昧。

艾子衿愣了愣，抬头见他早已转过身去。她想到他只是想帮自己将寒气驱除，而自己却想多了，不由得自嘲地笑了笑。

乔之甄却已经等得不耐烦："不想得病就赶紧脱了，还想让我帮你不成！"

闻得此言，艾子衿想反驳，却哽在喉咙里，只觉得脸火辣辣的，连带身体也微微发热了。忍了忍，她终于还是一件一件将被水浸透的衣服脱了下来，脸更加热辣，烫得让她几乎以为自己要烧起来了。

火苗哧哧暗响，斑驳的墙面上映出艾子衿手忙脚乱脱衣服的影子。空气里传来若有似无的衣衫摩擦声，细小而暧昧，乔之甄静静听着，脑子里无端勾勒往日艾子衿罗裳半解、脸红如霞、媚眼如丝的娇媚样，心中不由得漾起柔柔的异样情绪，一团热气骤然自小腹涌起，狂猛地席卷而来，几乎让他丧失理智。当他意识到自己竟有此种情绪时，他的脸顿时蒙上一层寒霜。

正在这时，艾子衿羞涩地喊了一声："好了。"

乔之甄一僵，不着痕迹地深吸口气，脸寒如霜，猛然转身，目光一瞥间，呼吸一滞，顿时如被人点穴般，再也无法动弹。

100

眼前满满的，竟都是艾子衿半裸的身子，莹白的肌肤在火光折射下如凝脂琼玉，带着女人特有的芬芳与柔嫩，沿着线条优美的背部曲线往下，是盈盈不足一握的纤腰，如磁石牢牢吸引了他的目光。而她微微颤抖的肩膀，脖颈上无法掩饰的粉红光晕，让乔之甦刚刚硬起的心肠忍不住又柔软了下去。

七年，七年啊！庙门外的雨声似乎弱了，在这一刻他竟感觉不到周围一切的存在，记忆如潮水般倒退回去。

不自觉地吞了吞口水，乔之甦抬起了手。他的手中突然像有了记忆，向她的背习惯性地轻轻划去。

一指，他的掌心离她的背只剩一指的距离。一指的距离，足够让她感觉到他掌心的热力，也足够让他感受到她肌肤的滑腻。

"啪——"庙门突然被风吹开，火苗突然熄了。

呼——吸——呼——吸——

浊重的呼吸交缠在一起，在这个伸手不见五指的黑暗里，艾子衿觉得自己的心跳像是鼓槌急打着鼓面，咚咚咚响个不停。身后有脚步声传来，她不由自主地抓起身边湿漉漉的衣服，想要盖住胸前。只有她知道刚才她是多么紧张，紧张到差点忘了呼吸。

身边的火突然又燃起，她的眼因光线的刺激猛然闭上，却在她还来不及反应的时候，背后突然被人抹上滑腻的液体，然后一块冰冷的薄板在她夹脊两侧狠狠刮了下来，一丝干涩的疼痛顿时从后背细嫩的肌肤升起。

刮痧，他竟然在刮痧，在她还没准备好的时候开始刮痧。

刮痧应该循序渐进，先轻后重，沿脊柱两旁的膀胱经从上往下刮。膀胱经上有肺俞、胆俞、膈俞、肝俞、魂门、魄户等，风邪入侵最先袭击的就是膀胱经，所以要将邪气从膀胱经上驱除。

然而他的动作极粗鲁，像在发泄，握着牛角所制的刮痧板的手指骨节都开始泛白。一下，又一下，他狠狠地刮着。艾子衿觉得自己的背像被绳子生生抽过，虽然打了一层薄薄的油，却依旧火辣辣地疼。她不由自主地想要喊出声，然而耳边却传来粗重的喘息，也就是在那一霎，她突然觉得背上那不断划动的刮痧板上的力量竟弱了。

他在叹气，深深地叹气。

这样的发现让艾子衿大吃一惊，原本要破嗓而出的呻吟就这么被压了下去。

乔之甄不知何时停了下来，他凝视着被他刮得紫红的背，发觉心竟微微抽痛。

他猛然转身，压抑住自己的心绪，用最冷淡的声音道："好了。"说着，他将一件宽大的衣服抛到艾子衿面前。艾子衿见是他的衣服，心跳不能控制地加速了。

"你还嫌刮痧刮得不够吗？"乔之甄不耐烦地催促。

艾子衿反应过来，这才红着脸将那件衣服胡乱包裹到身上。衣服很是宽大，她见地上还放了根布条，知道是乔之甄为她准备，便将布条当作腰带将衣服扎了起来。

穿完衣服，艾子衿见他似乎比原先更生气，便也待在一边不敢说话，哪里知道他正在懊恼自己刚才刮痧时太用劲，竟在她身上留下这样紫暗的痕迹。

火哧哧地燃烧，门外的雨哗哗下着。两人沉默地对坐，他呼出的鼻息仿佛能喷到她脸上，她有些心慌，只得尴尬地转头打量这个破旧的土地庙，借此平复心中的波涛汹涌。

庙里摆着一张祭台，上面没什么贡品，却积了厚厚一层灰，桌角还有一张蛛网，肥硕的蜘蛛张开八只毛茸茸的腿，吊着一根细丝慢慢垂下，油黑的背壳在火光中微微一闪。祭台后供着一尊古旧不堪的土地爷，身上的漆料早已在风吹雨打里磨蚀了颜色，脸上还是那一成不变的慈祥笑容。

艾子衿望了土地爷一会儿，走到空无一物的祭台前，虔诚地拜了两拜。

乔之甄冷冷哼了一声："想不到你还有这份心思。"

艾子衿站起，悠悠道："虽然这土地爷不似往日光鲜，可他永远都是笑脸，永远在那里看着我们。如果我们也能如土地老爷，不管顺境、逆境，都这样笑着……可惜，能做到的人大概很少吧。"她自嘲地叹了口气。

乔之甄听她此番言论不禁有些吃惊，凝神望她，见她虔诚的目光中带着几分生动的亮色，如深夜里璀璨的星，一时怔住。艾子衿却在这时准备回头，乔之甄心中一慌，低头装着去挑火。"噗！"火星子溅出，烧到了乔之甄的手上。他闷哼一声，缩了缩手。

"没事吧？"艾子衿忙凑了过来，抓住乔之甄的手。

"你的手这么冷！"乔之甄微微蹙眉。艾子衿这才发现自己竟不由得握住了乔之甦的手，不觉脸上一红，慌忙收回手。

乔之甦也觉得尴尬，见艾子衿仍不时打着喷嚏，便站了起来，指了指自己原先坐的位置："这儿离火近，你坐吧。"虽还是一副冷冰冰的模样，他的眼角眉梢却不自觉流出一抹温柔。

艾子衿依言坐到他的位置上，他残留的体温透进体内，如一股暖流在心底荡漾开来。艾子衿不由得想起七年前那个总是对她嘘寒问暖的乔之甦，心中有一处软了下来。

她抬头望他，问道："这便是你的落脚点？"

乔之甦没有肯定，也没有否定，却将头转了过去。火苗跳动，在他漆黑的眸中微微一闪，又暗了下去。

艾子衿望着他刀刻般的侧脸，沉吟片刻，问道："你为何会在那里出现？"

"你当真以为风能吹动笤帚？"乔之甦嘲讽道。

艾子衿怔了怔："你也在后院！第二次笤帚倒下是你故意弄的。你为何会出现在那里？"

乔之甦转过头似不愿回答，哪知艾子衿竟跟着转到他的面前，专注地望着他："师傅的东西现在是不是在你手里？"

乔之甦沉默许久，方从怀中取出一件被油布包裹的东西来，正是他从杜子非手中抢来的。

乔之甦将油布打开，见里面包裹的是一本册子，这时艾子衿也凑近看了起来。册子被小心放在地上，火燃得激烈，只见那蓝底封皮上是四个龙飞凤舞的瘦金体大字——"林氏医诀"。

"怎么是这个？"艾子衿惊讶道。

"你以为是什么？"乔之甦似乎也很失望，冷讽道。

"红丸！"

声音像是鼓槌在敲响锣鼓后久久不散。乔之甦震惊地低头望她，见她眼底有掩饰不了的浓浓失望。

"难道你想要的不是红丸的秘密？"望着他的眼睛，艾子衿反应过来。

乔之甦却冷笑了起来："你是为了红丸？为了红丸才到这个小地方，入杏林堂拜林德伊为师？红丸到底有什么魅力，让你过了七年还不放弃，你当真嫌害我们家还不够？"

透着深刻恨意的冷嘲热讽叫艾子衿所有的声音都梗在了喉间，她望着他，胸口有种深切的苦痛涌了上来，瞬间便化为酸涩凝进眼眶。

乔之甦却不肯再去看她发红的眼圈，冷冷地转过头去。

风呼呼刮着，火焰跳动，浓重的黑烟在二人之间升腾起无形的屏障，容颜模糊在彼此的眼眸中。

艾子衿悲伤地低下头，眼泪悄悄划过脸颊，她勉力压抑起伏的情绪，道："对不起。"

"对不起？一句对不起就可以弥补当年的事？"乔之甦厉声责问。

"我……"

"你知不知道我为何会变成这副模样？"乔之甦一扯发髻，脑后的长发立即披散下来，灰白的颜色在火光中折射出诡异的光泽。

艾子衿的眼被这像带着针芒的灰发刺出泪来，她后退两步，跌倒在地。许久许久，没有谁再说话，空气里只剩下火哧哧地燃烧。许久许久，艾子衿被火投在墙上的影子终于动了，她用力地站起，抬起头，深深凝视他，哑声问道："究竟，发生了什么？你和之跃……"

"他们要赶尽杀绝！"乔之甦的眸中爆射出怒火。

艾子衿怔住："之跃他……"

"之跃被他们乱箭射死！"乔之甦低沉的声音里有一种紧绷的痛苦，他悲愤地低下头，双手用力握着，骨节咯咯作响，他的指骨像是要被握断了，"我命大，被他们逼下悬崖。"乔之甦冷笑道，"大概是我命不该绝，刚好挂在了一棵斜长在悬崖的树干上。后来九妹找到了我，将我带到孙老师这里……"

后来，孙承忠用整整一年的时间四处寻医治好他全身的伤。他真正是一夜白头，在经历过家破人亡之后，他竟然如伍子胥一夜白了头发。若非他一夜白头，改名换姓，又怎能隐伏在暗处变成了孙承忠手中的一柄利剑？即便是东林党人，亦很少知道这柄剑的存在啊。

他笑了，嘴角有冷酷的味道，眼眸也如被冰浸过。

艾子衿听得心惊胆战，她能想象当时何其惨烈何其悲壮，也能想象他挂在悬崖壁那树干上的绝望，那是多少个不眠之夜的煎熬啊！这一头诡异的灰发仿佛是那段肉体和心灵双重折磨的最好证据。

"你……"她觉得话哽在喉间，再也说不出来，泪却簌簌地落了下来。

乔之甦望了她一眼，僵硬地转过身。

艾子衿不由自主地轻抬起脚步，一步一步向他走去。墙上，她单薄的影子虚虚浮浮地移动着。她在他背后停下，伸出纤纤玉手来，修长的手指微微抬起，想要触摸他冰冷而僵硬的后背。他后背的衣袂飞扬，映上斑驳的墙面，与她修长手指的影子轻轻触到一起。

风突然吹进，火微微一跳，墙上的影子也跟着一摆，恰在同时，手指的影子突然一弯，竟收成拳的形状。他的衣袂依旧飞摆，她却慢慢放下了手臂，然后缓缓转过身。

两个人影依旧静静地映在墙面，却始终相距了一臂的距离。

她重新抬起脚尖，向前迈了一小步，却在这时，她听到背后窸窸窣窣地暗响，眼角余光扫到墙面，她看见他终于转过了身子。

"当初你既然投靠了沈斯，在堂上做伪证，如今为何不好好做你的官夫人，却跑到这里来找什么红丸？是为了你的内疚吗？"

"我没有投靠沈斯！"不知为何，她脱口而出。

乔之甦却觉心里没来由地一松，随后他又愤恨起这没来由的轻松，闷闷地转过头去。

艾子衿自然是不知道乔之甦的内心的，却也觉得适才有些激动了，她调整了一下语气，幽幽道："我知道现在说什么，你都不会相信。你们被流放后，我便离开了京城……后来我得知杏林堂里可能有红丸的秘密，便到了这里，我想师傅应该是认出我了，才会收留我……"想起这一年林德伊对自己的诸多照顾，艾子衿愈发肯定，"我以为他藏在书房里，想不到……"

"你以为他藏着的就一定是红丸的秘密？"乔之甦望着脚下的医案冷笑。

"可若只是医案，他为何要收得如此秘密？"

"有两个可能：第一，他可能已知道有人想要他藏在柜子里的东西，故以此为诱饵；第二，他收藏的就是这本册子。"见艾子衿一副不相信的表情，乔之甦鄙夷地笑了一声，"有些人宁愿把家传秘籍藏起来，也不愿将这些东西教给他人，救更多的人。不过可以肯定一点——"他习惯性地弯起右手三指，凌空轻轻扣着，仿佛手指底下是坚硬的桌面，那微眯起的双眸中偶尔射出的光就像掩在深夜云层后的星辰，叫人看不清，"这是杜子非要的东西。"

艾子衿微微失神，仿佛还在消化乔之甦的话，后者却犀利地质问出声："你如何得知红丸之秘在他手中？"

艾子衿神情一变，慌忙转过头。此番变化却已毫无遗漏地落进乔之甦眼中。他抓住她的手腕吼道："到底是谁告诉你的？"

艾子衿退无可退，慢慢地抬头，一字一顿道："乔之曼，你妹妹乔之曼。她说，林德伊的先祖也曾在精诚馆学医，并曾与乔家先祖同时为官。林德伊才是那个知道红丸组方的御医的后代。"

乔之甦脸色大变，像受到重大的打击，失魂落魄地松开她的手，口中喃喃道："之曼，之曼她……"

"已经死了，是我葬的她。"话音才落，庙门啪的一声被狂风撞开。

"她，怎么死的？"

错愕的声音混在暴风雨中，如山谷的回音，一遍遍环绕在艾子衿耳畔。她抬头静静地凝视他，火突然熄灭，仿佛世间所有的光也灭了。黑暗如一张无形的幕，向四面八方压来。他的面容模糊在黑暗里，独独那双漆黑的眸子幽光暗闪，将深沉的悲痛投进艾子衿眼底。

"对不起。"艾子衿低下头，"我答应过她，不会将她的事告诉任何一个人。"

乔之甦怔住，如炬的视线在黑暗中胶着在她的头顶，像要看进她的心里去，手却渐渐松开，任凭她的手从自己的掌心滑出。他突然觉得心空了，所有的愤怒、悲伤、绝望都仿佛在那一瞬烟消云散了。他摇了摇，往后退了几步。

艾子衿凝望黑暗中轮廓模糊的他，只凭偶尔传来的脚步声想象他的举动、他此刻的神色。她知道他是多么震惊，曾经那么恨自己的乔之曼竟会告诉自己那些关于乔家、关于红丸的秘密。

风吹进庙门，偶尔夹带几滴劲雨溅湿她裸露在衣衫外的肌肤，她忍不住打了个喷嚏，却在此时，哧的一声，一抹昏暗的光从她的身边朦胧化开。

朦胧的火光里，他的脸色那般平静，平静得仿佛幻觉。他手执那道光，将它小心引到柴火上，然后缓缓地抬起头，眸子里闪过的光快得几乎让艾子衿看不清。

艾子衿微微一怔，见他站了起来，走到门口，并重新将庙门关上。然后他突然动也不动了，只是那双抓着门闩的手却用力收紧着，骨节泛白，手背的青筋隐在昏暗的光线里张扬地盘曲着。

心像是被绳索紧紧勒住，艾子衿不知不觉也站了起来。哪知乔之甦竟在这时转身，压抑而悲痛的视线就这么直直撞进她的眼。呼吸一滞，她顿觉胸口有一股无名的悲伤流淌了出来，眸中像是被酸涩泡涨，竟要落下泪来。

惊觉自己的失态，艾子衿慌忙转头，深吸一口气，终于找到了自己冷静的声音："你放心，她走的时候很安详……她已经放下了所有的过往，也放下了恨，她是微笑地闭上眼的。"在说到"闭上眼"时，她也闭上了眼，一滴泪流了出来，在火光里轻轻一闪。

"放下不是每个人都能做得到。之曼更不是个容易放开的人。"低沉的声音从门口悠悠传来，"可是她却放下了。带着笑离开总比抱着恨走好……"他突然停下了，门外依旧有风雨的声音，门内依旧是哧哧的燃烧声，这两种声音融为一种奇妙的低沉旋律，轻轻流转在两人的耳畔。

"谢谢！"喉结滚动，他嘴角的肌肉忽然绷紧，唇齿间咬出的两个字像是经过细网层层的筛滤，将所有的杂质一一滤过，只剩下单纯的感激。

艾子衿一怔，转头见乔之甦朝自己走来，重遇以来横亘在彼此之间的深重恨意陡然间变得如天边的云雾，薄得让人看不清。

"你到这儿来找红丸的秘密，是为了之曼？"

"我答应过她。"艾子衿望着他，眼眸里分明还有话未尽，她却不肯再说。

"可之曼还是错了。"乔之甦叹了口气，"她看到父亲写信给林德伊要他做证，便以为他就是当年那个因红丸而被罢黜的御医后代。"

"难道不是？"艾子衿震惊。

"林德伊的先祖确实是在精诚馆学医，也确实是当年从精诚馆出来的三名御医中的一个，而且最后也被罢黜了，但他也如我们乔家一般并不知道红丸的组方。"

"你说什么？"艾子衿愣住。

"别人都以为红丸之谜是我先祖告的密，却不知告密的人与被告密的人当时一同被判了罪。"乔之甦抬起头，视线里有些深远，"只不过最后留下来的是我乔家的先祖，故而便被许多人误会了。"

"你是说，还有另外一名御医？"

"你莫忘了，精诚馆中当初出了三名御医，也正因为另两名都被罢黜，故而我乔家才继承下精诚馆而传了三代。"

"你的意思是，林家先祖是那个告密的人？"

"不错。林德伊姓林，第三名御医则姓凌，在江南，'林'姓与'凌'姓读音相近。我娘是江南人，之曼从小跟娘生活，也不分'林'和'凌'，加之她误会父亲写信给林德伊的目的了。"

艾子衿第一次听说这经过，不由得瞪大了眼。

乔之甦淡淡望了她一眼，续道："父亲写信给林德伊，是想要让他帮忙做证，红丸的秘密掌握在另外之人的手中。可是他却……"乔之甦紧紧握住拳，"他怕自己先祖的丑事被牵连进来……口口声声说医德的人，不过也是贪生怕死的人。"

"我想你并无权这样指责他。每个人都有权利选择对自己有利的选择。更何况即便他站出来了，恐怕乔家在当时也无力回天，不过多一条人命罢了。"艾子衿一针见血，"你该知道，乔家在这个案子里不过是个幌子，那些人真正要打击的是方从哲的浙党。"

乔之甦微微一怔，脸色不由得变了。

"对于师傅，你何必如此刻薄？"艾子衿淡淡望他一眼，"其实你应该最清楚，东林党才是当初最大的凶手。你却肯不计前嫌帮着东林党对抗阉党。"

乔之甦紧紧咬住唇，脸色已由红变得铁青。

"既然你肯为了天下百姓放下仇恨，那么也请原谅无意做错事的可怜人。"

"你是说你自己吗？"乔之甦嘲讽地笑道。

"你原不原谅我已无所谓。"艾子衿叹了口气，"但是我知道师傅一直都很后悔。他早已认出你却不曾拆穿你，请你……原谅他。"

乔之甦别过脸，争吵在一刹那停了下来。不知不觉已到拂晓，风雨渐停，艾子衿打开庙门，看见东边天际一线的灰白渐渐扩大。

"你还是以为我在这里是为了报复林德伊？"乔之甦觉得恼怒，恼怒艾子衿竟是这样看他。

艾子衿转过脸，门外的柔光在她背后徐徐散开，独显得她的眼睛明亮生动，像是含了水般。她微微一牵嘴角："如果你真的想报仇，第一个该找的不是我吗？刚才在浮桥上又为何要救我？原不原谅并不是体现在报不报复上。若你心中一直怀着仇恨，痛苦的只会是自己。"

乔之甦只觉得所有到嘴边想要反驳的话竟然都消失了踪迹。

艾子衿侧过脸，望着渐渐散开的云雾，接着淡淡地说："你的目的是不是与何不平有关？"

"你知道？"乔之甦一个箭步上前，牢牢扣住她的手腕。

"我才想到的。"艾子衿波澜不惊地望着他，眼眸纯净得像被日光扫过的湖面。

望着她如此澄澈的双眸，乔之甦怔住，不由得松开了她。

"你到这儿来是为了什么？为何要找师傅？虽然是师傅帮我葬的他，但他与师傅并不认识。"

"当然认识！就是因为认识，所以何不平才会那么凑巧死在杏林堂的后门外！"

艾子衿吃了一惊："你这是什么意思？"

"何不平死在杏林堂的后院就是除了'白云山'外留下的第二个遗言。"

"我还是不明白。"艾子衿迷惑不已。

"杏林堂在城西，何不平的家却在城东。我一路从杏林堂后院原路寻回何不平的家，发现这条路线很奇怪。"说着他拿起一根被烧成了炭的枯枝，灭掉火星，在地上画了起来。不一会儿，地上便出现了一个用炭黑线描摹的粗糙的小城鸟瞰图。他在城东点了一下，又在城西点了下，"这里是何不平的家，这是杏林堂。"他手中烧焦的树枝自何家起穿街走巷最后停在了杏林堂，笔锋勾勒的竟是草书的"林"字，"从何不平的家到杏林堂分明有一条最近的走法，他却选了一条最曲折的路，表面看起来是慌不择路，但细究起来却大有文章。"

艾子衿沉浸在他缜密的推论里，惊觉他往自己看来，抬眼见他正一瞬不瞬望着自己，晨曦下的眸光格外发亮，不由得心头一跳。

乔之甦却只看了她一眼，在地上又画了起来："后来我在他家中找到了一件东西。"说着他徐徐从怀中掏出一块楔状的石头。

"砭石^①。"艾子衿惊道。

---

① 砭石：古代利用楔状石器医疗的工具。砭石者，以石治病也，是通用名称。而运用砭石治病的医术称为砭术，砭术是中医"砭、针、灸、药、按跷和导引"六大医术之一。

乔之甦点点头："不是学医之人对这个东西怕是陌生，故而郭定等人虽也看到了这个东西，却把它当成普通的石头。这块砭石有磨损的痕迹，想必他常常在用。"

"所以你怀疑他学过医？而这里最有名的医馆是杏林堂。"

乔之甦并不否认："其实林德伊在杜子非之前还收过一个弟子，不过在几年前便离开了。"

"师傅收过很多弟子，如今也都散落各地开了医馆。很多我都不曾见过。"

"但这个人我却见过。"乔之甦眸光一闪，"你记得与我成亲时，林德伊曾来过京城吗？"乔之甦说完才惊觉自己又提起了与她的那段往事，一时觉得尴尬。

艾子衿反倒不甚在意："当时我与师傅只远远见过一面，他身边似乎还跟着一人。"

乔之甦收拾下微乱的心绪："那个人就是刘子平。我询问杏林堂附近的老人才知道：几年前，刘子平因错治一名病患而与林德伊发生争执，最后被赶出了师门。第二年林德伊又陆续收下现今的一帮弟子，包括杜子非。"

"你是说那个刘子平是何不平？"

"八年多来我虽然与他只有一面之缘，却为他题了一首词。想到这层我便回到他的家中并找到了那首词。"

艾子衿灵光一闪，随即念道："木莲百里开遍，甘草万顷连营。雪胆牛角白头翁，逍遥最是不破鹰，杜鹃当归声。何敢狂言济世？此心自效仲景。解化民生疾苦事，休贪神农身后名。长春花更生。"

"你也知道这首《破阵子》？"

"我在你书桌上见过，原来这首词是送给刘子平的。"艾子衿淡淡道，"如今这首词呢？"

"我把它烧了。"见艾子衿有些惋惜，乔之甦又道，"所有的证据都不能留给敌人。"他虽这么说，还是低下头，低垂的额发挡住眼中深藏的无奈和悲伤。渐渐理平情绪，他继续说道，"刘子平离开杏林堂便改名叫何不平。"

"他为什么要改名？"艾子衿疑惑道。

"他要潜入阉党。"

"他……"艾子衿大吃一惊。她虽知道刘子平是东林党人，却想不到他会做这种危险的事，"可他为何又回来了？"

"因为他找到一本名册。"乔之甦说到这里，眼圈竟红了，双手也紧紧交叉握住。

艾子衿见他如此，直觉地问道："那名册里有什么？"

"叛徒，东林党里的叛徒。"乔之甦悲愤地咬紧了牙关，"他与孙老师①约好在这里将名册交给我，想不到……"

隔着火光，艾子衿分明感受到他心底深切的悲愤，不由得也伤心起来。许久，她才压抑住起伏的心绪："当时师傅同意让我葬他，其实已认出他就是刘子平。"

"我想之前他们便已经见过。刘子平将半本名册交给了林德伊。而林德伊把这本册子藏在那间屋子里。"

"你为何不当面问师傅？我想师傅一定会将名册交给你的。"

乔之甦垂下眼睫。

"你没法原谅他，所以无法信任他。"艾子衿恍然大悟，随即眉心一蹙：这件事如此重大，他竟然这般几乎无保留地告诉自己。想到这，艾子衿没来由地觉得心中微甜。

乔之甦矛盾地望了她一眼，才走到门口。天已大亮，清晨独有的清新空气伴着雨后泥土的芬芳叫人格外心旷神怡。树枝上新抽的嫩叶上滚着一滴晶莹的水珠，一只翠鸟轻轻拍着翅膀叽叽喳喳地冲向水汽迷蒙的空。

"你的衣服干了，赶紧换上。我想杜子非现在已回到杏林堂，若赶在你我之前，说不定真会惹出什么事端。"

艾子衿听他这么一说才想起身上还穿着他的衣服，脸上不禁红了。乔之甦回头，恰看到晨曦中她柔嫩的粉颊红得如熟透的苹果，衬得那双眼眸更是浸过水般灵动，紧绷在心底七年的那根弦戛然断开。

---

① 此处即为孙承忠。

111

第八章　外陵阴谋深

艾子衿与乔之甦回到杏林堂时，云雾已散，天空湛蓝。原本应开门的杏林堂却还是大门紧闭，捏着药方的老百姓们此刻正翘首企盼地排队议论着。艾子衿见这阵势微微怔住，转头往乔之甦看去，见他也脸色发沉地对望过来。眸光相撞，二人心中同时升起不好的预感，不约而同地用目光示意路边的一个岔道口。

这个岔道口通往杏林堂后门，艾子衿此刻正敲着后门。门是厨房帮忙的林嫂子开的。她看到艾子衿时还是笑着的，却在看到乔之甦时，嘴角不自然地动了动。

艾子衿瞧见林嫂子难看的脸色，心知她对自己与乔之甦产生了误会，也不辩驳，反而转头对乔之甦道：“我已经到了，你可以走了。”

乔之甦看了眼好奇又厌恶地瞧着自己的林嫂子，对着艾子衿点了一下头。

“林大夫在大厅里等你。”见乔之甦离开，林嫂子才冷冷说道，眼中多了鄙夷。艾子衿点了下头便朝大厅走去。

大厅中几乎站在杏林堂内的所有人。七尺的距离模糊了此刻坐在右边上首的林德伊的神情。杜子非紧紧贴在他身边，细长的眼眸微闪一道幽光，他嘴角微微一牵，朝着身边的张无扰耳语几句。后者立刻摆出一张拉长的脸，轻蔑地朝艾子衿哼了一声。

张无扰是林德伊在杜子非之后收下的弟子，天资平庸，平时唯杜子非马首是瞻。艾子衿见此情状知杜子非已对张无扰进行了一番洗脑，也不管他二人，径直往大厅正中走去。

大厅正中挂着一幅画，是医圣张仲景的画像，画前是一张供桌，其上摆着神坛，神坛里插着几支香。香上的火星一点一点向下蔓延，升腾起的袅袅青烟在艾子衿眼前绕成迷蒙的一片。她在张仲景的画像前跪了下来，诚心诚意地磕了三个头，随后站起，朝林德伊福了一福，恭敬道："师傅，我回来了。"

林德伊眼中似乎闪过一道疑问，随后被隐进愈发深沉的眸色里。

"你去哪里了？"张无扰不等林德伊发话，先问了出来。

"还能去哪里。街头的大王都看见了，跟那个不知道从哪儿来的野男人在山里过了一夜。孤男寡女能做出什么好事？"

"哼，瞧她一脸贤良模样，想不到私底下也是这种人。"

"真是丢杏林堂的脸呀！"

"……"

艾子衿自投入师门来，便因是女子受过不少责难，后来又因为林德伊对她格外关照，惹得各位师兄弟分外眼红，此刻见有了机会，众兄弟纷纷落井下石。

"师傅，我想师妹也是一时糊涂。"众人议论之时，杜子非突然插嘴道。他看了看艾子衿，嘴角微微牵起，像在微笑。然而艾子衿却在他眼中看到了一种阴冷，心中突地一跳。

杜子非靠近林德伊，贴在他耳边轻声道："师傅，只要咱们杏林堂中没什么损失也就算了，这种事说出去算不得什么好事。何况师妹年纪也不小了，既然她和那个男人情投意合，倒不如就成全了他二人。"

艾子衿见他故意将第一句不痛不痒的话说得响亮，但后来却只是在林德伊耳畔低语，料定他不会说什么好话。林德伊果然在杜子非说到"杏林堂中没什么损失"时变了脸色，往艾子衿看来的目光里充满了不确定。艾子衿则镇定自若地抬头迎向他的眸，道："师傅，徒弟昨晚见有一人从您书房中出来，故而一路跟随，才发——"

"书房！你为何会在书房外？"不知内情的张无扰抢断道，"师傅，艾子衿她竟然擅闯书房后院。"

一向鲁莽又反应慢半拍的张无扰竟这么快地抓住她话中的漏洞，实在叫人意外。艾子衿随即便想到此番举动应当是杜子非授意，转过头果然看见杜子非得意地弯着嘴角。

"师傅，她不但夜不归宿，还敢不顾您的吩咐擅闯书房。这事一定要重罚。"另有人插嘴道。

"赶她出去！跟野男人混了一晚，叫别人知道，咱杏林堂还有什么脸面！"又有一人恨恨道。

"……"

"你们都给我住口！"林德伊威严的声音一出，厅中之人自是不敢说话。林德伊站起，捋着胡子一路踱到艾子衿面前，"昨晚你看到谁了？"

艾子衿迎向他深沉的眸，而后视线擦过林德伊的肩朝一脸得意的杜子非瞥去。

她在林德伊的眸中只有一个单薄的倒影，杜子非却和那些或是鄙夷或是愤怒的众师兄弟在她的眼底站成一排。

时间如沙在指缝间悄悄溜走，她缓缓抬头："徒儿看错了。"

杜子非原以为艾子衿会说出自己的事，故而一早便与几个师弟说艾子衿偷溜出去幽会，但必然会把他当成借口说出来，更担心她会将自己偷了医书的事向林德伊说明，于是早早便将自己看见艾子衿偷盗医书的事告诉张无扰，又说希望这次能借由张无扰的口向林德伊报告，以让林德伊注意到他。张无扰一向视杜子非为兄弟，此番见他言辞恳切，便相信他全心为了自己，感恩戴德地说了绝不泄露的誓言后，果然鲁莽地去向林德伊报告。

此刻张无扰与几位师兄弟见艾子衿并未如杜子非所说会诬告他，一时愣住，转而向杜子非看去。杜子非也正心惊艾子衿出乎意料的做法，此刻见众师兄怀疑地望向自己，便故作镇定地靠近张无扰悄声道："她必是将那本医册交给了情郎，自觉理亏，所以不好意思诬告我。"

张无扰本就不是个会思考的人，听了杜子非的话后觉得几分道理，便嚷嚷道："艾子衿，你别装可怜。不要以为自己做了，别人就不知道，你是不是把师傅的医案交给你那个野男人了？"

此言一出，众人顿时大惊。他们原本只是听说艾子衿私会男人之事，此时见还牵扯到林德伊的医案，纷纷将目光投向林德伊。林德伊正在捋胡子，听到张无扰的话后手握在胡子上突然不动了，收紧的五指像是要将自己的胡子生生扯断。

厅中场面混乱，艾子衿却不理众人虎视眈眈的目光，缓缓从怀中取出医案递给林德伊："医案在这里，却不是我偷的。"

林德伊接过医案，牢牢地盯住艾子衿，眼中的怀疑因她眉目间的坦然而逐渐消失。

厅中却沸腾了起来，以张无扰为首的一众杏林堂师兄弟冲到她面前，厉声责问："不是你偷的，医案怎么在你手里？"

"若是我偷的，为何要回来？"艾子衿不卑不亢地答道。

"哼，你哪里会料到这件事被人知道。要不是我把这件事告诉师傅，你心虚了，才不会把医案交出来。"张无扰理所当然道。

"无扰师兄认定是我偷的，请问是看见了还是听谁说的？"

"当然是听说了。"张无扰一时口快，听得杜子非直蹙眉头。

"不知那个告诉你的人是谁？"艾子衿瞥了一眼正在想对策的杜子非，冷冷诘问。

张无扰愣了愣，想起对杜子非的誓言，慌忙道："错了错了，我是看到。我看到你昨晚出门了。"

"我不过是出门，你又怎会知道我偷了医案？"

"这，这……"张无扰急得直拍脑袋，只得拿目光往杜子非瞟。

林德伊见着张无扰如此神态，心知他被人利用，却也不便点破。那杜子非对张无扰的呆笨又气又恼，只悄悄走上前来，对着站在最后面的一名小学徒低语了几句。这自然不曾逃过艾子衿的眼，她若有所思地望了眼林德伊。后者也用眼角余光扫到这一幕，却不动声色地捋着胡须。

那小学徒受了杜子非蛊惑，果然对艾子衿叫道："我看你混进杏林堂就是别有图谋。"

他这一喊，其他人也喊了起来。

"快拿她见官！她就是想把我们杏林堂的秘籍传给那个野男人！"

"不要脸的女人！杏林堂里没这种人！"

"师傅，赶她出门！"

"……"

叫骂声此起彼伏，林德伊的脸色愈发难看。他冷冷扫视四周，喝道："都给我住口！"

众人果然噤声，纷纷低下头去。

"没有查清之前，谁也不许将此事闹大。"林德伊严词厉色，而后转过头对艾子衿道，"不管这医案是谁偷的，你私自进书房后院是事实，夜不归宿也是事实，从现在起三日内不得出房门一步，抄《大医精诚》一千遍。"

夜深，依旧是多云的天气，星光隐进云后。屋子里点着油灯，笼着艾子衿的脸色微微发黄。她蘸了蘸笔尖，笔锋在纸上勾勒出最后几句：

> 所以医人不得恃己所长，专心经略财物，但作救苦之心，于冥运道中，自感多福者耳。又不得以彼富贵，处以珍贵之药，令彼难求，自炫功能，谅非忠恕之道。志存救济，故亦曲碎论之，不可耻言之鄙俚也！

敲门声陡然响起，艾子衿打开门，见林德伊站在门口。她并不错愕，似早已料到，从容地将他迎了进来。

林德伊打量垂着臻首的艾子衿："你倒是不吃惊。"

"师傅必然会找我。"艾子衿淡淡道。

"现在可以告诉我你看到的那个人究竟是谁了吗？"

"若我说出，师傅是否会相信我？"艾子衿的眸子闪了闪。

林德伊捋了捋胡子："今早在大厅上，你为何不肯说？"

"我若说了势必引起混乱，届时师傅书房中的暗格会被更多人知晓。更何况师傅不是早已知道那个人是谁了吗？"

林德伊神情微动。

艾子衿却仿佛没看到，接着道："您今晚到这儿来的目的并不是追问我那个人是谁。您想知道的是为何我会看到他，而这本医案为何会出现在我手中。"艾子衿转过身，叹了口气，"无扰师兄说得不错，那时我确实在后院，

116

杜子非偷书册的时候，其实我在桌底下。后来杜子非发现了我想要置我于死地，幸亏——"

"之甦他救了你。"

"您果然已经认出他了。"

"我每次进京都会去乔家，算是看着他长大的，又怎会认不出来。"林德伊淡淡道，"我不但知道他，也知道你正是他那个娶进门的妻子。"他叹了口气，继续道，"当年我的先祖也在精诚馆里学医。师祖擅长针灸、丹药、草药、导引等，虽说医者当全面，却还是各有专攻，我家先祖以草药为主，而乔家最擅长的便是针灸。"

艾子衿倒也不惊讶，问道："您既然认出了我，为何不点破？"

"你不愿说，想必有自己的理由。"林德伊叹了口气，"何况你是乔家媳妇儿，无论如何我都该照顾你。"

艾子衿自嘲地笑道："您错了，乔之甦早就给了我休书。"她望了大为震惊的林德伊一眼，淡淡道，"我同您一样，间接害了乔家一门，或者说我是直接的帮凶。"

林德伊闻言脸色不自在起来。

艾子衿不顾他变化的脸色，继续道："其实在昨日以前，我一直误以为红丸的秘密就在您房中，所以……"

"你到杏林堂来是为了红丸，你想替乔家翻案？"

"翻案倒谈不上。但我答应过一个人，要知道红丸的真相。"

"我并不知道红丸里有什么。"林德伊脸上的表情异样，像是在遮掩什么，又像是在逃避什么。

艾子衿看了他一会儿，才道："乔之甦也说您并不知道。曾经，我以为您怕被人知道拥有红丸方子而被误会，所以不肯站出来。"

林德伊垂下眼睑，脸上露出愧疚的神情："不，当时我确实犹豫了，等到好不容易拿出勇气，没想到就……"他深深叹气，苍老的眼角渗出泪花，"是我对不起乔家，我的自私害了乔家灭门，就算这辈子做尽好事也抵不过我的错呀！"

"就算您站出来，乔家也不一定能豁免，或许，连累您也说不定！"艾子衿不忍心看他如此自责难过，安慰道。

"子衿，我知道你是个好孩子。你不用再宽慰我。错了就是错了，不论理由是什么，过程是什么，结果只有一个。"

"当年的案子归根到底是浙党和东林党的恩怨。您、我、乔家，不过都是棋子罢了。所以您不要太自责，过去的事都过去了，我想乔之甦他也会想通。"艾子衿眼中射出灿烂的光芒，像是想到某个人，嘴角不经意流出的微笑是那般的信任，"这一年多来，谢谢您对我的照顾，在您身边我学到很多。一日为师，终生为父。您永远都是子衿的师傅。"说着，艾子衿跪了下来，磕了三个头后久久伏在地上，低闷的声音里压抑着深深不舍。

"你要走？"林德伊震惊地后退一步。

"子衿拜师动机不纯，实在无颜再待在这里。但在子衿离开之前有些话不得不说：请您务必提防杜子非。"

"子衿，你永远都是我的好弟子。"林德伊不禁老泪纵横。

"您还肯认我这个弟子，子衿万分感动，恕弟子不能伴师傅终老。"艾子衿再说不出话来，只得又咚咚咚磕了三个响头。

林德伊见她去意已决，叹了口气："也罢，之甦寻到这儿，也说明你们夫妻情缘未了。你跟他去吧！"

艾子衿听到"乔之甦"这三字时，脑中立即浮现出昨夜两人独处破庙的暧昧场景，心头如小鹿乱撞起来。原本她从未想过要跟着乔之甦走，此番听林德伊如此说，心中难免生出若有似无的期盼。然而想起自己与他的恩怨情仇，想起危难之中孙九妹对他的不离不弃，她仿佛被泼了凉水，清醒过来。

随后，她又想到乔之甦到此处的目的，问林德伊道："师傅，原本您藏在暗格里是否并非医案？"

林德伊听她一语道破，惊愕不已。

艾子衿瞧见林德伊的脸色，料知乔之甦原先的猜测多半是事实，压低声音道："师傅原本藏的是一本名册，却又担心被盗，便故意放上医案以引出心术不正之人。"

林德伊心下大震："你如何知道这些？难道子非真是……"

"我想杜子非并不知道名册的事，他想要的确实是你的医案。只不过他不曾想到你的医案与其他医书一般放在书架里，因他不能理解你的心思。他以为所有人都与他一般只想独占医术。他知道你的书架里另有暗格，便以为你是将医案放在那边。原先他一直不行动，只因他有十分的把握您会将杏林馆留给他。然而我从狱中出来之后，您不但罚他抄书，更让我替他打扫您的书房，让他有了危机感，才会想到提前偷您的医案。没想到您刚好也将医案与书册换了出来，也算是他误打误撞了。"艾子衿分析道。

林德伊怔了怔："这些是谁告诉你的？"

"一半是乔之甦说的，一半是我的推论。"当下她便将那晚的事情一一道出，末了又道，"乔之甦说，那晚死在后门口的人名叫刘子平。"

林德伊当下如木偶般，定住了。

窗外影影绰绰，虽无风，却有张牙舞爪的树枝如魔鬼枯槁的影子。艾子衿站起往窗外看了一眼，贴近林德伊耳边轻声道："请师傅明日午时到江畔居，有人要见您。"说完，艾子衿将早已收拾好的包袱背在身上，最后望了眼一动不动的林德伊，走出门去。

熟悉的景致，熟悉的小道，连风送来的花香都是如此熟悉，艾子衿一路走过这住了一年多的院子，心中便如这沉重的夜，仿若也死寂了过去。

背后跟着窸窸窣窣的脚步，艾子衿猛一回头，见深浓的夜色里恍然出现一抹瘦弱的身影，竟是年仅十岁的小师弟传承。

"传承，你怎来了？"

"师姐，你要走了吗？师傅要赶你走吗？"传承澄澈的眼睛闪闪烁烁，分明是晶莹的泪珠。传承从一进门便是艾子衿手把手教的，他说是师弟，却更像她的徒弟。

早已蓄在眼眶的泪在传承叫出一声"师姐"时终于不受控制地决堤。她轻拥传承，拿下巴摩挲他的头顶，温柔道："师傅没有赶我走，师傅不会赶任何人走的。可是师姐已经不能留在这里了。"

"为什么？我不要师姐走？师姐你不跟师傅学了吗？不当师傅的徒弟了吗？"

"师姐永远都是师傅的徒弟，是你的师姐。可天下无不散之筵席。在师姐之前，也有很多很多师兄已经走了？"

"去哪里？那些师兄去哪里了？"

"他们去当大夫，当个像师傅一样的大夫。你的师兄们在不同的地方当大夫，把师傅的医术流传下去。总有一天，你也要当大夫，收徒弟，然后一代一代传承下去，救更多的人。"

"那么师姐也会去当大夫吗？"传承的眼睛像是黑暗里的一盏明灯。

"是！"艾子衿坚定道。

传承点点头，小大人般挺起胸："师姐要等我，等我当了大夫去找你。"

"好！"艾子衿笑了，随即拍了拍他的头，"你时常腹痛，要记住不能喝凉水，尤其夏日，就算是最热的时候也不能喝凉的。"

"是！"传承认真地点着头。

"另外，要记得学会给自己做预防。师姐最后考你一下……"艾子衿点了点他脐下一寸，旁开正中线二寸处，问道，"这里是哪里？"

"外陵。"传承答道。

"外陵是哪条经上，有何作用？"

"外陵在足阳明胃经上，可治中脘腹痛。"传承恍然大悟，"师姐是要我平常多按这个穴预防腹痛。"

"除了按还可艾灸。你要记得你是学医的，若连自己的身体都不懂如何保护，怎么救别人。上工治未病，要在病未发时就预防它发病。所以除了这外陵，你还可以艾灸中脘，也可以艾灸天枢。你要好好照顾自己。"说到最后，艾子衿已是泪流满面，抱着传承痛哭起来。

漆黑的走廊转角，传来一声沉重的叹息，林德伊将了将胡子，转身往后走去。空荡荡的园子里，屋瓴静默，树影绰绰，漏下来的月光将林德伊伛偻的人影拉得愈发苍凉。

艾子衿忍不住往后看，恰望见林德伊那一抹拖在地上的影子，不由得落下泪来。

江畔居是一间小茶楼，三丈开外的高地上正如火如荼地准备要建魏公祠①。正是午时，几个壮汉汗流浃背地扛着碗口粗的圆木艰难地爬上土坡，一旁还

---

① 即魏忠贤生祠。

有几名凶神恶煞的官差手持长鞭骂骂咧咧地催促着。啪啪的鞭声此起彼伏，壮汉赤裸的半身上血痕斑斑，煞是触目惊心。

林德伊走至江畔居前，望着不远处辛苦劳动的壮汉，微蹙眉头，脸上似有愠怒，随后又无奈地叹了口气踏进门去，问迎上来的老板："掌柜的，可有人找我？"

那掌柜的初时似乎有疑惑，随后像想起什么似的笑道："瞧我这记性，在清风居，清风居！"说着便热情地将林德伊拉了进来，对小二道，"快带林大夫上清风居。"

店小二右半侧的脸上有一块像是胎记的黑色，嘴角上还有一颗突兀的黑痣。他朝着林德伊低了一下头，转身朝楼上走去。不知是幻觉还是什么，林德伊觉得他低头的一霎，眼中似乎有一道光一闪而过。然而当他再想去仔细分辨时，却只看到他瘦长的背影。

清风居位于二楼，远眺正可看到大江奔腾向海的黄浪。林德伊进得门来，正巧看到对着窗口的那艘运载着百姓血汗的木质大船。甲板上站着几名身穿锦服手持长鞭的锦衣卫，耀武扬威地恐吓着正奋力地划桨的船工。一名船工与官差似乎发生了争执。那为首的官差突然一扬鞭子，空气中似乎传来啪啪的抽响，那船工痛苦地摔倒。紧接着那名官差似乎扬了扬手，几名手下便冲将上来，将那船工横着抬起往江上一抛。扑通一声，水花高高溅起，可怜的船工挣扎了几下，迅速沉进混浊的江水中。

林德伊看得心中一阵紧，不禁握起了拳。背后啪的一声脆响，林德伊慌然回头，见那店小二将门关了起来。

"你……"林德伊颇是惊愕，随即平静下来。他坐到位置上，自己为自己斟了一碗茶，静静等待下文。

"店小二"右手在脸上轻轻一抹，那半脸的黑色胎记和嘴角突兀的痣像是变戏法一般神奇地不见了。

那人笑了笑，在林德伊对面坐下："林大夫有礼了。"

"你是……子衿说要见我的人？"林德伊怀疑地打量这个陌生的面孔。

那人替林德伊斟了一碗茶："真是要多谢子衿姑娘呢。我与何大哥是老朋友，唉……"那人深深叹了口气，悲痛道，"我来得太迟了！"见林德伊露出疑惑的表情，他恍然大悟地拍了一下脑袋，"我怎么忘了呢，何大哥就是您的徒弟刘子平呀。"他目光炯炯地盯着林德伊，像盯着一个宝物般，"刘子平是不是把东西交给您了？"

林德伊迟疑地看了他一会儿，说道："我想你是弄错了，刘子平并未将东西给我。更何况我与刘子平早没了师徒情分，很久没见了。"

那人闻言一怔，随即笑道："林大夫，我真是刘大哥的朋友。这件事非常重要，您一定要……"

话音未落，但闻啪的一声，那人直挺挺往前趴去，背上竟插着一柄血淋淋的短刀。

林德伊何时经历过这种情状，当下脑中空白，浑身发抖。虚弱嚅动着的唇畔还来不及逸出一声惊呼，手臂便被人一扯，身子斜着便往窗外倾去。

"跟我来。"

低沉的嗓音叫林德伊回神片刻，他抬眸看去，见乔之甄正要斜扛起自己，惊道："是你，你杀……"

话音未落，他觉得脚下突然悬空，身子如放飞的风筝斜空掠去，竟亦翻到窗外屋顶之上。他几乎便要惊叫，却被门被撞开的声音吓到。低头，他才知道，唐何带着一队人马在自己刚被乔之甄拉出窗外的时候闯了进来，当真是千钧一发呀！他顿觉全身冷汗淋漓，只差一刻，他便要被当成杀人凶手抓起来。可他却又是被真凶所救，想到这一层，他竟不知是否该感谢乔之甄了，只得暗叹一声。

乔之甄示意他不要出声，而后低头望了屋内一眼，轻轻一踮脚，扛起他几个起落便掠出了江畔居。

江畔居内，唐何还在怒喝："叛党在哪里？叛党呢？"

江畔居的老板匆匆忙忙挤了进来，先是瞪了一眼躺在地上的冒充小二的男子，随后又往空荡荡的屋子里望去，惊道："咦？"

"怎么了？"唐何瞧见他神色有异，炯炯目光朝他看去。

"刚才……"掌柜胆颤地吐出两字，却被一阵踢踢踏踏的脚步声打断，众人往后看去，见一个半脸胎记只穿一件中衣的男子踉踉跄跄跑了上来。

"掌柜的，来贼了，来贼了。"他慌乱叫道，在看到一群拿刀的官差后噤声，腿脚打起战来。随后他往地上一瞟，当看到地上躺着的那个人时眼睛立即变直了，指着那个翻白眼的死人尖叫，"他，就是他！"

"他怎么了？"唐何紧问道。

"他把我绑起来，还扮成我的样子。他要图谋江畔居的财产。"

唐何看了小二一眼：小二脸上有大块胎记，若说假扮成他，只要不细看，确实不会被发现。随即他思忖了起来。却在这时，门外一声急促脚步声响起，有人高叫道："唐大人，八百里加急！"

唐何大惊失色，从那风尘仆仆的人中接过敕令。他从里面拿出公文，细细查阅，越看脸色越差，底下众人见他如此也都不敢说话。

唐何看完敕令，烦恼地看了一眼地上的死人。然后他手指一伸，扫过江畔居的掌柜与小二，冷声下令："把他们两个都给我带回去。"

唐何收到敕令的同时，乔之甦将林德伊带到了土地庙。艾子衿在庙里等候多时，见林德伊平安归来，慌忙迎了上去："师傅。"

林德伊惊魂未定，像看怪物一样看着乔之甦，颤声道："你杀人了！"

"我杀的是东林党的叛徒。"乔之甦淡淡道，"若不是他，刘子平也不会死。"

林德伊微微一怔，道："这是怎么回事？"

"刘子平潜伏阉党内部多年终于发现东林党内的叛徒，故而做成名册想交给我们。想不到是被那些叛徒出卖而惨死。"乔之甦波澜不惊地说着这一段往事，然而紧握的拳头到底是泄露了心中的悲愤。

艾子衿想起当初刘子平死去的情景也是唏嘘不已。

"刘子平是英雄！"乔之甦抬头望着林德伊，"你应该最清楚，他为何要从杏林堂里出来。"

"大夫救得了天下病人，却救不了病态的天下。"林德伊叹了口气，"别人都道是我赶他出门，却想不到他是主动向我提出。他从来都没有被逐出杏林堂。"

"他回到城中，第一个找的也是你。"乔之甦道。

林德伊并不否认，悲伤的眼眸一下子像老了几岁。

"他将那半本册子交给你。册子在哪里？"乔之甦步步紧逼。

"你就是子平要等的人？"林德伊怀疑地打量他，突然道，"风声雨声读书声，声声入耳。"

乔之甦立即接道："国事家事天下事，事事关心。"

"想不到你也入了东林党。"林德伊道。

乔之甦面色不变，眼眉间却有一瞬的矛盾及痛苦，毫无遗漏地落进了艾子衿的眼。艾子衿恍然间惊觉，他虽为了反抗阉党而加入东林党，却还不能从乔家沦为东林党与浙党权力斗争牺牲品的事实中解脱出来，不禁觉得心头如被石头堵住一般。

林德伊想到乔之甦能放下家族恩怨而入东林党，深觉敬佩，遂将书册从怀中取出，郑重地交到他手上："这就是子平交给我的。"顿了顿，他深深望住乔之甦，沉声道，"希望您能完成子平的遗愿。"

乔之甦压抑住自己的情绪，面无表情地点了下头："谢谢。"转身离开。

林德伊叫住快走到门口的乔之甦："当年你家的事……你，还恨我吗？"

"谈不上恨。若你觉得无愧于心，我恨又有何用？"乔之甦淡淡道。

林德伊愣住，痛苦了起来，苍老的身躯仿佛寒风里的枯叶，阵阵摇摆。艾子衿慌忙扶住他。林德伊回过神来，拍了拍艾子衿的肩："孩子，不用管我，跟他去吧。"

艾子衿摇头，声音里暗含一种连自己也说不清的悲伤："我和他的缘分，早已经尽了。"

走到门口的乔之甦听见艾子衿这句话，脚步蓦地一顿，肩微微耸起，他似乎想要转头，却始终不曾转头。他抬起如灌了千斤重的铅的右脚，艰难地迈出门外。

门外，日头高悬，金晃晃的光刺得眼睛生疼，艾子衿只抬头往门外的天看了一眼，就落下泪来。

乔之甦此后的三日再未出现。艾子衿虽说要离开杏林堂，但又担心杜子非就是那个半夜在门外偷听后来去通风报信的人，更担心发生了江畔居里的那件事会对林德伊产生影响，因而不敢离开这个小城。林德伊回到杏林堂后，想到艾子衿已离开，而杜子非虽屡次出卖他却在他身边跟了许多年，一时狠不下心来赶他。但林德伊也知此事牵扯到阉党，对杜子非加强了警惕。

然而一连几天府衙里都没有任何风吹草动。艾子衿私下找郑南清询问情况，从她口中得知唐何近几日食不知味，夜间辗转反侧难眠。但是究竟是什么事，郑南清也探听不出来，只感觉唐何担心之事与江畔居里发生的事似乎没有太多联系。

又过三日，唐何终于将林德伊叫进府来。林德伊来到府衙大堂，不动声色地行了一礼，眼角余光突然瞄到右边一张熟悉的脸——杜子非！心中一跳，他直觉这是一场阴谋。果然他看到唐何的视线往杜子非飘去。然而只是一眼，他的目光又转了回来，直直落到林德伊脸上。

"六日前江畔居的那件命案，有人看见你在那里。"

林德伊早料到他会提这件事，却也想不通为何隔了六日他才来提讯。因当时已与艾子衿商量过，所以他镇定地朝唐何作了一揖："不错，当日我确实去了江畔居，但很快便出来了。"

"是吗？可为何本官收到的消息不是这样呢？"唐何又瞟了一眼杜子非。

杜子非慌忙凑近唐何，脸上带了一种让人厌恶的谄媚："大人，那晚被葬的东林党人其实就是林德伊的徒弟刘子平。"

"是吗？"林德伊痛心不已，冷冷瞪住杜子非，"可你进我门下时，子平已离开了，你又如何知道他就是刘子平？就算他是刘子平又如何，几乎所有人都知道我与他已无任何瓜葛。"

"我不管你与刘子平是否还有瓜葛，他是东林党人！"

"德伊乃草野村夫，并不知道何为东林党人！"林德伊不卑不亢。

哪知唐何仿佛早已预料到他的反应般，脸色并未有太多改变，他那双漆黑眼眸里偶尔闪过的寒光却叫林德伊暗自心惊。

"这么说，你也不曾收过刘子平的东西？"唐何转仿佛不经意地提起。

林德伊的眉梢微微一动，眼睫顺势垂了下来，表面看来仍是毕恭毕敬的模样："我与他从未接触，又如何收他的东西？"

唐何不动声色，手指在桌上轻轻画着圈，眯起的眼眸陡然射出一道冷光。那道冷光直射林德伊而去，他垂在两侧的手不由得握紧。

杜子非瞧得仔细，知他是心中紧张，忙想要再添油加醋。

但唐何又如何看不出林德伊的紧张。他以目光示意杜子非噤声，慢慢踱步靠近林德伊，拍了拍他的肩，假笑道："林大夫在城中德高望重，本官自然是相信你。但也希望你不要听信小人，让他们有机可乘。"

"德伊明白。"

"这次请林大夫来还有一件事。"唐何转过身，慢慢踱着脚步，缓缓的语速好像他正在心底数着自己的步伐，又像在等对方的反应。

但林德伊似乎毫无所动，只昂首挺胸地站立屋子正中心，反倒是杜子非有些着急，似乎想说什么，又碍于唐何不敢说话。

唐何像只狐狸般绕了一圈，又重新站到林德伊面前，似笑非笑地盯着他："近日来东南方桃镇里有百余人染疫，数十人病亡，上头已追究下来。林大夫，你可愿意为本官解忧。"

"救人性命乃医者职责，德伊义不容辞。"

"好！"唐何大叫一声，脸色立时放松。确实是一个棘手的问题，甚至已惊动了京城里的天子，可他却还没有想到一个好的解决办法，他不由得焦急问道，"今晚动身可好？"

林德伊见他如此着急，不免犹豫起来。

唐何见他似乎有迟疑，忙贴近他耳边细语道："我还听到一个消息：那个姓甦的大夫似乎之前与你便认识，据说和艾子衿也有些关系。"然后他拍了拍林德伊的肩，"其实我对那些名册不名册也不是那么关心。不过嘛，上头对这次瘟疫实在是太不满意了。"

林德伊听他提到艾子衿与乔之甦，心中已是大骇，而如今又见他如此说，虽知这次他要自己进桃镇并非只为瘟疫那么简单，也只好答应："德伊会尽快进城，只是杏林堂中还有一些事……"

"不是还有杜子非吗？"唐何瞟了一眼杜子非。

林德伊见杜子非得意扬扬地望着自己，心中更是不安。

"杜子非跟在你身边这么多年，必能将杏林堂中的事处理好。你这就准备准备去桃镇吧！"唐何撂下最后一句话便带着杜子非离开了。

大厅中只剩下林德伊一人在发呆，不多时便有一名衙役进来带他走到门口。唐府门口已备好一辆马车，更有四名官差手持大刀立在周围，像在防止林德伊临阵脱逃。这根本不像要请他进桃镇治疗瘟疫，反倒像押犯人赴刑场。林德伊头皮发麻，方知自己已掉入陷阱。

唐何的视线仿佛一把锋利的刀劈得林德伊阵阵发颤，随后，他上前一步，做了个"请"的手势，说道："林大夫请上车。"

风势微大，林德伊灰白的胡须在风中无力摇晃着，他看了看皮笑肉不笑的唐何，又看了眼不远处奸计得逞的杜子非，叹了一口气，迈出站得微微酸涩的腿。老了，真的是老了，他觉得爬上马车都是艰难无比。他的手抓在车辕上，右脚攀爬上悬挂出来的铁环，左脚正踮起。

"师傅！"如银铃的声音从远处飘来，林德伊手一颤，几乎要从车上摔下。转头，他看见艾子衿奔来。她的身影越来越接近，眼眸如水却异常坚定，看得四周官差不约而同让出一条道来。

她朝林德伊看了一眼后便向唐何跪倒："请大人允许小女子随师傅一同入桃镇。"

不等唐何答话，林德伊急叫道："你快回去！这儿没你的事！"

"师傅，医者不行医，何为医？如今有百姓处于水深火热之中，您让我如何安心回去？"

她说得恳切，林德伊听得热泪盈眶："傻孩子，除了桃镇内的病人，这世上还有很多人等着你去医治呀！这场瘟疫来势凶猛，说不定就……为师已是风烛残年，去就去了，可你还年轻哪！"

"正因为我年轻，能救一个是一个，即便搭上性命……"艾子衿顿了顿，异常坚定地抬起头，"徒儿不能学以致用，才是有愧医家圣贤先祖。"

林德伊万万想不到最后坚持要追随自己的竟然是被迫离开杏林堂的艾子衿，一时哽咽得说不出话来。

艾子衿朝唐何又拜了三拜，恳切道："请大人允许我相伴师傅左右。"

唐何瞧了她半晌，沉吟道："既然你执意如此，就跟他去吧。"

第九章　内关疫乱扰

艾子衿随林德伊来到桃镇。桃镇位于府城外一百二十里，建于正统八年。那时倭寇横行，当地居民为抗击倭寇以石围城。硝烟早已弥漫在这个历经百年战火的城墙上，如今在艾子衿眼前的是一座笼着落日残红的萧索古城以及城下遍野的尸骨饿殍，恶臭久久弥漫在小城的四周。

那些与林德伊、艾子衿同去的官差见此情况早吓得溜出城去，林德伊与艾子衿则顾不得落跑的人，立即投入了救治中。

疫病来势汹汹，才半月工夫，桃渚城内染病之人已过了半，普遍症状为：高热面赤，喘息急促，微恶风寒，汗大出，舌红苔焦脉数。林德伊当下判断乃风温引起。然此病邪另有一特点便是来势极猛，侵袭肌腠^①后可迅速进入脏腑，往往高热面赤仅一日余，第二日风温邪气就已侵入心而出现谵语^②的症状，第三日神志昏迷，第四日则二便不通，滴水不尽，第五日便是病入膏肓，回天乏力了。

到了桃镇后的第四日中午，林德伊将艾子衿拉到一边道："所有疾病治疗最佳时期都是在邪气初入时。而这个病我之前也没治过，最有把握治好也是在它初起之时。但这病传变太快，你我人手又太少，很多人还得不到治疗，病

---

① 肌腠：中医专用名词，意为皮肤肌肉纹理，但可作为抽象的外邪进入人体第一层防护罩的意思。
② 谵语：中医专用名词，指神志不清、胡言乱语、语无伦次、声高气粗的表现。

邪就已入五脏六腑。你赶紧煮出一大锅麻杏石甘汤，让那些没有发病的每人喝一碗。"

麻杏石甘汤①是林德伊进城后定下的治疗温病初起的第一个方子，治疗了几个刚刚发病的患者，效果还算不错，但对于病邪深入的患者，却不见太大的疗效。二人也试着用其他方子来治疗，始终得不到满意的结果。眼见越来越多的尸体被送进城北焚烧，二人心急如焚。林德伊常常念叨在嘴边的便是"上工治未病"②。此次他让艾子衿给每一位百姓都喝麻杏石甘汤，也是要防止疫情的扩大。

但是……

艾子衿站在屋子里为难地望着桌上的药材。当初从唐府中出来二人便只带了一点，唐何答应会在最快时间配送下一批药，然至今毫无消息。艾子衿几乎每日都写信交给在城门口把守的官兵，可那些信就像沉入大海的石头。

麻杏石甘汤的组成很简单，就是麻黄、杏仁、生石膏、甘草四味，幸亏当初过来时，林德伊已料到瘟疫多是温热邪气侵犯人体，故而多带了些清凉的药物，若这几味药用完了，也还可以用其他药譬如青黛、板蓝根、大青叶、菊花、银翘代替。

艾子衿叹了口气，开始拿药。药是被包在油纸里，并有封条贴上药名。未免有误，艾子衿还是在每次拿药前先察看一遍。虽说熬药须用专门瓷瓦药罐，可紧急时刻，艾子衿也顾不了许多。她将浸好的药材放入一口大铁锅中，用小火慢慢熬着，不一会儿便熬出一大锅来。城里的人早已收到艾子衿的口信，一早便排起了长队等着喝药。队伍里不但有垂髫老者，亦有梳着牛角小辫的孩童，更有少妇背着刚出生的娃……

整整一天，艾子衿分完了五大锅的汤药，带来的药材也所剩无几。艾子衿叹了口气，端起最后一碗往前院走。已近黄昏，天空中布满彩霞，将苍茫的景致染成触目的嫣红。林德伊花白的胡子在这片嫣红里被染成血一般的颜色。他

---

① 麻杏石甘汤：出自《伤寒论》，由麻黄、杏仁、生石膏、甘草组成，辛凉宣泄、清肺平喘，治疗外感风热。

② 上工治未病：出自《素问·四气调神大论》："是故圣人不治已病治未病，不治已乱治未乱，此之谓也。"大意为重在预防，包括未病先防、已病防变、已变防渐等多个方面。

形容憔悴，脸色发白，嘴唇青紫而干裂。只几天工夫，他衰老的速度比这一整年都要快。是呀，自从他来了以后就不曾睡过好觉。白天的时候，他总是在治病，晚上的时候他又要在昏暗的油灯下寻找经方，那些随身带过来的医学笔记，早被他翻烂了。他常常照顾病人到午夜，要是有患者突然发病，那更是彻夜不眠。是不是连他自己都忘了，他是个年近古稀的老者，也是最容易被病邪侵袭的人呢？

艾子衿感动又心焦，顾不得打断他为今日收下的第三十位病人诊治："师傅，还有最后一碗药……"

"来得正好！"林德伊雀跃叫道，转而对那名患者温和地说，"来，先喝了这碗药。"

"师傅，这是……"艾子衿还来不及说这是为他准备的药，已见他将这碗药喂入患者口中。这患者是个八岁的小女孩，长长的睫毛低垂着，脸比涂了胭脂还要红得鲜艳，红得诡异。

"子衿呀，那个老人家的水气浸淫心阳，你再去熬点药，在麻杏石甘汤里加点三钱葶苈子和十二枚大枣吧。"见艾子衿竟然没走，他脸色一变，"都这情况了，你还杵着干吗？"

艾子衿咬了咬唇，严肃道："师傅，您先去睡一下！"

"这个时候我怎么能睡？"屋子里不知何时又搬进来几名患者，有神昏者，也有谵语者，还有一个脸色灰白的老人似乎已走到了最后关头。

"您需要休息！"艾子衿提高声音，"若是再不休息，您就会是下一个染病的人。您染了病，他们还能靠谁！"

被她的气势吓一跳，林德伊也不得不考虑最关键的问题——他们的人手实在是太少了。到了桃镇后，二人才知道，唐何早已召集了一帮大夫商量良策，却几乎没有一个人肯留下来，所以他才用威胁的方式将林德伊半押半骗到这里。想到这一层，林德伊叹了口气："可是子衿啊，若我不在，他们就……"林德伊为难地扫了一眼屋内的病人。

"这儿有我！"艾子衿道，坚定的眼神叫林德伊没来由一震，"师傅，您要相信我！"

望着她自信的眼眸，林德伊点了点头。然而当林德伊转身走出诊房时，艾子衿脸上的自信便瓦解了。她呆呆望着满屋子或谵语或神昏或高热的病人，居然有种手足无措的感觉。

只待了片刻，她立刻弯下腰来，新送来的高热患者喝了那碗麻杏石甘汤后似乎安静不少，艾子衿弯下腰，轻轻碰触女孩的额头，只觉得她的额头仍如火烧一般，不觉皱起了眉。她扯下一条碎布，浸湿了水拧干，而后搭上那人的额头，随后又用另一条布将女孩脖颈腋下都擦了一遍。最后她拿起三棱针，将那女孩侧翻，对着脖颈后大椎穴用力一刺，针眼大的血珠子在女孩白皙的肌肤上若隐若现。然后她拿起早已准备好的瓦罐，将棉絮浸上烧酒用火点燃投进瓦罐里，待火差不多烧尽，她左手拿起瓦罐，右手迅速将火种挑出，随即左手极快地对准那人大椎穴刺出血的地方一按。但闻啪的一声暗响，火罐紧紧贴住女子的大椎穴住，周围的肌肤被那烧得火热的罐子烤得晕红，渐渐露出青紫的颜色。约莫半炷香的时间，艾子衿左手轻轻按住她火罐周围的肌肤，右手用力提起罐子。"啪！"罐子顺利离开皮肤，一股淡淡的血腥味顿时钻入艾子衿鼻尖。艾子衿定睛一看，果然看见大椎穴上流出一股腥稠的鲜红的血。艾子衿轻轻吐出一口气，用手抹了抹额头的汗，用浸过温水的布将大椎穴周围的血渍擦干净，随后将她轻轻放倒在榻上。女孩嘤嘤呜呜的呻吟似乎弱了许多，却又突然打起嗝来，艾子衿只得抓过她的手，在她腕横纹上二寸处，以一指禅法推揉着。此处正是内关穴，内关穴乃是手阳明心包经上的穴，可治心痛之疾，又因心包经与足阳明胃经气血相通，揉捏针刺内关亦可治胃腑疾痛如腹泻、孕吐等，对呃逆（打嗝）那更是效果奇佳。这一指禅法是她在精诚馆时跟着乔之甦所学，此时做起来倒也似模似样，不一会儿，患者的打嗝声便渐渐弱了。

艾子衿为她诊治了一会儿，又转而去照顾第二名病人。这是一名邪入脏腑的病人，不单是谵语，还交替出现牙关紧闭的情况，有几次艾子衿都觉得那张青紫的脸在不久之后便要失去生气。在他第三次牙关紧闭、全身抽搐后，艾子衿从带过来的丹药瓶中找出一个瓶口写有"紫雪丹"①的青色瓷瓶，并倒出一

---

① 紫雪丹：与安宫牛黄丸、至宝丹同称为"温病三宝"，为凉开常用方法之一，还有息风止痉的功效。对伴有惊厥、四肢抽动的高热、神昏患者特别适用。相传为唐代一位名叫苏恭的中医发明，因霜雪紫色而命名。见于《太平惠民和剂局方》及《千金翼方》，有紫雪丹与紫雪散，前者药效更佳。

枚霜雪紫色的丹药来。随后她倒了一碗温水，待那名患者牙关稍稍放松，遂把紫雪丹喂了进去。没过多久，那患者的抽搐便好了些。

艾子衿舒了口气，转了转微僵的脖颈，往后一瞧，顿有种眩晕的感觉：屋里并排还躺着十余名患者。因是瘟疫，那些原本帮忙的家属也不再进来了，只在门口徘徊，等候着随时可能变化的消息。

正在这时，一声惊呼传来，艾子衿慌忙奔去。那原本昏迷的老年男子竟睁开了眼。

艾子衿吓了一跳，唤道："老伯，老伯？"

只见患者气息微弱，像是听不到她的声音，双手胡乱在空中比画着，仿佛在捕捉什么，随后又无力地垂下，圆睁的眼中唯一的一簇亮光也在不知不觉中渐渐熄灭了。

艾子衿忙凑了上去，用力在他胸口膻中穴上打了一下，然而那名老者却只是微微张了一下口，脸部的表情便陷入了死寂。艾子衿见他汗冷如水，四肢瘫软，神志昏蒙，知道他的阳气已经涣散，方才那次睁眼不过是回光返照。第一次独自面对一个将死的病患，艾子衿心中不免紧张。她思量片刻，取出三寸长针，顾不得在火上灼烤便在其气海、命门、足三里等处刺了下去。然后她钻进厨房找到盐巴，将它在老者脐上填满压实，因有盐巴填实，故而原本凹进的脐与周围腹面齐平了。然后她从一旁诊箱中拿出小团艾绒，置于填实的盐巴上，用火点燃。神阙穴即在脐上，在神阙穴上施灸，唯隔盐灸。

艾绒上的火星一点点向下蔓延着，徐徐艾香升起，底下的盐巴因遇到火噼里啪啦地细碎地响着，盐粒禁不住火烤的力量四处溅开。艾子衿突然想起乔之甦的话："神阙正对人背脊上的命门穴。命门蕴含人体元阳之气。亡阳之际，用艾灸之阳热温人体之阳，乃是引自然之阳助人体之阳。用盐相隔，一方面因盐粒可填平脐上凹凸，使其平整而便于施灸；另一方面因盐味咸，五味之中，咸者入肾，恰恰可引艾灸之阳入肾补肾之阳……"

艾子衿将艾灸换下一炷又一炷，甚至在老者的脐周烫出了水泡，但他始终却没有恢复的征兆，两只手反而越来越冷了。心跳终究是弱了，他原本嚅动的双唇此刻也变得僵直，只剩下惨淡的灰白。艾子衿颓然地低下头，将最后一根针从他的气海上拔出，伸手轻轻捂上他如一张薄纸的眼睑，将他已经露白的眼珠子慢慢覆上了。

　　胸口像是被一块巨石压着，胀得喘不过气来，艾子衿用力吸气，将才浸湿眼睫的泪水又吸了回去。泪倒流进喉间，涩涩地发疼。艾子衿起身，迈开虚软的脚步，预备招呼在门口等待抬尸体去焚烧的村民。

　　然而门口一个人也没有，夜风凄凉，新抽的嫩枝在落下单薄的影子，空荡荡宛若鬼域。莫名的不安从心底如藤条缠绕上来，艾子衿四处望了望，黑暗里除了偶尔刮过的风再听不到其他声音，甚至连狗吠都听不见。

　　又怎会听得到狗吠呢？她自嘲地笑了一下。瘟疫初起时，因城中死了几条染病的犬，那些还不曾染病的犬早被拖到空地里活活烧死了。"活活烧死"——脑子里突然出现的这四个字叫艾子衿不由得打了个寒噤。

　　"他们大概去睡了。"艾子衿自言自语，似乎想借由声音驱走太过静谧的夜带来的莫名恐惧。她转身边往屋里走边活动肩膀。

　　屋内的油灯愈发暗了，十余个人并排躺在不算太大的木榻上，有几个人已奄奄一息。艾子衿走上前，预备将那个新死的老者从榻上拖下来，门突然啪的一声关了。艾子衿一惊，慌忙回头，见门外窜过几个黑影，接着便听到一阵噼噼啪啪的敲打，像是有人在用木条封住门。发觉有异，她忙奔上前用力推门，一边推，一边拍打着大门大喊："你们干什么，快放我出去，放我出去呀！"

　　"这些人都病了，不烧了，我们整座城都要遭殃！"门外的人一边说一边叫。

　　"他们还没死！你们怎么能这样？"

　　"没死也跟死了差不多，反正不能救活，不如烧了！"

　　"不，一定有办法，有办法的！"艾子衿急得快哭了出来，不停拍打着被封得严严实实的门。

　　"办法，什么办法！都治了那么久了，还有那么多人生病！你们根本就没办法！"

　　"只差一点，就只差一点点呀！快开门，快开门呀！"

　　"开门就只有死路一条！现在桃镇被封了，他们根本就是要放弃我们！我们不能陪着他们等死！只有烧死他们，我们才能活下来！"

　　"你们不要走！开门呀，快开门！"见那些人要走，艾子衿慌乱地叫道。

"子衿，怎么回事？"激烈的叫喊惊醒了在内屋休息的林德伊。

艾子衿转身，还来不及说什么，就已看见倒映在林德伊混浊眼眸里那闪烁的火光，泪顿时涌出艾子衿的眼眶。

林德伊怔怔地看着无力靠在门口的艾子衿，激烈的火隔着门在艾子衿背后如花团般妖异地绽开。无孔不入的黑烟从门缝中钻了进来，更有激烈的火舌跳跃着蹿进，映着艾子衿苍白无力的脸。他也呆住了，脑子顿时空白，早已忘了自己身在何处。

艾子衿惊醒过来。她奔向林德伊，边推他往内屋走边说："师傅，快走！后面还有个窗子！"

然而火势渐渐大了，木质的门窗都燃起火来，那火更从屋顶缝隙长驱直入，连横梁也烧了起来。浓烟滚滚已弥漫了二人的视线，二人呼吸困难了起来。

二人趁着火势还在屋顶流窜，快速走到后屋的窗户前。火在窗椽四周星星点点烧着，尚未蔓延开来，艾子衿呛出几口浊气，果断地推开窗："师傅，您快出去！"

林德伊此刻吸进大口浓烟，哪里来得及思考，被艾子衿在后面一推，便顾不上火苗的火热，拉住窗椽，身子往前一拱，踉踉跄跄地翻出窗外。他吸了几口新鲜空气，方惊觉身后并未有人跟上，正要在烈火中寻找艾子衿。哪知啪的一声，窗檐竟被烧出一块缺口，火团掉了下来，恰落在窗椽处。原本的小火得到助力，陡然蹿了起来，只眨眼工夫便与周围的星星之火连成一片，原本通往外界的唯一出口顿时变成一片火帘。

"子衿——"林德伊禁不住热泪盈眶，然而火光中哪里还看得见那纤细的影子。

艾子衿并未随着林德伊出去，在准备爬窗时她突然想起了那个八岁的小女孩。小女孩只是病邪初入体内，刚才她不但喝了麻杏石甘汤，还被艾子衿在大椎穴上放了血。就在半个时辰前，她探过她的额头——热开始退了。这是一个能救活的孩子，她不能放弃！

浓烟环绕，火光亮得让她几乎分不清在何处，周身也像要被点燃了。她捂着嘴，用力地抓着衣襟，艰难地寻找通往前屋的路。

"啪！"她才走了一步，身后边原来站过的位置便被掉下来的横梁侵占，横梁上的火迅速蹿了过来，点着她拖在地上的裙子。她虽然心中害怕，还是冷静地快走几步，迅速用脚踩灭裙上的火种。随即她发现脚边上有一盆水，心中大喜，忙将这水从头顶淋下。她又嫌裙摆太长，提高裙摆用力一扯，竟将裙子齐膝扯断，然后她躲着几处喷过来的火苗，往前摸去……

短短一条从内屋通往前屋的路，平常只需呼吸几口气的工夫，此时她却用了半炷香的时间，其间她避开了至少三次被横梁砸到的危险，又躲掉了五次快被火苗烧到的险况。原本淋到身上的水早被火无声无息地蒸发了，她那头乌黑的长发也差点被烧着。幸亏那时她取出随时携带的匕首，果断地割断被点燃的头发……

终于，她找到了奄奄一息的女孩。女孩早已被烈焰包围，半边的衣衫都烧了起来。艾子衿顾不得周围急蹿的火舌，用刚才扯下来的裙摆用力拍打女孩身上熊熊燃烧的火。然而裙摆迅速被引了火反倒急速朝自己的手窜来，她忙扔下烫手的布条，往旁跳开一步，脚下一顿，她竟碰到放在脚边原本用来给女孩擦身子的水。心中一喜，她端起水盆往女孩身上一泼。"哧——"火苗迅速被熄灭，随即露出一片被火烤得焦烂的皮肤来。艾子衿又惊又恐又心疼，将浑身湿漉漉的女孩抱了起来。"噗噗！"头顶上暗响传来，只消一眼已足够她心惊胆战，那一根横梁半吊着垂了下来，像是一条火龙朝她脸上冲来，眼看着那唯一的连接也要被烧断。她心下一紧，抱着女孩就地一滚，那带火的横梁转眼掉了下来，狠狠砸在女孩躺过的位置。

艾子衿顾不得后怕，抱住女孩便欲站起找路离开。然而当她站起才发现四周已成火海，而自己像站在孤岛里，无路可逃。

火在她眸底愈烧愈烈，浓烟不顾一切地向她的鼻尖进攻，她不敢张开口。喘息声加重，呛进体内的烟找不到宣泄的途径，像是锤子猛烈地推搡着她的胸壁，胀得她胸口发疼。喉间发涩，她几乎要张开口。但是不能张口，她越来越微弱的理智告诉她张口只会呛进更多的烟。可是那浓稠刺鼻的味道却挤在她的气道中，挤得她眼眶发热、发胀。她的泪水早已呛了口来，然而瞬间又被烈焰烤成了水汽。她的腿开始发软，紧抱着女孩的手臂也开始发麻。这一刻她感觉到从来没有过的绝望。然而火还在不断向她逼近，一尺，只剩一尺。被她扯断的裙摆一亮，被引了一点火星子。然后她的身子慢慢倾斜了，在她倒下之前，她似乎听到一声呼唤——

"子衿——"那是很遥远的呼唤，遥远却莫名地熟悉，带着心疼。激烈燃烧的烈焰中好像窜进一个影子，她来不及看清他的脸，就已经失去了意识。

梦中似乎有一个人，温柔地替她披被角，温柔地一遍一遍唤着她的名字："子衿，子衿，子衿……"她徒然地睁大眼，他的轮廓始终模糊在黑暗里，独独那双漆黑的眸子像是碧水寒潭，深藏着她看不懂的情愫，叫她在梦中不断地心跳加速。

艾子衿就是在心跳加速中醒来。纸糊的窗有一半已破，呼呼灌进的风仿佛低声漫语，那一束温暖的阳光透过破碎的窗在墙面划出圆形的光晕。

艾子衿用手戳了一下脸，疼痛感从细嫩的肌肤传进，她猛然清醒过来：不是幻觉，也不是梦境。

艾子衿猛地坐起。一阵天旋地转后，她捶了捶发麻的腿，然后下床踉跄走至门边。院子里空荡荡，一个土灶支起简单的瓦罐，瓦罐里面熬着墨黑的药汁，快要沸了。艾子衿心中疑窦丛生：所有的药在那场大火里都烧尽了，那么这锅里煮的又是什么？那样大的火，她除了手上些微的伤痕以及鬓边烧得有些焦煳凌乱的发，竟然再找不到其他痕迹，又是谁将她从那场大火中救回？最重要的是，她的师傅——林德伊现在何处？

正在思量之际，她忽然听到左边屋子里传出的低沉的带着磁性的声音："大爷，您还有何不适？"这样熟悉的声音仿佛在梦中环绕千万遍，此刻那么强烈地蹿进她耳畔，混沌的灵台顿时像被斧子劈中，刹那间清明。

她抬起宛若千斤重的脚，向左迈开一步，再一步，每一步都仿佛踩在自己的心口，莫名地紧张着、疼痛着。终于走到门边，她看见漏进门的日光洒在男子灰白的发上，流光溢彩般在她的眼前化开斑驳的银白。

男子侧着身子半弯腰，三根手指自然地弯起，搭在喘息声重的老汉的左手寸口脉上，目光专注，神情严肃，仿佛治病之事是天底下最神圣的事。老汉两颧通红，看起来与常人无异，但偶尔张口抬肩的呼吸以及无神的目光叫他深深皱起眉。思索片刻，他起身似要出门，却在瞧见门口那抹素白的影子时微微一愣。

"子衿！"另一边刚给人擦完身子的林德伊此刻也发现了艾子衿，虽然他晚于乔之甦看到她，却早于乔之甦出声。

艾子衿这才从乔之甦深邃的眸光中抽离，匆匆走到林德伊身边问道："师傅，这是怎么回事？"

林德伊看了她一眼，又望向装作若无其事往院子里走的乔之甦，后怕道："那晚要不是之甦及时赶到，恐怕你已经……可惜那孩子还是没救回来。"

两人沉默下来，艾子衿不免伤心，想到当时火中突然出现的天神一样的人果然是乔之甦，想到他救下自己两次，心中不免激荡万千。随后她突然又想起那些放火的人，遂问道："那些人为何要放火，这里面的人根本就没死，为什么……"

"那些放火的人不是这里的村民。"林德伊垂下眼眸，似乎有些悲伤。

"不是这里的人？"艾子衿微微怔住，她分明就听到了那些人说因为害怕瘟疫才想要把染病的人都烧了。

"这里的人怎么舍得烧死自己的亲人呢？"林德伊叹了口气，脸上的表情却是痛心疾首，"你道那些人是被谁收买的？"

艾子衿听着他的语气，模糊地想到一个名字，却又害怕自己猜想的结果。

林德伊连声叹息，像是为丑恶的人性悲叹不已，又像是对自己气愤不已。他转过头，悲痛地吐出两个字："子非。"

林德伊早年丧妻，唯一的儿子也因为天花而英年早逝。在刘子平离开以后，他一度想让杜子非继承自己的衣钵，故而在他身上投入了极大的心力。不想被他视如己出的杜子非一而再再而三出卖，甚至不惜为了杏林堂的产业而要杀了他和艾子衿，不过几天工夫他被这事实打击得像是老了十多岁，两鬓的头发已然雪白。

那雪白的鬓发径直刺入艾子衿的眸，将他那深深的痛心感也一并刺了进去。艾子衿忍不住握住林德伊苍老的手，颤声唤道："师傅。"

"没事，我没事。"林德伊用瘦骨嶙峋的手慌乱地抹了一下眼角渗出的泪，"反正我这把老骨头也没多少日子可活了。看到你和之甦又在一起，我就算死也瞑目了。"

"师傅——"艾子衿有苦难言，眼角余光瞥见乔之甦端着一碗药走来，便停了下来。

乔之甦走到那患者身前，柔声道："你素体阴虚却又感温热疫邪，所幸目前邪气侵入不深，喝下这一碗葳蕤汤①后再多喝些水，若是觉得口不渴了，再到这儿找我。"

　　"那，那我可以回家吗？"

　　乔之甦坚决地摇头："就在那边休息。"他指了指门外另一侧用木棚临时搭起的看似连在一起实则各自独立的小屋子，"就在那儿，定时会有人给你送药。"

　　病人点了点头，不忘鞠躬感谢："乔大夫，谢谢你，我家那小子多亏你了。"

　　乔之甦微微一笑，漆黑的眼眸里似乎含了抹别样生动的神采。那神采看在艾子衿的眼中如此熟悉，像极了七年前他治好一名病患时喜悦的目光。艾子衿一时愣住，恍然回到了七年前的某天，她不小心路过医馆的门口，望见专心为人看病的乔之甦。

　　"去帮帮他吧。"突如其来的声音唤回艾子衿的神志，她回头看见林德伊鼓励的微笑，顿时俏脸一红。林德伊将了将胡须，笑道，"之甦是个好大夫呀，他这几日几乎没睡觉，为的就是找办法对付这瘟疫。我没看错，这孩子有天分。他治病从来不拘泥古方，不同的人用不同的方子。你看这病人，虽然也感染了瘟疫，但是因为他素体阴虚，之甦就想到给他开葳蕤汤。唉，这个时候敢用葳蕤汤治疗瘟疫的也就只有他了。"

　　艾子衿自然知道乔之甦的医术。他的父亲乔衍便是个名医，乔之甦天赋极高，又肯钻研，不但继承了乔衍的仁心仁德，更继承了他的医术，虽年纪轻轻，却治愈了不计其数的病人，所以当时京城百姓才会集资为他打造了一个"妙手回春"的匾额。艾子衿是亲眼见过他如何钻研医术的：他曾经为了一个贯穿丘墟、太溪的针灸之法，拿着长针刺入自己踝外侧的丘墟穴，不知道扎了多少洞眼才能从踝内侧的太溪穴贯穿刺出；他曾经整夜整夜坐在书房里只为了一个失传已久的方子冥思不已；他甚至三天不吃饭只为了反思误诊过的病患……恐怕没有人能做到如他这般嗜医成痴，可这样嗜医成痴的人却也甘愿放弃行医而成为反抗阉党的斗士，而如今他又为了治疗瘟疫而回归行医。

---

① 葳蕤汤：出自《备急千金要方》，由葳蕤、白薇、麻黄、独活、杏仁、芎䓖、甘草、青木香、石膏组成，滋阴清热，宣肺解表，可治阴虚外感风热。

"大夫救得了天下病人，却救不了病态的天下。"艾子衿突然想起死去的刘子平的话。可在乔之甦的心里呢？救病态的天下是否为了救天下的百姓？是啊，大医精诚。在他心目中，忍不住还是会想要救人！

艾子衿在感慨的同时，乔之甦回过头来，似乎在叫她过去。

艾子衿走了过去，低下头轻声道："谢谢。"

乔之甦淡淡望了她一眼，道："若是没有什么不舒服就帮我去右边屋子找个青色的瓷瓶，瓷瓶的封口写着达原散①。"

"达原散？"艾子衿听着耳生，似乎从未在任何医书中看过。

看出她的疑惑，乔之甦解释道："这不是什么经方，是我认识的一个大夫自创的方子。"他一边说一边轻轻以推拿之法按着病人背后的肺俞穴以助其正常呼吸，"温病秽浊毒邪已伏于他的膜原之上，正好可以用达原饮治疗。你去找找。"

艾子衿点了点头，遂进了左边专门放药的屋子。那屋子里瓶瓶罐罐摆了一桌，都是乔之甦带进桃镇的，另有少量油纸包装的药材分门别类摆放着，似乎也不多了。瓶瓶罐罐里，以写有达原饮的瓷瓶子最少，看起来是这几天用量激增。艾子衿没有细想，捡起一瓶便走出去交给乔之甦。

乔之甦轻轻捶打病人的背，以上而下将过其背脊督脉，最后凝神猛一发力。那只厚实的手似乎快速抖了一下，他轻启唇畔，低声喊了一声"去"，然后他微眯起的眸吐纳调息，手像是甩开脏东西般拂过患者的肩背。见艾子衿拿着达原散从门外进来，他温和地对患者说："待会儿你以温水冲服达原散，尤记不可吹风。"说着，他顺手便从艾子衿手中取走了达原散交到那病患手中。

手心无意中接触到他粗糙的手指，艾子衿心跳陡然一滞，像是被闪电击中般不规则地跳了起来。她轻轻收紧手指，仿佛是怕什么东西从溜走，将那股从他手指带来的温热触感牢牢锁在了掌心。

"你在想什么？"突然出现的男性磁哑的声音像一块石头让早已泛起涟漪的心湖愈发波澜频起。

艾子衿抬起头，只觉得在他灼热的目光下，两颊像火燃烧了起来："你在

---

① 达原散：又名达原饮。出自明朝吴又可《瘟疫论》，由槟榔、厚朴、草果、知母、芍药、黄芩、甘草七味药组成，开达膜原，辟秽化浊，治疗瘟疫或疟疾、邪伏膜原证。

说什么？"她小声地回答，只怕不小心便泄露了心底的慌乱。

"看来你的元气并未完全恢复。"乔之甦低沉的语气像是在故作冷淡。

艾子衿心虚地笑了笑："也许吧。"元气未复，故而心神弱，进而心不在焉，这样或许便能遮掩住自己的心事吧。

乔之甦仔仔细细将她观察一遍，愠怒道："刚才我问了你三遍'达原散还有几瓶'，若你不舒服就回去休息，我不需要一个随时都会昏倒的助手。"

艾子衿知道自己确实不该在这个时候分神，多少有些不好意思，但听出他言语中暗含的嘲讽，又有些不甘心，遂挺起胸道："我不会昏倒。"

乔之甦对于她这样执着而坚定的回答似乎满意了些，语气稍许温和："还有几瓶？"

"五瓶。"

乔之甦闻言蹙眉凝思。艾子衿见他如此，知他是担心药物不够，便问道："达原散是什么组方？或许咱们可改用汤剂试试？"

"倒不是不能改成汤剂，只是……"乔之甦面露难色。

"药材不够？"艾子衿问道，见乔之甦沉重地点了下头，心情也不由得往下沉去。原来乔之甦进城时带了些药，暂时解决药材不够的难题。只是想不到药用得这么快，他们又将面临无药可用的境地。

之后的几日，三人白天里治疗病人，晚上要是没什么急病人处理，便围在一起讨论方法。三人总结了之前的经验，定下以达原散为主要的治疗方药。乔之甦见林德伊不顾年岁已高夜以继日地工作，渐渐对他有了改观。至于艾子衿，在几日的相处之后，他发现倔强、执着、善良的她比原来更吸引自己。他像是回到了从前，身边充斥的都是她的味道。他喜欢在治疗完病人后随意地抬头，看到她在不远处静静望着自己。也许她看他时并没有微笑，他却好像透过她那双澄清的眸子看到以前不曾感受过的温柔。每当这时他总觉得心一阵狂跳，不能控制的欣喜便会从心中油然升起。然而药终究是没了，尤其是达原散中必不可少的黄芩。

艾子衿向林德伊与乔之甦提出要去后山采药。乔之甦初时担心她一人出去会有危险，最后在艾子衿动之以情晓之以理的劝服下，又见到患者越来越多然而药物越来越少，终于答应了，但要她答应不管有没有找到黄芩，两日之内都要回来。

　　艾子衿背起竹编的药筐去后山采药。所谓后山便是临海的那一座小小土坡，只临海一面是悬崖峭壁，潮起潮落，浪涌进峭壁的缝隙，激荡出悲壮的一串音符。

　　艾子衿到这儿已两天了，却只找到少量的黄芩。她不知走了多少路，走到脚底都长出血泡了，也不肯停下。然而不时从脚心传来的疼痛让她又摔了一跤，她狼狈地从泥坑里爬起半蹲下，用一条洗干净的粗布条粗粗将刚才不慎擦伤的手掌缠了起来。然后她找到隐藏在草丛里的一株长有淡紫色小花序的植物，顺着它的茎往下摸直至临近潮湿的土壤方停下，用力挖开周围的浮土。接着，她右手从背后的药筐中摸出一把铁锄，小心地将底下坚硬的土挖松，又将几块石子拨开，只见一块仍沾着少量泥土的根露了出来。艾子衿顿时像天真的少女那样露出简单而快乐的充满成就感的笑。然后她将这块根整个拿了出来，小心地拍掉周围的泥土，扔进背后的药筐。

　　出来两天，她才找到五块黄芩根，然而因答应了乔之甦，她只得回去。乔之甦见她回来，一直悬着的心总算放下了，然而他的神情并不见得轻松多少。艾子衿心中虽疑，却还是故作开心地拍了拍背后的药筐："黄芩找到了。"

　　乔之甦却仍是心事重重。艾子衿见他如此，又见整个诊室里虽有大批病人却只有他一人忙碌，心中升起不祥的预感。

　　乔之甦转过头，像是不忍看她的反应："林……德伊病了。"

　　"是瘟……"艾子衿只觉得喉间被哽住，涩涩地发疼，眼眶也热了起来。

　　乔之甦沉重地点了一下头。艾子衿顿感眼前一黑，身子往后倾去，所幸背后一双有力的手稳稳托住了她。她睁开眼，发现自己竟躺在乔之甦的怀中，两颊一红，垂下眼睑避开乔之甦担忧的眼神，挣扎着站起来。乔之甦见她迫不及待要与自己拉开距离，心里头不免有些失落，脸上却掩饰得很好，声音如往常般冷淡："你没事吧？"

　　艾子衿使劲地摇了摇头，着急地问道："师傅是什么时候开始病的？"

　　"就在你去采药之时。"

　　仿佛晴天霹雳，艾子衿脑子里浑浑噩噩得只剩下一句话："师傅病了，病了……"她抬起含着泪水的眸望着乔之甦，期期艾艾道："怎么会这样，怎么会这样？"

乔之甦见她如此，心口突然紧涩发痛。他压抑住心疼，扶住她孱弱的双肩，一字一句道："事情已经发生了，现在要做的事是好好照顾他，所以，你必须坚强！若你倒下了，还有谁来照顾他？"

他的话仿佛一记长棍，在经历最初的震惊、惊慌之后，终于让她找回自己的理智："师傅他……现在邪入了几分？"

"邪在膜原之上，再不治便要到膏肓了。"

乔之甦的话叫艾子衿身子又轻轻一颤。膏肓，那是针药不能到达的地方呀！病入膏肓，那就意味着即便华佗再世也束手无策。

"我是个下工。"乔之甦懊恼道，想着从小便牢记在心的话："上工者治未起之病，中工者治初起之病，下工者治难治之病。"林德伊分明就在他眼前，他却任由对方的病从本可以在初期就预防演变成如今的难治之症。

"不要怪自己。"她将黄芩使劲往他的手里塞，"还有希望。你的达原散，我已经找到黄芩了。"

乔之甦接过艾子衿手中的黄芩，脸上并未露出乐观的痕迹，他一言不发地转身朝屋内走去。

当日，乔之甦便做出新一批的达原散。然而达原散似乎并未起到曾经的神奇效果。林德伊及几名病患服下一剂达原散后，不但高热不解，甚至连醒都没醒来过一次。

艾子衿终于再次崩溃，忍不住蹲在墙边痛哭起来。这是母亲之后，她又一次即将失去亲人。那次是乔之甦在一旁陪着她，这次仍旧是他静静地陪着她。

此刻，乔之甦的心中充满了怜爱、痛苦、懊悔和矛盾。在安慰她还是不安慰她之间挣扎许久，他的感情终于战胜理智，慢慢地蹲了下去，疼惜地轻拍着她的背，像在帮她捋顺起伏的情绪。

她抬起蒙眬的泪眼问他："达原散治疗别人明明很有效……为什么到师傅这儿……"林德伊近来昏迷的次数越来越多，常常会出现谵语的情况。

"你是关心则乱。"乔之甦叹了口气，"难道你没发现这一次达原散不论对谁都达不到以往的效果了吗？"

艾子衿怔住，喃喃问道："难道，难道他们的病证变了？不再是病毒湿邪伏于膜原？"

"病证未变，是药变了。"

"变了！"艾子衿错愕地瞪大眼，"如何变了？之前是槟榔、厚朴、草果、知母、芍药、黄芩、甘草，如今还是这些呀。"

"可黄芩不再是道地药材了呀。"乔之甄叹道，"黄芩耐旱怕涝，原本就是在北方一带多见。这里又是海边……"

他的话未说完，艾子衿便想了起来：所谓地道药材便是在特定地点生长的药材，比如三七必然是滇南的三七最佳，又如附子定是蜀中的附子最好。用不同地点生长的药材入药，疗效定然相差许多。只是当初艾子衿一心想要找到黄芩组成达原散，却忽略了这个问题。

"这么说，我提议去采药的时候，你便考虑到这一点了？"

乔之甄点了点头："我虽然想到这问题，却也想不到不同地点的药竟会有这么大的差别。"

"那怎么办？我已经给唐何写了好几封信了，现在城门口的侍卫都不肯再送了！"艾子衿烦恼道。

"你还把希望寄托在唐何身上？"乔之甄冷笑。

"你这是什么意思？"

"哼，他把你们送进来摆明是要做给上面看，找个替死鬼罢了。杜子非放火这件事你还看不出来吗？他们分明是一丘之貉！"

艾子衿愣住："那么现在该怎么办？"墙角有风打过，像是悲乐骤响，周围的树枝一起摇摆了起来，寥落的影子落到艾子衿的脸上，将突然涌出的泪掩了起来。

143

第十章　命丧阴陵泉

林德伊全身都肿了起来，乔之甦只得在他的阴陵泉、水分、三阴交、足三里等处施针。阴陵泉乃足太阴脾经上的穴位，阴为水，陵为山丘，泉为水泉穴，这阴陵泉便是脾经流通的气血所在。林德伊后天脾阳已亏耗，累及了先天之肾气，此时已是药石无医。乔之甦在阴陵泉等处行针，只是希望能助其脾脏行气，减轻水肿。然而他的病情还是越来越重，终于到了亡阴①的地步。乔之甦只得用生脉散②急救。好不容易到了半夜，林德伊才醒过来。

艾子衿见林德伊昏迷了几日后终于睁开眼，激动得热泪盈眶。乔之甦却丝毫不觉轻松，眉头反而比先前蹙得愈深。

"师傅……"艾子衿才说了一句，便泣不成声。

林德伊颤抖着拍了拍她的肩，勉强牵起一抹笑："生死有命，不用想太多。只是这瘟疫就要靠你们俩了。"

艾子衿激动地摇着头，泪水却愈滚愈多。这是回光返照啊！她如何不知。她从林德伊两颧虚浮的异常艳红中分明看到了精、气、神在他身上愈来愈散开。她紧紧地握住林德伊枯瘦如柴的手，艰难地扯出嗓子里发痛的声音："师傅，我们要，要一起克服这个难关。"

---

①　亡阴：人体阴液严重缺失所表现的证候。可由高热，汗、吐、泻、出血或其他慢性消耗性疾病所致。

②　生脉散：出自《医学启源》，由人参、麦冬、五味子组成，可益气养阴、敛汗生脉。

林德伊微笑着，却不说话，目光瞟向乔之甦。

　　乔之甦的目光也正直直落在林德伊的眼中，眸子里原本深浓的恨意早已消失，火光扫过他明如镜的瞳孔，折射出的光似乎饱含了无限的敬意，敬他履大医之责最后让自己染病。然这份敬意是他自己都不愿接受的，所以当林德伊向他看过来时，他别扭地将头转开，倒像有些不好意思。

　　"之甦啊，我记得你刚生出来时也就这么大。"林德伊伸出颤抖的手比画了一下，"上回见你还是你和子衿成亲的日子。"听林德伊这么说，艾子衿只觉得尴尬不已，悄悄用余光扫视乔之甦，恰碰到后者若有所思的目光，两颊立即烫了。林德伊却仿佛看不到两个年轻人的反应，自顾自说着，"你小时候，我就看出你于医术极有天分。如今你比我预料的要更厉害，好啊，真是好啊！你爹泉下有知也会安心了。"

　　"你还会想起我爹？"乔之甦原本已没有了怒意，一听这话，又冒火了。

　　林德伊怔了怔，痛苦道："是我对不起你爹！你说得对，我没有权利去谈论他。"

　　艾子衿不满地瞪乔之甦一眼，宽慰道："师傅，我想乔……乔伯父一定已经原谅您了。他知道您不是故意的，您不要再……"

　　"无论如何都是我犹豫了，是我自私，是我的错！这辈子就算做再多的事也弥补不了。"林德伊自责地叹气。

　　乔之甦想到他不久于人世，也有些内疚，当下一言不发地背过身去。

　　林德伊望着他僵硬的背影，漆黑的眸子里闪过的光像是有千言万语，最后却凝为一声深深的叹息："之甦，我知道你不会原谅我。但这些天却肯不计前嫌地照顾我这把老骨头，我……"

　　乔之甦的背微微抖了一下，却不说话。

　　艾子衿见二人僵着，忙拍着林德伊的后背柔声道："师傅，别再说这些，我给您倒碗水。"说着便要去为林德伊倒水。

　　哪知林德伊竟激动起来，挣扎着坐起："不，让我说，让我说完，再不说恐怕就来不及了。"

　　艾子衿一惊，扔了手中的碗便奔了过来，扶住他孱弱的身子。

　　"我要说红丸的事。"林德伊低弱的声音像一块巨石，激起两人心头千层浪。

乔之甦终于转过身来，与艾子衿下意识地互看一眼后同往林德伊看去。林德伊背靠在床头，闭上眸，似陷入沉思。

"嘉靖年间，御医院里有三名同期考进的御医，乃精诚馆里的师兄弟，分别姓乔、林、凌，各自以针灸、草药、丹药见长。"林德伊说道，喘了几口气。

艾子衿知道这姓乔的御医便是乔之甦的先祖，便多看了乔之甦一眼。后者半眯着眸，借低敛的睫毛挡住心中所想。

"后来凌姓御医总结古方，研制出红铅金丹，这红铅金丹便是红丸。红丸可壮阳而得先皇欢喜。凌姓御医因此青云直上而引起林姓御医的嫉妒。林姓御医得知红丸中含有辰砂与红铅，便以其有毒将凌姓御医告了。正巧那时先皇身体不适，以为乃红丸造成，将凌姓御医关了起来，下令秋后处斩。林姓御医本以为可因此替代凌姓御医的职位。哪知这凌姓御医原本是一名宠妃的心腹，一直暗中用红花断其他妃子骨血。先皇因林姓御医的事对那位宠妃有了芥蒂，故而这宠妃便将怒气迁到林姓御医头上，随便用了个理由便将他除名了。这件事里只有乔姓御医没有受到牵连，故所有人都以为是乔姓御医从中作梗，那凌姓御医的后代大概也这么认为吧。"林德伊一口气说完，忍不住大咳了起来。

乔之甦虽知道梗概，却不知道这其中还有这些波折。他沉吟片刻，道："凌姓御医的后代现在何处？"

"死了。"

此言一出，其余二人同时惊愕不已，不由得互看一眼。

"你们信也好，不信也罢。二十年前，凌姓御医的后代都被一场大火烧死了。"

"有人故意放火？"乔之甦目光炯炯。

林德伊疲惫地摇头叹气："说是一家子都得了瘟疫，所以连着整个屋子都烧了。"

"你又是如何知道？"

"我的夫人就是那么死的？"林德伊叹了口气。

"你妻子即是凌姓御医的后人？"乔之甦大吃一惊。

"怕是你爹也想不到。那一年她回娘家，想不到就这么、这么去了呀……"

林德伊老泪纵横，艾子衿则一旁听得唏嘘，柔声对林德伊道："师傅，都是过去的事了，别再想了！师娘在天上看着也会难过。"虽这么说着，她自己却忍不住又掉泪。

乔之甦看了林德伊一眼，不发一言地转身朝屋外走去。

见他要走，林德伊忙叫道："之甦，其实红丸还有个秘密，就是成瘾性。你要记住这点，千万不要再和它扯上任何关系……红丸，红丸是不祥之物啊！"见乔之甦依旧不说话，林德伊叹了口气，声音苍老疲惫，"我不怕先祖的事曝光，也不怕身败名裂，可，可这还关系到夫人！对不起。"

林德伊迟来的道歉让乔之甦心头越发苦闷，然多年风霜浸淫，他脸上仍是一派平静，只有他自己知晓抬起的左脚有多沉重，他是花了多大的力气才走出了这间屋子。屋外星光黯淡，带着湿气的冷风仿佛针刺进皮肤，他不由得停了下来。听到身后的门啪的一声被风带上，他觉得眼角湿了，七年来第一次，眼眶就这么没有征兆地湿了。

林德伊在五更病逝，去世前，他除了将后事交代，更将杏林堂交给了艾子衿。按照瘟疫的处理方法，尸体在城南与另外十余具尸体一起被烧成灰烬。艾子衿将他病前穿过的衣服埋进土里作为衣冠冢，举行了简单的葬礼。

谁都不知道乔之甦想了什么，这几日他不是在为人治病便是闭门不出，连艾子衿都未见过他几面。艾子衿以为，他大概是不会出现了吧。然而最后，他还是来了。衣冠冢就在山头，面朝大海。海岸线因落日的渲染化作金色，远远望过去，一派无垠，海浪拍击礁石，啪啪作响。

"我不是原谅他。"他说，故意压低了声音，"作为一名医者，他值得尊重。"

是啊，无论生前发生了什么，她的师傅到底以一名医者的尊严死去了。艾子衿觉得心中悲痛，却又替林德伊感到了一丝骄傲。然后她听到乔之甦说："你去找九妹吧。让她去找孙老师调药材过来。孙老师定有方法。"

艾子衿下意识地摇头，抬头望他，坚定道："不！"她知道药物越来越少了，染病的人越来越多了，纵使乔之甦已找到良药妙法，也是巧妇难为无米之炊，"孙姑娘看到我定然不会相信。还是你去吧！"艾子衿直觉想要将他推出桃镇。桃镇里瘟疫愈发扩散，已有过半的人染了病，并有接近三成的人病亡了。他们俩谁都有可能成为下一个被瘟疫传染的人，她一点也不想看到他被传染。

"你去！"奈何对面的男人也是这个意思，"这儿病人多，我离不开。"

他找了最愚蠢的借口，艾子衿冷笑道："没有药，你在这儿便有好办法？"

"至少我的医术比你高！"

这是艾子衿无法反驳的一句话。她闭上眸，叹了口气："正是如此你才更应该走呀！你活着，这里的百姓才有希望。"她有些累了，也不想再争辩什么，转身便要往屋子里走。然而手被他霸道地握住，一股强劲的力量箍住手腕将她拽到他的跟前。

"你必须走，今晚就走！"他不给她半点机会申辩，眼眸蕴藏的深刻感情直直落进她的眼底，"九妹去找那个南下的督御史了，你去找她。"

艾子衿含泪摇头："不行，我不能留你一个人。我做不到自己离开去找九妹。"

"你要等死吗，还是想我和这里的百姓陪你等死？"乔之甄怒了。

"你去找她，你去……"

"你做不到的事，我也做不到！"乔之甄低吼，突然一把拥住艾子衿，埋首在她的颈边。

他嘴角泛青的胡楂摩擦着她细嫩的肌肤，伴着这涩涩的酥麻感觉，竟还有温热的潮湿在她颈边弥漫散开。落泪了，他竟然落泪了！她所有到嘴边的话在他的泪中灰飞烟灭。

"就算我恨你、怨你，只要知道你还在这个世上，我就不会害怕。我眼睁睁看着林德伊就这么死在我面前，想到你可能也会像他一样死在我面前，我害怕，真的害怕！"压抑多时的感情在经历这一番生死离别后终于爆发，如火山如海啸。

她这才明白他的感情是如此的深刻。她想抱他，只是单纯地抱他。她伸出手，用力地环住他的腰，将头靠在他的胸膛，静静听着他有力的心跳："不会的，就算在这里我也不会消失。我会活着等你回来。"

"不，是我活着等你回来。"他艰难地笑了，忽然点住了她的穴位，她半边身子麻了，再动弹不了。

"你要干什么?!"艾子衿惊叫。

"小声点。"乔之甄抱着她一路狂奔至城墙脚下，带着她轻轻一跃，便跃上了墙头。风在墙头冷冷地刮着，他灰色的发拂在她的脸上阵阵麻痒。他往下指了指墙下城门口守卫的官兵，"惊动他们，不管是你还是我都出不了城。"

艾子衿噤声，她早已知道唐何下了命令：桃镇内的人不得出城，以免瘟疫扩散。

乔之甦避开城门口守卫的官兵，将艾子衿放在离城墙不远的灌木丛中："再过一个时辰，你便可以活动了。乖乖待在这里，一会儿去找九妹，知道吗？"乔之甦说道，将一封信塞进艾子衿怀中，"这是我给九妹的信，她看到了自然会帮你。"

"原来你早计划好了。"艾子衿愤愤道。

"对付你这种固执的人，不先斩后奏怎么行？"

"你又何尝不固执！"艾子衿叹了口气。

乔之甦笑了，有那么一瞬，艾子衿觉得他的笑容如此温和，艾子衿觉得这七年仿若梦一场，他依旧还是七年前那个温润如玉的少年医生。乔之甦只笑了那么一下，并未再说什么，转身就走，分明是那么线条分明的背影啊，最后也只模糊成一个轮廓。艾子衿望着望着，落下泪来。

南山寺门口，郑南清与喜儿被一个头戴斗笠的人拦了下来。那人只在二人面前站了一会儿，拔腿便往山下跑去。喜儿半晌方回过神来，大叫道："四夫人，那是甦大夫的斗笠，甦大夫的斗笠啊！"

郑南清在看到那顶斗笠的刹那便已变了脸色。顾不得与喜儿多说一句，她朝斗笠人追去。

"等等，你知道甦大夫的消息对不对？"郑南清跑得气喘吁吁，却不敢停下，生怕那人不见了。

那人跑至人烟罕至处方，停下转身面向郑南清。郑南清怔住，放缓脚步，怀疑地打量她："你认识甦大夫？你知道他现在在哪儿？"

那人慢慢摘下斗笠，郑南清在瞧见她那张脸后惊讶得瞪大了眼："艾、艾姑娘，你从桃镇里逃出来了！为何你会有……"

"你是说这个？"艾子衿晃了晃手中的斗笠，神情温柔，"我从他住的庙里找到的。"

"甦大夫他……"郑南清脸上惊疑不定。

"他在桃镇。"

"甦大夫果然去了桃镇。"郑南清叹了口气，"你与林大夫去桃渚城的第二日，我在这里遇到他，无意中说起你们之事。当时……"她抬头羡慕地望她，"他很紧张。他果真不顾自己的安危去找你了。"

艾子衿原先便对乔之甦突然出现在桃镇有疑问，此番听了郑南清的话才知原委，也因她最后一句话心中涟漪大起。她转头看向满目青嫩的早春景色，压抑住心中的悸动："他是一名大夫，不管我是不是在桃镇，我想他都会去。"

"你在逃避什么？"郑南清对她的态度很不满，在察觉到自己失态后尴尬地低下头，自嘲地笑了，"我多希望自己是你……"

艾子衿怔住，从郑南清发亮的眼眸中，她终于意识到眼前这名女子是怀着怎样的心情去想念乔之甦。

见艾子衿呆呆盯着自己，郑南清脸红了起来："抱歉，我不该这么说……"她羞赧地转过头，"我想甦大夫一定在很早之前就认识你了。你还记得我们三个第一次见面吗？虽然那时他对你似乎有些抗拒，但我总觉得他与你之间有一种联系。后来他来找我，我以为他终于想起我了，呵呵……"郑南清自嘲地笑了，"我不过是个路人，他怎会想起我，他不过要通过我救你罢了。那时候你还在昏迷，所以并不知道，你刚刚从牢里被送到唐府之时，他彻夜不眠地守着你。虽然他说是因为要替你医病，可每次我从客房门口走过，都能看到他一动不动地注视着你。那时我就觉得你们之间是任何人都进不去的。我真的很羡慕你，有一个人这样地爱着你。"

原来旁观者总是比身处其中的人看得更透彻，可为何要等到现在才让她知道。艾子衿苦笑，除了苦笑，她实在想不到用什么话语来回应郑南清。

"可你为何会出现在这里？甦大夫呢？"郑南清问道，"你是怎么从桃镇逃出来的？我听说里面逃出来的人，不管有没有病都要就地处斩的！"

"就地处斩"四个字像是平地惊雷轰地炸响在艾子衿耳畔。艾子衿震惊道："就地处斩？是谁下的命令？"

"督御史呀。"

"督御史已经来了？"艾子衿眯起眸。这几日她乔装在唐府周围便是想打听督御史的消息。她知道找到了督御史，等于找到孙九妹。

"你找督御史？你这简直就是去送死！所有人都知道你和林大夫进了桃镇！"

艾子衿摇了摇头："我是来找药的，你可曾见过一名浓眉大眼的女子。"说着她将九妹的容貌跟郑南清描述了一下。

"没见过。"郑南清狐疑问道，"找药跟这位姑娘有何关系？为何要找药？"她激动地抓住艾子衿的手，"你们找到治疗瘟疫的办法了？"

"可惜没有药。"艾子衿叹了口气，遂将几日来的遭遇挑了些重点与郑南清说了一遍。说到林德伊死的那段，两人免不了掉几滴眼泪。

末了，郑南清道："依我看，找这位孙姑娘实在有些渺茫。若是一直没找到，城中的瘟疫怎么办？甦大夫在里面肯定会有危险。"只要讲到乔之甦，郑南清便紧张了起来，她来回踱了两步，做了个决定，"这样吧，我先回去准备药材，有多少算多少，再想办法送进桃镇。但是……"她为难地看着艾子衿，"至于那位孙姑娘，我恐怕帮不了你。"

"这也是我来找你的原因。若是可能，今晚便请四夫人送进城去。至于孙九妹……"艾子衿沉吟道，"我再找一天，若还找不到，我也不找了。"

郑南清在她眼中看出坚定，是要与乔之甦同生共死的坚定，不觉被深深震撼。她握住艾子衿的手："你一定要与甦大夫安全出来。"

艾子衿望着她，用力点了一下头。

也不知郑南清用了什么方法说服唐何，当天夜里她果然准备了一车药材与食物送到桃渚城门口。因那送药之人携带着唐何的手信，故而守门的侍卫很大方地开门叫城中人将这一车药材与食物接走。

然而另一方面却进行得极不顺利。艾子衿乔装在驿站及府衙周围转了一日，也没瞧见孙九妹半个影子。倒是那个神秘的督御史进进出出都坐着一辆极豪华的马车。有一次，她差点看见他，却因为充当侍卫的郭定突然转过头来，紧张地背过身装作买东西而错失了督御史的庐山真面目。

第二日艾子衿决定回桃镇。这次她是徒步回到这里，跋山涉水。余晖似血，笼着古朴的城墙。隔着这被战火熏黑的墙便是死寂沉沉的桃渚城。她几乎已经看到乔之甦全神贯注为别人医病的侧脸。是，他一定在诊治，他那灰白的长发，一定杂乱无章；他那浓密的俊眉，一定深深聚拢；嘴角是紧抿的，脸色是冷峻的……

艾子衿深吸一口气，提起脚朝城门口走去——

十步，九步，八步……

半开的朱红色城门里，传来浓重的恶臭：尸的腐臭，炭的焦味，还有一股不知名的腥，劈头盖脸地朝艾子衿袭来——这是与她离开时不同的味道。艾子衿的眉头皱起，不由得加快脚步。

开了一条细缝的朱门刚好无守卫，她是挑着守卫换岗的时候过来的。然而她的脚步蓦地停住了，门缝之中遍地狼藉，到处是撕烂的衣衫、横倒的木梁……可是她记得离开时虽然街面惨淡，却也不见如此光景。心猛跳不停，她的手一伸，用力推开门。

"轰隆隆——"门轴沉闷地暗响着，细长的门影在地上徐徐朝两边分开，像是为她打开另一个世界的门，她的视线陡然宽敞起来。

虽只离开五日，她却好像离开了一辈子，她迫不及待地想要找到那张在脑海里不断出现的侧脸。突然，红缨枪上的穗像血划过她长长的睫毛，眼睛下意识一闭，然后睁开，她看见了雪亮得能照出自己影子的枪头抵在自己的胸前，再差一寸便要挑破衣襟刺进自己的胸膛。

她回过头对上兵卫冷洌的眸："放我进去！"

"这城早封了，你进去干什么?!"那士兵语气如他的脸色一般冷。

"我是大夫。"艾子衿静静答道，"五日前从里面出来的，现在当然要回去。"

士兵似是不信，视线从上到下将她扫了一遍，嘴角上挑起冷笑："大夫，你当我是傻子吗？五日前出来的？我天天在这里守着，怎么没见你出来过？"

艾子衿发怔，她总不能告诉他她是被另一个人从里面抱着跳上墙头，再从墙上跳下。于是她只能一再重复："我是大夫，请放我进去救人！"

"大夫怎么会是女人？"那士兵一挑眉梢，突然吼道，"给我滚一边去，再捣乱，小心爷把你扔进牢里。"

艾子衿注视他，一字一顿重复："我是大夫，请、让、我、进、去！"

士兵顿住，仿佛是被她气势吓住，一时忘了言语。

趁这工夫，艾子衿伸手快速推开士兵手中锋利的枪，并顺势又将朱门推开，准备再闯。

陈旧铜轴转动出暗哑的声响，她也蓄势待发，只要一个侧身便可挤进城内。城内的瘟疫传闻中无药可救，谅士兵再大胆也不敢硬闯。然而门轴转动声中冲进一个极不协调的极具威势的声音："何事？"

这声音，太熟悉了！艾子衿的手一抖，下意识将怀中乔之甦的手信往里塞了塞，然后突然发力向里直冲。

"拦住她！"还是那个声音，低沉暗哑，震惊之余隐藏了更深的喜悦与期盼！

她来不及跑出第二步，身子突然被往后一拽，眼睁睁便看着铜铁大门啪的一声重重关上，将缝隙里最后一点光亮隔在了另一边。那条细长的光亮里，她仿佛看到一个背影，灰发灰衣，刚毅而挺拔，在残阳似血的光华里格外的凄艳瑰丽。然而这背影在下一瞬间便陷入黑暗，仿佛戏曲落幕，艾子衿的眼前只剩下铁门冷冰冰的色调。身后有脚步缓缓而近，一声一声，带着莫名的压迫。她的背陡然僵直，然后她听见一个声音，相隔了七年重新又出现在耳畔的声音："子衿，是你吗？"

僵直的背不由得颤抖起来，她感觉到那双熟悉又陌生的手放在自己的肩膀，然后慢慢地扳过自己的身子。她抬起头，视线缓缓对上身前的男人。

沈斯，七年未见的沈斯，依旧丰神俊朗，眉眼风流，只是更多了一种她不熟悉的深沉和阴冷，那是经过宦海沉浮的深沉和阴冷。是啊，当初浙党当政，他稳稳当他的状元；后来东林党当政，他继续平步青云；如今阉党当政，他更是当了督御史。在这样宦海沉浮中摸爬滚打，他怎可能还保有清澈的眼神？

"我找得你好苦！"他目光灼灼地盯着她。

艾子衿看他，嘴角渐渐弯起，逸出一抹笑——

原本以为再见会是怎样的心潮澎湃、波涛汹涌，却在看见他那双琥珀色的熟悉又陌生的眼眸时，所有的感觉突然变淡。物是人非，原来时间真的可以带走一切，那些执着的过往，早已消散在云淡风轻中。

"好久不见。"她的语气平淡，表情亦平淡。

沈斯一阵错愕，脸上微有变色：是错觉吗？为何他觉得她的平淡里多了一份疏离？

趁他失神之际，艾子衿已从他的掌心钻出，不着痕迹地退开几尺："你便是京中来的督御史？"

沈斯点了点头，眸子里闪过一丝痛苦和怨怒："当初你为何要不告而别？你知不知道我找了你整整七年。"

他的深情并未换来艾子衿的感动。她淡淡地望着他："过去的事还是不要提了。既然你是督御史，那么请让我进城。"

沈斯怔住，疑惑地望她："你要进城？"

艾子衿点头，神色坚决。

"不可！"沈斯眸光一敛，沉声道，"城内有疫病，你这时进城作何？"

"我从里面出来，自然要回里面去，免得……"她轻蔑地望了沈斯一眼，"有人说我把疫病传播开。"

"你从里面出来的？"沈斯细眯起眸似在审视她，眼角余光则朝着一旁的士兵威严地一扫。

士兵忙低头解释："小的，小的真的不知道呀。"

艾子衿知他只是利用小兵威胁自己，便道："你不用找他的麻烦，我出来时他确实不知道。现在，请你放我进去。"

"不行！"沈斯断然拒绝。

"不是说所有逃出桃渚城的人都要就地处斩吗？我就是逃出来的人，你也不用杀我，让我进去自生自灭吧。"

"让你自生自灭？"沈斯阴怒低吼，"我都看到你了，怎还会放任你跟那帮快死的人一起！实话告诉你，我来此地便是封城的！"

"果然是你下的命令。没想到你会变成这样，视人命如草芥！当初我真是错识了你！"艾子衿气得涨红了脸。

"你真是这么想我？"沈斯的声音低沉，浸了苦水般带着沙哑，"你应该明白我的，这并非我愿意，是九千岁的意思。"

"这是你的职责，我知道，就和七年前一样！"艾子衿突然冷笑出声，鄙夷地望了他一眼后又朝城门走去。

"我都说得这么明白了，你还坚持要进去？你非和我唱反调不可吗？我知道七年前是我利用了你，但……"沈斯伸手拉住她。

"你终于承认是利用我了？"艾子衿甩开他的手，眼中充满失望。

"是，我承认了，可是你不能用这种玩笑报复我！"

"你以为我是玩笑，你以为我在报复你？"艾子衿冷哼，像是第一次认识这个人般，用一种陌生的目光打量他，"谢谢督御史大人这么看得起我，若不是您的提醒，我不知道原来进城就是在报复您。"

"艾子衿，你究竟是什么意思？"苦口婆心的劝告反受到她的冷嘲热讽，沈斯不禁怒火中烧。

"我早就说了，我只是单纯想进城去救人。"艾子衿的语气冷淡而疏离，"你是督御史，奉九千岁之意封城是你的职责。我是大夫，救死扶伤是我的责任。"

"你根本不是大夫，女人做什么大夫！"沈斯急怒道。

艾子衿眉心微蹙，像是看怪物般盯着他，半天才冷笑反问："在你眼里，女人做大夫便是笑话？"

沈斯正要解释，艾子衿突然又拔腿往前冲。

"拦住她！"见她要去推门，沈斯忙叫道。两名兵士得令蹿将上来，一边一个挟制住艾子衿。

"放开我！"艾子衿边挣扎边怒视沈斯，"沈斯，放开我！"

"你从来不会这么叫我。"沈斯悲伤地看着她，眸子里闪过阴骘。

艾子衿怔了一会儿，装出伏小作低的模样："沈大人，请放开小女子！"

"给我住嘴！"沈斯大吼，脸色铁青，目光暴戾，像是要将她生生劈成两半。艾子衿却只是像看一个小丑冷淡而讥讽地看他。见她突然不说话，沈斯猛然清醒，将她搂进怀中，"对不起，对不起，我不该对你发火。我只是怕这次又是做梦，子衿，我怕你再离开我啊！"

两侧兵士早已自行退去，艾子衿静静被他搂着，没有反抗。心里有一丝柔软，那久远的记忆似乎又鲜活起来：他搂着她站在初春的雨夜，虽然身上被沁凉的雨浇着，心底却像被火炉烤着，暖洋洋的。哪里会如今日，虽然也是初春，虽然是同一个人的怀抱，从心底到身体却都是异常的寒冷。

感觉到她的异样，沈斯低头看她，见她只是睁着一双无波的眸，漆黑的瞳孔里几乎不带任何的感情。他一怔，觉得心底像有某种东西在慢慢流走。感觉他的手无声无息地离开自己的身体，她有些惊异，紧紧地注视他。他却没在看

155

她，反而仰头望天。落日已下，新月升起，星疏云淡，冷风凄凄。她决定趁这个时候闪身进城。

她轻轻退开，偷偷转身，悄无声息地迈出一步。

纤瘦的影子被月光拉得很长，长长地铺到他的脚底。他突然有了感应，低头看她的影子一点一点从他和她的重叠影子上退出。

喉结突然一动，他发出的声音是连自己都不曾听过的冷绝——"抓住她！"这是第二次他发出命令，这一次没有狂怒，没有紧张，只是很平静地下了个很简单的命令。

士兵围上，将艾子衿抓了起来。

"你……"艾子衿气得嘴唇颤抖，脸色发白。

"我不会放你走，更不会放你进去！"沈斯面目表情地打断艾子衿的话，"城里的人没一个能活着出来，这是九千岁的意思。你要是不想死，就给我乖乖听话。"

他冷得如穿过千年寒冰的声音，叫艾子衿停止了挣扎。她抬头看沈斯，一字一句问道："这是什么意思？如果瘟疫解除了，你们也不预备放过他们吗？"

"瘟疫能解除吗？"沈斯看她的表情，仿佛她在说一个笑话。

"能，一定能解除。我们找到方法了。"艾子衿心里有了一个模糊的坏的预感，有些惊慌地喊道。

"你在骗谁！我告诉你，就算里面一个病人都没有，他们也必须死！"沈斯说道，唇角的冷笑让艾子衿没来由打了个寒战。

"着火啦！"却在此时，城内突然传来尖声厉叫。紧接着便是一阵锅碗瓢盆的碰撞声，似乎有人在浇火，却有另一批人绝望地声嘶力竭地大哭起来。刹那间，哭声、喊声、烈焰燃烧声，在这座古朴的小城上空弥漫开来。

浓烟漫过古旧的城墙，仿佛罩子将艾子衿围了起来，焦灼的味道无孔不入地透进她每一寸的肌肤。艾子衿突然想到那一夜的火，想到那一夜被火烧死的人，心中顿时惊惧起来。

空气灼热，便如艾子衿此刻的心，仿佛有一种将要爆发的火，却又找不到点爆的引物，蒸压着胸口一阵一阵发疼又发紧。她眼睁睁看着那厉鬼一般的火舌跳起、蹿过屋顶、直挑天际。

浓烟中，是那个灰发的男子，她仿佛看到男子的背影刚毅从容。她想要叫他，用力地张开口，却一个字都叫不出来。转身，转身！——她在心底呐喊。那男人仿佛听到了她在心底的呼喊，转过身，可是烟雾太黑太浓，让她怎么也看不清他的轮廓。她想哭，鼻子酸涩，眼睛也酸涩。可是泪怎么都流不出来，仿佛被大火烤干了一般。

　　眼圈红，不是流过泪，而是被火熏红的。原来只是幻影，那个灰发的背影，那个转身的模糊轮廓，都只是幻影。

　　她只看得见漫天的火和被火熏红的黑夜，以及沈斯那被火映红了的冷冽的眸。再也没有力气争什么，所有的嘶喊都在沈斯那一双冷冽的眸子里如城中的房屋化为了灰烬。

　　她看着烈焰熊熊燃起，又慢慢熄灭，用了大半个夜晚的时间。她的心充满了惊慌，充满了悲痛，她想要奋不顾身跳进火海，最后化为绝望，以及绝望之后的冰冷。她木然地望着被浓烟笼罩的桃渚城，冷冷地转身，质问："是你下的令？"

　　"你既是学医，又岂会不知，疫者唯有火攻方可杜绝？"他事不关己般淡淡说道。

　　"死者固然要火化，但你烧的是半座城，这城里还有活着的人。"

　　"疫病传得如此快，就算我现在不烧，半月后也会是死城。这不过是未雨绸缪，防止这疫乱传播得更快。"

　　"未雨绸缪？这就是你说的，就算是没有病的人也不能活着走出来的方法吧？真的是未雨绸缪啊！"艾子衿嘲讽地笑道。

　　"我只是执行任务。用一个小城的人换天下百姓的安全，难道不对？"

　　他的声音听在艾子衿耳里有种说不出的冷意。这个在她生命里存在十多年的人啊，竟然模糊了，模糊到她看不清他脸上的神色。

　　"什么是对？"艾子衿冷哼一声，"对的是你执行的任务，是你对你那个九千岁所谓的效忠！"

　　"啪——"一声脆响，是肉与肉相撞的脆响。

　　艾子衿高傲地抬起头，左颊上那鲜明的五指掌印，在月光下刺痛了沈斯的眼。他在黑暗里举着发抖的右手，只觉得掌心吃痛。

一个巴掌挥下去，两个人都痛。

可是艾子衿没哭，沈斯也不会流泪。视线相对，如刀在半空交锋，沈斯终是败下阵来。他上前想要再次拥住眼前不屈的女人，两侧的士兵也再次配合地自行撤退。可是艾子衿没有配合，她不屈地抬起手，用力回甩他一个响亮的巴掌。

这一次，痛的是她的掌心、他的脸。

"我不认识你。"她愤怒地扬起眉，转身想要离开，却被那两名士兵第三次抓住。她愤怒地挣扎喊叫着，"沈斯，放开我，你这样只会让我……"

"让你更恨我？"沈斯的目光冷得像陌生人，然后他开始笑，疯狂的笑声在残留了焦尸炭火的冷寂空气里挥之不去。笑了许久，他终于停下，眸子里闪动着冷彻的光，"那就恨我吧。"

第十一章　石门擦肩过

艾子衿被沈斯软禁在驿站里。众人虽不清楚她与沈斯的真实关系，却也知道她是沈斯极重要的人，不敢动她半分。沈斯不让她出门，又怕越是勉强越引起她的反抗，故并不干涉她在驿站里自由走动，并为她专门配上一名丫鬟，每时每刻都跟着她。

艾子衿一方面担心桃镇疫情，另一方面觉得自己像被困进牢笼的金丝雀，烦闷不已，只得天天在驿站里闲逛，没几日便把这方寸之地弄得一清二楚。

艾子衿住在东厢房，沈斯就住在她的隔壁，沈斯的隔壁住着一刻都不离他左右的沈九，郭定等一帮侍卫则住在前院。驿站不大，却还有个后院，里面有一间看起来寥落破旧的屋子，像废弃已久的柴房。然而奇怪的是，这只有一间旧柴房的后院门口一直有人守着。那两名守卫神情严肃，右手紧紧握红缨枪，像在保护一个极其重要的东西或是人。

这一天，艾子衿第三次路过后院，后院前的守卫已换了两批。她愈发觉得奇怪，忍不住停下往里面多看两眼。身旁的丫鬟催促道："艾姑娘，咱们走吧，这儿阴森森的，没什么好看的。"

艾子衿反而更想要进院子，却被守卫挡了下来："艾姑娘留步。"

"这是什么地方？为何我不能进？"艾子衿冷声道。她知道倚仗沈斯对自己的重视，这里还没人敢动她。便是当初将她投进大牢的郭定如今见了她也都是小心翼翼，生怕她把用刑的事告诉沈斯。艾子衿原本也不愿意沈斯知道那事而引起他怀疑，见郭定如此更是暗中欣喜。

那两名守卫面露难色地互看，支支吾吾道："没，没什么，就是一些旧东西。"

却在这时，后院里传来一串尖酸的女人的咒骂声。两名守卫以及那个成日监视艾子衿的丫鬟同时神色一变。艾子衿趁机快速向里面冲去。后面三人反应过来，忙追了上去。那时艾子衿已去推厚重的柴房的门。柴房的门被铁链锁着。铁链一阵叮当乱响，门被艰难地推开一个小缝。

院子里阳光明媚，屋子里却一片阴暗，透过那狭窄的门缝，艾子衿似乎瞧见了角落里一个黑影。

人不像人、鬼不像鬼的黑影，在铁链响起的刹那如一只猎豹机敏地一跃而起，朝门这边扑了过来，血渍斑斑如枯枝的手灵巧地往门缝里伸出，直往艾子衿脸上抓来。

说时迟那时快，艾子衿的身子被后面的守卫一扯。那只做成虎爪状的手虽伸出了门外，却也只抓住了一团空气。另一名守卫则顺势将门一关。

"啊！"凄厉的呻吟，那人的手立即被夹在了门缝之间，骨节突出的手指颤了一下，随即无力垂了下去。

艾子衿起初被吓得花容失色，这时回过神来，见那只手上血痕一道覆盖一道，像是被酷刑折磨过，立即感同身受地想起自己在狱中情景，忙阻止道："你们快放开她！她的手都流血了！"

"艾姑娘，她……"

"艾子衿，你是艾子衿！"

屋子里的声音叫艾子衿一怔，眼前立即出现了一张英气的俏脸。

"想不到在这里还能见到你。你还真是阴魂不散啊！"屋子里的声音充满了讥诮，即使看不见，艾子衿也能感觉到说话人此刻眼中深刻的仇恨和嘲讽。

"孙九妹。"艾子衿喃喃出声。

"你何必装作不知道？你不是早就知道我被沈斯抓了，所以到这儿来看我的笑话？"

"孙九妹，不是……"艾子衿脱口而出，突然意识到两旁的守卫及丫鬟，忙将话头压下。

"不是什么？你又想来演苦肉计吗？又想像七年前帮着那个恶贼骗我们上

160

当？我不是乔大哥，才不会上当！你死心吧，告诉沈斯那恶贼，让他死了这条心！就算他折磨我，把我杀了，我也不会说，我绝对不会说出来的！"孙九妹愤怒的叫喊像是针戳进艾子衿的心。

她的心在滴血，脸上却不敢表露半分。身后的日被成片的云渐渐遮起，阴暗从东边一直蔓延到西边，将她如冰霜的脸拢了起来。她紧紧握住拳，仿佛只有手指戳进掌心的疼痛才能带来片刻的安宁。然后她一步一步倒退出后院，将那越来越激烈的咒骂隔绝在院门之内。

站在院门外，艾子衿思考着，其余几人都不敢打扰。半晌她才转过身，嘴角弯成好看的弧度，温和道："抱歉，我一时任性误闯了后院。"

两名守卫正奇怪她为何突然又退了出去，见她如此说更是丈二和尚摸不着头脑。

艾子衿则趁着守卫未想明白之际又加了句："放心，这件事我不会告诉别人。"

两名守卫原本也在担心没看住她并让她差点受伤会被上面责罚，此时见她如此说哪里还顾得上其他，忙不迭点头道："好，好。艾姑娘，咱们这什么事都没发生过。"

艾子衿微微一笑，转身看了眼从刚才起就因为惊吓过度而脸色苍白的小丫鬟，冷冷道："你也不会说吧？"

小丫鬟惊了一惊，失神答道："不说，不说，但是艾姑娘……"

"回去吧。今天走多了，我也乏了，明日就在屋子里休息。"

小丫鬟听她说要留在房中，大喜过望，慌忙点头赞成："那咱们快回去吧。沈大人也要回来了！"

沈斯回到驿站立即便去看艾子衿。艾子衿坐在桌前手中不知在捣弄些什么，见沈斯进来，眸色一冷，随即转过头去。

沈斯微笑地坐到她身边哄道："还生气吗？"见她不理自己，他转到她的右边，"子衿，你猜今天我见到谁了？"

艾子衿再次转过脸，沈斯只得自问自答："杜子非，我见到你的师兄杜子非了。"

此话果然引起艾子衿的兴趣，她的肩膀轻轻一动，脖颈稍转过少许。

沈斯见状，嘴角愈弯起："他想让我在九千岁面前美言，让他做御医。其实我也在考虑这个问题，你知道的。奉圣夫人①身体不好，皇上和九千岁一直想寻找神医。你说我是不是把你这师兄引荐给夫人呢？"

"随便你。"艾子衿冷冷道。

沈斯并不知道她与杜子非之间的矛盾，见她不似以往对自己完全不问不答，以为她心里感动，只是下不了台阶，便搂住她的肩笑道："你师兄就是我师兄，放心，我会好好照顾他。"

艾子衿下意识地想要从他的怀中挣开，却因想到孙九妹而停止了动作。

沈斯见她不反抗，以为她因杜子非之事重新接受自己，更是高兴，便手拿起桌上的茶喝了一口，才喝一口他便觉出味道不对，讶异道："这泡的什么？好像不是茶？"

艾子衿心下一跳，转开脸低声道："玫瑰茉莉花茶。"

沈斯以为艾子衿见自己喝了她喝过的茶而觉得不好意思，所以转开脸，微微一笑，伸手掀开碗盖。碗盖中的茶呈现出深褐色，表面上果然浮着好几朵玫瑰花与茉莉花。他眉头微蹙，端起茶碗凑到鼻尖，嗅了嗅，道："除了茉莉香和玫瑰香，怎么好像还有其他味儿？"

"你又没喝过玫瑰茉莉茶。"艾子衿嗔道，别扭地转过脸，"若是不喜欢就到别处喝去，我这儿只有花茶。"

沈斯见她脸色不悦，忙笑道："这么快就想赶我走？我从来没喝过花茶，今天就喝定了。"说着他像表决心似的，又喝了一大口。艾子衿见他一口气便几乎将一碗茶喝完，似乎有些惊讶，又有些后悔，脸色愈发阴晴不定了。

"你怎么了？"沈斯也瞧出她的异样，正要询问，眼前突然一黑，身子竟直直往前扑去。

"你，你给我吃了什、什么……？"他反应过来，伸出颤抖的手地拉住想往后退的艾子衿。然而话没说完，他头一歪，眼一翻，昏了过去。

艾子衿失措的表情直到他昏倒后才恢复如常。她平复下心中的不安小心将

---

① 明思宗朱由检乳母客氏，与魏忠贤乃对食。

衣袖从他紧握的拳中抽出，然后伸手去探沈斯的鼻息。见他呼吸平稳，才抚胸吐出一口气，接着她在他腰间摸了一会儿，摸出一块玉牌小心收好，再将桌上的空茶碗藏进床底。

茶碗里确实泡着玫瑰花与茉莉花，却不是用清水泡的。下午她从后院回来，便以自己腹胀为由要小丫鬟从药店里买回一两大黄和一两山豆根。小丫鬟只是认得大黄是通腑通便之药，哪里知道大黄与山豆根不能合在一起使用，否则便会头晕、昏迷、手脚发软。然后她又以不想让沈斯担心为名让小丫鬟暂时不要声张。那小丫鬟本就惧怕沈斯责怪她没有照顾好艾子衿，艾子衿这提议正中其下怀，便忙不迭答应了，当下熬了一大锅滚烫的大黄和山豆根组成的热汤汁。大黄煮出来的水自然是色黄又味苦，艾子衿怕沈斯怀疑，便用玫瑰、茉莉一起泡在里面，赌的即是沈斯从未喝过花茶。

艾子衿将茶碗收拾完毕才拉开房门，故作慌张地跑了出去："不好了，不好了，大人晕倒了！"

她惊慌失措的叫喊果然引来了大批前院的侍卫，头一个便是沈斯的心腹沈九。沈九见沈斯眉头紧皱地扑倒在床上，心中大惊，一把拉住艾子衿质问道："大人怎么晕倒的？"

艾子衿被他一拉，吓得差点腿脚发软。她用力捏紧拳驱走心中的害怕，做出像是被沈斯突然晕倒吓到的神情，忙不迭摇头答道："我，我不知道。"见沈九将信将疑，她慌忙抽出自己的手，虚张声势地提高声音，"你还杵着干吗？快去找大夫呀，难道你真想看着你家主子死吗？"

"你不就是大夫吗？"沈九冷笑道。

"你相信我吗？"沈九因她女人的身份一直怀疑她的医术，又怀疑她对沈斯的用心，艾子衿正好以此威胁。

沈九果然立即露出愤恨的表情，转身吩咐下人道："还不赶快去叫大夫，要城里最好的大夫。"随后他冷冷对艾子衿道，"不要让我看到你还在这里。"说着便让人将沈斯搬回自己的卧室。

沈九想的是不让艾子衿接近沈斯而有加害他的机会，哪知这正合艾子衿心意。趁着前院陷入忙乱之际，艾子衿避开旁人视线，悄悄拿了件斗篷闪了出去。

艾子衿披着斗篷，此时还是春季，天气时凉时暖，身穿斗篷的她倒也没引起太大注意。不一会儿她便走到了后院。后院门口的守卫果然又换了一拨。由于后院与东厢房及前院尚有一段距离，虽然前面闹得厉害，后面的两个人还不知道具体发生了什么事。艾子衿大大方方地走到他们面前后被他二人拦了下来。

"谁？"夜深无云，艾子衿的脸在黑夜里格外模糊，此时她又披着斗篷，更叫人看不真切。

"我是艾子衿。"

"艾姑娘？"两名守卫认出她的声音后，微有些疑惑。

"沈大人让我问孙九妹一些事？"

"这么晚，就您一个人？"两名守卫狐疑地看了看她的身后，又望了眼远处闹哄哄的东厢房。

艾子衿原本便是要试探二人是否知晓前面的事，此刻见他两人果然对沈斯昏迷的事还不知晓，当下胆大了起来："有人闯了进来，其他人正在处理，沈大人待会儿也要过来……女人之间好说话，所以让我先来问问是不是孙九妹的同党，有问题吗？"

两名守卫见艾子衿说出"孙九妹"名字，已然信了几分："我们不是要怀疑艾姑娘您。只是沈大人曾说过，不管是谁来都要得他的批准，我们，我们不敢……"

"这个算不算他的手信？"艾子衿从怀中取出令牌。两名守卫见那令牌，似乎很是吃惊，互望一眼。艾子衿瞧不见两人的神色，忙加了一句，"大人正忙着，没时间写文书。他说只要你们见到这个自然会明白。"

这赌的还是两人对这令牌的重视度。这一天，艾子衿似乎一直很幸运。两人商量了一阵，终于将艾子衿领至柴房门口。柴房里又传出愤怒的咒骂，艾子衿微微蹙眉，冷声道："开门。"

"可是……"

"沈大人让我与她面对面谈。"

两名守卫迫不得已，打开了房门，孙九妹果然又扑了上来，幸亏艾子衿有了防备，往旁边一闪，守卫立即跃上前，一边一个将她夹住，用绳子绑了起来。

"姓艾的，我早跟你说过了，我不会说，什么都不会说。"孙九妹披头散发，才几日工夫，已被折磨成皮包骨头。

艾子衿见她如此，心一阵紧缩，却也知道不能在脸上表露太多情绪，当下稳住声音装作冷漠道："孙九妹，我劝你还是招了，与九千岁作对，最后吃亏的还是你。快说，你的同党是不是何不平，今晚想来劫囚的是否就是他？"

孙九妹原本还打算骂人，此番见艾子衿说到已死的何不平，心中一怔，脸上立即露出迷惑的表情。艾子衿怕两名守卫看出异样，忙转身挡住孙九妹的脸对那两名守卫："让我跟她单独待会儿。"

"艾姑娘，她——"

"放心，她伤不了我。"见两名守卫仍是犹豫着不肯离开，她突然冷起脸道，"若是耽误正事，问不出沈大人想要的，大人怪罪下来，我可保不了你们。"艾子衿吓唬道，两人脸色立即变白，匆匆退了出来。

艾子衿见他二人走远，便将门关了起来。

"艾子衿，你到底想干什么？"孙九妹不是笨蛋，自然听出了艾子衿话中有话。

艾子衿叹了口气，一边俯下身为她松绑一边道："你继续骂吧，若不骂，他们反倒会怀疑。"然后她将艾绒燃起，竟在孙九妹背后的石门穴做起艾灸来。

这石门乃是任脉中的穴位，门即是门户，从关元中传来的水湿云气在此散热冷缩后，少部分继续上行，如关卡门户。孙九妹在这湿冷的柴房内待了许多时日，阳气虚弱，阴气大胜，艾子衿在其石门穴上施灸，便是希望能借此激发其阳气，驱散水湿之气。

孙九妹果然觉得一股暖流从小腹徐徐上升，身体果然舒缓许多。然而她也愈发迷糊起来，怀疑地望着艾子衿："你要救我？为何？"

"因为如今只有你才可以帮乔之甦和桃镇百姓。"艾子衿有条不紊地收拾好艾灸燃尽的烟灰。

听到乔之甦的名字，孙九妹脸色大变，顾不得手上伤口会裂开，激动地抓住艾子衿的肩："你快说，乔大哥他怎么了？桃镇百姓？乔大哥和桃镇百姓有什么关系？"

"桃镇瘟疫蔓延，乔之甦正在那里救人，只是现在……"艾子衿难过地低

165

下头，"没药了。"

"没药，什么叫没药？"孙九妹几乎要惊叫。

艾子衿吓得慌忙捂住她的口："你要让外面的人都进来吗？"

孙九妹回过神来，掰开她的手低声气道："那你还不一次性把话说清楚了。"

"这是你师兄给你写的，看完后你自然知道怎么回事，也知道他要你做什么了。"艾子衿叹了口气，取出一封已被压得满是皱褶的信。这封信一直被她贴身藏着，躲过了沈斯的眼睛。

"是他要你来找我的？你们在一起？"孙九妹妒意十足道。

"我跟着师傅在桃镇治病，意外遇到他。因为没药，师傅已染病过世了，他要我出城找你。"艾子衿刻意略去乔之甦救她的事，又压抑下林德伊去世的悲伤，努力用最平淡的语言说出了这整整半月的惊心动魄。

"林德伊死了！"孙九妹愣住，见艾子衿默不作声地低头，也沉默下来。

艾子衿却在这时将自己的斗篷及外衣脱了下来。

"你这是……"孙九妹大惑不解。

"待会儿你穿着这个出去，千万不要说话，也不要抬头！"

"你要代替我在这里？"孙九妹大惊。

"你以为我能堂而皇之带你出去吗？"

"可是你……"

"我想沈斯暂时不会把我这么样。就算他气得要杀我……"艾子衿顿了一顿，幽暗的屋子里，只见她眸光如星辰般坚定，"我一个人死了，总比一城人死好。"

当天夜里，孙九妹便顺利出了城。第二日沈斯醒来得知艾子衿私自放走孙九妹之事，勃然大怒，却又问不出孙九妹的去向，将她幽禁了起来。另一方面，他立即派人去追孙九妹。因他并不知道艾子衿救孙九妹的真正原因，故寻错了方向，直到圣旨下达，孙承忠带着孙九妹押了大批草药过来，才恍然大悟。也因此，他得知了乔之甦并未在那次放逐中死去，更是又气又急。只是那时，孙承忠已向皇帝禀报了乔之甦的事，并向皇帝担保他必当以功抵过救下一城百姓。乔之甦果然不负众望，仅仅五日，便救下半城百姓。事迹传到京城后，得到了皇帝极大的赞赏。

乔之甦从桃镇回来的那一日，难得看不到阴云密布，日光洒落在古朴的小城，尤其明媚。

孙九妹一早站在桃镇城门口等待乔之甦，待见到他像是英雄般被百姓簇拥着走来，长身一跃跳到他面前，拉住他从上到下地打量着，见他果真如信中所说没有什么伤病，这才顾不得女子应有的娇羞矜持，一头扎进他的怀里喜极而泣。

乔之甦原本以为艾子衿会与她一起出现，如今只见到她一人，便觉得心中不安，突然被她抱住，竟来不及避开，胸前的衣襟立即便被她滚烫的泪浸湿了。乔之甦尴尬极了，一双手伸在半空推开她不是，不推开她也不是。

孙九妹抬起头，一双眼哭得跟杏核似的，她哽咽道："我以为，以为再也见不到你了。乔大哥，咱们以后再也不分开了，好不好？"

桃镇百姓原本以为乔之甦与艾子衿是一对，这时见这明眸大眼的姑娘不避嫌地抱着乔之甦，又听她说出这一番动情的话，一时蒙住了。

乔之甦一直知道她对自己的情谊，他不是没想过回应，或许没有重新遇上艾子衿，凭着两人多年来默契的合作，一次又一次的风雨同舟、生死与共，他真的可以抛开对她兄妹般的情谊接纳她。但……他的眼前再次出现那个温柔如水的女子，他想起与她在桃镇里擦枪走火的拥抱，想起日日萦绕在梦里的她的温暖柔和的气息，他的心湖泛起丝丝涟漪。他果断地推开孙九妹，转身向众百姓介绍道："这是我的妹妹。"

众人听到孙九妹与乔之甦是这关系，遂笑了起来："原来是乔大夫的妹妹，我还是以为是乔夫人呢。咦，艾姑娘怎么没来？"

孙九妹正因乔之甦以兄妹解释与自己的关系而心凉，此时乍听到艾子衿的名字，脸色一变。乔之甦立即捕捉到她脸上的变化，心中一紧，忙问道："子衿怎么没来？你应该是看到我的信才去找的孙老师，她在哪里？"

孙九妹听他已恢复七年前对她的称呼，又看他脸上紧张关切的神情，当下对两人的关系猜了个大概。刚遇上艾子衿那会儿，依她火暴的性格或许就气得叫起来了，但自从艾子衿把自己从驿站里救出来，她始终觉得像欠了艾子衿，对她既恨又气却无可奈何。孙九妹怀着如此纠结的心情听着他口中的"子衿"，觉得一种无力感陡然而生。

他们二人的世界，自己大概永远都只能站在一个遥远的地方，怎样都插不进去了。想到这里，孙九妹心中不免苦涩起来。

"她到底怎么了？"乔之甦见她神情黯然却又不说话，着急地提高了声音。

孙九妹转开脸，眼角的一滴泪在日光下悄悄一闪："她跟着沈斯走了，今早上刚走的。"

"跟沈斯走了？"乔之甦机械地重复一句，一脸不敢置信。

孙九妹直直看着他，一字一顿道："沈斯，就是那个督御史！"

乔之甦顿时脸色大变，眼前又出现七年前在堂审上的情景：沈斯与艾子衿眼神交流再一次如锥子刺入他的眸，直刺到心里去，心顿时像是被刀扎过，一滴一滴渗出血来。

"乔大哥。"孙九妹见他悲痛欲绝，知他又误会了艾子衿，正想解释，但又见周围人群一脸好奇模样，心知不是说话地方，忙凑近乔之甦道，"这儿不是说话的地方，你先跟我见爷爷。"

乔之甦回过神来，朝她点了点头，再转身与众桃镇百姓一一告别。两人施展轻功，足不点地地往孙承忠的住所赶了过去。

孙承忠虽押了一大批草药过来，却拒绝唐何请他住进驿站的提议。一来那时沈斯也还住在驿站里，他不想与沈斯正面接触；二来，他想趁这机会暗中调查一下这地方阉党的势力分布情况。他知道在全国各地如火如荼进行的为魏忠贤建造生祠的工程在这个小地方也有人提议，不过因为桃镇瘟疫，这项浩大的工程暂停了下来。但是另一股神秘的势力似乎正在慢慢渗透。他暂时还不知道这股势力是谁在操纵，也不能确定这股势力的背后是不是依旧站着以魏忠贤为首的阉党。为防止打草惊蛇，他在押送完草药、宣读完圣旨的第二日便称有事要办而离开了府衙。事实上，他以商贾的身份在第三日住进了江畔居的临江苑。

孙承忠正在临江苑里看书。他一边看着书，一边数着自己的指头。他的胡须已经花白了，脸上的皱纹看起来比七年前还要多。他穿着一件锦缎长褂，这是他唯一一件用上好锦缎做的衣服，还是六年前皇帝亲自下令要御用的裁缝为他做的。

他应该感到欣慰，在东林党与阉党斗争的这么多个年头里，他的皇帝学生虽然没有接受他大多数的建议，对他却还是一如既往的好，甚至为他挡下几次魏忠贤的攻讦。

这件衣服许久没穿过了，他离开家时特地从箱底翻出，为的就是可以装扮成商贾。不过，这样一个老态龙钟、瘦骨嶙峋的商贾穿着这样一件宽大的长褂，看起来还是有些不协调。

窗外有一排樟树，浓密的嫩叶挡住阳光，投下一片阴影。风拂过，树叶轻轻摇曳，洒落点点碎金子般的光，似乎有暗影快速一动，一柄柴刀的影子陡然出现在他投在桌上的身影近旁。孙承忠瞥了一眼那把柴刀的影子，翻过书页，从容的神态仿佛完全不知危险在逼近。

柴刀猛地向下落，耳畔流动的是刀锋划破空气的呼呼响声。呼声突断，转而是一声乒的脆响，柴刀飞出了窗外。

屋内正中，有人向前扑倒，背后正中有一颗石子蹦了起来，咚地撞到了地上。与此同时，窗前绿影处突然跃出一名握剑的蒙面人，剑锋直指孙承忠，只差一寸便要刺进孙承忠的两眼之间。

孙承忠却依旧波澜不惊，仿佛早预料到还会有人救他。确实有人又救了他一次。那人在暗处再投出一颗石子，精准无比地打在离孙承忠眉心只半寸距离的剑尖。

一股力道从剑尖陡然传进，震得那握剑蒙面人手腕一麻，只得将剑顺势逆转方向，准备滑向孙承忠的太阳穴。

千钧一发之际，孙九妹从另一扇窗户飞身进来，以一条五尺红绫缠住孙承忠腰身，用力往后一拉。剑在那时正笔直向前，眼看着便要刺中孙承忠太阳穴，却因为孙九妹的红绫只刺进了空气。

蒙面人隐在面巾下的唇似乎微微一动，吐出来的气息拂起面巾一角，露出面具般僵硬的嘴角。见孙承忠已受孙九妹保护，他长身回转，持剑再往绿影深浓处此去。

绿荫之中霍地再现一条灰色人影。日光漏过树影频动的枝叶间隙，将粼粼金光洒在他飘逸长发上，尤显得那一头灰发格外闪耀。

"乔之甦。"蒙面人不由得叫道。

"想不到你认识我。"乔之甦冷冷笑道，脸色突然一变，眸中随即布满森冷的杀气，"你就是七年前和押囚官差勾结，追杀我和之跃的人。"

那人显然对乔之甦认出自己感到吃惊，转而冷笑出声："你既认出了我，我更留你不得！"他低吼一声，长剑随即舞出个剑花直扑过来。

"留不得的人是你！我要为之跃报仇！"乔之甦不甘示弱地喝道，如愤怒中的猎豹迎剑芒跃起。

风急影乱，树叶间的金色碎光在两人脸上来回扫着，二人眼中皆染上疯狂的颜色，仿佛不将对方杀死就不甘心。只见蒙面人以猛劲为攻，乔之甦则施巧技化解。乍看之下，那蒙面人执剑攻得毫无章法，几次便要被乔之甦的拳头打中。

孙九妹见那蒙面人似乎落了下风，看得好不开心："乔大哥，攻他左肋，不对，不对，右臂。啊，太好了！快踢他肚子！"

哪知这兴头被孙承忠给打断："九妹，快去帮之甦！"

孙九妹满不在乎道："那人打来打去就那么几招，肯定不是乔大哥对手。"话还没说完，乔之甦拳头如铁直砸那人胸口膻中穴。孙九妹大叫一声"好！"，一双明眸又被打斗吸引了过去。孙承忠看见此招，蹙眉暗叹一声，却听孙九妹突然又一声惊叫："乔大哥小心！"

砰的一声响，乔之甦铁拳虽直直打中蒙面人的膻中穴，蒙面人的长剑竟尾随上来竟要刺进乔之甦的手臂。当真是以命搏命的打法！乔之甦原先算定蒙面人必会因为要避开他这一拳而露出丹田空门。丹田正是练气之始，乔之甦的打法便是釜底抽薪，打膻中只是虚招，打丹田才是目的。可这蒙面人却不走规则，竟不避不退，硬生生吃了他这一拳，叫他也始料未及，只得侧身往旁一避，堪堪擦过对方的剑。

孙承忠这才说道："若说武功，这人与之甦不相上下。可这人太狠，可以连命都不要。一个连命都不要的人，就算是天底下最厉害的剑客都不一定是他的对手。"

孙九妹听得这话，见那蒙面人果然招招狠毒，大有同归于尽之意。当下顾不得观战，将手上红绫一甩，随即左腿向蒙面人扫了过去。

蒙面人原本便站在窗台，此时为了避开九妹强势的腿风，脚尖往后一点，竟忘了身后悬空，整个身子翻了下去。

"保护好孙老师！"乔之甦匆匆对孙九妹说，随即追了过去。孙九妹原本也想追过去，想到孙承忠一人在屋内，只得留了下来。

趁乔之甦追人之际，孙九妹与孙承忠将屋内躺着的人翻了过来，见竟是江畔居中奇丑无比的小二。

孙九妹奇道："难道这小二也是阉党的爪牙？"

孙承忠若有所思地垂眸沉思，不多久听到门外脚步响了起来，抬头见乔之甦走了进来。

"让他跑了。"乔之甦懊恼地低下头。

孙承忠安慰道："只要他出现一次，就会出现第二次。之甦，你是大夫，快看看他中了什么毒。"

"中毒？"孙九妹惊愕道，"刚才乔大哥不过就是打中了他的命门穴，哪有下毒？"

"孙老师说的不是刚中毒。"乔之甦沉声道，弯腰检查了起来。他先察看了一下小二的耳朵、脖颈、手臂等亦被遮掩的地方，然后摸了摸他的脉。

"如何？"孙九妹又好奇又兴奋。

乔之甦瞟了眼孙九妹，随后面有尴尬地望向孙承忠。

孙承忠见他如此，便对孙九妹道："丫头，你出去找掌柜的来。"

"乔大哥还没说呢！"

"还不快去！"孙承忠板下脸，孙九妹只得跑了出去。

乔之甦见孙九妹走了才道："恐怕是一直在吃含有红铅的东西。"红铅，即是女子天癸之水，被称为壮阳之物，然而久服却能成瘾。

孙承忠沉默地垂下眸，半晌方问道："依你看，这人成瘾了吗？"

"红铅初服可有神采奕奕之错觉，久服却反致精神萎靡，此人脸色蜡黄，恐怕是已经服了一段时间。"他顿了一顿，又道，"当初林德伊想将刘子平的名册交给我时，便是有人扮成这厮的模样想要骗林德伊。"

"你是说那时……"

"我也不知道，不过那时我与林德伊约定在江畔居见面时，并未约定清风居，那掌柜的却说有人约在清风居。后来桃镇发生瘟疫，我来不及深查……"乔之甦不无遗憾道。

"所以你一直对那个掌柜有怀疑，才会从那里进来。"孙承忠意有所指地望了眼窗口的树梢。

"那倒不是，我是刚巧与九妹看到有人鬼鬼祟祟藏在树上，所以才尾随而上，刚巧就看到小二要杀您。"乔之甦说着眸光一沉，"想必那人担心小二杀不了您，故预留了第二招，可惜让他跑了。"

孙承忠负手踱到窗口，望着那树影兀自出神。乔之甦不敢打扰，只得在一旁静静看着。孙承忠伸出手，看着那树枝落在手心的影子，若有所思地说："这间屋子倒还真是适合行刺。"

乔之甦脸色一变，正要开口，却听到掌柜急促的呼吸在门外响起。

掌柜进门，第一眼便瞧见了地上的人，腿脚一颤，差点摔倒，亏得孙九妹眼明手快地扶住了他。

"掌柜的，你怎么了？"孙九妹不明所以地问道。乔之甦与孙承忠则迅速换了个眼色。

"没，没事。他，他怎么……"

"他想要行刺我。"孙承忠淡淡道。

"不，不太可能吧。"掌柜脸色发白。

"怎么没可能？我和乔大哥都是证人。"孙九妹快人快语。

孙承忠望了他一眼，淡淡道："我想这件事你也不清楚……"

"对呀对呀，我怎么会清楚。"掌柜擦了擦汗，急声辩解。

孙承忠装作了解地点头："不过此事关乎性命，我还是要禀报知府的。"

"那，那是！"掌柜不自觉流下汗来。

"请掌柜来不过是想问问掌柜，关于这个人还有什么线索。"

"没，没有！"掌柜急着撇清关系，"我对他什么都不了解。他家里几口人我也都不清楚。"

"哦。"孙承忠装作遗憾道，"那他叫什么？"

"不知道！"显然这掌柜已被吓昏了头。

这个答案连孙九妹都觉得匪夷所思，怀疑地打量他："他是你家伙计，你连他叫什么都不知道？"

"啊！不，我，我知道。小，小四。"掌柜慌忙答道。

"我知道了，有劳掌柜。"孙承忠摆摆手。

掌柜抹了下汗，转身预备离开，又像想起什么停住了脚步，犹豫了片刻才转过身指着小二道："他……"

"有劳掌柜替我们看一晚。今晚天色晚了，明日我们再去府衙。"孙承忠微笑道。

"好！"掌柜一口答应，招呼其余人过来，很快就将小二搬走了。

屋里只剩下他们三人，孙九妹嘟着嘴道："爷爷，您怎么能这么相信他？那个掌柜明明就有问题，您还敢把那个凶手交给他！"

"这叫放长线钓大鱼！"孙承忠沉吟道，转头问乔之甦，"那掌柜的脸色怎么样？"

"脸色泛黄无光，不好。"

第十二章　悠悠赴劳宫

　　是夜，掌柜果然偷偷溜出门去，乔之甄三人尾随跟上，来到一条巷子。掌柜敲了三下一座小院的后门，不一会儿，便有一人打开门来。掌柜与那人说了几句，便闪了进去。

　　孙承忠见乔之甄露出一脸迷惑的表情，问道："你认得此处？"

　　乔之甄点了点头："这里是杏林堂的后院。"

　　孙承忠微眯起眸："你说过，杏林堂里的林德伊与红丸也有些关系。"

　　"不错，他确实有些关系，却不知道红丸的组成，也绝不会是做红丸的人……他已经去世了。"乔之甄叹了口气，眸子里精光一闪，"不过他临死前说过，红丸有成瘾性。"

　　孙承忠沉吟道："咱们进去瞧瞧。"

　　杏林堂内漆黑一片，凭着对杏林堂的熟悉，乔之甄很快便带二人摸到了杏林堂最隐秘的书房所在地。书房内亮着灯，隐约可见两个人影正秘密商量着什么？三人悄悄凑近，果然听到掌柜的声音。

　　"怎么办？那个姓孙的老头说明天就要报官。"

　　"别慌别慌。"另一个声音竟是杜子非的。杜子非分明也很紧张，却还是稳着声音安慰。

　　"可……"

　　"好了。"杜子非不耐烦地拍着掌柜的肩，"这东西你先拿去吃了，过几天再来。"

掌柜在瞧见杜子非手上的东西时，眼睛一亮，所有的烦恼立刻被抛到九霄云外："杜爷，您再多给我几丸！您知道的，这东西不吃，我心里就烧得慌，哪哪都不舒服。我——"

"给你就吃，想要再来！"杜子非厌恶地呵斥道，"只要你对主人忠心，还怕少了你的？"

"是，是！"掌柜立即唯唯诺诺地低下头。

门外，孙承忠朝着乔之甦轻点了一下头。乔之甦收到命令，一脚踢开大门。门里头的两人吓了一跳，啪的一声，手中的药丸掉了出来。昏暗的火光笼着猩红的药丸，一股淡淡的血腥的味道蹿进鼻尖。掌柜一见药丸掉了，哪里顾得了形象，连滚带爬便要去捡药丸。孙九妹眼疾手快，一脚飞出，踩上他的手，然后弯腰将离掌柜一指远的药丸捡了起来。

掌柜见药丸到了孙九妹手上，急得破口大骂："死女人，快把药还给我！"

"你说给就给？"孙九妹冷冷一笑，声音突然转厉，"说，这是什么药？"

"你快把药给我！"掌柜却不理孙九妹说话，眼睛贪婪地盯着药丸，仿佛它是金银珠宝。

"你不说是什么药，我就不给你！"孙九妹恶狠狠道。

"这就是普通安神的药。"杜子非虽在初见乔之甦时有些心惊，却因为早准备好一套说辞而快速冷静下来，"掌柜睡眠不好，所以找我来开药。"

"安神药？"孙九妹眯起眼，一脸不相信地打量他，随后望了望乔之甦。

此时掌柜已开始呻吟，脸上的表情也皱成了一团。他拉住孙九妹的裤脚，苦苦哀求："给我，给我药。要我叫你娘，叫你奶奶都行，把药给我。"

见他如此表情，孙九妹反倒害怕了，一路往后退到乔之甦身旁："乔大哥，他，他这是怎么回事。"

乔之甦原本还是嘴角带笑，却在孙九妹说完话时，脸色突然一冷，身子同时往前移去。杜子非终究是不如习过武的乔之甦，他还没捞到掌柜。掌柜的衣领已被乔之甦提了起来。乔之甦摸了一下他的脉，蹙眉同时，迅速在他的神门、印堂、四神聪、百会等处施下气针。这几处除了神门在手腕上，其余皆在头面部，乃醒神之用。然后他接过孙九妹手中药丸，观察了一会儿后冷冷盯住杜子非："你给他的是红丸。"

杜子非立即变了脸色。孙承忠却一副早有预料的模样，淡淡地望着他："若你告诉我，这红丸是谁给你的，或许我还可以在皇上面前替你说几句话。"

"你，你在胡说什么？"杜子非心虚地撇开脸。

"你该知道，先皇便是因为红丸病薨的。皇上对红丸一向深恶痛绝。"孙承忠顿了一顿，见杜子非脸色愈发白，手脚也抖个不停，知他是个贪生怕死的人，"红丸是禁药。用了禁药……"他故意停住，杜子非果然啪的一声跌坐在地。

他战战兢兢："我，我不知道什么红丸。红丸，红丸不是你家弄的吗？"他说的是乔之甦，却不敢抬头去看乔之甦喷火的眼睛。

"信不信我杀了你！"孙九妹听杜子非推到乔之甦头上，立即怒不可遏地捏住他的脖颈，"快说，是谁给你的药？"

杜子非只觉得窒息，眼中流露的是对死亡的恐惧。孙承忠胸有成竹地微笑："我知道你害怕说出那个人的名字会被杀，不过你不说出来，恐怕也活不了。说出来至少现下不会死，至于以后，谁能料想得到呢？"

"我，我……"杜子非还在犹豫着，却在这时，门外啪的一声，乔之甦警觉地往外看去。

"啊！"

就在他回头的一霎，耳畔传来震耳欲聋的尖叫。他慌忙回头，惊见杜子非胸口已中了一箭。箭是从屋顶射下来的。

"谁？"孙九妹大喝着追了出去，不一会儿又拉着一张脸回来，"让他跑了。"

"与今天下午那个人应该是同一个。"孙承忠道。

"我觉得我见过他。"孙九妹垂下眸。

"在哪儿见过？"

"不记得了。"孙九妹愁眉苦脸，随后又疑惑地指着江畔居掌柜，"爷爷，杜子非为何要给他吃红丸？"

"我想杜子非不但给他吃红丸，还给很多人吃过红丸，或者，他自己就在吃红丸。"孙承忠望了一眼乔之甦，"他们是想控制这些人。"

"魏忠贤不是已经掌控了很多人吗？他还要用红丸做什么？"

"或许，不是魏忠贤。"孙承忠的眸中闪过一道光。

第二日，唐何来到江畔居。原本几人以为唐何知道了杜子非等人之事，哪知唐何是来传圣旨的。原来皇帝听说乔之甦成功解除瘟疫，非要他进京为乳母奉圣夫人客氏治病。乔之甦原本担心孙承忠的安危不肯上路，所幸那时孙承忠的另一名学生及时赶到。孙承忠送乔之甦离开前嘱咐他道："你进京先去信王府拜望信王。"

"信王？"乔之甦怔了怔。相传信王朱由检不问朝事，对魏忠贤怕得要命。

孙承忠点点头："我将你的事飞鸽传书与他，等你见到他，他自然会对你有所安排。"

"老师还要留在这里？"乔之甦拿眼角余风扫了眼不远处正往这边看的唐何，凑近孙承忠耳畔低声道，"唐何已经知道您在这儿，恐怕……"

"我自然也不会留在这儿。"孙承忠眸中闪过一道光，随后又叹了口气，"北方吃紧，我想努尔哈赤很快会有行动。"

"您要去北方？"

孙承忠抬头望着青空出神，半晌才低声道："我听说李可灼现在又回到京城了。"

听到李可灼的名字，乔之甦脸色一变，显然便是想起当年乔家灭门的血案来。

孙承忠拍了拍他的肩："从他嘴里应该能问出当年是谁将红丸交给他。"

"也能顺藤摸瓜地摸出这次红丸的主谋。"乔之甦冷冷道。

孙承忠叹了口气："之甦，大丈夫须齐家治国平天下，凡事还须看开些。"

乔之甦沉重地点了下头。

孙承忠深深地凝望他，眼中有内疚，有感激，还有一种深深的信任和感动，随后他转头问孙九妹道："丫头，你跟着谁？"

孙九妹望了眼乔之甦，转身坚定地对孙承忠道："我要跟乔大哥去京城。"她顿了顿，低下头，语气里多了无奈，"但是这件事以后，我会回来。爷爷，以后我会一直陪着您。"她说道，突然扑到孙承忠怀里痛哭起来。

"丫头，你这是……"孙承忠隐约觉出孙九妹的变化，却又说不上来什么变化。

孙九妹擦干眼泪，走到乔之甦面前："乔大哥，我欠你一个交代。艾子衿这次不是心甘情愿跟着沈斯走的。她是为了救我……"她低下头，"是我害她被沈斯胁迫的，我跟你进京去救她！"

乔之甦大为震撼，急问："这是怎么回事？"

孙九妹这才仔仔细细将事情讲了一遍，见乔之甦听完后陷入沉思，忍不住道："我当时真是没法带她走了，你要怪就怪我。"

乔之甦回过神，勉强朝她露出苦涩的笑："我不怪你，这是她心甘情愿的，为何要怪你。虽然她的方法不是最好的，却也是唯一的选择。"

孙九妹怔住，她这才明白乔之甦与艾子衿之间的相互信任与了解，已深到这样的地步，在自我悲哀的同时，心情又轻松了起来。

"这件事以后再说吧，当务之急，咱们先进京。"乔之甦从痛苦中恢复过来，他转过身，朝孙承忠一揖拜倒，"孙老师，学生走了。望老师保重！"

乔之甦回到京城，便去拜见信王，然而并非是在信王府见的信王。据说信王最喜欢若音紫阁的头牌七音姑娘。

乔之甦来到了若音紫阁。若音紫阁对于他来说并不陌生。艾子衿的母亲曾是若音紫阁的头牌，艾子衿从小便在这里长大。旧地重游，对他来说，有种恍如隔世的感觉。他甚至想起在这里第一次见到艾子衿时那种心驰神荡的感觉，有谁能想到他对她竟是一见钟情？可谁又能知道之后发生那么多事情。世上本就有很多事无法预测。如果他当初知道她与他会这样一次又一次擦肩而过，他还会在那时候勉强她为了一个虚无的承诺而嫁给不爱的自己吗？这个世上有无数如果，却只有一个结果。他和艾子衿的结果是，他再一次让她离开了自己。

身后传来沉稳的脚步声打断乔之甦的凝思。他回过头，见一名紫衣男子拥着一名姿容俏丽的女子缓步从门外走来。只消一眼，乔之甦已知，他要等的人来了。

他是信王！

传说中，信王面白气弱，眉眼无神，形体瘦弱，常年与药为伍；传说中，信王隐居于后宫之中，流连于花丛之外，看九千岁魏忠贤在朝中覆雨翻云却不发一语一言；传说中，信王是个不问世事、不管朝政的逍遥王爷。他应该摇一把折扇，应该提一壶老酒，应该走起路来轻轻浮浮。

然而，眼前的他确实面色苍白，神情却很泰然；虽然摇一把折扇，却没有提一壶老酒。他稳健地走来，每一步都迈得极具威严。

乔之甦甚至强烈感觉到一种气，从他身上散发的王者之气。几乎是在他跨进门的同时，乔之甦跪倒："草民乔之甦见过信王。"

信王朱由检并不惊讶，朝身边的女子点了点头。那女子估计见惯这种情况，微微一福身便退了出去，并将门关上了。

朱由检走到桌边，一边装作不经意地打量乔之甦一边坐下，将扇合起，手握着扇骨有一下没一下地敲打桌面。

"咚、咚、咚……"空气里浮起极有节奏的敲打声，仿佛曲子的节奏，每一次音符停下后都蕴含了无尽的能量。

乔之甦没有抬头，任凭那审视的目光从上到下扫着自己。

"呵呵……"突然响起的笑声，像朦胧风景画里突兀的一笔浓墨。朱由检啪地一甩扇子，慵懒地摇了起来，"这里是宫外，乔大夫不必这么拘礼，起来坐吧。"

乔之甦面无表情地站起，在朱由检对面坐下。只见朱由检天庭饱满，双颧略高，细长的眼显得格外深邃，眸中偶尔闪过的光隐约透出与年龄不相符的深沉与冷酷来。

朱由检微薄的唇微微一牵，笑道："原本以为乔大夫会来信王府找本王，想不到跑到这里来了。"

"之甦打扰信王雅兴。"

朱由检哈哈一笑，瞥了眼桌上的酒壶："那便请乔大夫自罚一杯。"

乔之甦二话不说，给自己倒了一杯酒，一口灌下。

"好酒量！"朱由检眼中露出赞赏的光，也为自己倒了一杯，微笑着饮下，"我在这儿等乔大夫好久了，幸亏你没去信王府找本王。"

其实当初朱由检与他并未约好在哪里见面，这相见之地便是朱由检对乔之甦的第一道题。要知道信王府终究是京城重地，若乔之甦贸然去找他，恐怕还没出信王府大门，消息便已传到魏忠贤的耳中。

"乔大夫是何时来的？"朱由检又为他倒了一杯酒。

"三日前便已到了。"

"哦？"朱由检的语气似有疑惑，眼中却是一派淡然，仿佛这答案早已在他预料之中。

乔之甦知他在试探自己，也不隐瞒："这三日我去祭奠父母，顺便也去了趟孙老师家。"

"孙大人？"朱由检倒酒的手微微一顿，"孙老师可是有什么东西留给你？"

"若我说没有，王爷相信吗？"

朱由检似是想不到乔之甦如此坦白，愣了一下，随即笑道："你说没有，本王便信。"

乔之甦不动声色地观察他。朱由检细长的眸里漆黑如墨，看不出情绪变化。

朱由检瞥了眼乔之甦，淡淡道："当初孙大人要我向皇兄力保你时，说你可帮本王做一件事。于是本王照他的话做了。本王一向不参与朝政，但这次却破例与满朝大臣唱反调，要皇兄赦免你逃避七年牢狱之罪。"

"信王之恩，草民没齿不忘！"

朱由检微微一笑："皇兄也没有那么痛快就答应本王，毕竟魏忠贤还在那儿坚持反对。但本王用了一个理由，也就是这个理由，它保了你一命。"

"信王说我可治奉圣夫人客氏之病。"

"皇兄最关心那个女人。"朱由检言语里似乎有厌恶，"本来那女人是死是活也不关我的事，不过刚巧她是魏忠贤那厮的对食①。就是因为她的原因，皇兄对魏忠贤言听计从。"朱由检深深叹了口气。

"信王是要我挑拨客氏与魏忠贤的关系。"乔之甦道。

朱由检深感于乔之甦的机敏，忍不住多看他两眼，也不知是有意还是无意，乔之甦刚好端着酒杯喝酒，半张脸被酒杯挡了起来。朱由检不动声色地合上扇子，笑道："乔大夫果然聪明。如此说来，你是愿意了？"

"孙老师让我听信王安排，草民自然一切听从信王。不过这件事是否成功，

---

① 对食：本义是搭伙共食，后来逐渐产生两种意思：一指那些得不到帝王宠爱的宫女在深宫里因不得与异性接触，与女子发生的同性爱（古时女同性恋素被称为"磨镜"）；二也指宫女与和太监结成挂名夫妻。

却不是我能决定。"

朱由检为他倒上一杯酒:"你倒是很听孙大人的话。"

"一日为师,终生为父。"乔之甦淡淡道,接过他递过来的酒。

朱由检与他干下一杯酒:"孙大人给本王的信里还提到红丸,这又是怎么一回事?"

乔之甦遂将事情娓娓道来。朱由检沉吟片刻,压低声音道:"孙老师当真怀疑另有一股势力?"

"或许是阉党搞的鬼,也许是另有人想要浑水摸鱼。"

"这件事确实要好好调查,若有人利用红丸控制那些人,事情就不好办了。你当真不知道红丸组成?"见乔之甦生硬地低下头,朱由检忙道,"本王自然相信乔大夫,还有……"他顿了一顿,"乔御医。"

乔之甦听到他提到父亲,脸色果然黯然起来。

"乔大夫放心,只要将阉党扳倒,本王自然还乔家一个公道。"

乔之甦脸上看起来仍是冷静,双拳却已用力握了起来。

朱由检淡瞥了下他的拳眼,道:"这件事便交给本王来办。乔大夫只需进宫好好做本王交代的事即可。"

乔之甦动了动唇,似乎还有话要说,却被朱由检打断了:"乔大夫不信任本王?"

"信王误会……"

话音未落,朱由检拍了拍手。声息全无间,一个青衣人影从屋顶横梁上跃了下来。乔之甦心中暗惊——这人武功之高竟是他生平所未见。只见其人身长七尺,肩宽胸阔,腿脚结实。

虽生得粗壮,这人行动却极敏捷,只在眨眼间,便从乔之甦身边掠了过去,单腿半跪:"叩见王爷。"

"起来吧。"朱由检淡淡道,随后向乔之甦介绍,"这是本王的贴身侍卫严佟。"

"原来是严侍卫!"乔之甦抱了抱拳。严佟号称天下第一剑客,很早便跟在信王身边,这已不是秘密。

信王下令道:"严佟,本王令你速速去找李可灼。找到他立即带来见我!"

严佟毫不犹豫,毕恭毕敬答道:"是。"

乔之甦想到这么明目张胆去找李可灼可能会打草惊蛇，但考虑朱由检一再试探自己，生怕贸然开口反误入陷阱，遂蹙了下眉思量良策。哪知这番细微变化也没能逃过朱由检的眼睛，他微微眯起眸，冷声道："乔大夫对本王的提议还有意见？"

"之甦不敢。"

朱由检冷冷一笑，转头便对严佟道："你和孙九妹一起去查。"

严佟似乎愣了一愣，却也没有异议，问也不问地答道："是。"

乔之甦暗自叹息频频，心知他再一次误会自己有私心，当下决定不再解释。

随后两人在看似风平浪静下又商量了下行事细节，严佟便如刚才只在朱由检下命令时偶尔答一下"是"。约莫待了一个时辰，乔之甦才起身告辞。

"乔大哥。"

他刚走到门口，便听见有人叫他，转过头，见是刚才陪在信王身边的俏丽女子，以为是信王还有事找他。哪知那女子一见到他回头，立刻哭了起来，倒叫他有些手足无措。安慰不是，不安慰也不是，他只得呆立一旁待她哭累了。

哭了差不多一炷香工夫，女子哭声终于渐渐止了。她抬起婆娑的泪眼问道："乔大哥，你不认识我了吗？"

乔之甦刚才看到她与信王的态度，便已知她是闻名京城的若音紫阁花魁七音。此时见她这么说，倒好像是与自己早就相识，他忍不住多看了她两眼，见她果然有些眼熟，喃喃道："你是……"

"我是七丫头啊，老跟在子衿姐姐后面的七丫头！"七音满含期待地望着她。

"七丫头！"乔之甦恍然大悟，眼中露出惊喜，"长这么大了，那时候我还记得你只有这么高呢！"乔之甦比画了一下自己的胸口。

"已经七年了呀！"七音忍不住又泪流满面，"你和子衿姐姐都走了七年呀！"

听她说到艾子衿，乔之甦忍不住神伤。七音以为他还在怪艾子衿，急着为她解释："乔大哥，你不要怪子衿姐姐，她不是故意的！都是那个沈斯骗了她！沈斯开始对子衿姐姐说只要她把你的医案交给他，他就有办法帮你脱罪。他还对子衿姐姐说，只要说明乔御医虽然见过李可灼，但只是治疗腿疾，就可证明乔御医和李可灼并无瓜葛。哪里知道他拿了子衿姐姐的医案根本是为了另造一本，他让子衿姐姐说乔御医见过李可灼，却不让她说其他话。所有人都指责子衿姐姐，可她也是受害者呀！她把自己关在屋子里七天，七天都不肯出来……"

七音几乎是哭着说的，说了七年前的那件往事，也说了七年前艾子衿如何收到旁人的指责和唾骂。然而乔之甦出乎意外地沉默着。

见他不说话，七音又道："乔大哥，原谅子衿姐姐吧！她比任何人都要难过！"

"我知道。"乔之甦淡淡道，"这些事对我已经不重要了。"

七音怔住。

"我与她已经见过面了。"乔之甦转过头，望着乌云渐拢起的天。

"子衿姐姐……"七音激动地抓住乔之甦的手臂，"子衿姐姐在哪里？"

"她回到这里了。"乔之甦淡淡道，"她和沈斯在一起。"

闻言，七音惊愕地垂下手，踉跄地后退两步，突然激烈地摇头："不，不可能，我不相信！子衿姐姐对沈斯早就失望透了，当初就是为了避开他，才离开京城的，怎么可能回到他身边！"

"我想，她不是心甘情愿的！"乔之甦闷声道。

若音紫阁的二楼窗口上，有一双冷厉的眸子遥遥望着两人。

"王爷。"严佟低声道，"要不要叫七音姑娘。"

信王咬了咬唇，轻轻摆手："回府吧。"

第二日乔之甦便奉旨入了宫。皇宫朱墙高耸，琉璃金瓦，飞檐奇兽，气势极为壮观而肃穆。乔之甦由一名小太监带领着，一路观察地形与迎面而来的行人，来到客氏宫门前。

客氏乃皇上乳母，被封为奉圣夫人，宫中各人尊称她为客夫人。这客夫人备受天子恩宠，与那一手遮天的九千岁魏忠贤又是对食，在宫中气焰十分高涨，据说连张皇后都不放进眼中。

风有些萧索，穿过长长的巷子，打得他的灰发轻轻扬起。带他来的小太监先进去禀报了，他独自站在狭窄的红墙金瓦中。他抬起头，见原本开阔的天在墙瓦间变成一条灰色的窄缝，只觉心头莫名压抑。直到小太监的脚步重新响起，他才舒开皱起的眉心。

"皇上在，给我放聪明点！"小太监尖着嗓子叫道。

走廊、过堂，闻得见满院玉兰的清香，只是乔之甦却无心欣赏。他已走到屋前，屋子里熹宗在说话，声音不重，却很清醇。

"想着这些作甚，病养好了才紧要。再说皇后也不是有意，回头朕跟她说一声。"

"皇上，您这么说不是害奴家吗？奴家不过是个奶妈子，哪敢说皇后的不是！奴家知道我人微言轻，如今也老了，皇上您，您自然是忘了当年……"客氏的声音听起来甚是娇弱，隐隐还带着赌气般的哭腔。

"你想到哪里去了。朕怎会忘了你呢。皇后向来贤德，朕不信她是故意说这些的，大概是想起孩子了。唉，皇后也是可怜，皇子出生才不过一个月……"熹宗一阵唏嘘，沉了沉嗓子又道，"朕为你请了个神医，这会子一定要好好治病。朕新建的亭阁还在御花园里等着夫人去看呢。"

"神医，什么神医？"

"就是那个解除江南瘟疫的乔之甦。"

"乔之甦？是不是七年前被罢免的御医乔衍的儿子。皇上，他可是钦犯！"

"事情都过去那么久了，不用再追究了？再说他救了一城的百姓，怎么算都能抵过。"

"哼，可奴家怎么记得乔之甦当初应该要发配边疆的？竟然堂而皇之到这儿来？皇上，您要追究这包庇之罪。"

"孙老师早跟朕说了。朕看这乔之甦也是人才。再说了要追究起来，谁来给夫人你治病？"

"孙承忠年纪也不小了吧，奴家看他不但眼睛花了，脑子也不清楚了。皇上，您可得多留个心眼哪。"

"夫人，朕跟你说过多少次了。孙老师是朕的老师，你是朕的乳母，都是朕敬重的人，你不要动不动就直呼他老人家的名字，还如此不敬！"熹宗不满道。大概是客氏闹起别扭来，皇帝很快又改口哄道，"好了好了，朕语气重了。不过夫人呀，让乔之甦给你看病可是皇弟提醒朕的。他说这乔之甦的医术七年前在京城里就很有名了。"

"哟，信王也关心起我这个老太婆了，呵呵……"客氏干笑两声，虚弱的笑

184

声却有着针尖般的刻薄，"难道这个姓乔的竟比王御医还好吗？"

"那个王谦和治了你那么多年，也不见起色。"熹宗不悦道，"你总怀疑这又怀疑那，唉……其实皇弟也很关心你的。"

"奴家倒不知道信王对奴家这个老太婆还这么上心。"

熹宗不再与之争辩，迁怒地骂那小太监道："小李子速度真是越来越慢了，怎还不把乔之甦带来？"

"在，在外面候着了。"小太监毕恭毕敬道。

"杵着作甚，还不快把人给朕请进来。"

乔之甦这才低头走了进去，眼角余风悄悄往上瞟去——

客氏躺在床上，纱帐不知何时放了下来，映出她倚在床头的窈窕侧影格外千娇百媚。熹宗坐在离床头不远的檀木半躺椅上，约莫二十多岁，下巴尖细，脸色看起来很苍白，眉眼则很是温和的。

看到熹宗的眼，乔之甦便想起信王朱由检的眼。朱由检的眼也是这般斜飞入鬓，然而神光从来是内敛的，仿佛一潭深不见底的幽潭；熹宗的眸子却是清澈的，有着一览无余的光泽。

乔之甦敛下心神，掸了掸衣服，拜道："万岁。"

"起来吧。"熹宗的声音也如他脸上的神色般温和，"你的事朕听说了。朕已诏告天下恕你无罪。你便放心在宫里住下，替奉圣夫人看病。"

"是！"乔之甦又拜倒。

熹宗摆摆手，着急道："快来看看奉圣夫人的病，那些御医院的老头子一个法子都没有，真急死朕了。"

"等一下。"客氏娇弱中略带咄咄气势的声音自纱帐中冷冷传来。

"夫人，你……"

"皇上，奴家曾听人说，唐代神医孙思邈为长孙皇后诊病时只用了一根丝线。既然乔大夫是神医，想必也会悬丝诊脉。奴家正想试试，皇上不想见识一下吗？"

"悬丝诊脉？这倒有意思。"熹宗笑了起来，笑容如孩童般简单，"乔大夫，如何？"

乔之甦低着头谦恭道："草民不才，可以一试。"

"奴家可事先说清楚了，若不对，你这神医的名声就是假的。"客氏声音似是甜腻，却隐隐透出毒辣来。

"之甦不敢顶神医之名。"

"你敢不敢，我就不知道了。只不过你若妄想蒙混过关，那些包庇过你和力荐你进来的人也就与你一样是欺骗。在天子面前耍这种欺骗的把戏，你也知道意味着什么吧。"客氏鼻中哼出一口气。

"夫人，你这么说就严重了，朕……"

"若言之不实，之甦愿受皇上责罚。"乔之甦沉声道。

"欺君之罪可是株连九族。"客氏道。

"草民明白。"

"皇上，您可听到了，这是乔之甦自己说的。"

"夫人……"

熹宗无奈的声音被客氏的冷笑打断："你可小心了，一句话说错就是死罪。"说罢，她着人取来一根丝线。

红丝线，一端系在客氏手腕侧，一端拉在乔之甦指间。手指微弯，乔之甦凝眉轻轻弹拨，牵着的那一根丝线不停跳了起来。

屋子里是若有似无的迦南香，屋子外是浓郁的玉兰香。日光徐柔，乔之甦满头的灰发在柔光中轻轻扬起，映得他的眼眸愈发深沉漆黑。静，连呼吸都小心翼翼。熹宗的视线从微微飞起的纱帐转到乔之甦的脸上。乔之甦的脸始终很平静，仿佛他身边站着的不是这天下最尊贵的人。纱帐轻扬一角，隐隐看得见纱帐中女子苍白的唇角邪魅勾起。

乔之甦的眼突然亮了起来。他抬头迎向熹宗的方向，用肯定的语气问道："夫人可是腹痛？"

熹宗点头，眸中一亮。

"妇人腹痛不是常事？况我腹痛在宫中不是秘密，你一问便知，这不算什么。"客氏冷冷道。

乔之甦微微一笑，不理她所言接着说道："夫人腹痛时喜热饮，喜揉，寒则加重。月事来时腹痛更甚，血下之不畅，兼暗黑偶见血块……不过这些都是夫人自己知晓。"

186

熹宗脸色微尴尬，视线灼灼直向纱帐里的客氏扫去，后者却只鼻中哼气。熹宗紧张的脸色微微放松，转头对乔之甦笑道："乔大夫请继续。"

乔之甦眉角轻扬起，眸内深敛自信的光芒："夫人腹痛时，常自觉腹中有气上冲，胸闷气滞，心悸烦躁，更有头晕目眩，偶吐痰涎。"

熹宗惊喜得站了起来："乔大夫所言一字不错。今日朕总算见了神医风采了。"他激动道，转头之间声音已变得温柔小心："夫人，你说是吧？"

纱帐中不见言语，客氏的呼吸虽急促却有些不甘。

"只是……"乔之甦放下指尖红丝线。

"乔大夫有何难处尽管开口。"熹宗朗声笑道。

"虽之甦以悬丝诊脉断出夫人症结所在，但医者向讲究望、闻、问、切，如今只有切诊，草民只怕便是开出药方来，也会有差错。"

"呵呵，这是自然，这是自然。"熹宗松下一口气，转头对客氏人柔声道，"夫人，快把帐子掀了吧。你这病若是好了，朕一半的心事便放下了。"

纱帐内的人突然静了，仿佛连呼吸都已停止。半晌，方见一只丰腴白嫩的手掀起纱帐。

柳叶眉，桃花眼，右眼角下一点泪痣，极尽妖媚的女人——奉圣夫人客氏，大明天下最受恩宠的乳母！

乔之甦躬身行礼："奉圣夫人千岁。"

客氏听到乔之甦那一声呼，似乎有些得意，于是拿风流婉转的眼波瞟着熹宗。熹宗满意地笑了。客氏对着熹宗脸上的那一抹笑，轻轻一挑嘴角，然后用那双桃花媚眼对着乔之甦，眼波里却射出一道怀疑的冷光。乔之甦对她眼中那道光视若无睹，在熹宗说了句"不必多礼"后才缓缓抬眸。他那双漆黑的眸对上她的桃花眉眼，眼中没有半丝波澜。客氏微微心惊，脸上却勾出虚弱的笑颜。

"乔大夫果然是神医，奴家这病可就靠你了。"她的声音在虚弱之中带着说不出的酥软。

"这样朕便放心了。"熹宗大笑，"夫人，朕先去看看那座未完工的曲桥，晚些再来看你。乔大夫，可不要让朕失望啊！"

"遵旨。"乔之甦目送熹宗离开，转过身，不由得一惊。

客氏虚弱地斜倚在床榻，半眯着一双桃花媚眼，幽幽看着他。

他怎能不知，这个女人发出的信号：她那似合非合的饱满樱唇，她那迷离诱惑的发亮双眸，还有极尽挑逗的姿势，以及半畅衣领故意露出的性感锁骨和高耸胸脯……

这是一个风韵犹存的女人，这是一间有淡淡迦南香的屋子。

女人独有的沙哑慵懒的声音婉转响起："乔大夫，你说我这是什么病啊？"

"你要尽力接近客氏，不惜一切，得她信任。"耳畔想起朱由检临行前对他的嘱托，眼前似乎出现他那双深沉的眸，以及闪过的叫乔之甦都觉得心惊的冷厉眸光。

他可以得到她的信任，如果他迈出那一步，可是……

脚下有千斤，手上也有千斤，全身的血液都仿佛冻结，他还是僵在原地。背后是汗，如浸了水，风打过，沁凉一片。沁凉的感觉透过肌肤，他的脑中突然一片澄明。唇角勾出一抹笑，然后他坦然地踏出了一步，又一步……

客氏嘴角亦翘了起来——猎物，从来不曾在她手心逃走！

乔之甦坐下，抓起她的手。

客氏眸中春光荡漾，唇间几乎要逸出呻吟。

然而，乔之甦抓起她的手，将右手三指搭在了她的腕侧。

蹙眉，抿唇，乔之甦在沉思。

"乔之甦，你……"客氏猛然变色。

乔之甦却仿佛毫无所觉，抬起头，用一对幽深晶亮的眸子很认真地看客氏："夫人之病乃是奔豚气①。"

"什么?！"火还来不及发出来，直接转为瞠目结舌，这是客氏出生以来最惊讶的一次，惊讶到甚至反应不过来。

乔之甦一本正经说道："夫人不是问草民何病吗？草民仔细再查了一下，乃奔豚气。"

他漆黑的眼眸看不出任何的假装，客氏气结，突然发现不知该怎么发火，晃神之际，只听乔之甦又问："夫人何时觉出异样的？"

---

① 奔豚气：一种中医病名，典型症状为自觉有气自小腹上冲咽喉。

客氏烦躁地白了一下眼前似柳下惠的男人："六年前。"

"可是有受过寒或淋过雨？"乔之甦仿佛下定决心不去理会她任何的语气变化，依旧平淡地问道。

客氏一惊，眼中紧跟着一亮，定睛打量起乔之甦来。这是她第一次正正经经打量他：他虽然有一头怪异的灰发，但深邃的眼、修长的鼻以及薄厚适中的唇却很是英俊，也很正派。她看过很多个看似正派的男人，却从来没有一个像他，给她这种坦荡的感觉。

乔之甦在她的注视下泰然自若地去摸她另一只手上的脉。

"你怎知道我淋过雨？"客氏好奇地问道。

乔之甦但笑不语。

"你真能治好我的病？"

乔之甦抬头看客氏，眸子里晶亮："奉圣夫人真心要治好这病？"

"废话！"客氏大怒，"你试试看每个月头晕呕吐腹痛胸闷心悸的日子，我宁愿死了！"

"那便请夫人莫再纵欲！"乔之甦漆黑的瞳孔一缩，一字一句道。

无声，仿佛连时间都静止了。突然，客氏呼吸大作，胸膛起伏，脸色由白转红，眸子里猛地变成赤色："你在笑我！你笑我是个荡妇！"一声大吼伴着清脆的掌声，乔之甦脸上顿时出现五指掌印。客氏左手捂胸口，右手指乔之甦，眼睛瞪得如虎豹一般，"不要拿一副平静的表情看我！你以为我不知道你心里想什么，你做出这副样子，不就是笑我刚才是一个荡妇吗？我告诉你，我客印月就是个荡妇，是个看见男人眼睛就发亮的女人！"声音突然中断，她噎了半口气，泪无预兆夺眶，"你以为我生来就是这么个样子？我想吗？我是个女人啊……丈夫没用，把老婆当东西一样卖，我愿意吗？……我也想像个正常人一样啊……你知道我浪费了多少青春，我失去多少东西，你知道吗……"断断续续的声音，不能连贯的句子，客氏张牙舞爪的盔甲在乔之甦面前彻底崩塌。

乔之甦叹了口气，递上一块白色巾帕。

"走开！"她厉声大叫，用力一甩。巾帕自她手指间擦过，如一只苍白的蝴蝶无力地飘落，日光从窗头打进，在那块纯白的巾帕上照出孤独的圆晕。客氏哭声愈大，唇齿间不依不饶地吐出断续模糊的咒骂，"乔，乔之甦……

你、你等着……我一定，一定叫皇上、皇上治你……你……大不敬之罪。"

乔之甦却平静道："待夫人病愈，乔之甦自会向皇上请罪。"

"你说什么？"客氏一震，泪顿时止了。

乔之甦抬头望她，深沉的眸子里隐隐带了点怜惜："夫人如今胸口还有滞涩之感吗？"

客氏不自觉摸了摸胸口。

"夫人寒水上逆，又有肝郁不解，阻于胸口，故总是胸闷不舒而欲呕。"

"你是在帮我治病？"客氏讶然。

乔之甦微微一笑，抓起客氏手掌，找到其掌中纹处，以气针直刺半寸。

客氏对他的行为很是惊奇，待一股真气透掌而来时才反应过来。那股真气从掌心穿入，沿着臂中血脉点点上延，让她觉得通体舒泰起来，胸口那股郁气徐徐解开，她竟连欲呕的感觉都没有了。

这种感觉让她又惊又喜，激动地望着乔之甦说不出话来。

乔之甦放下她的手："刚才我为夫人刺的是劳宫穴。劳宫穴属心包经，心包之气在此可带动脾土的水湿而化为气。以针灸施于包此穴不但可治中风、癫痫等病，更可止吐……"

"这也是治病？"不敢相信地望着自己被乔之甦握过的手，她慢慢收紧手指，似乎想将他手指的温暖也收进心里去。

乔之甦微微一笑："但我用这两种方法只能暂解夫人的郁结，若要去根，还需些时日。"

"你怎知我心中忧闷？"

"我并不知夫人您是否烦闷，只是对症下药罢了。"

"这也算药？"

"只要能治病，便是药。"乔之甦自信笑道，"夫人脸色苍白，为寒象。只要再细查夫人的面色便可见隐隐青色，此乃肝木之色。夫人脉细涩沉弱，为郁结之症，故草民诊断为肝气郁结。而夫人眉心色暗。眉心印堂穴乃肾经之穴，夫人喜热怕冷，月事不畅，应是肾阳虚寒，恐怕是六年前淋雨所致。至于奔豚之气，那应是肝气郁，寒水上逆，壅扰心神清窍而致的心悸胸闷、头晕欲呕。寒水于下，阻滞腑气，故腹痛时犯，痛则濒死。"

"这么多年来，你是第一个说中我症结的人。"客氏叹了口气，幽幽道，"七年前，那时还是皇太孙的皇上得了重病，却没有人给他医治。我跑了整整一天，才将一个御医从宫外头死命拽进来，从此便落下病根……他们只知皇上宠我，怎晓得这前因后果。就因为那一跑，我整整半辈子都折磨进这场病中。"说着说着，她的眼角又渗出泪来。

　　"夫人不必理会旁人所言。"乔之甦淡淡道。

　　"你也那么看我吗？"客氏泪眼汪汪看她，眸子里竟闪出期盼的光来。

　　乔之甦微微一怔，一字一顿道："以前也许会，但以后不会。"

　　客氏笑了，很快乐很单纯地笑，如少女般。突然她像想起什么似的，紧张地抓住乔之甦的衣袖："我每天都吃药，现在看到药就想吐，怎么办？"

　　"夫人这病本就不必用药。"

　　"那用什么？"

　　乔之甦神秘地笑了笑，却不说话。正在此时，门外小太监尖声细叫："奉圣夫人，您的药来了。"

　　"又是药。"客氏嘟嘴不满地啐了一声。

　　乔之甦微微一笑，站起身。门口珠帘被人掀起，女子的声音清淡如潺潺流水："夫人，请喝药。"

　　身子猛地一僵，乔之甦如被钉子钉住，一动不动。

第十三章　紫宫步步惊

艾子衿没想到会看见他，在这个地方看见他！

她的手微微有些颤，药碗轻抖，药汁起了涟漪，在狭小的瓷碗里荡开圈圈波纹，溅了出来。一滴，两滴……直到她素蓝的裙摆染上如梅花的墨色药汁，她才猛然清醒。

躺在床上的客氏已蹙起了眉，不悦的声音低低盘旋进她的耳膜："杵在那里作甚！"

艾子衿微敛心神，低头猛吸了口气，小心踏出一步。一步，两步，三步……她看见地上他的瘦长影子，她的裙摆正擦过他的影子。不敢抬头，她的步子亦小了许多。咚，咚咚……心跳声声如鼓震痛了她的耳膜，是他的心跳啊！窒息，仿佛突然有巨石压在了心头。她用力地张开口，却只是很小心地吸气。胸口痛得揪紧了似的，仿佛有一根线正一点一点吊起，悬着那颗几欲脱膛而出的心，空空落落。他的背就在她身前不足一尺的距离。风扬起他的灰发，拂过她的耳侧。一种酥麻的感觉顿时漾开。血液突然倒流，脚底陡然落空，她像踩进了棉花里。好不容易稳住身子，她又一次迈出右脚，这一步恰擦过他的肩。她努力假装平静地擦过他的肩，却感觉他的身子僵得像岩石。那一刻她很想停下来，不顾一切地停下来看一看他的脸是不是如往昔般镇定和沉着。可是左脚已跟了上来，她沾了星星点点药汁的裙摆离开了他铺在地上的影子。

她将药碗恭恭敬敬递给客氏，退至一旁，仍是低着头。客氏看也不看她，将药放至一旁，斜睨乔之甦："不用药，你真有法子？"

乔之甦点头，以一种犹豫的眼神瞅着客氏。

"但说无妨。"

乔之甦没有回答她，却转身用一种生疏的语气问艾子衿："姑娘，请问可学过医术？"

艾子衿见乔之甦装作不认识自己，吓了一跳，慌忙往客氏看了一眼，见她脸上虽露出疑惑，却不像知道自己与乔之甦的关系，当下稍微放宽心，低头不敢再看乔之甦："会一点。"

乔之甦笑了笑，似乎对她的回答很满意，转身对客氏道："此法恐还需这位姑娘帮忙。"

客氏狐疑地来回看他俩一眼，冷声道："非得要她帮忙？"

乔之甦点头："此法虽不用药，于草民还是有些不便，故须请这位姑娘帮忙。"

"恐怕不行。"客氏将身子往后靠了靠，半眯起眼。

闻言一怔，艾子衿抬起头，恰看到乔之甦刚毅的唇角稍稍一紧。有意无意地，客氏在艾子衿抬起头的刹那瞟了她一眼。艾子衿双手猛地攥紧袖口，故作镇定地直视前方。

感觉到乔之甦投来了疑问的目光，客氏用巾帕捂着唇角轻轻咳了一声，解释道："这丫头乃是督御史沈大人的朋友，我身体不好，才让她过来陪我说会儿话，正打算让她明日便回去！宫里面还有些宫女，也可以帮着你。"客氏似能洞穿一切的视线一瞬不瞬地盯住乔之甦，"还是你非要这丫头？"

乔之甦瞳孔悄然收缩，脸上却故作淡然："夫人多虑了。其实换个人来帮忙也无妨，只是请夫人找一个熟识药理的。"

"熟识药理？"客氏眉心一皱。

乔之甦一本正经道："为夫人治病，自然要小心。若是不知药理而有差池，便是杀了乔之甦一百次也弥补不了。"

客氏虽有疑虑，却也找不出破绽，沉吟道："你说得倒也对，不过……"她揉了揉眉心，"这宫中通晓医理的，除了皇后宫中的兰晓，我还真想不出来。"

"那便请兰晓姑娘屈驾来帮草民。"乔之甦知客氏与皇后素有嫌隙，故意说道，语气听起来倒很认真。

客氏眸子里果然射出一道冷光，哼道："让皇后的人来帮我，她恨不得我死了才好。"乔之甦听得这句话，装作被吓到，慌忙低下头。客氏狠狠骂完，才向乔之甦柔声道，"乔大夫受惊了，我不是在说你。"

"草民不敢。"

"不过有些不该听的，还是不要听的好。"说完，她威胁似的冷冷往艾子衿一眼扫了过去，见她温顺地敛目低头，这才满意地转过头看乔之甦。

乔之甦半张脸被阴影笼着，另半张沐着门外洒进的日光，尤显得恭敬。见客氏将视线转了过来，他行了一礼，不紧不慢道："草民一句也未听见。"

客氏微微一笑，似对他很放心。乔之甦抬头望了她一眼，问道："只是夫人，这助手人选……"客氏听他又提起这件事，不由得蹙起了眉。

"夫人，子衿愿担此职。"艾子衿自告奋勇，目光与乔之甦迅速相对后快速移到客氏那里。

"你……"客氏眉心轻拢。

"民女几日来叨扰夫人，理应为夫人效劳。"

"那甚是妙。"乔之甦故作开怀地扯起嘴角，随后又犹豫了起来，"不过，姑娘乃沈大人之友，若是累到，恐怕……"

"沈大人常因夫人之病寝食不安。若知夫人之病可解，定会大喜。民女此举不单是解夫人之愁，亦是解沈大人之忧，一举而两得，累点又有何妨？"

此话合情合理，兼之其语气诚恳，任凭客氏怎样瞧也瞧不出破绽。正在她犹豫之时，熹宗笑着已掀开珠帘迈步进来："夫人，感觉可好？"

众人见是熹宗转而又回，纷纷惊慌拜倒，连客氏也挣扎着要爬下床来。熹宗慌忙上前托住她赢弱的身子，柔声道："夫人病重，朕早说过免去你这些俗礼。"

"皇上想着我这个老婆子，奴家已是感激万分了。"说着说着，客氏眼角真的渗出了泪。

"乔大夫，你的方子开得如何？"熹宗笑脸盈盈看着乔之甦。

乔之甦将头一低，恭敬道："正想请这位姑娘帮忙。"

熹宗眼睛一瞟，往艾子衿看去："她是谁？"

"皇上……"客氏神色紧张，正欲开口，不料艾子衿快她一步跪倒，"民女艾子衿，沈大人要民女服侍客夫人。民女必尽心尽力，万死不辞。"

熹宗满意笑道："不要你万死，把夫人的身体养好了，你一次也不用死。"

艾子衿仍俯身贴地，胸口却大大舒出一口气来。

乔之甦对艾子衿说："《素问·举痛论》中认为'冲脉起于关元'。关元穴刚好是三阴经①及冲脉②的交会，客夫人觉得有寒水往上走，根源就在此处。这是因为她阳气虚弱，不能温煦寒水，以致水汽向上走。水汽到了胸口所以她才觉得胸闷呕恶。如果用艾灸的阳热来温煦关元穴的阳气，就会使寒水汽化而不再往上冲，这是治病的根本。"

他又说："气冲穴则是治疗奔豚的要穴，也算是验方吧。膻中穴则是心包的募穴，可以汇集心包经的气血，用针刺膻中穴则可以理气平逆，定志宁心。"

然后他还说到三阴交："三阴交穴为腿上三条阴经的交会处，属于脾经的穴，可以调节脾经的气血，增强脾之力量。脾脏有运化水谷、升清降浊、调顺气机的作用。通过刺激三阴交可使其运化水湿的力量增强，而达到行寒水、降逆气的作用。"

最后他总结办法："我将以泻法在膻中、水道、三阴交施针，你就用隔姜灸灸关元穴，再用艾卷雀啄法灸气冲穴。"

说罢，他看了一眼艾子衿，见她全神贯注的模样像要将他的话一字一字刻进脑子里，不由得莞尔。

两人商量了一下便开始分工。乔之甦从针袋中取出一根三寸长针。银光一闪，只在艾子衿眨眼之间，针已没入皮肤之中，正是在膻中穴上。然后他以拇指轻拨针柄，往后徐徐捻着。在膻中之外，乔之甦另外加了紫宫穴。紫宫穴胸前正中线上，在膻中穴之上。因客氏常常胸中有郁气而心烦欲呕，故而他又加了此穴。

艾子衿虽知他针法了得，可看他施针如此利落，补泻之中，又如此果决，

---

① 三阴经：属于十二正经，分为手三阴经和足三阴经，分别为手太阴肺经、手少阴心经、手厥阴心包经和足太阴脾经、足少阴肾经、足厥阴肝经。

② 冲脉：属于奇经八脉中一条。

忍不住惊叹起来。随后她也开始将艾绒点燃，在客氏脐下找到关元穴，加上艾灸。

客氏只觉扎针穴位之处初时酸麻胀痛，不一会儿，仿若有一股真气在体内碰撞漫开，胸口那团郁气竟不知不觉如傍晚的潮汐退散开来，又加之艾香暖人，如日光照射全身，原先总是冰凉的手脚竟也温暖起来。她这才露出满意的微笑，在浓郁的艾香里享受似的闭上了眸。

约莫一刻钟后，乔之甦施针完毕，轻轻舒出一口气，同时间，艾子衿将关元穴上的艾也换下了一炷。徐徐艾烟迷蒙了整间屋子，在那烟雾缭绕中，艾子衿见乔之甦额头渗出汗来。不知不觉地抬起手，她竟扯着自己的衣袖，细细为他拭汗。乔之甦身子猛然一震，眸中露出惊喜来，转瞬又有些慌张。瞧见他眼中的惊慌，艾子衿才发觉自己大胆的行为，心跟着一沉，反射般转头往客氏看去。幸亏客氏在这一片艾烟环绕里已沉睡过去。

"呼——"不约而同地吐出一口气，二人同时往对方看去，又约好般笑了出来。"嘘！"乔之甦慌忙捂住艾子衿的口，眼睛小心地往客氏瞄去。

他温热的掌心触上她丰润的唇，仿佛一股热流窜过，叫她心头一颤，全身血流顿时一起往脸上涌来。猝然后退，引得对面男子茫然地回头。当她看见他亦微红的脸时，立即慌乱地低头平复如小鹿乱撞的心跳。半晌她方压抑住紊乱急促的呼吸，转身走到门外。

新月半弯，星光疏淡，整一个宫廷格外幽静。掌灯的宫女太监早已睡去，但见屋檐摇曳出浅淡柔光的宫灯，十步一个、二十步又一个，孤单地悬着。艾子衿站在柔风清淡的院子里兀自发呆。关门声从身后传来，她知道乔之甦收拾好针灸器皿也跟着出来了，可是她并没有回头。

"子衿。"

他的声音低沉而温柔，她的心因为听到这样温柔的声音猛然一颤。然后她硬起心肠，用力地收紧拳，在他快靠近自己时突然转身："你为何要到这里来？"

乔之甦怔住。

"你不应该出现在这里，这里太危险！如果客夫人知道你的身份，就算你能治好她的病，也……"

"我的身份就是大夫。"乔之甦打断她。

艾子衿愣了一愣，直直看住她："你入宫是想要……"

"子衿，我的事你最好不要插手！"乔之甦正视她道。

"可是我已经插手了，"艾子衿道，"是你，叫我留下来的！"

乔之甦怔了怔，低下头，声音里有一丝悲伤："是，是我！当时我只想到不能让你回到那个人身边，我自私了，你明天就……"

"不！"艾子衿激动地打断他，"留下来也是我心甘情愿。如果可以……"她低下头，声音里隐忍着一种深刻的情感，"我不想回到他身边，我希望我还是乔之甦的妻子。"

她越说越轻，到最后只剩下低喃，乔之甦却几乎要跳起，一把抓住她的肩："子衿，你说什么！"

艾子衿抬起头，眼睛里噙着一滴晶莹的泪："我希望我还能当乔之甦的妻子。"

乔之甦怔了怔，突然用力抱住她："乔之甦只有一个妻子，从来都只有一个！"

艾子衿泪流满面，紧紧环住他的腰，将头埋进他宽阔的胸膛："那么带我走，我知道你可以的，现在就带我走！咱们去一个谁都找不到的地方，不管什么孙老师，不管什么阉党、东林党，把这些都忘了。"

闻言，前一刻还拥着她纤细双肩的手垂了下来。肩上陡然有凉风袭来，艾子衿颤了颤，只觉得心也凉了起来。

"你故意说这些是想让我离开这里？"

"我不想你被他们……"

"你有没有想过如果我走了，孙老师怎么办？九妹怎么办？那么多牺牲的兄弟怎么办？"

"我……"艾子衿望着他质问的眸，只觉话哽在喉间。

"我答应过孙老师一定要帮他扳倒阉党。我不能对不起他，我这条命是他救的！"乔之甦顿了顿，"事情已经走到这一步，我若离开，就是对不起更多的人，这一辈子都不会原谅自己。"

艾子衿望进他的眸，眼睛里多了一层理解："从今天起，我不会要你带我走。以后我会跟着你，你去哪里，我便去哪里。"玉兰香馥郁，他的长发温柔

197

地随风飞起，缠住了她的发，她伸出手，第一次主动拉起他的手贴住自己的脸，掌心的温暖柔柔地自肌肤慢慢渗透，漾至四肢百骸，"所以不管你做什么都要告诉我！要知道你现在不是一个人，是两个人。告诉我，为何你会在这里，也许我可以帮你！"

"好！"乔之甦思索片刻，答应道，遂将艾子衿离开后发生的事一一道来。

听到信王要乔之甦不惜一切代价接近客氏，艾子衿忍不住蹙起眉。乔之甦觉出她的异样，问道："怎么了？"

"你会不会……"艾子衿的脸突然变得通红，声音也越来越小，"当她的幕下之宾？"

"你想到哪里去了？"乔之甦又气又好笑地弹了一下她的额头。

"客氏出了名的风流，也是出了名的刻薄，她对你却……"

"不错，她刚才确实对我有那份心思，但被我拒绝了。"乔之甦拉住她的手，"这下你放心了？"

艾子衿仍是忧心忡忡。

"你不会吃这种无聊的醋吧？你要相信我，我不会……"

"不是我不相信你，而是我不相信她。"艾子衿望了望屋内，"她想要的男人，从来没有不得手的，连沈斯都是她的……"艾子衿羞得说不下去。

"沈斯？"乔之甦微微眯起眸。

"沈斯为了博取魏忠贤的信任，不惜出卖自己的岳父，后来又搭上客氏。我真没想到他竟然会变成这样。"说到沈斯，艾子衿忍不住叹气，"你知道我为何会在这里？就是因为那日在他的府上，客氏看到我。她不想让沈府里面还住着女人，所以就让我进了宫。"

"为了讨好客氏，他竟然出卖你。"

"这个世上还有他不能出卖的吗？"艾子衿黯然道，随即强装出一抹笑，"好了，不说他了。我刚才听说你给客夫人悬丝诊脉。你还会悬丝诊脉？这世上竟然真有这东西！"

乔之甦揉了揉她的发，笑道："诊脉者，以寸口脉感全身气血运行，以丝诊脉，你觉得能感知多少？"

"但他们传得神乎其技，说你只一根丝便断了奉圣夫人近十年的顽疾。"艾子衿揶揄道："莫非你真有秘技却不肯传授与我？"

乔之甦笑道："你不知道诊病还有望、闻、问三法吗？我在来之前已探听其腹痛怕冷之病史，进屋之后她虽然以纱帐遮面，但刚好让我看到她唇色苍白，加上其语声低弱，虽少了切脉，我还是可判断出她是虚寒之体，也算是大胆赌了一回。"

"你也会赌？"艾子衿笑道。

"人生有时必须赌一回。"乔之甦却未笑，月光染上他的眉梢，尤显得冷静而坚定。突然，他眉头皱起，双脚猛一点地便向院外扑了过去。

院子突然空了，艾子衿心中陡然升起莫名的惊慌。她茫然地望着乔之甦离开的方向，竟不曾发现院内无端多出一名黑衣人！

黑衣人已站在艾子衿身后，风扬起他的蒙面巾帕，露出一张像是面具的嘴。他的手已伸到艾子衿的背后，只差一指的距离，他便可以抓到她。

艾子衿仿若有所感应，转过身来，恰恰便看到他那张僵硬的嘴。心中一惊，她想要往后退，却身前那双手仿佛有种魔力，她觉得自己的身体被一股力量吸引着，竟不自觉像那黑衣人倒去。如此感觉叫艾子衿心中大骇，忍不住便要叫了出来。

千钧一发，腰间一紧，一双手揽过她纤细的腰，手中熟悉的温暖叫她慌乱的心安定下来。然后她觉得身子仿佛被风刮得飞了起来，半黑的院子竟在眼前旋转了：屋檐、灯笼，还有那半空纯白的玉兰花……

她终于被乔之甦轻柔地放下了，转身，她惊惧地瞪大眸，捂住了唇——

黑衣人正握着一把长剑，剑尖直指乔之甦的心口！

说时迟那时快，艾子衿只觉眼前一晃，那灰色长发突然如波浪般散开，当她再看时，乔之甦的手已握住了黑衣人的右手腕……

咚的一声，艾子衿根本看不清那手法变化，只见灰衣人手中的剑在空中划出一道弧线后坠到了地上。然而艾子衿的心却没有随着那长剑坠地而放下，蒙面男人像是不要命般又冲了过来。

他右手突然向前一钩，左脚斜踢过去，直击乔之甦要害。乔之甦不避不退，突然朝前扑去。没有人会想到他以这样不可思议的方式扑倒，将自己的脸直接送到那条踢过来的腿前。

"啪，啪！"两声，谁也料不到这当中的变化：黑衣人没有踢到乔之甄的脸，却跟着他一同跌倒了。

风骤然大起，屋檐下的宫灯一起大摆起来，忽明忽暗间，乔之甄站了起来。

这是艾子衿经历过的最惊心动魄的一幕，她喜极而泣，看着乔之甄宛若天神般朝自己走来。这时，地上之人突然猛地一撑地，身子如猫般躬起反跳了起来。

乔之甄大惊，忙转身跃起，右手跟着向前探去……慢了，还是慢了，就差一指的距离！

乔之甄飘然落下，见艾子衿仍是望着那人离开的方向出神，问道："怎么了？"

"是他！"艾子衿喃喃道。

乔之甄惊愕地看她："是谁？你认识他？"

艾子衿点点头："不管他是蒙面还是什么，任何人只要见过他一面，就不会忘了他。"

"不错。"乔之甄眯起眸。

艾子衿疑惑地望着他："你也认识他？"

"他就是七年前追杀我和之跃的人。"乔之甄眼中射出冷光，"前不久在江南，我与他碰过一面。不过，我已经摸出他的武功路子。"

"就是他想杀你？"艾子衿惊诧道，眸色突然复杂了起来，"你可知道他是谁？"

乔之甄不解地望着她。

"他叫沈九。"艾子衿道。

"沈九？"乔之甄眯起眸，似在脑海里寻找这个名字。

"沈斯的管家就叫沈九。"

"他是沈斯的心腹！"乔之甄大骇。

艾子衿眼中露出失望的表情："沈斯他一直在骗我。七年前他骗我做证，又说自己是逼不得已，却叫沈九暗中杀你。他那时候就想置你于死地……"艾子衿越想越害怕，越想越懊恼，"我却一味地相信他，我——"

乔之甄温柔地拉住她："过去的事就让他过去吧，现在你已经了解他的为人，那就够了。"

"可是……"

"没什么可是。"乔之甦霸道地阻止她的话，陷入沉思，"可是沈九今晚为何会到这里？"

"我不知道沈九今晚目的是什么，但有一点……"艾子衿的语气又是气愤又是害怕，"他一直在监视我……"她突然转头惊恐地望着乔之甦，"沈斯知道了，他一定会知道你也到了这里。"

乔之甦一把搂过艾子衿，用坚定的语气平复她心中的不安："不管他知不知道，这次，我一定不让他带走你！"

严佟与孙九妹几日来追查李可灼的下落，终于打听到消息：李可灼住在西山脚下。

初夏，难得一天乌云密布。西山脚下，麦浪翻滚。放牛小童摇着根野草尖儿晃晃悠悠骑在牛背上。严佟与孙九妹一路疾奔赶到这里。

"消息准确吗？"严佟突然停了下来，像是自言自语，又像问前头着急赶路的孙九妹，"刚才我们沿路走来问了那么多人，都说没见过那房子。"

"那就再看看呀，好不容易有这个消息，你想放弃吗？"孙九妹气冲冲地又叉着腰。

"不是，我的意思是咱们再多问几个……"严佟似在思量，紧锁了眉字字斟酌道。

"哼，你有那时间问，都把这地方翻了个底朝天。我就不信这弹丸之地还难倒孙九妹我了。哎，你不想找就走，你放心，好歹咱们一起找了那么多天，我不会跟信王打小报告的。"

"我不是这个意思。"严佟转头嘀咕。

"那是什么意思？"耳畔突如其来的声音，将严佟吓到。眼前红影一晃，赫然出现了一对漆黑发亮的眸。他从来没与女人这么接近过，惊得连连往后退，一个不留神跌进田埂里。

"你干什么呀？我有这么可怕吗？"孙九妹瞪圆眼。

"不，不是！"严佟急得语无伦次，脸更是涨得通红。

孙九妹看见他出糗，大笑起来。严佟莫名其妙地瞪着孙九妹，嘟囔道："有这么好笑吗？"

孙九妹一手捂着肚子，一手指着他的脸："你这脸……哈，哈哈……真像，哈，真像猴儿屁股！哈哈，哈……"好不容易凑成一句完整的话，她又笑了起来，只觉得二十几年的笑都没今天这般多，也没今天这般开怀。

严佟大窘，恨不得跳起来把眼前那女人张开的大嘴直接捂住，却在看到她眯得几乎连缝都看不见的眼睛时突然感到心中有种异样的情愫徐徐散开，一时怔住。

两人几日来积累的不快随着孙九妹这一笑烟消云散。孙九妹友好大方地朝严佟伸出手去。严佟尴尬地抓住她的手，她的手滑软而温暖。他回过神来，见自己还抓着孙九妹的手，慌忙松开，才发现自己不知何时已从田埂间站了起来。

孙九妹不觉有他，揶揄道："你这大男人，连站都不会站啦。那么重还让我这个小女子拉。"见他仍一脸窘色，孙九妹豪爽地大拍严佟的肩，"好了，我知道了，你比女孩子还害羞，以后我就当你是姐妹了！快走，姐姐带你去找李可灼，可别跟丢了哦！"

她突然俏皮眨了一下眼，燕子般凌空而去。严佟愣了半晌，猛地一踮脚尖追了过去。

孙九妹突然停了下来，指着不远处坐在驴子上的李可灼兴奋大叫道："严佟，是李可灼！喂，姓李的，别跑！"说着，她提气往前跃去。严佟只好也跟了过去。

李可灼听到自己的名字，吓了一跳，慌忙加速。严佟与孙九妹虽然没有骑马，也没有骑驴，脚程却很不错，不一会儿便追上了李可灼那头驴子，两人眼看着离那驴子只差五步的距离。这时，不知从哪儿冲来几名乞丐，将他们团团围了起来。

"行行好，给点儿银子吧。"

孙九妹一心要追李可灼，匆匆从怀里捏出块碎银子便扔了过去，哪知那些乞丐并不捡被扔在地上的碎银子，反而将她围得更紧，依旧念道："大姑娘，行行好，给点儿碎银子吧。"

"我都给你们了！"孙九妹急叫道。

"大姑娘，行行好，给点儿碎银子吧！"那些乞丐却仿佛听不见，口里来来去去就是那么一句，行动统一得像是演练过。

孙九妹又气又急，见包围圈越来越紧，只好将自己和严佟的银子全甩了出来："拿去拿去都拿去，滚开，让我过去。"

哪知那些人根本不放松，反而一个个将手中打狗用的棍子立了起来，咚咚咚地整齐地敲着地面。

"喂，你们怎么回事？银子都给你们了，还想——"话音未落，她突然被严佟拉住。

"他们不是乞丐。"严佟在她耳边轻声道。

孙九妹怔了一怔，见那些人虽然衣衫褴褛，手却干干净净，分明就是人乔装改扮。又见那些人脸色皆是蜡黄无光，孙九妹心下大怔，当下便想起江畔居掌柜和店小二来，忙凑近严佟耳边道："这些人都是红丸成瘾的人。恐怕是有人要阻止你我去找李可灼。咱们见机行事，抓到李可灼要紧。"

"明白。"严佟道。胸前突然一记闷棍打来，他稍一侧身，轻松避过，却另一边又有人举棍迎上，他左腿横踢棍子，连人带棍将那人踢至一丈之外，腰同时轻轻一转，右膝一顶，将第三人撞倒在地，同时双手往前一推一劈，分别又打倒第四人、第五人。

"严佟，你先去找李可灼！"孙九妹正被三人夹攻，见严佟轻轻松松便打倒五人，慌忙叫道。

严佟本来要去帮她，听她这么说，又见那些被打倒的人很快便要追了上来，心知不能再耽搁。他随手再撂倒几个，对孙九妹不放心道："你能行吗？"

"小看你姐妹哟！"孙九妹踢中一人肚子，不忘对严佟扮了个鬼脸。

严佟望着她的笑颜，不觉逸出笑来，当下提起一口气，往李可灼离开的方向掠了过去。

孙九妹见严佟去追李可灼，遂放下心来全心对付眼前的人。这些人原本也没什么拳脚功夫，哪里是孙九妹的对手，只几下便趴倒在地。孙九妹拍了拍手，踩到其中一人背上，厉声问道："谁叫你们来的？"

"不，不知道！"

"你敢说不知道？"孙九妹拉起那人耳朵往上提。

"我，我说，是，是……啊！"突然而来的暗镖击中那人的背，那人直接扑倒在地，闭过气去。

孙九妹慌忙往暗镖来源处拔腿追去，却找不到一个人影。无功而返，她耷拉着脑袋，下巴简直要贴到胸口。

"孙姑娘。"严佟的声音突然传入耳畔，孙九妹喜极抬头，却质问般瞪圆眼，"李可灼呢？"

"跑了！"

"什么！"孙九妹尖叫，冲上去一把揪住他的衣领，"你怎么能让他跑了。"

严佟低下头，欲言又止的模样像是在愧疚着。

"啊！"孙九妹突然惊叫，放开他的衣襟，像是看鬼一样看着地面，"人呢？"

"什么人？"

"刚才那些假扮乞丐的人呀？刚才还在这里啊，还有一个被人给杀了呢！"

"被人杀了？"严佟更是惊愕。

"是呀，就在这儿！"孙九妹指了指地上的血渍，急得满头大汗，"我正要问是谁主使的呢！他就被一个暗镖给杀了。我赶紧就去追那个人了……"

孙九妹语无伦次，严佟则听出了大概："你是说有人躲在暗处杀了人。而在你去追他的时候，他的同伙又把这些人都弄走了？"

"可也不会这么快呀。我追了才一会儿啊！"

"刚才你真没看见别人吗？"

严佟摇了摇头。

"真撞鬼了。"

严佟脸色严肃地半蹲下，捏了一小撮沾血的土凑近鼻尖："没有撞鬼，那个凶手把这人搬走了，其他人只是被你打倒，还不至送命，只要附近有接应的人，离开不是难事。"

"你是说……"

"嘘！"严佟做出噤声的动作，趴下侧耳贴着地面。嘚嘚嘚的马蹄声由结实的地面透进他的耳，他沉着脸道："那些人走了。"

客氏一脸愠色地回到房内，吓得一屋子宫女太监跪在地上不停哆嗦着。

204

"出去，都给我出去！"一声尖叫，紧接着是玉器撞上门框碎裂的声响、宫女太监只得慌张狼狈地退了出来。

怀揣药箱跟着乔之甦走到门口的艾子衿惊得停了脚步，抬头恰看到身前男人转过头来，她提起的心在对上他幽光内敛的漆黑眸子时蓦地放下了。嘴角牵起一抹笑，她用目光示意他放心，跟着他若镇静地踏进了屋子。拜倒，艾子衿还来不及呼出"千岁千岁千千岁"，已有厉声喝斥袭耳而来。

"你，出去！"客氏指着艾子衿，视线冷得简直要将她看穿。

"是。"艾子衿担忧地悄悄看了眼乔之甦，退了出去。

徐徐掩上的门，在艾子衿的眼中映出沉暗的颜色。她退到三尺外，抬起脚尖，放下，再抬起，又放下。她想要靠近，想要听他们在说什么，可是只能徒然地望着那紧闭的门。

风轻凉，艾子衿深吸一口气，转身望天：天色阴沉，似乎要下雨了。她想起她偷偷为他新做的鞋还放在床底下。她第一次为他做鞋，不知道合不合适，她突然想看他穿上自己亲手做的鞋时的表情。

嘴角牵起一抹柔情似水的笑，她看见园子里的桃花已经绽放，耳畔响起前一天他说的话："这桃树甚好，结了桃子以后，那里面的桃仁可是活血良药，还能润肠通便。你大概不知道这桃木在古时候也有治病的……古时人在还没开始用艾绒做灸的时候，都是用这些木条点了火往人身上熏的，也有人直接往身上点。桃木可辟邪，更是首选。如今的人们便依着古法发展出雷火神针出来，说白了，也就是拿艾条点燃了直接点穴，还是个温阳的作用。"

想着想着，她眼角的笑纹愈来愈深：谁不是以花喻人讨女子欢心，这世上看到桃花能想到桃仁，又想到桃木，最后谈到艾灸的人，大概只有他吧。"真是学医学痴了。"她突然想起曾经有人对他的评价，不禁笑出声来。

肩上一沉，她微笑地转身，瞳眸陡然暗了，往后退了几步。来人见她如此反应，不悦地拉长脸，却瞬间便在嘴角又扯出一丝浅笑。

"想什么这么开心？"来人正是沈斯，他虽然淡淡笑着，眼眸里却闪过阴鸷。

"没什么。"艾子衿冰冷地转过脸，又想起两日前沈九的夜闯禁宫，装作随意地反问道，"我以为你忘了我还在这里？"

"怎么会忘了，我今日便是要来接你的。在这里过得很辛苦吧，你看你都瘦了。"沈斯手指挑逗似的拂过艾子衿的脸。

他这样轻柔的碰触竟让艾子衿觉得一阵恶心，慌忙后退两步。

显然艾子衿的过激反应让沈斯极度不满。他冷哼一声，眼风往那紧闭的门扫去："怎么，觉得我讨厌？只有乔之甦才是你心目中的完美男人？"他突然凑近她，邪魅地笑着，"你猜猜，你心目里的完美男人和奉圣夫人在房里干什么？"

"你以为谁都像你？"艾子衿鄙夷道。

"他当然不像我这么卑鄙，不过……"他故意拖长了音，眼角余风却偷偷观察着艾子衿的脸色变化，"他看起来也不是柳下惠。"

"下流！"艾子衿低骂道，将头别过。

"不想听了，还是怕听到心爱的男人和别的女人？"

"住嘴！"艾子衿怒斥道。

"呵呵……"沈斯突然笑了，妖异的笑容在艾子衿面前徐徐扩大，简直要铺满她整个视野。

艾子衿嫌恶地转身欲走。

沈斯听似平静的声音如初春夜里的冷风淡淡响起："乔之甦本事可真不小啊，不但让从来都是冷冷淡淡的艾子衿为他失态，还让奉圣夫人为他和九千岁翻脸。"

才抬起的脚尖猛然放下，艾子衿倏地转身，只见十尺远的桃花树下，男子穿着一身如鬼魅的白衣，冷笑着望着自己。

"你说这个乔之甦怎么总和我作对，不但抢走我心爱的女人，还跟我抢奉圣夫人的宠信……"沈斯笑着，一步一步向她逼近。分明应是愤怒的情绪，他却平静得像说着别人的事，"我最恨别人抢我的东西了，你说我该怎么对付他？"

"你想做什么！"艾子衿脸色大变，却努力让自己保持冷静。

"这要看你的表现了。"他嘴角突然勾起，右臂猛然伸出，狠狠揽过艾子衿的腰，"不要以为我不知道你和乔之甦的事，你的一举一动，我都一清二楚。"

"你，你派沈九来监视我。昨晚……"腰间吃痛，艾子衿一边反抗他的桎梏，一边惊愕道。

"本来我也不想惊动奉圣夫人就带走你的，但这个姓乔的实在太讨厌。我真是恨不得……"

艾子衿停下挣扎，惊惧地望着他："你想做什么?!"

"你说呢？"他邪魅地牵起嘴角，将艾子衿更拉近自己，威胁道，"不要以为乔之甦有奉圣夫人撑腰，我便拿他没办法。"

"若你敢动乔之甦分毫，夫人也不会……"

"你以为我会笨得让夫人知道是我干的？就算知道了，你以为她真会为了乔之甦要我的命？"沈斯冷笑道，"这个天下好歹还是九千岁的天下，夫人这般为他明目张胆和九千岁撕破脸，伤了九千岁的面子，便是我不动手，九千岁也恨不得将他五马分尸。"

事实确如他所分析的一般，艾子衿愤怒地瞪着他。

"不要这么看我，我会伤心的。"沈斯邪肆地笑着，肆无忌惮地抚过她的颊。

指尖透来一阵欲呕的冰冷，艾子衿一阵战栗："就算我一切听你，你还是不会放过他，魏忠贤也不会放过他。"

"你还真了解我。"沈斯阴笑道，眸子里寒光忽闪，却在瞬间隐去，"不过至少这几日九千岁还得不出空来动手，我也可以考虑考虑，或者……"他斜眼瞥她，望见她眼底的不屈，嘴角的笑意更深，"你要他活不过今晚？"

"你敢……"

"你说我敢不敢？"

他的笑永远让人摸不着他的心思，艾子衿终是垂下了眸："你要我如何做？"

"我要你当着乔之甦的面向夫人要求，跟我回府。"

"夫人却未必肯，莫忘了，当初便是夫人为了不让你见我才将我要进宫的。"

"如今她有了乔之甦，你说她更想分开你和乔之甦，还是你和我？你难道真以为夫人看不见你和乔之甦的眉目传情？只要她一查便会查出你和乔之甦之前的关系。她如今不点破，因为她对乔之甦还有兴趣。但对于你……"沈斯抬起她的下颔，"你知道我舍不得她杀你，现在也只有我保护得了你。"

艾子衿脸色渐渐转青，她想起客氏每次望自己时那恨不得将自己千刀万剐的嫉恨眼神。

眼见着怀中女子终于敛下双眸，沈斯嘴角深深勾了起来。

艾子衿再进客氏内寝时，已是傍晚。望见她和沈斯一同进来，客氏微微吃惊，脸上却还是维持着平静。乔之甦则不自觉地瞳孔紧缩。沈斯朝乔之甦故作友好地微微一笑，然后跪地就是大拜。这期间，艾子衿自始至终不敢与乔之甦有半点眼神交流。乔之甦心知定是沈斯对艾子衿说了什么，心中更是不安，也不敢在脸上流露太多，只能眼睁睁看着她跟着沈斯一起跪倒。

"你怎么来了？"客氏的眼圈似是通红，隐隐还看得见颊侧浅淡的泪痕。

"九千岁担心夫人的身体，特让臣来看看。夫人，怒则伤肝，不要跟自己身子过不去啊。"

"哼，他倒关心我！关心我怎要杀救我命的人？"客氏仍是不忿，将头一撇，也不去看他。

沈斯赔笑道："怕是其中有误会，九千岁也是关心夫人，一下子不得要领，伤了夫人，您看这不就让我来了吗？"

"他若是关心我，怎不亲自来？怎么，做了九千岁，便忘了当初我怎么帮他的吗？"

"夫人说的哪里话，夫人的情谊，九千岁一直记着。只是政事繁忙，而且千岁也怕夫人还在生气，故……"沈斯说着，小心用眼角余风打量客氏。

客氏脸上稍稍缓和，却还是冷着嗓子："你也不是什么好东西，尽帮着他说话，大概也忘了当初怎对我发的誓。"

"斯自然是对夫人一心一意、万死不辞！"沈斯跪倒大拜，却拿眼角余光挑逗般看着客氏，"只怕夫人已忘了我。"

"你也不要说这些刺激我。"客氏冷冷回望他，后者竟像看不见，脸不红心不跳地自行站起。客氏见他那般神情，眸中倒温柔起来，幽怨地低声叹，"唉，这几年过去，你还是这般光景，我怎就拿你没办法呢？"

这句话听得艾子衿心惊胆战，她想起沈斯不久前的话——"你以为她真的会为了乔之甦要我的命？"

是的，客氏绝对不会因为沈斯杀乔之甦而要他的命。沈斯，他有千万种理由为自己开脱，也有千万种方法让自己逃过客氏的责罚。

他，是沈斯啊！

艾子衿惊疑不定地抬眸，恰看到沈斯的警告眼神。他似弯非弯的嘴角更是叫她心惊胆战。

"也罢，就这样吧，我也懒得跟他争了。你回去就跟他说，他只要不动乔大夫，其他我都不管了，他爱怎么做便怎么做吧。"客氏虚弱地挥了挥手，似准备赶人。

"夫人！"艾子衿清冽的声音突然漫过空气。

客氏微眯起眸，将探究的精光直射到艾子衿脸上。

艾子衿在接到她极不友善的视线后，沉着地跪地行大礼："请夫人准许艾子衿回沈府。"

一句再平静不过的话却激起乔之甦心中的惊涛骇浪。他不知道沈斯威胁了艾子衿什么，竟让她主动提出回到他身边的要求。她难道忘了刚刚才答应自己要永远留下来的誓言吗？可是她说她要回沈府，回沈府啊！他紧紧盯住伏在地上的艾子衿，久久不能平复。

艾子衿明知乔之甦正悲伤而震惊地望着自己，却狠心不看他，一字一顿说道："子衿本该离开，因夫人身体有恙，故而留下以尽绵薄之力。夫人身体既已无大碍，子衿也不便再烦扰。"说完，她又拜了一拜。

客氏已从最初的惊诧渐渐转为平淡，她用余光淡淡扫了眼仍一瞬不瞬盯着艾子衿的乔之甦，不咸不淡道："也罢，恰好沈大人来了，你便随他回去吧。"

凝聚在自己头顶那一道质问的目光，艾子衿何尝感觉不到。她多想抬头看他那一双漆黑的宛若深海的眸，她多想用手抚平他皱紧成"川"字的眉心，不用看也知道，他此刻的眉一定是皱着的。可是，她不能抬头，她怕忍不住在她抬头刹那奔涌的泪。她只能用力地吸气，用力地控制湿润的不断酸胀的眼眶，然后紧紧收拳，让指尖深深戳进掌心的痛来提醒自己：不能抬头，不能抬头！

她咬牙又拜了三拜，站起，慢慢转身。脚下如千斤，她艰难地抬起，再迈出，所有的动作已经僵化，所有的感觉也已经麻木。

她始终低着头，眼前只有路，却那般模糊，又那般摇摇晃晃，她不想去想他的脸，然而他的脸却挥之不去。猛然间，她的眼角瞥到了左侧一只手，他的手。他的手在她握紧的拳侧只有一指的地方，她看见他微微抬起了手。身子蓦地一颤，她抬起的脚尖竟然忘了放下……

分神的瞬间，右侧手腕被沈斯用力一握，钻心的痛顿时传来，她回头看到沈斯阴怒的警告眼神。心下一沉，她终是再迈出一步……

左侧的风蓦然一凉，她知道他的手终究是无力地垂下了，泪在此时溢了出来，只有一滴。

第十四章　幽门百重深

沈斯已从老宅搬入这栋宅子，这宅子原先是郭如楚的府邸。东林党下台后，郭如楚被捕，莫名其妙就死在狱中。接着郭府被封，郭家人失踪的失踪，充军的充军，为奴为婢的为奴为婢。过一个月，九千岁魏忠贤突然又下了道命令：郭如楚一案有误，府宅还复，奈何郭公已故，府宅交付其女郭若芯。奇怪的是，除了郭若芯得回这宅子，郭家其他或充军或成奴婢的家人，也没见被释放的。

有人还记得郭府豁免那日，一辆豪华马车，由数十名拿枪带刀的锦衣卫为其开道，在被封的郭府门前好不风光地停下。马车里是沈斯。他小心翼翼将那时已大腹便便的妻子郭若芯扶下马车，微笑着看朱门上的封条被扯落。

沈斯入住郭府才过七天，郭府门前牌匾便换成了沈府。再过七天，人们听说沈夫人郭若芯早产，孩子没保住，人差点也没了。再后来郭若芯便深居简出再未露过面，甚至有人传言，她已死了。奇怪的是，沈府中从未见有丧。不到一个月，此事便成了街头巷尾一大秘闻。

沈斯已不是当年那个两袖清风、为民请命的沈斯了。他青云直上，没多久便与东厂都督许显纯成了挚交。东厂可不好惹，见个人就抓，抓来就打。搞了一阵，谁也不敢再提这事。人们甚至连经过沈宅门前都得小心翼翼地缩着脑袋。久而久之，这件事也就淡化了。

艾子衿住进沈斯家中快五日了，果然如旁人所言看不到郭若芯半个影子。

211

有时候她会悄悄地沿着沈府每一条小路走下去，打开沈府每一扇能打开的门。这个沈斯已不是小时候认识的沈斯了。他可以为前程抛弃她，为陷害乔家利用她，甚至对乔家两兄弟赶尽杀绝……

她已经看不透他了，那个曾经温文尔雅的男子。她这样每天闲逛，不过想看看他到底藏了多少秘密；看看他除了诬陷乔家还害过多少人；顺便看看那个曾经高傲的郭若芯是否还在这个大宅里。

可惜这个原来叫郭府后来叫沈宅的地方已经被她走了个遍，除了亭台楼阁、假山流水，她根本找不到除了在眼皮底下窜来窜去的家仆之外的任何人影。说起来，沈宅里的家丁算少的，艾子衿私底下数过，偌大的园子除了一个管膳食的老妈子，一个管园艺的哑巴，再就是两个管门禁的小厮。

艾子衿皱了皱眉，她突然想起沈九。是了，这个园子里还有沈九，那个曾经想害死乔之甦的沈九。她怎能把沈九给忘了呢？可奇怪的是，身为沈斯心腹的他，这半个月来竟一次也没在她眼前出现过。难道他又想去杀乔之甦了？艾子衿越想越心惊，不由得停住脚步，却觉得背后凉飕飕，仿佛有一双眼睛在注视着自己。她匆忙转身，立即屏住了呼吸——离他身前两尺处赫然出现的一张面具般的脸，沈九！

他是何时回来的，又是何时到了她的身后！

艾子衿吓得连退三四步，好不容易才定下神来。

沈九冰凉的视线在艾子衿的脸上停了足足半炷香后，才笔直擦过她僵硬的身子往前走，不一会儿便消失在狭窄石径的转角。

艾子衿注视沈九离开的方向，半晌方缓过神来。是的，她应该相信的：在那个宫墙深锁的方格格里，沈九还没有那个本事能取乔之甦的命！否则他又怎会用如此愤怒而又不甘的眼神望着自己？

她咬着唇握紧了拳，仿佛在给自己勇气，往沈九离开的反方向追了过去。

天有些阴沉，园子里无风，绿荫在她的脚下落下重重叠叠的密影，她便一路沿着这浓密的树影往前走。到分岔口，她先往右岔道口望了一眼，确定无人，才朝左岔道口走去。

她走了几步，又停了下来，警惕地回头望几眼。她是紧张的，脸上却强做出不经意的神情。恰在此时风起枝动，满园绿影一齐波动起来，似隐藏了无数眼睛。艾子衿心头一跳，干脆转身仔细查看了起来。然而风又停了，树便也静了下来，那仿佛无处不在的眼睛也消失了，任凭她如何观察，都看不出任何异样。她低下头，似乎在为自己的多疑懊恼，然后她抬起眸，低敛的睫毛下，瞳孔猛地收缩，闪过一道坚定的无畏的光来。她毅然转过身，快速朝前走了过去，很快便消失在小径尽头。

分岔口不远处有一棵槐树，很粗很壮的槐树。槐树遮天蔽日，成簇的槐花隐藏在槐叶间偶尔现出星星点点的白色。风又轻轻吹来，树叶轻舞，沙沙作响之余落下几团槐花，伴随槐花无声无息而落的，是一双鞋，很普通的布鞋。布鞋的主人往前迈了一步，他的脸如面具般，他的神情也如面具一般，他僵硬的唇角微的一抿，左脚轻一点地，朝艾子衿的方向掠了过去。

是，沈九！

艾子衿要去的地方是后院的一间屋子，沈府里唯一的独门独户。

屋子静静坐落在院子最深处，用一把年久失修的破锁锁着。她几日前路过这里，从那两名管门禁的小厮口中得知里面放了很多旧书，但很久没人整理了。于是她顺便摸了一下那把看起来很旧、掉了不止一处漆的铜锁，意外发现铜锁上一点灰都没有。

这个看起来很破败的院子，这间看上去无人问津的小黑屋子，锁竟然是干净的！

后来艾子衿又仔仔细细观察了周围的环境：看起来这院子确实长年没人打理，不但长满杂草，更有几根枯枝懒懒瘫在地上。

颓败，真的很颓败！大概所有人在看见园子中这般景象后都会发出这样的感叹。然而，一座景色优美、建筑精巧的豪宅大院中会允许出现这样不恰当的落败吗？细致如沈斯，会允许因手下的偷懒而让这个完美无缺的宅子出现如此一处格格不入的景致？

不，不可能！思虑及此，艾子衿又连续几天在这古旧的奇怪屋子周围转了又转，终于在有一天偷偷印了个锁模。

艾子衿在江南时曾治过一名锁匠，她还记得锁匠为了答谢她曾教她开锁的方法。模刻出一模一样的钥匙，对她来说不在话下。

她用了三个夜晚终于用银钗打造出一柄锁匙来，然后她又来到了这里。确定身后无人，她小心翼翼进了这个院子。

狭长的青石板小径，丛生的杂草，风一动，草便跟着动，那浓密青草里似伏了数十个人，让艾子衿的心也提到了嗓子眼。阴沉了整个上午的天在这时下起雨来，没有打雷，没有闪电，无预兆地下雨，倒豆子般，来势凶猛，打得那野草径直弯下了腰。

艾子衿听着雨打屋顶的急促声响，从怀中取出了那把锁匙。她将钥匙插进锁洞，转，再转，咔嚓一声脆响，她握着锁匙的手微一抖，锁开了。她慢慢推开门，如她所料，并没有蛛网垂下来。

屋子里很黑，只门口漏进的光稍稍打亮她脚下的路。她只觉迎面一团阴气扑面，不由得一颤，再迈不开步子。近一步，阴气便胜一分，那团让她无法看清眼前景象的黑暗仿佛是恶魔张开的血盆大口，而她正一步一步走进这血盆大口。她忍不住又倒退几步，几乎要夺门而逃。

但手指戳进掌心的疼痛不断提醒着她。她想起被沈斯从宫中带回的那一日，她也是这般用手指戳进掌心，而另一个男人正用一双悲伤而担忧的眼睛紧紧地盯着她。

想起那双眼睛，她便有了无限的勇气，她深吸一口气，终于又抬起了脚。一步，又一步，她在心底对自己说：不能放弃，绝不能放弃！她一定要找到沈斯的弱点，即便牺牲了自己，她也要帮助乔之甦完成任务，也帮他逃离沈斯编织的阴谋密网！

她的勇气越来越足，步伐越迈越大，当她渐渐放宽了心，终于发现眼前的摆设也清晰了起来：两个大书柜占了整右面的墙，直顶天花板。书柜里都是书。地上也有书，一捆一捆用绳子绑起，堆在左侧墙面的角落。

确实如大家所言，这是一个堆放旧书的屋子，似乎无人问津许久。当她抽出书柜上一本书时，她便下了这个判断，因为她在那一本书上摸到了厚厚一层的灰。但为何门锁上无尘，门轴上没有蛛网？更为何这原本应是久未进新鲜空气的屋子却没有潮霉的味道？反而隐隐有兰草的气味！艾子衿一进屋子便能闻到这若有似无的兰草气味，她记得沈斯卧房的窗台上有一盆兰草！

艾子衿蹙眉重新打量起这间屋子。太简单的一间屋子：两个书柜，三捆书，墙上还挂着一幅看起来很不搭调的寒雪红梅。画上那点点晕开的梅花殷红如血，刺激着她的眸。

艾子衿的心在看到那幅画时漏了一拍，她快速上前抓住画的一角掀开……

她想象过无数可能，甚至想过在掀开画时，右侧面那两个大书柜轰然一塌，露出个洞来。然而当那微微泛黄的画纸在眼前滑过浅淡的弧线后——

空的，是空的！画的背后除了有比周围更白一点的墙面，什么都没有！不，还有一个洞，看上去像是年久失修而破损的一个小墙洞！

艾子衿颓然地放开手，画哗的一声移回原位后便纹丝不动了。

这间屋子，再无他异！难道真的是她想多了？难道是因为她转悠了五天好不容易发现这么不寻常的角落，于是非得安插给它个特别的意义？

是的，她太需要这种安慰了，她太需要以这种无望的希冀来满足自己能帮助乔之甦离开这里的妄想！希望落空后总是失望，尤其当日思夜想的希望经过长久不懈的努力以及不断心理暗示后，自以为即将成功，最后却彻底落空时，伴随而来的已不再是失望，而是绝望！

艾子衿觉得有一种说不出的挫败感，心口像被苦水充盈着，想吐却又吐不出来。她低头准备离开，却发现右手上还赫然捏着一本书，刚才从大书柜里抽出来的书。艾子衿无力地笑了，迈着麻木得仿佛早已不是自己的脚移到书柜前。

放回抽出来的书，她必须将这里恢复成她进来之前的模样。而若这间屋子真没什么特别之处，大概也不会有人发现这本书曾被抽出然后又被放回吧。

她已放回书，手慢慢垂下，视线也随之往屋外移。屋外的雨似乎小了，雨声从初始的激烈磅礴转为现在的淅淅沥沥，像极了江南春末夏初的梅雨。

江南大概也下着梅雨吧。算算时节，杨梅该熟了，那里的乡亲是不是开始酿杨梅酒了呢？江浙一带的人有喝夏季杨梅酒的习惯，据说可以解除暑气。他们会将新鲜的杨梅采集，一颗一颗洗干净，然后泡进烧酒里。艾子衿突然很想尝一尝那能解郁祛暑的杨梅酒了。以后她大概再也喝不到了吧。

艾子衿叹了一口气，那时候她的视线恰好转过书柜的最右侧。然后她的视线顿住了，眼眸蓦地瞪圆。她紧张地咽了咽口水，小心地迈出一步，往视线汇聚处走了过去。

在书柜最右侧离门最近的那个位置，她看到了一本书！这是最平常的一本书——《诗经》，但是不平常的是，这本书没有灰！在这个全是灰的房间里，唯一一本没有灰的书！

没有片刻犹豫，她将那本书拿起，手艰难探进书柜，摸了起来。上面、下面、左面、右面，她的手突然不动了。指尖处有一个冰冷的凸起的小东西。暗钮！

她的眸色一亮，她用力一按。“哐——”喑哑却沉闷，是对面那挂着那副古怪图画的墙发出的声音。艾子衿惊讶地回头——

墙开了，如门一般开了！然而里面更黑！

艾子衿终于明白那图画后的墙洞是什么，不是陈旧后自然产生，而是窥眼！

艾子衿走进密室，一步一步，小心翼翼，连呼吸都屏在喉间。

“宝宝乖，宝宝好，娘娘疼宝宝……”

耳畔传来的细不可闻地宛若鬼魅的声音叫她霍然停住，她有些害怕，不由得捂住胸口，仿似要阻止随时都可能蹦出胸膛的心。她凝神屏气地环视这个几乎伸手不见五指的密室。当眼睛终于适应黑暗后，她看到密室最里面摆放着一张像是床的模糊暗影。于是她蹑手蹑脚向床走去，生怕过重的脚步声扰动那个似从地狱里发出的低吟，让黑暗中隐匿的厉鬼突然蹿出来。

心跳紊乱起来，如一张半惊半紧的皮鼓咚咚咚的被鼓槌敲打着。艾子衿微微一颤，好不容易站稳。

“你是谁？”背后突然传来的冷澈声音，叫艾子衿猛然僵在原地。然而她还来不及转身，便听见那声音突然又笑了起来，“宝宝，宝宝，你外公来了……宝宝啊，娘给你吃好吃的，来……”这是极度混乱的话，仿佛声音的主人忘了不久前自己还在问过艾子衿是谁，或者她连艾子衿这个人都忘了。在艾子衿惊异之中，她自顾自哼起歌谣来，“宝宝乖，宝宝好，娘娘疼宝宝，爹爹爱宝宝……”

艾子衿慢慢平复下紊乱的心跳，然后缓缓转身。对面的女人一身白衣，苍白如纸的脸被拖到地上的结在一起的长发凌乱掩住，像是女鬼。倒抽一口气，艾子衿不由得向后退去，一个踉跄，跌到床上。

“嗯？”那人被这声音惊扰，睁着一对空洞的眸子往艾子衿看来。

“郭若芯！”艾子衿不禁喊出声来。

"你认识我？"郭若芯苍白的嘴角裂开。如孩童般，她蹦蹦跳跳跑来，怀中还紧紧抱着被她称为"宝宝"的脏兮兮的棉枕。

"你不认识我了？"艾子衿站起，隔着昏昧不明的黑暗看进她毫无焦距的眼底。

郭若芯摇了摇头，又皱了皱眉，仿佛在思索。突然她眉角一掀，兴奋地手舞足蹈起来："你是纤纤对不对？"她拉住艾子衿，将枕头凑到她的眼底，"看，我的孩子，很可爱对不对？他出生的时候有六斤呢，他爹高兴得不得了。纤纤，你也为我高兴对不对……"

郭若芯絮絮叨叨说着，眉飞色舞，艾子衿则趁此时反手握住她的手腕，瞳孔渐渐收缩。

寸、关、尺三脉尽乱，乱且散——

郭若芯得了失心疯！

从密室出来已是暮色，雨还在下，却小了许多，她失神地走在雨里，耳畔始终回荡着郭若芯时而呢喃时而癫狂的声音。

郭若芯疯了，为何她会疯了？

紧揪在胸口的问题仿佛一根细线，狠狠勒得她喘不过气来。不知不觉她已走到房门口，她呆呆看着紧闭的门，竟忘了推。许久，她才回过神来，叹出一口气来。叹气也是调畅气机，人总在不自觉中让自己疏肝，所以叹气未必是坏事。可她最近疏肝的次数似乎频繁了点。苦笑着摇了摇头，她伸手去推门。

"去了何处？"不温不火的声音叫艾子衿的手蓦地一颤。转头，她看见沈斯。

沈斯的脸上看不出是怒还是喜，虽然嘴角半弯像在微笑，可眸子里闪烁的冷光却像在探究。

她佯装看不懂他的意思，挑衅似的挑眉看他："随处走走罢了，难道你这园子还有见不得人的东西？"

沈斯笑笑，也装傻，握住她还扣在门上的手。艾子衿身子一僵，本能想要抽出，却发现手却被对方死死按住，连腰被他揽了过去。眉心微蹙，她放弃挣扎，任凭身后的男人握住自己的手，轻轻向前推去。

门开了，她几乎是被他半拥着进去。肌肤隔着衣衫轻轻摩擦，这本该是多么暧昧的感觉，却让她想吐。她忍住不断从胃里面涌上来的酸苦，趁他回身关门时钻出他的挟制，站在离他足有六尺的位置，与他遥遥对视。

沈斯脸上先是一冷，随后像想到什么笑了起来。他走到屋子里唯一的椅子前，潇潇洒洒坐下，并跷起二郎腿。

"怎不让人跟着？"沈斯始终好脾气扬着一张笑脸。

"只是一个园子，还怕迷路了不成？"艾子衿冷淡道，别过脸，"我不喜欢被人跟着，像被监视。"

"确实是监视。"用听似温和的语调说出霸道的事实，也只有沈斯这般两面人能做到。

艾子衿在心底嘲讽地冷笑，不甘示弱地对视他："既是如此，何不将我绑住？"

沈斯突然哈哈大笑，并甩手挥开他右手中的纸扇。望见纸扇，艾子衿脸色微有怔忡，她曾送过他这样一柄纸扇啊。

沈斯不动声色地将她的表情变化收进眼底，站起，慢慢踱到她的跟前，用扇子将她的下巴霸道托起。

眼角的余光不经意一扫，艾子衿恰看到微弱光线里折扇上那单薄的楷体小字，正是她幼时的字迹：潋滟晴光明春柔，桃粉消瘦为谁愁。谁寄情怀不鸢去，便有佳人牵线游。

他作的诗，她写的字，他故意用这柄曾经记载两人甜蜜的扇子托着她的下巴，逼她记起她和他曾有过的故事。

然而悸动不存在了，曾经那么深刻甚至镌刻入骨髓的海誓山盟也仿佛上辈子的回忆，模糊得掩藏于千山万水之外。

她在心底忍不住叹息，听他在自己耳畔悠悠诉说："你知道，我是极尊重你的。"

她只觉可笑，厌恶地侧过脸。

他仿佛一点也不动怒，继续深情款款道："这首诗是我作的，你写的，这么多年我一直带着它。我这般爱你，怎会狠心让你禁足？只不过有些事……"他说到一半，叹了一声。空气中有一瞬的凝滞，在他续开口时又往下沉去，"其实我也知道你还是爱我的，只不过被某些人暂时迷惑了，对我有误会……"

"误会？"艾子衿仿佛听到了世上最可笑的事，冷笑了起来。

沈斯像在说一件理所当然的事，自信而自得："你一直都是我的子衿，你我之间如此深刻的感情又岂是那姓乔的三言两语就能分开的。你只是一时迷了心智。我不会怪你的……"话虽如此，前一刻他还微笑着的脸陡然变冷，他的手沿着她的脖子慢慢移了上去。

艾子衿望着他疯狂的眼神，惊惧地想往后退，他却不给她躲避的机会，五指一张突然掐住她的下颌，冰冷的胁迫渐渐浮上他的眼眸："你要相信我！"

"你做了这么多事，叫我如何信你？"艾子衿用力挣扎，奈何下颌上的力道竟是如此之大，叫她怎么也挣脱不了。

沈斯叹息着摇头，怜惜地用扇骨抵着她柔嫩的脸颊："我真的舍不得伤害你啊！看着你疼，我的心比你更疼！"他说着动情的话，手上却加重了力量，生生在艾子衿白皙的下巴勒出血红。

艾子衿忍着剧痛，固执地别开眼。

沈斯却疯狂地望着她，像是要将她整个儿融进自己的眼："你要听话，不该知道的事就不要知道，不该去的地方就不要去，不该听的话也不要听。否则你应该知道后果！"

"沈斯，你威胁我！"

沈斯摇头，邪肆笑着，放开她的下巴，凑近她的耳垂用魅惑的沙哑声音轻轻说："我喜欢听你叫沈大哥。"

艾子衿冷冷瞪他一眼，紧咬唇畔。

沈斯的嘴角却挂起一抹看上去很无害的笑："你最好相信我。"

对视在半空终于败下阵来，艾子衿颓然垂下眸："我已经回到你身边，你还想怎么做？"

"嫁给我！"

坚定的声音，艾子衿确定她看到的沈斯也如他的声音这般坚定。有种恍若隔世的错觉在心底升起，她仿佛回到了十一年前，然而这种错觉却在看到他邪佞翘起唇角的刹那猝然消失。

艾子衿冷然道："事到如今，你何必假惺惺说这个？"

"我假惺惺？"沈斯脸上终于有了明显的愠怒。然而所有的愠怒却在瞬间又消失殆尽，仿佛只是幻觉。他扬起不冷不热的笑，"若假惺惺，我即刻便可要了你。"

"你……"艾子衿顿时涨红了脸，并在眉梢染上一丝羞怒。

沈斯笑着看她惊慌失措地捂紧衣襟并连退数步。

他的笑容很温和，他的眼眸里甚至还似乎有宠溺，看在艾子衿的眼中却是说不出的阴毒。

"你不必这么怕我，我说过会尊重你。等洞房花烛时，我要你完完整整将自己交给我！"

艾子衿瞪大了眸，仿佛不相信那句话是从他的口中吐出。

"你还是不信我！七年前我就叫你等我了。我从来不会对你失言。"沈斯幽怨地看着她，"但是你从来不肯相信我，也不肯等我！"

"等你？"艾子衿冷笑，"我等你什么？你要我嫁给你，我以什么身份嫁给你？小妾，还是二房？"

沈斯微敛双眸："你这是何意？"

艾子衿抬头看他，视线冷得似能透进他的心底去："你还有原配郭若芯，如今娶我做你的什么人？你应该明白我的性格，宁为玉碎，不为瓦全！"

"你还是介意当年之事？"沈斯看她，眼睛里闪过一丝痛，嘴角却牵起了笑，"如今是妻还是妾有何不同？这个大宅子，只有你这个女主人，我沈斯也只有你这个夫人。"

"呵呵呵……听起来，你倒对我不错。"

"你该明白的，我一直未忘你，当初是迫不得已……"

"真是迫不得已吗？"艾子衿眯起眼眸看他，"难道不是你对我说要解除婚约？"沈斯怔了一怔，细眯的眼眸中猛地射出一道精光。艾子衿迎向他犀利的视线，冷声续道，"当初你不顾我娘苦苦哀求也要放弃我。你知不知道我娘就是因为那次中风而死的？为什么都走到了今天这个地步，你却跑过来说要娶我？"

"我不是要放弃你，我只是想让我们有更好的生活！我没想到你娘会……"

"有更好的生活？就像现在？你利用郭若芯接近郭如楚，然后为了迎合魏忠贤再推开郭如楚……"她冷冷的诘问在他耳畔激起惊涛骇浪。艾子衿不理会他眼中翻腾的怒火，一字一顿道，"沈斯，我再告诉你一件事，虽然我那时嫁给乔之甦不算是心甘情愿，但我从来没有后悔过，我很庆幸曾经是他的妻子。沈斯，是你自己放弃了我！"

艾子衿的坚定像一盆凉水，猛然浇熄沈斯的怒火。他原本握紧的拳也在突然间松开，他怔怔看艾子衿漠然的脸，冷冷道："你这是什么意思？向我宣告，宁死不嫁给我？"

艾子衿脸上有一种决绝的快意。她看了他一眼，仿佛不认识他般撇头去看那窗外渐渐墨黑的天。雨不知何时停了，屋檐角上开始滴水，一滴一滴如泪，破碎在苍茫的夜色里。

一口气宣泄自己的情感竟是如此畅快淋漓，可是宣泄的对象却是一个她已经不爱的男人。这个世界有多么可笑，在兜兜转转地走过那么多弯路后，她又回到原点。可是原点已没有了当初的风景。

她突然想哭，却流不出泪。仿佛泪都被这阴阴沉沉的天落尽了。

"你说了这么多也没用！我要娶你，一定会娶你！"他声音阴狠，霸道地盯着她，像是要将她揉碎，然后一点一点填进心里去。

然而没有动，甚至连嘴皮子都懒得掀一下，艾子衿依旧在看窗子外滴滴答答垂泪般的雨。从沈斯的角度恰好看到了她眼中不能妥协的坚决。他终于被激怒，只觉胸口那一股气带着全身的血液往上直冲至脑门，他两侧太阳穴都被那倒流上来的血顶得一阵一阵往外鼓动，鼓动得他的眼眶热了，甚至连眼珠子都被热红了。他睁着那一对仿佛已成血色的眸一步一步朝她逼近。

滴水的声音，心跳的声音，呼吸的声音，在这一刻陡然清晰，那仿佛已沉寂下来的空气在暗地里其实已奔涌过万千细流，只等最后一刻激起惊涛骇浪。

艾子衿转过头来，静静望他，没有避退，更没有恐惧。

没有比死亡更恐惧的事，她做了个决定。她的左手悄悄缩进袖口，袖口里藏着她的针袋。她是名大夫，她有足够的力量在瞬间让自己死去！

脚步却在离她半尺远时停下，原本最后那一刻应该奔涌的狂流没有涌出，却化为他嘴角的一抹冷笑，像极了猎人看着猎物的冷笑："你死当然容易，不知道你死了以后，乔之甦会怎么样？"

左手一松，针袋猝然滑落，艾子衿踉跄后退："客夫人不会让你杀他，也不

221

会让魏忠贤杀他！"她几乎是抱着最后一点连她都不敢太信任的信念。

"就算客夫人不让九千岁杀他，我也有千万种方法要他死。"他邪魅地笑看着她，"虽然那晚我没叫沈九杀他，却不代表以后我都不会让沈九杀他。"

"你杀不死他，沈九不是他的对手！"艾子衿叫道，却更像在给自己信心。

"是吗？若是沈九加上郭定呢？"

"你……"

"哈，哈哈哈……"沈斯如鬼魅的笑声在狭小的屋子里绕梁不去。

正是子时，密室里格外阴冷。艾子衿走进密室，忍不住打了个寒战。她循着白天的路心惊胆战地走近终点，却越来越觉腿软得迈不开。

"你来了？"郭若芯笑着。

黑暗中那一对瞳子如明镜清晰地映出此刻脸色苍白如纸的自己，艾子衿不由得深吸一口气，点燃了火折子。

"不，不要，不要！……"郭若芯的笑容在火光亮起的刹那消失了。她叫了起来，声音无比尖厉，捂着脸一路后退，仿佛看见了恶鬼，将自己蜷到墙角。

艾子衿慌忙将火吹灭，果然郭若芯也停止了惊叫。空气里只剩下低弱的呻吟，如同溺了水的人临死前断断续续而又虚弱不堪的求救。艾子衿叹了口气，朝郭若芯走去。

"不要怕，我不会害你。"艾子衿轻声安慰，并温柔地抚着她的背。郭若芯的呻吟终于在艾子衿轻柔的安抚下停止了。

"来，我们去那边。"艾子衿小心地扶起她，想要把她怀中的枕头抽走。

"不要碰我孩子！"郭若芯叫道，突然仿佛如张开全身刺的刺猬，用力地护住枕头。

见她如此，艾子衿将两手一摊，轻声细语劝道："好好，我不碰他。你看他要睡了，咱们把他抱到床上去好不好？"说完，她便静静等待郭若芯的配合，再也不动。她看不清郭若芯的脸，却感觉对方那一双大眼怀疑地将自己从上到下看了三遍。她只觉得胸口似堵上了一团浸了水的棉絮，不但揉不散反而越涨越大，涨得连呼吸都变得酸涩艰难。

在观察艾子衿足足一炷香之后，郭若芯似乎终于确定对方对自己没有恶意，这才小心翼翼地跟着艾子衿走到床边。

"你是谁？"她低头用空着的右手使劲儿搅着衣角胆怯问道。

"我是艾子衿。"艾子衿柔声道，在她身旁坐下。

"我认识你吗？"她抬起脸，眸子虽大却无神。

艾子衿点头，温和地握住她的手腕。郭若芯初时仍有挣扎，后来终于被她友好的态度打动，乖乖得任由她握着自己。

"我在你家见过你，你当时不让我进去，记不记得？"艾子衿一边说，一边轻轻揉着手腕横纹正中。手腕横纹正中，乃神门穴，为人之神气门户，属于手少阴心经，平时揉按可治疗心悸、痴呆、癫狂等症，此时正可安定郭若芯散乱之神志。

艾子衿初时只是轻揉，力量却在一遍一遍的揉捏中渐渐加重。郭若芯虽还呆呆傻傻，情绪却比刚才稳定了许多。只见她迷惑地望着艾子衿，喃喃道："我见过你？我为什么不让你进去？"

然后她一边皱起眉一边好奇地打量艾子衿，仿佛在努力回忆。她的眸子在黑暗中一闪一烁，像想起了什么，可接下来又是一片茫然。

所有的声音都变得渐渐浅淡，郭若芯不知为什么开始频频打哈欠，眼皮也渐渐沉重起来。

艾子衿还在揉着神门穴，揉按神门穴不但可安神定志，也可治失眠。郭若芯虽不失眠，却也因神门中气血的缓慢流动渐渐睡了过去。

待她睡熟，艾子衿才将她放平在床上，从她怀中悄悄抽出枕头。然后，她再次点燃火折子，看见郭若芯的眉头随着火光的突然亮起而快速一拧。也许是太久没有见过亮光吧，火光之下，她的眼睫动得极快，眼睑上那扇形的睫毛浓影扑扑闪动。她不时皱着眉，紧张时会紧紧咬住牙，像正做着一个撕心裂肺的噩梦。

艾子衿叹了口气，从随身携带的针袋里抽出一枚长针，在火上仔细淬过。她亲眼见乔之甦用十三鬼穴法治疗唐何大夫人的失心疯。乔之甦说过，第一针为鬼宫，在人中穴上，入三分。艾子衿凝神定心，手腕快速一转，手中的针霎时没入郭若芯人中穴。第二针为鬼信，在少商穴上。她抬起郭若芯的手，在拇指甲角斜往上斜刺……

"失心疯多是心里有事压紧，气郁久而久之变成鬼。此鬼非平常所说鬼怪，而是一种扰乱神志的邪。而用十三鬼穴法治此病，并不是将鬼制住乃至杀死，而是请其从病人的穴位上离开，即所谓驱鬼。所以医者攻其鬼宫，劫其鬼路，甚至断其鬼藏、鬼腿，都是让大鬼小鬼退无可退而自行离开。治病时要求医者心神合一，不要让那些鬼气入了医治者之身。施针完毕后自己也要好好调度气息，以免因为气耗而让鬼邪趁机入了自己的身体，这样反而得不偿失了。"

其实在乔之甦当着她的面治疗唐大夫人前，她也曾在他写的医案里看过这样一段话。艾子衿默念着他写在医案上的话，又回忆着他当时治疗唐大夫人的情景，聚敛心神，提腕再刺一针……

鬼垒（隐白穴），鬼心（大陵穴），鬼路（申脉穴），鬼枕（风府穴），鬼床（颊车穴），鬼市（承浆穴），鬼窟（劳宫穴），鬼堂（上星穴），鬼藏（会阴穴），鬼腿（曲池穴），鬼封（舌下）点刺出血！

施完十三针，艾子衿喘得比走了一夜的路都要剧烈。她终于明白了乔之甦写在医案里的另一段话了："治病当以神治，就是用自己的正气调度患者的病气，针灸尤其当如此。所以施针之人需要时常调度气息，运行血脉，将从病人身上度来的邪气与天地自然的正气交换。医者亦是媒介，将患者的病气与自然天地的正气相交换。此之谓天人合一，亦所谓针灸必当用气。"

她估摸着有三盏茶的时间，这才将针起出，再从怀中取出艾绒来。艾绒被她细细搓成长条，又用备好的薄纸仔细卷起。然后她将火从火折子上引到艾条上。艾绒很快被点燃，明火消失后，只见小团火星顺着艾条徐徐往下蔓延。

还有最后一关——

"鬼哭穴即为拇指指缝。若病人神魂不明、恍惚惊扰，可在十三鬼穴外用艾炷在两甲角及甲后肉骑缝处，用火灸攻之。这就是鬼哭火艾，目的便是要让大小鬼神哭着去而莫返。[①]"乔之甦的医案中还写着这一段，在他治疗唐大夫人时，因她突然昏倒而没有看到。她只能按照他医案中所说，再依着自己的想象摸索进行。

---

① 此法出自《针灸大全》。

在给郭若芯治疗前，她还想起乔之甦在总结失心疯时的那段话："所谓鬼莫不是人心作祟。心为君主之官，即是说心乃是十二脏腑的君主，就像君王与臣民，君王有恙则举国不定。故心不安则十二脏腑亦乱。十二脏腑乱，则清阳自然不升，浊阴自然不降。浊阴不降则凝聚为痰湿，上攻轻窍而扰乱神志，这便是鬼在作乱。故而失心疯者往往身体也会有恙，乃是君主之官累及臣民所致。这便是所说的：心主神，心不安，则魔自生。医者用针用药，其实也不过是借助自然之力罢了，鬼邪之病，真正需医的仍是心病。"

想到这里，她低头看了看仍是沉睡的郭若芯，低声道："我也是试试，能帮你多少只能看你的心魔有多重了。"说着，她将郭若芯两手用一条带子一绑，将艾炷往郭若芯甲缝里凑近。她用的是灼法。所谓灼，便是将艾条点燃往皮肤上贴。

艾香柔柔如暖阳，熏得满屋子渐渐暖了起来，亦灼得郭若芯甲角侧的皮肤泛出深重的红晕来。

火星子一点一点在蔓延，艾子衿专注地观察着郭若芯时而痛苦时而又放松的表情，只觉得自己的心也像跟着时紧时松起来。却在此时，她感觉肩头被一双手抓住，吓得双手慌乱地松开，点燃的艾炷啪的一声掉到了地上。

"你在这儿做什么？"低沉的声音阴郁得如含了千年寒冰，艾子衿听出是沈斯的声音，心中惊吓顿转为一种冷彻。

她镇静地转过身来，泰然自若道："老朋友，过来看看。"

"过来看看？"沈斯冷笑，映着火光的眸子突然一闪，"你还真能找，连这儿都找到了。"

"也许是你将她藏得还不够隐秘。"

"你！"沈斯气极，扬起的手似要甩出，却又突然收紧五指，捏成拳头，然后慢慢放下，"这几天还找到了什么？"

"那就要问你还有什么怕被我找到。"

沈斯的脸色难看至极，语调却依旧不冷不热："当初是她拆散了你我，我以为你会恨她。"

"拆散你我的究竟是你还是她？"艾子衿冷哼，"一个巴掌拍不响。可怜她一片真心却做了你的踏脚石，我又何必恨她！"

"所以你恨我？"沈斯凝视她，仿佛要看进她的心里去。

"我恨的不是你，而是我自己。"艾子衿冷冷答道。

"你这是什么意思？"沈斯眯起眸，危险得像一只随时都会扑过去的野兽。

"我只恨为何会认识你，为何要——"

"啪！"掌印终于在艾子衿白皙的侧脸绽开如曼珠沙华的血红，艾子衿却笑了，笑得没有温度。

"沈斯，你就算逼我打我，都不能左右我的思想！我就是恨自己，恨自己认识你，恨——"

"住嘴！"沈斯大叫。

"你怕我说出什么？你也会害怕吗？当初你利用我诬陷乔家，又害死郭如楚，现在还害得郭若芯变成这样子。沈斯，你究竟还有没有良心，你还做过多少……"

"住嘴！"大叫一声，他突然扑向她，将她狠狠压倒在地。

"我跟你说过，住嘴！"他低哑了声音，眸光里似带了一把刀。

艾子衿被他的神情吓住，一时忘了反抗。

"这一切都是为了你，为了你，你知不知道？"他痛苦地喊，眸子红得被血染了般。

"不要为自己的行为找理由！"艾子衿反应过来，愤怒地挣扎着，然而手却被沈斯牢牢禁锢在头顶。

"找理由，你觉得我在找理由？"他笑，近乎癫狂，看得艾子衿心中惊怕。

"你知不知道，全家人都死了只剩我活着是什么感觉？你知不知道天寒地冻却连一口冷馒头都抢不到是什么感觉？你有没有和乞丐抢过食物？你有没有像过街老鼠一出门就被人扔石头还冷言冷语……没有，你们都没有！乔之甡算什么，乔衍算什么？他们凭什么可以当御医，我全家人却要被火烧光！对，我是没骨气，为了前途我可以出卖自己，娶一个我根本就不爱的女人。你那个正人君子乔之甡又能好到哪里去？他明明知道你心里还爱着我却要利用你娘的遗言胁迫你嫁给他，他这样乘人之危算什么正人君子！我就是恨他，我恨他抢走你！"

"你错了，沈斯！乔之甡从来没有胁迫我，虽然是我娘的遗言让我嫁给他。

但是在嫁给他之前，我有很多次机会可以反悔，但是我没有！"艾子衿痛心疾首地望着他疯狂的怒颜，"你总是在给自己找理由。就算你家只剩你一个，关乔之甦什么事，关乔衍又有什么事？为什么你要别人为你的错误负责！我真的没想到我认识的沈斯，竟然会是这样的人！"

"不关他们的事？"沈斯愤怒地瞪着她，吼道，"你什么都不知道，凭什么一口断定不关他们的事？"

艾子衿闻言怔住，心里觉得他话里有话，却又说不出是哪里不对劲。

"艾子衿，你没有权利对我说教，这个世上没有一个人有权利对我说教！"沈斯吼道，"走到今天，我已经别无选择！是你逼我的！"他狠狠地压向她，冰冷的胸膛起起伏伏压着她的胸。

艾子衿的鼻尖顿时充满他的强硬的气息。她觉得窒息，她想逃，从他疯狂的桎梏中逃开，可是她的挣扎却只换来他更疯狂的举动。

"我不会放开你，这辈子都不会！你做梦都别想再和那个姓乔的旧梦重温！"他血红的眸子里染满疯狂，用力地撕扯着她的衣服。

"不，不要，沈斯，停下来，我会恨你，恨你一辈子！"艾子衿愤怒大叫着，反抗着，却丝毫不能阻止眼前这个失去理智的男人，"沈斯，求你，求你停下来……"

她的声音终于在与他用力的拉扯间转为悲泣。一滴泪自她的眼角坠落，无力的光泽映入沈斯已是疯狂的眸。可是他不准备停下来，他吻着她，报复地惩罚地吻着她，吻得她满满一口血腥。

她很恶心，想要吐，却连吐的力量都失去了。挣扎终于渐渐停止，她平躺在地上，眼神空洞而绝望。风很冷，从每一个毛孔往里渗透，全身的血液仿佛都被冻结了，全身的知觉也消失了。哭吧，哭吧，就像风擦过耳边，那是来自地狱的凄凄哭泣。

可是，她为什么要哭？

这黑暗，这风声，还有身上趴着的这个如野兽的男人在突然间都好像消失了。只有袖口里的针袋还有贴着手腕皮肤的真实触感。她悄悄攥紧了袖口里的针袋。

便是死了又如何？只是，此生怕是再难相见了吧，乔之甦！

她闭上眼眸，嘴角却弯了起来，手中已多了一枚长针，三寸长针，足够从膻中穴刺下去！

沈斯停了下来，像是被身下女子的异常反应吓到。他眯眸沉思地望着艾子衿视死如归的表情，却突然看到右侧银光一闪！

沈斯大惊，手正要抽出，奈何……

艾子衿的手离胸口只有三寸半，针尖离胸口只有半寸……

半寸的距离！

"啊！"沈斯突然哀号一身，扑了下来。艾子衿手中的那枚针还来不及刺出就已被甩了出去。然后她才看到沈斯痛苦地闭着眼。他昏了过去，竟然昏了过去。艾子衿觉得自己像在梦里，惊愕地瞪着眼前戏剧性的变化。

"艾姑娘，还好吗？"柔柔的声音传来，艾子衿这才回过神来，看到郭若芯的手里竟然还握着一块带血的石头。

郭若芯将她从沈斯身子底下拉了出来，却又突然呕吐起来。吐出的竟是痰涎。艾子衿一怔，明白过来自己对她所施的十三鬼穴法已然发挥效果，又加上刚才与沈斯的争吵，触动她的心弦，竟不但将拥堵在她脑中无形的郁结打开，也将她体内有形的痰涎逼了出来。当下，她顾不得说话，取出一枚长针，找到郭若芯幽门穴便刺了进去。

郭若芯正在呕吐，突然上腹偏左部分一根细丝般的东西扎进，紧接着便有酸麻胀痛在腹部膨胀开来，胸口那一股难以遏制的反胃竟就在这种酸麻胀痛里缓解了。

她惊奇地望着艾子衿，问道："这是……"

"不要说话。"艾子衿道，提腕又是一刺，在她中府、石门、商丘等处又扎了进去。

郭若芯不知道，这幽门穴为肾经上的穴，肾经虽为足少阴经，却与足太阴脾经在脚趾气血相合，故而正可止吐。

见郭若芯呕吐缓解，艾子衿方起了针，这才发现自己竟是衣不蔽体。遂尴尬不已。郭若芯既是身体已复，便也发现了艾子衿的情况，遂将一件旧衣服取了出来披在她的身上。

郭若芯的衣服多年未洗，艾子衿穿在身上却觉得温暖异常："谢谢你。"

"你应该谢你自己，若不是你救我，我又怎能救你？"郭若芯的笑已不见了七年前的冷傲，却多了沧桑。

"你怎会变成这样？为何会……"

郭若芯眸中悲痛，半晌才悠悠叹气道："我的孩子早产而死，我一时不能接受，故而……"

"我是曾听说你怀孕，但为何……"

郭若芯不说话，只是低头望沈斯，目光复杂，爱多于恨。

"难道是他？"艾子衿震惊地随她看地上的男人，仿佛看到一个恶魔般。

郭若芯不承认亦不否认，向床边走去，拾起那曾经一直被她抱在怀里的枕头，苦笑着摇头叹息："这个梦，我真是做得太长了！其实也不能全怪他，毕竟他也是无意的。"

"虎毒不食子，他这般对你，你还为他辩解。何况，何况他关了你三年啊！"

郭若芯凄惨一笑，却不说话。

"为何孩子会早产？为何他又要关你？"

郭若芯望她，眼睛里有犹豫。

艾子衿上前抓住她的肩，激动地逼问道："你发现了他的秘密了，对不对？什么秘密？是关于红丸的？当年他……"

闻及此，郭若芯突然甩开她，往后退了几步。

"我猜对了。"艾子衿望着她矛盾痛苦的眼眸，一步步逼近，逼得郭若芯慌乱退到墙角。

"你何苦要知道此事，知道未必是好事！"

"我要知道！"艾子衿坚决地望着她，"你知不知道现在有人用红丸控制那些无辜的人！我要知道真相，我要知道真正拥有红丸的人，这不但是替乔之甦申冤，也是为了其他人！"

"乔之甦！"郭若芯没有忽略艾子衿提到乔之甦时发亮的眼眸，"你爱的是乔之甦？"

脸颊热了起来，艾子衿还是用一种肯定的眼神望她。

郭若芯突然叹出一口气来："为何，为何会这样？你可知他做的这一切，一半是为你！"

"诬陷乔家是为我？罔顾王法，杀人害命，也是为我？"

艾子衿的句句质问，叫郭若芯一时答不出来，半晌，方听见她浅淡的声音幽幽浮起："红丸案本就是个契机，是东林党与浙党、鲁党、湘党相斗的导火线。我爹与他只是利用……"

"所以，陷害乔家只是顺带，怪只怪乔之甦娶了我，乔大人刚刚好又是浙党的人。"艾子衿冷冷笑道，"他们还利用孙承忠认出乔之甦的字，让旁人没有辩驳的机会！多么丝丝入扣的阴谋，真是可笑，当初东林党要害乔家。现在乔家之子乔之甦变成了东林党，沈斯又成了阉党，他还是要杀乔之甦。"

郭若芯怔得说不出话来。

艾子衿望她，探究的视线仿佛要看进她心里去："你说的这些我早已想明白，我只是要问你，这红丸究竟是什么组方，为何会重新出现在宫廷中？究竟是谁交给李可灼？还是李可灼根本在说谎，他就是红丸真正的拥有者？"

郭若芯望她一眼，低叹气："你又何苦要知道得这般清楚？"

"这么说你是知道了？你便是因为知道了才被关了近三年？"

呼吸低弱不可闻，却有叹息，郭若芯的叹息一声重过一声，密室中的空气也仿佛在这声声叹气中沉沉向下坠去。

"告诉我？"艾子衿又逼问一句，"你该知道，便是你今日不肯说，将来也总会有人知道。"

"我知道，天网恢恢疏而不漏，但是……"郭若芯低喃，突然抬头，眼睛里有晶莹闪烁，"若是将来，将来他……你会放过他吗？"

艾子衿冷笑道："你该问他现在是不是会放过我？"

郭若芯低头哽咽道："我知道，他……他太执着！老天自有公断，只希望若真到了那一天你能……你能替他求情。"

"你太看得起我了，且不论我是否能活到那一天，便是到了，我跟谁去求情？何况古来自今，不见得便是恶有恶报。"

"就算如今你不再爱他，好歹你们也曾……算我求你，我求求你……"郭若芯突然跪了下去，泪断似珠。

"你又何苦……"艾子衿深深叹道，"他当初为得魏忠贤欢心，对你父亲落井下石，后来又害死你们的孩子，你……"

"因为我爱他！"郭若芯道，瞳眸里的悲戚被柔情替代，"你骂我傻，骂我痴，骂我不孝都行，我爱他，即便他做了十恶不赦的事，我也愿意陪着他进地狱。"

艾子衿怔住，在她祈求的眼眸下，终于点了点头。

郭若芯嘴角轻轻一牵，道："其实红丸……啊……"她还来不及说完，眼珠子突然瞪圆了，身子便这么直勾勾扑倒在艾子衿跟前。

艾子衿这才看见她背上的一把刀，银色的刀，沈斯劈下的刀，正中郭若芯的命门穴。

血殷红得如开满忘川河畔遍野的彼岸花，在她白色的襦衣上渗开，如恶魔般张扬着。

艾子衿大骇得后退，跌坐在地上，然后爬到郭若芯的身边。郭若芯的眼睛是闭着的，艾子衿分明看见她是睁着眼扑倒在地，却在临死的刹那自动闭上了眼。然而她的眼角却有一滴泪，冰冷的泪。

她一定早已知道自己会死去，会死在自己最爱的男人手中，所以她没有惊诧，也没有愤然。她的表情是安静的、悲伤的……可前一刻，她还在替杀她的这个男人求情，辩解。艾子衿愤怒地抬起头——

沈斯的脸隐进浓郁的黑暗，那一对眸却黑白分明，勾出冰冷的寒光。

恶魔！只有恶魔，才可能在杀掉自己的妻子时还能有这样冷漠的淡然！

"你可以成为真正的沈夫人了。"他望着她，冷酷地笑了。

第十五章　神阙谜重重

端午，艾香浓郁，有人拿雄黄酒在门口洒了一圈。孙九妹轻轻一跳，却还是未能幸免在鞋上沾了几滴青黄的雄黄酒。闻着脚上浓浓酒味，孙九妹皱眉："怎么不看人就倒！太没道德了。"

严佟跟在九妹身旁淡淡地微笑，将一条五色丝线编成的彩带递到她手上。那次寻找李可灼，两人虽起了小争执，却因此更加了解，反而成了好朋友。从来没有与女人接触过的严佟遂渐渐对这个英气勃发的姑娘产生了一种以往不曾有过的情感。

"这是什么？"愤怒果然被好奇转移，孙九妹拿着彩带在眼前乱晃，丝线缕缕，被晌午的日光一照溢出别样的流彩。

"五彩缕。"严佟含笑答道，将五彩缕从她手中又取了回来。

"喂……"孙九妹瞪起眼，见他笑吟吟将彩带系在了自己胳膊上，一时忘了说话。

"这是做什么？"

"五彩缕，又叫长命缕，是给你系的，不是给你晃的。"

"什么系的晃的？"孙九妹不耐烦地皱起眉。

严佟好脾气地笑着耐心解释："长命缕是保佑你岁岁平安，长命百岁的。忘了吗，今日可是端午。"他指了指路边民宅门口挂着的艾叶和菖蒲。

孙九妹好奇道："长命缕和端午有什么联系？"

"端午又名重午，传说是极不祥的日子。你看这些挂在门口的艾叶、菖蒲，那都是驱邪的，还有刚才泼了你一脚的雄黄酒，也是辟邪驱虫的。你呀，真不用噘嘴，还应该好好谢谢人家。"

"谢她，我鞋子脏了，谁帮我洗，你洗？"

严佟笑着点了点头，眸子里晶光发亮。

孙九妹微微一怔，觉得被他这么注视着，脸上有点烧，但又像是被当头的烈日烤热的，慌忙跳到阴凉处，低头拨弄自己手臂上的五彩缕："这个也是辟邪的？"

"对，还有一种艾虎，是用彩带剪成虎的样子再贴上艾叶，可以戴在发髻上，据说也可以辟邪。"

"喂，你想都别想！戴那种东西，想想都觉得丑，万一让乔大哥看到，不笑掉大牙才怪。"孙九妹警惕地跳开一尺远。

严佟温和地笑着，眸子里仿佛开了花："咱们老祖宗流传下来的东西，你还真别小瞧了，这里面好多讲究哩。"

孙九妹觉得脸上烧得更厉害，不敢看他的眼睛。她烦躁地摇了摇头，叫道："什么乱七八糟的，我才不信。"虽口中说着不信，她并没有要将五彩缕解下来还他的意思，只觉心中有暖意裹着羞涩涌了上来。她嚷嚷着掩饰羞涩，"我只知道端午要吃粽子。你还没请我吃粽子。"

严佟闻言立即叫住挑着担子来回叫卖的小贩，买了两个粽子，剥好递到孙九妹手中："吃吧，别说我小气，没带你去吃凤阳楼的里的粽子。"

孙九妹睁着一双明亮亮的大眼，半天回不了神。

"怎么了？要我喂你不成？"严佟忍不住捉弄她。

"谁要你喂？"孙九妹白他一眼，一边大口嚼糯米裹着红枣的粽子，一边含混不清地说，"凤阳楼的粽子，你欠着！"

"好——"似在妥协，严佟深黑的眸子里却掩藏着深浓的宠溺。

这时，左边小巷突然走过一个人，那浑身散发的冰冷气息让孙九妹立即就想到了江畔居里偷袭孙承忠的蒙面人。

"是他！"话音未落，她扔掉才吃了一半的粽子迅速往那人追了过去。

严佟听到孙九妹惊讶而愤怒的声音，又见她突然发力狂奔，还来不及看清那个人，便慌忙跟了过去。当他赶到时，孙九妹已与那人打了起来。严佟见那人是沈斯身边的随从沈九，心中大骇，竟忘了帮忙。

孙九妹一边打一边咒骂："不要以为我认不出来。你这个凶手，还敢明目张胆到处走？就不怕被人扔鸡蛋砸石头，剥了人皮腌成豆干条？用你腌的豆干条，给狗狗都不吃……真是天理不容，地理也不容，我看你还是自行了断，省得本姑娘耗体力耗心力……"她打得气喘吁吁，骂得也气喘吁吁，转头却见严佟呆如木偶地站在旁边观战，当下来了气，也顾不上对方攻过来的"虎爪夺心"，对着严佟又是叉腰又是瞪眼，"呆着干什么，还不过来帮本姑娘的——"

"忙"字未出口，她见严佟瞳孔突然收缩，竟往自己冲了过来。她还没反应过来发生了什么，便觉腰突然被一只有力的手臂揽住，脚随之凌空。待她反应过来，才发现自己像个陀螺转了起来，那个抱着他转的男人竟是严佟。

旋转，再旋转，周围的景致消失不见，周围的声音也消失不见。她只看得见严佟的侧脸，只听得见严佟的心跳。她第一次如此近地看严佟的侧脸。严佟并不如乔之甦五官俊美，却有别有一番风味的粗犷，尤其这般侧脸看去时，他的浓眉、鹰钩鼻、厚嘴唇、方下巴，竟是那样的刚毅而坚定。她也是第一次如此近地听严佟的心跳。严佟的心跳很稳，一声一声透过宽阔而结实的胸膛，如鼓槌锤进她的耳膜。

她的脸突然红了，心也乱跳起来，一股热力从他的胸口隔着衣料传至她的肌肤，她觉得自己身体都软了下来。

却在这时，胸口一凉，胸前结实的胸壁突然离开，腰上那只有力的手臂也离开了，她这才惊觉自己的脚又接触了地面。淡淡的失落无端从心中升起，她转头望去，才看到沈九不知何时竟被严佟推出了数尺。

严佟气得斥责道："打架就打架，停下来做什么，你以为是小孩子耍戏，别人还给你留空子喘气。"

"那你停下来做什么？"孙九妹眨巴着大眼看她。

严佟顿时愣住，当下急转身。沈九正像只凶狠的猎豹扑来。在一尺之外沈九突然伸出右手，那右手五指弯起，竟是豹爪，径直便往他眼里捅去。

他的手指虽然离严佟只剩半寸，严佟却不慌不忙地踮脚，如一条泥鳅便从他左肩灵活滑了过去，反手抱住他的腰往后一摔。

"好！"孙九妹看得目不转睛，激动地鼓掌叫好。

严佟朝孙九妹笑了笑，趁势再朝沈九推去一掌。沈九瞳孔突然收缩，身子却不退不避，口未开启，似乎在念叨什么。

严佟挡住了孙九妹的视线。她没看到沈九嚅动的唇，却只看到陡然停下脚步的严佟。严佟的掌竟在沈九身前一指处停了下来。

"严佟，你停着干吗，搞什么鬼！"孙九妹气极大叫，见沈九要跑，一跃而起往他腰间踢去。

然而严佟突然回转身，孙九妹的脚眼看便要踢到严佟身上。孙九妹心神一凛，慌忙收脚，眼睁睁看沈九倏地消失在日光斜照的小巷尽头。

"你做什么？"她又惊又怒。

"他是沈九。"严佟转开脸不敢看她。

"沈九，什么沈九，他要杀我爷爷你知不知道，而且他……"孙九妹突然停下，震惊地看着他，"你认识他，你和他是一伙的！"

"不，我不认识他。"

"不认识他，你还知道他的名字？"孙九妹气得对他又踢又打。严佟站着任她拳打脚踢，却半天不哼一声。

孙九妹打累了，气喘吁吁地望着他被打得乌青的脸，恨道："你干吗不还手？你不是很厉害吗？把沈九都打得屁滚尿流的，你那么厉害，干吗不把我杀了交给沈九算了？"

"你知道我不会这么做。"严佟深深地看着她。

"那你为什么要放他走？"

"他是沈斯的心腹。"严佟打断他。

"沈斯的……"孙九妹倒抽一口气，"这么说是沈斯要杀我爷爷，七年前也是沈斯要杀乔大哥。"

"你在说什么？"严佟不明所以。

孙九妹方将事情一一道来，直听得严佟眉头紧皱，脸上却又不时露出迷惑。

孙九妹恨恨道："那些人果然是被魏忠贤控制了。东厂想借红丸控制无辜的人，太阴险了，真是太阴险了！"

"魏忠贤？"严佟迷惑地望着孙九妹。

"你笨啊，沈斯是魏忠贤的心腹，沈九又是沈斯的心腹。肯定是魏忠贤吩咐沈斯用红丸控制那些人，又吩咐沈斯叫沈九杀我爷爷。魏忠贤早看我爷爷不顺眼了。什么李可灼，我看咱们都不用查了，还看不出来吗？李可灼早被魏忠贤收买了，否则为什么红丸案都过去那么久了，他老人家却突然慈心大发帮李可灼翻案。他怎么不顺便行行好帮乔家翻案呢！上次围住咱们不让去找李可灼的乞丐肯定也是魏忠贤的人，你看他们一个个面黄肌瘦的，分明就是吃了红丸上瘾的模样。"孙九妹一口气说完，气得嚷嚷道，"都怪你，都怪你，现在你想查也查不到了。"

　　"至少你我知道他是沈斯的人。"严佟道。

　　"那又怎么样？你还不是放走他了？以后要抓他就难了！"孙九妹转头不理他。

　　严佟叹了口气："他见过我，知道我是信王的人。"

　　"那又怎么样！"

　　"我不能给王爷惹麻烦呀！小不忍则乱大谋，王爷此刻蛰伏，便是要待最后一击。若是被那姓沈的知道蛛丝马迹，打草惊蛇，你认为乔之甦还能从宫里活着出来吗？"

　　"什么活不活着出来？乔大哥不就是去给客氏治病吗？关活不活着什么事？"孙九妹激动地拎住严佟的衣领。

　　"乔之甦难道没跟你说，他进宫是要去挑拨魏忠贤与客氏的关系？"

　　"你们，你们竟然让乔大哥去冒这个险！"孙九妹气极，抡起拳头又往严佟胸口打去。严佟避也不避，硬生生接了一招，加之先前被她打的那几拳，竟吐出一口血来。

　　"干吗不躲？"殷红的鲜血总算让孙九妹冷静下来。

　　"能让你气平一些，我受点伤也算值得。"见她又嘟着嘴转过身，严佟苦笑着将她的肩扳正，"这是釜底抽薪之计，也是孙大人与王爷一早就定下的。"

　　"爷爷也知道？"孙九妹不敢相信地瞪大眼，遂想起是孙承忠叫乔之甦要听信王的命令。

　　"人在江湖，身不由己。我想这一定也是乔之甦深思熟虑后的决定，毕竟就算是王爷，也无法控制他。"严佟想起在若音紫阁见到的那个冷峻男人，低声说道。

孙九妹气势顿时弱了，她低下头喃喃问道："现在宫里的情况怎么样了？"

"听说客氏极信任他，甚至与魏忠贤吵了起来。有客氏保护，乔之甦暂时不会有危险。"

"暂时，那也是暂时啊！以后……"

"以后那魏忠贤也活不了多久。"严佟身上布满杀气。

"真的？"九妹抬头问道。

"我发誓，只要我活着，一定会保乔之甦周全离开京城！"

他坚定的语气和真诚的眼神叫孙九妹渐渐安下心来。"那是什么？"孙九妹眼尖地指着角落里赫然多出的一封信问道。严佟眼明手快，比孙九妹快一步将信拾了起来塞进怀中："让我看看，可能是沈九刚才落下的。"

"所以我要回去交给王爷，说不定能找出沈斯的秘密。"

"那我更要……"

"先让王爷看吧，在他看到之前打开总是不好。"

孙九妹想了想，不再争抢。严佟转身，巷子旁高墙内伸出的那一簇密密交错的树枝在风中轻轻摇曳，落下的阴影瞬间掩住了他眸子里深沉的幽光。

端午当日，皇城外家家户户挂菖蒲艾叶，人人抹雄黄酒戴艾虎吃粽子。皇城乾清宫里宫女太监却乱成了一团。

"王大夫，为何皇上到如今还是不醒。"张皇后忧心忡忡望着龙榻上痛苦闭眸的熹宗。

地上长跪不起的御医王谦和吓得冷汗淋漓，半天哼不出一句话。

"御医院养你们这帮人做什么吃的？这点风寒小病都治不好！"张皇后语气突然转厉，视线如剑刺来。

王谦和身子一颤，只觉得连裤裆都湿了。

"来人，把这帮没用的江湖郎中统统关入天牢！"张皇后站起，凤眉倒竖地指着王谦和，发髻上的凤钗亦随她起身的动作晃了起来。

王谦和顿时吓得如软泥般瘫了下去。

偌大的殿里，凤钗叮叮咚咚轻响，伴皇后因发怒而剧烈的呼吸，汇成一曲诡异的音符。

屋外的锦衣卫已冲了进来，脚步却突然停下。

有人在看他们，那个人却不是皇后。

那个人站在左上角，双手交叉放在小腹上，手中还握着一根拂尘。他似已睡着，细长的眸却在低垂的睫毛下闪烁着精光。他的脸很圆，皮肤养得水嫩非常，然而头发却已白透，被高高束进紫金冠中。

他不是帝王，却浑身上下透出一种王者之气。

他不是混混，却从里到外透出一种无赖味道。

谁看到他都会觉得他不好对付，能将这两种感觉完美结合的，又岂是好对付的人？

锦衣卫已停了下来。他们看见他睁开了眼。这慢慢睁开的细长眼睛，说多温和便有多温和，然而他们却觉得好像看到一柄锋利的寒刀。

张皇后也看到了那双看起来很温和的眼眸，气得胸口起伏不定："你们反了不成！"她在骂锦衣卫，视线却定在那白发男人的脸上。

锦衣卫依旧低头不敢进一步。

张皇后干脆走了下来，气急地在他们每人脸上扇了一巴掌。可他们还是不敢动。偌大的宫殿里，她仿佛在唱着独角戏，她气怒地跺了跺脚，干脆走向左上角。那人就看似温和地站在左上角。

"魏忠贤，叫你这帮狗奴才滚出去！"

那人便是九千岁魏忠贤。魏忠贤横了一眼呆若木偶的众锦衣卫，后者果然乖乖退了出去。这时他才弯起笑非笑的嘴角，尖声道："娘娘莫气，伤了身子，这皇上醒来娘娘又病了，老奴怎担当得起。"说罢，他故作谦恭地一躬身子。

"你……"张皇后怒指他，手指终于一弯，硬生生握成拳收回身侧，脸上的怒意转为冷讽，"还有什么是你不敢担当的。"

"娘娘折煞老奴！"

"好，我且问九千岁，如今皇上龙体有恙，你叫来的这帮废物却没起到半点作用，该如何处置？"张皇后压抑住不断涌起的愤怒，斜眼逼视他。

魏忠贤仍是似笑非笑："娘娘，治病不能急在一时。"

"是，是，是！"王谦和像拉住了一根救命稻草，头点得跟捣蒜似的，"此时是端午，这端午之日最毒，皇上，皇上怕是中邪了，找些……"

"混账！"一只花瓶划过空中后在王谦和身前碎开，惊得他生生咬了自己的舌头。张皇后怒气冲冲地骂道，"你除了搞这些神神怪怪，还能做些什么！"

"你少说一句。"魏忠贤的声音听起来波澜不惊，却仿佛暗藏激流奔涌。他斜眼看了一眼张皇后，不阴不阳道，"你可记清了，皇后最不喜这些神怪法力，日后再撞到这上面，就算求神神告奶奶，也没人保得了你这条狗命！"

"是，是，小的谢九千岁，千岁千岁千千岁！谢皇后，千岁千岁千千岁！"王谦和慌忙俯身大拜。

"还不赶紧给皇上再开个方子出来。"魏忠贤斥道。

王谦和吓得屁滚尿流，几乎连滚带爬地爬到了龙榻之前，哆哆嗦嗦将手搭在了熹宗寸口脉上，眼睛却不住往魏忠贤这边瞟着。

"魏忠贤，你这是什么意思？"

"娘娘，奴才怕娘娘气坏了身子，先将这狗奴才骂了，望娘娘恕奴才自作主张之罪！"

张皇后气得半天说不出话，到最后将眉梢一跳，冷嘲热讽道："你这奴才也有自己的奴才。好，真好！"

魏忠贤不气也不怒，依旧慢条斯理操着尖细的嗓子道："奴才的奴才，还不是娘娘您的奴才？娘娘您要打要骂，不还是随您的性子？"

"你以为我是魏公公你，见着个人便要打骂。"

"娘娘说笑了。"魏忠贤恭敬地将头压低，阴影打过他的侧脸，将那一对眸子映得无比冷暗。

张皇后闷哼一声，转身对王谦和道："再治不好，小心你狗命。"

正在摸脉的王谦和一听这话，两腿一软，啪的一声跌到了地上。却在此时，门外一声尖细嗓音响起："奉圣夫人到！"

张皇后闻言，眸色一冷，身子立刻挺了起来。魏忠贤则又惊又喜地往外瞟去，却在看见客氏身后的人时，脸色变得铁青。

乔之甦跟着客氏走进乾清宫，缓慢而从容。在看到魏忠贤时，他稍许停了一下，然后慢慢才踏出下一步。魏忠贤则微微眯起眸，仔细打量与自己第一次正式相见的乔之甦。

在两人暗中对视的时候，才踏进乾清宫的客氏已不顾一切向龙榻奔去，甚至来不及向皇后行礼。

"大胆！"张皇后一声娇斥，"眼中还有没有本宫？"

客氏微微一怔，还来不及说什么，只听见乔之甦高呼道："皇后千岁千岁千千岁！"客氏见乔之甦为自己解围，一阵感动。

却听得皇后厉声斥责："你是谁？本宫说话，你也敢插嘴？"

"来人！给我拖下去！"没等皇后发令，魏忠贤先叫了出来。

眼见着那锦衣卫一个个逼了过来，乔之甦不急也不怕，依旧安安静静俯身贴在地上。

"住手！"那一众锦衣卫刚拉住乔之甦手，便听一阵娇呼，只见客氏又从床榻前折了回来，往魏忠贤一瞪，而后才看向皇后，"这位就是解除江南瘟疫的神医乔之甦，是皇上专门从宫外请来为奴家治病的。奴家多年不愈的顽疾多亏了乔大夫才得以好转。今日我特地带他来给皇上看病。皇后若是不满奴家适才失礼，只管惩罚奴家，犯不上跟乔大夫较劲。"

听到客氏如此说，魏忠贤的瞳孔蓦地收缩，却在张皇后射过来那抹探究的视线后，将下颌压低，悄悄掩起凶厉的眸光。

张皇后不动声色将魏忠贤的神情变化收进眼底，冷傲地俯视之甦淡淡道："你治好了奉圣夫人的顽疾？"

"治病求根，多在平日保养。我只是交给夫人一些需要注意的方法，是夫人平时恪守养生之道，而非草民之由。"

"你倒是会谦虚！"张皇后鄙夷道，"我只给你一次机会，若你能说出皇上之病症结所在，我便让你治；否则管你是谁保着，我也要你和这帮没用的奴才一起为陛下偿命。"说完，她厌恶地瞥了一眼还瘫在地上的王谦和。那王谦和似乎感觉到皇后盛怒的视线，身子蓦地一抽，竟晕了过去。

乔之甦深深一拜，不慌不忙地站起，镇定地朝龙榻走去。然后他半跪在龙榻前，执起熹宗手腕，脸色沉静地将手指探上他的脉，然而他探的却不仅仅是寸口脉，他分别摸了熹宗脖颈旁的人迎、手腕侧的寸口以及脚踝前的扶阳脉。

诊脉可知全身气血流动，有三部九候，原本这三部九候指的乃是按全身之脉，分头部、上肢、下肢三部，每部分别有天、地、人三候，故称为"三部九候"。这人迎、寸口、扶阳便是三部诊脉之处。

众人见乔之甦诊脉法与其他御医大为不同，甚是奇怪。却不知这三部九候乃是先祖流传的诊脉方法，却因此法过为复杂，多简化成只诊寸口脉。这寸口脉处于手太阴肺经，本主候心肺，但这心脏、肺脏，一个是心主血脉，一个是肺朝百脉，全身气血最先便通过这寸口反映出来，故而又有"独取寸口"之说。平常医病，大夫往往独取寸口。这寸口脉分寸、关、尺三部，左右手各不同，左手为例：寸脉候心，关脉候肝，尺脉候肾。右手则寸脉候肺，关脉候脾，尺脉仍候肾。

其实乔之甦最初也是号这寸口脉，却因为寸口脉微弱，那尺脉几乎摸不到。他想起儿时父亲对他说过，三部九候法乃是候全身气血，尤其扶阳脉更是至关重要。他小时便见父亲曾为一名垂死病人摸过扶阳脉。他从未忘记父亲教他的每一句话。于是，他便用最原始的诊脉方法，从熹宗的脖颈开始摸起脉来。

张皇后见乔之甦沉声不说话，举动亦是异常，脸色越来越难看，恨不得便要将乔之甦立刻拖出去给斩了。魏忠贤则悠然地站在一旁，半眯着眼一副等着看好戏的模样。客氏不时紧张地望乔之甦，不时又忧心忡忡往龙榻上仍痛苦沉睡着的熹宗看，然后防备般紧紧盯着皇后和魏忠贤。

众人心思各异之时，乔之甦已将熹宗的手放进锦被之中，又将被子小心一角掖好，方转身从容地朝张皇后跪了下来。

张皇后冷着嗓子斜睨他："可还记得我刚才说过什么？"

乔之甦磕了个首后抬起头，漆黑的眸子直直落入张皇后眼中。张皇后仿佛被他眸子里的坦然所震慑，脸上的戾气渐渐弱了下来。

乔之甦不徐不疾道："皇上乃风寒直中脏腑。"

张皇后闻言，脸微拉长："此时正值夏初，天气正热，何来风寒？"

张皇后声音才落，便听魏忠贤嗤笑一声，吊着嗓子阴阳怪气道："你别以为有奉圣夫人保你便可信口开河。皇上乃真龙圣体，若有差池，你担当得起吗？"

张皇后听着魏忠贤的声音不觉将眉头嫌恶地一蹙，却也没说什么，倒是客氏急着争辩道："乔大夫这么说一定有理由，还没开药方，怎就不对。难道夏天还不让人着凉感冒发烧了？"

魏忠贤眸色微敛，嘴角却依旧堆着假笑："夫人大概不知，刚才御医院里的大夫们已汇过诊，皇上乃中暑入脏而致晕厥。"

"哼，御医院里的大夫的话也能听？"客氏冷笑一声，"怎就不见有几个能治好我的病的？"

"如今说的是皇上的病！你扯自己做什么！"见她当着张皇后之面驳自己的话，魏忠贤脸上终究是挂不住，语气亦越来越差，"皇上面赤乃人人所见之事，又怎说的什么风寒直中？我看乔之甦能治好你的病，也不过是瞎猫碰到死耗子罢了。"

"你这是什么意思？说我随便带个人便要来治皇上的病？"客氏脸上一阵红一阵白，不依不饶瞪着魏忠贤。

"住嘴！"张皇后柳眉一竖，声音里有说不出的威严气势，"皇上病重，你们倒好，吵架吵到这里来了，眼里还有没有皇上！不要以为有皇上宠着，我就不敢办你们。这里好歹是大明的天下，不要忘记自己奴才的身份！"

二人同时噤声，互看一眼，将头低了下去。

"你说皇上是风寒，叫我如何相信？"张皇后冷冷望着乔之甦。

"草民可在三炷香内叫皇上醒来。"乔之甦自信道。

闻言，客氏脸色大变，魏忠贤则冷冷笑了起来："若没做到呢？"

"但凭处置。"乔之甦一字一顿说得凛然。

客氏心惊，还来不及出声，便听见魏忠贤尖细的声音响了起来："皇后，这可是乔大夫自己说的。"

张皇后若有所思地望着乔之甦："你要知道，若有差池，十条命你都不够。"

乔之甦自信地点了点头。

"好，本宫便给你这次机会！"

张皇后一锤定音。客氏大骇，转头恰看到魏忠贤投过来的阴鸷目光，心中一紧。

乔之甦却不慌不忙问人要了一袋盐巴，又要了几片用针尖戳过的姜片。

他预备用神阙灸法为熹宗治疗。神阙正是肚脐正中心，因这地方通五脏，乃是全身真气往来门户，故曰神阙。神阙正对命门穴。所谓命门之火，这神阙灸不但可护住真气，更是燃起命门之火的急救之法。

神阙灸法不算太复杂，最重要便是准备盐巴。乔之甦将盐巴填于肚脐周围凹陷处，使其与其他腹部皮肤相平，然后他将姜片放置其上，最后，一小团艾绒被端端正正放在了这姜片之上。

艾灸本便是阳热之法，姜又可助攻阳气，此刻燃起的艾灸得姜热相助，更是源源不绝向熹宗传递热量。

偌大的寝宫之中再无人说话，众人皆是紧张极了，因不敢明目张胆地往龙榻上看，只得个个低头斜着眼睛。艾烟在愈聚愈多，不多久便将龙涎香的味道盖了过去。烟雾缭绕中，只见原本一片死寂的熹宗竟动了动手指。

"皇上！"客氏眼尖，激动地叫了出来，碍于张皇后，不敢奔上前去。

张皇后慌忙抓住熹宗的手，叫道："皇上，皇上。"

然而熹宗只是动了动手指，却没有醒来。

"怎么回事？"张皇后冷冷瞪着乔之甦。

乔之甦却不慌不忙，又在熹宗气海、关元、足三里等又施下灸法。气海、关元、足三里虽不如神阙穴，神阙穴乃是急救要穴，却也是益气之穴，平日里常灸本就可以延年益寿。熹宗果然除了动手指，连眼睑也动了起来。

三炷香终于过去，恰最后一团艾绒燃尽，熹宗虽然动了手指又偶尔动一下眼睑，却还是没有醒来。魏忠贤突然往前迈了一步，抓住乔之甦的右手，冷声道："皇上没醒，你就要为皇上赔命！"

客氏见状，忙扯住乔之甦的左手："皇后只说给乔大夫机会，没说要他的命！"

"皇后说他十条命都赔不过来！"

"用不着你为皇后下命令。"

"……"

两人针锋相对，竟将乔之甦当成磨心，当众拉扯起来。

"你们眼中还有没有本宫?！"怒喝乍起，叫两人心中一惊，各自放下了乔之甦的手。

却在这时，背后突然传来一声低喃。这极低极低的呻吟却仿佛震天惊雷，众人神色各异地回过头去。

"你们在吵什么？"熹宗虚弱地说道，"皇后，你又和夫人吵起来了吗？朕说过，你们都是朕心疼之人，不要再吵了。"

"皇，皇上！"两个女人同时喜极而泣，魏忠贤则仿佛斗败的公鸡，垂下了头。

乔之甦知道，张皇后一定会来找他。这天夜里，一名宫女果然提着宫灯敲开了他的门。

他在坤宁宫中见的皇后。他进去的时候，皇后正忧心忡忡地望着窗外深浓的雾气。

偌大的寝宫有从铜炉嘴里冉冉升起的浅淡龙涎香。乔之甦缓缓踏进宫内，不卑不亢地伏地而拜。地上由金砖铺成，如一面镜子，映出他宛如刀刻的下颌。

呼吸，徐徐平静下来，脚步轻柔响起，张皇后明黄色的裙摆下角移到了乔之甦身前。她看他，用一种探究的视线。乔之甦却只是平视前方，仿佛根本没感觉到那来自头顶压来的冷峻视线。

"皇上究竟是热证还是寒证？"张皇后漆黑的凤眼里终于有了疑问。

乔之甦这才抬头对上她的视线，一个字一个字咬得清晰："寒证。"

张皇后淡淡扫过他一眼，视线里却有说不出的冷冽犀利："别人都说皇上乃热证，你为何说是寒证？你可知他是真龙天子，这一字之差，便是生死之别。"

"在草民眼中，皇上与平常病人并无不同。"乔之甦的声音听不出半点波动的情绪。皇后脸色一沉。却听乔之甦平静又道，"正因无所不同，才可心无旁骛。"

"你说他们因太多关注，反而误诊？"

乔之甦没有回答，眼神却极自信："皇上虽两颧通红如妆，但这红色虚浮不定；他的手脚如冰，又喜加被而怕冷；且其脉象虚弱无根，不见实热证之数脉，倒有几分寒象的缓脉。故草民诊断皇上的面红非体内实火之红，而是内有阴寒而格阳于外。为格阳①证。"

"你说皇上脸上的红是假红，本宫倒看不出来。"张皇后不以为然道。

乔之甦嘴角轻轻一勾，道："恕草民无礼，猜测几个缘由。"

皇后点头不语，犀利的视线却仿佛要将他看穿。

"半月前，皇上在御花园建造水坝时淋了场暴雨。当时御医开了剂麻黄汤祛风寒。"

"笑话，那病早就好了，你还要用原先的风寒来套皇上如今的病？"皇后瞳孔蓦地收缩，射出一道冷光来，"休想以此来糊弄本宫！"

乔之甦却仍是一副镇定自若的模样："草民倒不认为那次风寒已痊愈。"

"给本宫说清楚！"

"草民认为当日皇上虽受风寒，却并非麻黄汤证②，而是桂枝汤证③。"

"你未到现场，怎如此肯定？"

"皇上当日可有汗出？"

张皇后眸中一亮，看着他的视线里多了一抹审视。

"麻黄汤证与桂枝汤证一大区别，便是这有汗无汗。若皇上当初无汗，颈项僵直，则理应以麻黄汤宣肺解表发汗；但若是皇上中风寒却汗出，那便是桂枝汤证了，应当以桂枝汤调和营卫而解肌。"

张皇后沉默凝思。乔之甦瞧见她脸色，知自己已猜对，继续道："桂枝汤证患者若用麻黄汤发汗，会导致发汗太多而气虚。请问皇后，皇上服药之后是否常常自觉乏力。"

张皇后脸色沉重，却既不点头亦不摇头。

乔之甦胸有成竹地续道："前几日天气大热，皇上怕是多喝了几碗冰镇的甜汤一类。"

"连这种事你都知道？"张皇后愈发觉得惊奇，不由得对他另眼相看起来。

"草民只是依皇上病情推测。夏属阳，万物升发，人的阳气亦随自然之气升发，则使体内阳气空虚，本来应该用姜片来暖中固阳，这就是俗语所说的

---

① 格阳证：中医的病症名，患者体内实寒，在外却表现为阳热。

② 麻黄汤证：出自《伤寒论》，为风寒表实，需用麻黄汤辛温发汗。

③ 桂枝汤证：出自《伤寒论》，为风寒表虚，需用桂枝汤发汗解肌。

'冬吃萝卜夏吃姜'。然因皇上不加注意反而大进冰凉寒气之物。寒气直中胃腑，加之皇上之前发汗太过而致内里空虚，自然难以抵抗寒邪。"

至此刻张皇后终于信了他的话，问道："你是否有把握治好皇上的病？"

乔之甦老实地摇头："草民并无十成把握。"

"你说什么！"张皇后勃然大怒，眸中顿时染上杀气，"你既知缘由，怎不会治？难道你也是魏忠贤那狗奴才的人，巴不得看见皇上……你信不信本宫现在便杀了你！"

"若非魏忠贤恨不得杀了我，皇后怎会放心深夜叫我前来？"面对张皇后的狂怒，乔之甦镇定地一语中的。

张皇后的怒火生生被他这句话压了回去。

"皇上此时已是阴阳隔绝，便是华佗转世，怕也是……"

"难道便没有方法吗？"

乔之甦微有叹息地摇了摇头："草民只能尽力，但……"

"能多久便多久，我要你尽力多……"声音已是哽咽，张皇后眼中不觉掉下泪来。她坐在床榻，温柔地轻轻抚过熹宗皱紧的眉头，"我的儿子一出生便死了，我只有他一个能依靠的人了，我……"

"皇后或许还有可依靠之人。"乔之甦沉声道。

张皇后闻言大惊，丹凤眼眸中猛然射出一道精光。

"信王！"乔之甦抬起头，迎向张皇后凌厉的视线，一字一字铿锵有力。

亦是端午当日，沈斯冷冷推开密室的门。沈家老宅的这间密室，从沈斯搬进新的沈府后便空了下来。没有人想得到这间古旧的房子里竟然还有一间密室。密室里摆着很多书，艾子衿在这间密室里已待了四天。听见开门的声音，艾子衿并未抬头，依旧看手中的书。

沈斯的笑容不因她的冷淡有丝毫变化，他挑了挑眉梢，朝她走去："我就说，你会喜欢这里。"见艾子衿仍是不理自己，他又接着说，"我听说这几天你吃得很少，这怎么行？我可不想我的新娘太瘦啊！"艾子衿仍是不理，沈斯只得拉了把椅子，凑过头去看她手中的书，"在看什么，这么入迷？"

艾子衿则将书合上，转头冷冷道："难道我亲眼看到一个人死在面前，还能

246

心安理得吃得很香？我不是你，我做不到当什么都没发生！"她站起，将书放回书架。

沈斯亦跟着站起："我是为她好。她疯了，疯了的人活着比死了痛苦！"见她不说话，沈斯轻牵嘴角，从怀中取出一个锦盒，打开，只见一只翡翠玉镯夺目华彩，静静躺在红色丝绒盒中，"这镯子是由滇南的上好翡翠所制。"他将镯子取了出来，又拉起艾子衿的手腕，"来，我给你戴……"

艾子衿却扭头将手抽出，退离半尺。

沈斯依旧微笑，眼中却些许变冷。他将玉镯收回，若无其事一般放在桌子上："你要是不喜欢，我给你换个，或者……"

"多谢沈大人，小女子承受不起！"艾子衿冰冷的声音仿佛千年寒冰，有着拒人千里之外的防备。

"何必这么生分，过几日便是你我大喜之日，你真要人家说我沈斯的夫人连件像样的首饰都没有吗？"他的笑愈渐加深，有种让人胆战的冷彻。

艾子衿的身子晃了一晃。

"二十日后，你我大婚……"望着她微微颤抖的睫毛，他微笑地贴近她的耳畔，邪魅地轻语，"我想乔之甦很快也会得到这个好消息。"说完他突然咬住她玲珑的耳珠，用力地吸吮。

"放开我！"艾子衿脸上一阵红一阵白，却被他钳制住手脚，只得拿一对眸子愤怒地瞪他。

沈斯从她的耳垂一路吻到颈后，然后定住不动，嗅着她发丝间淡淡幽香，气息不稳地说道："不要这么看我……你若乖一点……我可能……还可多留姓乔的那厮的狗命……若不然，出了什么事……我可……不能保证！"

艾子衿一怔，身子即刻僵住。发觉沈斯的手也摸了进来，她又羞又怒地紧紧咬住唇，只觉厌恶感铺天盖地而来，竟连胃中都觉得酸涩起来。沈斯却对她的反应置若罔闻，一把揽住她的腰，将她抱了起来。却在此时，一股酸涩不能抑制从她的胃中冲了上来，艾子衿下意识地张开口。"呃——"她吐了，竟然在沈斯刚刚要打横抱她往床边走的时候吐了，将所有的污秽都吐到了沈斯的脸上。

脸色一僵，眸子里的欲火顿时被狂怒熄灭，沈斯随之扬起巴掌。"啪——"

艾子衿白皙的左颊上赫然多出一个鲜红的五指掌印，她的身子也随着这一声清脆的巴掌声狠狠地撞到地上。

"讨厌我？你敢讨厌我？我告诉你我要定你了，我要你这辈子都对着我这张脸！你不要妄想再见乔之甦！"他怒声大吼。却在眨眼之间，他脸色一转，眸中似乎又抹上怜惜的颜色，"你知道吗，我有多心疼你。你疼，我也会疼啊！所以……不要做让我心疼的事！"

他疯狂地笑着，转身朝门口踱去，在临关门时，冷冷威胁道："记住我说的话，姓乔的那小子，我可能还让他多活些时日！"

门啪的一声重重撞上，艾子衿仿佛还沉浸在刚才的羞辱惊怒中，半晌才回过神来。然后她的眼中闪了闪，回到书架边，又抽出刚才放进的那本书，翻到沈斯进来前的那一页，轻轻舒出一口气来。

那页里夹着一张旧却折得整整齐齐的纸，桌上的烛火摇晃，映得纸页上的字，隐约看得见几行小字："红丸者，以十三四岁幼女，美丽端庄者初潮之经血，谓之'先天之红'，加之夜半第一滴露水及乌梅，煮过七度，成药浆，晒干，再以红铅、秋水、乳粉、辰砂、松石炮制。可治五劳七伤，虚怠羸弱诸证。然切不可以强阳之用，多用则耗人精血，虚人元阳。"

红丸为李可灼献于先帝，秘方果然到了沈斯手中……

艾子衿蹙眉凝思之时，密室的门又一次开了。她愕然地回头——沈九！

沈九幽深的眸子正紧紧盯着她，如豹子看到猎物般。艾子衿心惊，强装镇静地举目迎向他。沈九依旧面无表情，视线从她的脸慢慢转到了她的手上。她手上握着的书还来不及放下。惊觉他怀疑的目光，艾子衿不自觉收紧握着书的手指，努力不让心中的惊慌泄露到脸上。

"你来干什么？"艾子衿提高声音，想要转移沈九的注意力。

沈九果然抬头又往她脸上看过来，见她薄唇紧抿，眉头微蹙，分明是紧张，却强在脸上徒装冷静，当下不动声色地暗暗观察她的细微动作。

"若是沈斯还有什么话，你便直说。"艾子衿故作镇定地转身，想将书重新插入书架。然而身后有一股强劲气势袭来，叫她心头狂跳不已，握着书的手不觉一抖。

书就在离书架半寸的距离，只要她再伸长手半寸，便可平平静静重新回到那被灰尘不知淹了几层的书架里。

　　然而，在她要再将手臂伸长半寸时，她的肩猛地被人抓住，紧接着手臂也被一股蛮力抬了起来，手腕被一只粗糙的冰冷的手用力握住，她握着书的手指无法抵抗地僵直、分开，书猝然脱手。但她却没有听到书坠地的声音，当身上那股邪恶的力量离开时，她立即慌乱地转身，惊见书已在沈九的手中，而沈九在她转身瞬间已跃至三尺之外。

　　沈九抽出了书中那一张纸，眉梢冷冷一挑，从来都是没有表情的脸顿时布满一股令人心里发颤的戾气："你想要将这个交给谁？"

　　艾子衿冷冷笑道："你们又害怕我会交给谁？"

　　"哧——"纸被撕成两半，艾子衿向他冲去，企图抢那张被撕成一半的纸。然而沈九手臂一挥，顿时便有一股冷冽杀气将她包围，她只觉得自己像一个撞到石头的鸡蛋，五脏六腑都被摔碎了。

　　烛火摇曳中有浮尘扬起，墙壁上沈九的影子仍笔直地站着，艾子衿的影子却已虚弱地倒在了地上。

　　艾子衿嘴角上已溢出血丝，却强撑起身子，将头扬得高高的，不甘示弱地与沈九对视。

　　沈九冷冷看她，像看一个在掌心的猎物，嘶哑着声音道："你知道多少？"

　　艾子衿微微一扯嘴角，视死如归地冷讽地笑了一下，却无声。沈九脸色一冷，整个人顿时带上一股似来自地狱的毁灭的气势。他轻轻一点地，突然箭一般往前冲去。

　　艾子衿只觉胸前一股强烈的气流袭来，全身的血同时涌进心口，五脏六腑顿时如被抽空了般，直直往下坠去，身子也在往下坠。脖颈像被一根线紧紧勒了起来。不，不是细线，是沈九的手，她被沈九的手勒住了脖子。

　　一束光刺进眼，她不自觉蹙了蹙眉，眉心的滚烫像火在燃烧，就像那一夜桃渚城里的火，仿佛来自地狱能焚尽所有的烈火。艾子衿一惊，猛地睁开眼：有火在烧，就在眼前。油灯里的火忽高忽又弱，灯芯沾着灯油，哧哧轻响。她微微眯了眸，漆黑的瞳孔里映着火苗，也像烧着了。

　　"说，你究竟知道多少？"火光映着沈九的脸，有一种狰狞的味道。他将艾子衿压到油灯前，仿佛要借着油灯微弱的光照亮艾子衿心底所有隐藏的秘密。

"你们有多少秘密不能被我知道呢？"艾子衿在冷笑，笑容在忽明忽暗的火光里隐隐带着犀利。

"啪——"巴掌声响起，艾子衿重心不稳，再次跌在了地上。艾子衿强撑快散架的身体艰难地爬起，摇摇晃晃站着，冷冷地直视他，"当年明明是李可灼献的红丸，却诬赖乔衍所为，分明就是沈斯与郭如楚幕后主使，当日我去找沈斯，便是郭定来了。郭定是郭如楚的下属，却早就投靠了沈斯。"

"你知道得太多了！"沈九瞳孔猛一收缩，全身笼罩在一股浓重的杀气里。

"他从我口中得知李可灼去找乔衍治疗腿疾，便骗我上堂做供，却只截取供词上一段。沈斯要我交出乔之甦的医案，说是可以作为呈堂证供，却暗中将医案调包。他与郭如楚当年分明早有预谋，早算到孙大人会提出监审，便利用这一点让大人看那本调包的医案，便是孙大人也不好反驳。乔衍被杀，乔家兄弟被发配，他却不肯善罢甘休，让你买通押囚官差，暗杀他们。"艾子衿说到悲愤处，泪流满面，声音却愈发冷澈，"后来沈斯投靠魏忠贤，又利用李可灼交给他的红丸方子为魏忠贤控制一帮愚忠，更想趁着孙大人去江南，将他杀了。沈斯他是要帮着魏忠贤，谋朝篡位！"

"你知道的还真是清楚！"沈九浑身陡然被杀气笼罩。

"若要人不知，除非己莫为！"艾子衿齿间一字一字用力咬出。

空气微浊，一点一点下沉，有风似剑迎面打来，艾子衿只听见一句"有些人活不长，你可知是什么原因？"，喉头便猛然一紧。

沈九的手快如闪电，艾子衿甚至来不及眨眼，他便已勒住了她的脖颈。她只看见沈九手背上那一条一条暴起的青筋激烈地跳动着。

"嗯……"气息紊乱，艾子衿觉得胸口仿佛被什么压住，膨胀又膨胀，几乎要炸开。感觉在突然之间全部失去，仿佛血脉里奔流不息的血也在刹那间凝固了，一种濒死的恐惧自手指间一点一点升起，沿着十二经脉循环流入全身每一个角落。

"不……"她几乎拼尽全力喊出一字，却断裂在沈九愈发收紧的指尖。隐隐跳动的火光仿佛成了来自地狱的幽冥鬼火，在她努力想要睁开的眸子前面射出鬼魅般的光。

喊声弱了，甚至连自己的心跳都感觉不到，冰凉却在这时以迅雷不及掩耳的速度潮水一般向艾子衿全身蔓延开来。

死，要死了吗？不是说人临死前能看见最想见的人吗？为何她只看得见黑暗，连那跳动的烛火，也没了影踪？

脖颈间的紧致突然松了，她似乎听见嘣的一声，身子轻飘飘坠了下来，像坠进了一个无底的漆黑的洞。死了吗？为何四周如此死气沉沉地安静，静得仿佛每一次呼吸都是紧窒的？似有声音从遥远的地方飘来。为何她听不清？黑暗里那匆匆行走的脚步，是谁？她像走在漆黑的迷宫里，绝望地伸出手。有光渐渐亮起，她看到了那抹背影，刚硬挺直，永远不会屈服。"之甦！"她在心底呼喊，嗓子却仿佛被一根细线紧紧勒住，火辣辣一般地撕扯不出任何的声音。她奔跑，用力地奔跑，觉得气力都要用尽，却始终离那背影相距了一尺的距离。咫尺天涯！她猛然发现他们之间还有一道难以逾越的鸿沟。泪不争气流了出来，她眼睁睁看着他停在一尺远的地方用背影对着自己。她无力地低头望那道深不见底的鸿沟，却在突然之间，看到一张脸，沈斯的脸！沈斯正用阴冷的眸子紧紧盯她，仿佛是一把锁，将她的灵魂也困了起来。

"不，不要！"她不顾喉间火辣辣的疼痛，用力嘶喊着。

"子衿！"耳畔一声呼喊，紧张、担忧。

艾子衿猛地睁开眼，却吓得说不出话来，是沈斯，染了鲜红的血的鬼厉一般的沈斯！血从他破了的额头一直往下淌着。

见她醒来，沈斯激动地抱住了她。艾子衿下意识反抗，却发现声音吞没在火辣辣的喉间。

哑了，真的哑了！陡然发现的事实，让她忘了挣扎，茫然任凭自己被沈斯紧紧拥进怀中。

"不要怕，不要怕，他已经死了！以后都不会害你了！"沈斯轻轻拍着艾子衿的后背。

耳畔突然传进的话让艾子衿猛然清醒过来，她想起了沈九。沈斯来了，那么沈九在哪里？灯芯上的火苗跳得虚弱，墙壁上的影子半明半昧，有一种血腥的味道隐隐浮在空气里。

血腥！

艾子衿一惊，视线掠过沈斯浴血的肩头，向后一路扫了过去：血，都是血，床沿上，墙壁上，地上！地上有一大摊血渐渐暗红的血，血泊中，赫然躺着一个人——沈九！刚才还紧紧勒住艾子衿的沈九！

他惊恐地张开嘴睁开眼，浑浊的眼眸子直勾勾瞪着天花板，仿佛看到了某件极其恐怖的事；他的额顶、腮侧都是血渍，张扬着妖异的鬼魅的暗红；然而最可怕的是他的胸口。他的胸口上插着一把桌脚，被折断的桌脚，生生在他的胸膛上捅出了一个巨大的窟窿。

"汩汩汩……"分明是呼吸，到艾子衿的耳边却成了奔流不息的水流声，不，不是水在流，是血，是那如曼珠沙华一般妖异的血在艾子衿漆黑的眼底漫流成河……

艾子衿一惊，身子禁不住颤抖起来，耳畔却传来无比平静的声音："是我杀的。"沈斯放开艾子衿，平静地望着她，仿佛在说一件比吃饭喝水都要平常的事，"他要杀你，所以我杀了他。"

艾子衿惊恐地瞪大眼，突然颤抖着往后退去，紧紧将自己缩进床角，眸子里满是嫌恶和责怒。

"你在怪我？"沈斯眸子闪过一道冷光，脸色如鬼厉般疯狂了起来，"我为你杀人，杀了我最亲近的人，你凭什么怪我？凭什么！"他大怒，扑向她，用力拎起艾子衿的衣领。

艾子衿用力地开口，却撕扯不出一句话。她只能用咬、用打、用踢，来表达自己的愤怒以及恐惧。踢打捶咬终究在愈来愈耗尽的体力之下渐渐停止，眼泪却不争气掉了出来。沈斯趁着此时将她拥进了怀里，仿佛要将嵌入身体里。

"我只有你了，只有你了！"他歇斯底里吼着，仿佛要将心底最深的恐惧和孤独一起吼尽。火光映着他的脸，近乎癫狂，连五官几乎都扭曲了。

艾子衿却在他的笑声里渐渐干涸了眼泪。她睁眼望他，带一种无声的怜悯。她可怜他，可是他却笑得看不见她眼中的怜悯。

第十六章　血色溅三里

七月初三，奉圣夫人的殿里乱成了一团。晌午，客氏吃了一个桃子后不到一刻钟便腹痛难忍。乔之甦本还在乾清宫里服侍熹宗，此刻被人着急请到了这里。

客氏痛苦地皱眉闭目蜷缩在床上，两只手紧紧捂住小腹。一旁宫女太监早吓得腿脚发软地跪到了地上。乔之甦翻了一下客氏的眼皮，见她瞳孔紧缩如针，又见她脸上散着死气沉沉的灰色，当下作出判断——中毒。

一直服侍客氏的宫女一听，吓得晕了过去，一个机灵点的小太监慌慌张张便要往外跑去禀报熹宗。乔之甦将他抓了回来，脸色沉重道："此事先不要声张，不管皇上还是九千岁问起来，一律说是旧病复发。"

小太监想到若上头知道客氏中毒，首当其冲受责的必定是自己这帮人，立即忙不迭点头。

乔之甦冷静地用细针封住她身上十余处要穴，沉声对小太监道："给我找根绳子来。"随后他又开了一服瓜蒂散①交给他。

小太监常年服侍客氏用药，略懂药性，见药方里有柿蒂，当下白了脸，战战兢兢问道："乔，乔大夫，这柿蒂是毒药呀！"

---

① 瓜蒂散：出自《伤寒论》，为有名的涌吐剂，由柿蒂与赤小豆合用，因柿蒂有毒，现在已不常使用。

253

乔之甦见他神情，料知不解释清楚他定不肯去熬药，便道："是药便有三分毒。何所谓毒？何所谓药？恰到好处便是良药。附子亦有大毒，急症之时却是救命良方！夫人中毒不久，用瓜蒂散让她吐出来是最佳的选择。"

小太监本就对医术一类模模糊糊，想到他不但治好客氏顽疾，现在连熹宗的身体都由他亲自料理，此番又见他一副胸有成竹的模样，便不再争辩，匆匆下去准备了。须臾，便见他捧着一碗浓汤药汁便回来了，顺便还将乔之甦要求的绳子给带了过来。乔之甦指挥他将药灌进客氏口中。小太监战战兢兢地照办，见乔之甦竟用绳子将客氏的腹腰给绑了起来，大奇问道："乔大夫，您这是做什么呢？"

乔之甦冷肃着脸不回答，反而叫他合力将客氏的身子斜搬出来。未几只闻客氏腹中响声大作，她眉头一紧，噗的一声吐了出来。她吐得厉害，不但将那药汁尽数吐出，连午时吃的还未消化的糜烂桃子也给吐了。莫不是乔之甦将绳子紧紧绑在了她的腹部，怕是连胆汁也要吐尽。

几人折腾了大半日，客氏总算醒转。她虚弱地靠在床上，低声道："乔大夫，你又救了我一命。"

乔之甦淡淡道："夫人严重了。草民身为大夫，这都是本分。"

客氏虚弱地笑了笑："想不到还有人要我这老婆子的命。"她抬头询问地望向乔之甦，"你看这人会是谁？"

乔之甦低下头，眼睛却朝地上还未被清除干净的烂桃子瞥了过去。客氏也看到了那未被完全消化的桃子，脸上有震惊，有愤怒，最后变成了冷淡的嘲讽。

"你知道这桃子是谁送给我的？"

乔之甦摇头。

"知道我喜欢吃桃子的，除了皇上就只剩下魏忠贤。"

乔之甦压低下颔，将眸中一闪而过的精光隐了下去。

随后，他见客氏太过虚弱，便教她在足三里施艾灸。足三里乃是足阳明胃经上穴位。三里乃是理上、理中、理下之意，不但可通胃经气血理上、中、下三腹疼痛，更可调节全身气血，调理脾胃，补中益气，治虚劳羸弱，乃是强身保健之要穴。客氏当日便灸了足三里一回，果然觉得精神好转许多，对乔之甦愈发信赖了。

第二日熹宗得知客氏旧病发，急得要来看她，被张皇后劝了半天，才未成行，只叫乔之甦好生伺候着。这样，乔之甦又回到客氏殿内，并在她这里一连住了四日，第四日正是七夕。当夜，乔之甦思及艾子衿，只觉心中抑郁难解，便站在走廊里仰头望起月来。夜空难得清亮异常，弯月如刀，有银带璀璨划过，其中两颗星辰格外明亮，在那条玉带中恋恋不舍般贴着。

"那是牛郎和织女吧。"女人虚弱的声音依然风情万种，却隐含伤感。

乔之甦转身，见客氏脸色仍旧苍白："夫人身体未复……"

"我躺了几天，身子都躺乏了。"

"可皇上……"

"他就是太紧张了。"客氏笑了笑，"今儿正好天气晴，你陪我看会儿星星吧。"

乔之甦见客氏语意坚决，遂不再勉强，随她走进天井。客氏抬头眺望夜空："你说做神仙有何好处，连见牛郎都受限制，生生拆散了一对好夫妻！"

乔之甦幽深的眸光一闪，瞬间隐入夜色里，口中不觉沉吟道："借问吹箫向紫烟，曾经学舞度芳年。得成比目何辞死，愿作鸳鸯不羡仙。"

"愿作鸳鸯不羡仙！"客氏喃喃重复道，"你们这些文人就会嚼些诗词，不过倒也应景。"

"此非草民所做，乃是唐代卢公照邻的大作《长安古意》。"

"这卢照邻大概也是个情难自主的人。神仙如何？有了钱有了权又如何？得不到一个痴心人也是枉然。"客氏幽幽叹了口气，望向乔之甦，"皇上最近如何？"

"皇上近日胃口开了不少。"乔之甦顿了顿，企图再劝，"皇上也关心客夫人，让我一定要好好照顾您。"

客氏微微一笑，默不作声地转头望冰冷的宫墙。宫墙连着屋翎，屋翎上檐角飞翘，金漆琉璃神兽披一层薄薄扫过的银色月光仰首立着，说不出的肃然。

半响，听见客氏又是一声叹："你是否也在猜想我与皇上的关系？"

乔之甦转身望向她，目光坦诚。

"你猜测也是正常。所有人都在猜为何我这个乳母何以受到这般恩宠。"她自嘲一笑。

乔之甦淡淡一笑："皇上是真的关心您，而您亦是真心爱护皇上。"

客氏听着，眼眶盈出泪来。她慢慢走近他，拉住他的袖口，泣不成声。风殷殷凄凄，送来蝉鸣极不协调的聒噪。客氏一边抹泪一边说："那时皇上还只是个皇孙，不受恩宠，连御厨房里送来的馒头都是冷硬的。我就偷偷在自己屋子里做饭，有好几次差点就给发现了。那时候魏忠贤还叫李进忠，只是个火监，他天天帮我望风，好歹给皇上端点热汤热菜……"她说着，眼角又湿了，嘴角微微翘起的弧度却很温暖，"皇上小时候手脚就凉，一到冬天跟个冰块儿似的，我得天天给他焐着被窝儿，焐完了被窝儿再焐他的手，他手脚都热了我才敢离开……他也离不开我，小时候就喜欢抱着我取暖，一直……"她抬头看一眼乔之甦，脸色竟泛起不自然的红，"一直到十多岁，他都还是喜欢抱着，后来……"她叹了口气，"后来也不方便了！"

半空之上浮起若有似无烟一般的薄雾，将半弯的月拢了起来。客氏坐到台阶上仰起头，视线仿佛穿过薄雾看进苍穹里去。

"那段日子很苦，随时都可能掉了性命，我们俩就这么相依为命地挨着，谁也离不开谁！"客氏说着，眼眸渐渐温暖起来，那闪烁的柔光仿佛回到了那段苦却快乐的日子，"皇上不喜欢念书，也没人教他念书，一有工夫，他就做木工。他给我做过一张大床、一把椅子、架子……那雕花，那刻纹，都是一等一地好啊！我也舍不得用，现在还藏着……"

"别人都道我是祸国殃民、迷了皇上心神的恶毒女人……你真以为我就这么水性杨花，这么狠毒心肠……寂寞，没人耐得了寂寞啊……"她断断续续说着，泪如珠子不断滚了出来，"皇上他不能再像以前那样对我了，就算他给了我无上的荣宠和地位，又能如何呢？他再也不是我的小皇子，我也不再是他的乳母了啊！"她仿佛风中的枯叶，肩膀止不住地颤抖。

乔之甦递过去一条帕子，客氏错愕地望着他，她从未想过他会给自己递帕子。乔之甦的眸子晶亮如星，又如明镜般坦荡荡。刹那间，她泪流如决堤，心里涌起一阵阵温暖。

亦在突然之间，宫墙之外有脚步仓促，隐伏的、小心的，似一张网将这一个曲曲转转的深宫罩了起来。乔之甦神色一敛，不动声色地往门口走去，走了半步却又停下。

客氏讶异地看着他，忍不住问道："怎么了？"

乔之甦回头，如往常般温和地牵起唇角，将幽深的眸光掩进浓重的夜幕："门外似乎有人，大概是我听错了。"

"是锦衣卫吧？"客氏顺口接道。

"日前锦衣卫加了很多啊。"

"皇上病了，自然加一些。再说他也怕一些人趁着皇上病重乱说些什么。唉，忠贤他现在做什么，我也管不着了。"经过中毒一事，客氏虽然不能肯定是魏忠贤所为，却也在心里与他产生了隔阂。

乔之甦深知不能太着急，便另挑起话题？"锦衣卫的首领许显纯大人听说乃沈大人的莫逆之交。"

"是啊。许显纯是忠贤的老部下了，与我不算熟。不过沈斯倒是对我很好，总知道如何逗我开心，对忠贤也忠心得很。"

"听说他是已故御使郭大人的乘龙快婿啊。"

"唉，是了，不过他的夫人前几日过世了。"

"过世了？"这确是乔之甦不曾想到的。

"说来也是可怜，沈夫人临盆前竟然小产，这三年据说一直疯着，前几日终于自杀了。"

乔之甦心中愕然，却不敢在脸上表现半分，佯装去看薄云渐渐退去的苍穹。

"沈斯也是坎坷。唉……"一声叹，客氏忍不住拿眼睛去瞅乔之甦看不出半点情绪变化的侧脸，小心试探，"前几日陪在我身边的艾子衿，就是他的青梅竹马，两人好不容易再见……他前几日进宫来说是过段时日，便要娶那个艾姑娘过门。"

乔之甦心中惊天骇浪，仿佛被钝刀凌迟，只觉得阵阵闷痛，四肢如同浸入凉水。

分明压抑，分明苦涩，分明连呼吸都觉得钝痛，他却要在脸上拉扯出笑。他笑，觉得自己整张脸都在抽搐地笑着，笑着笑着便有了痛，那痛生生从每一条经脉钻了进去，如针游走遍身体的每一寸角落。

撕心裂肺，却要装作若无其事，他用指尖在掌心戳出深深血痕。握紧，他将血深深埋进拳头里。他徐徐开口，每说一字，便仿佛要将一块血肉从心口剜出："替我，向沈大人道贺。"说完，他朝她温和地一笑。

子时，万籁俱寂，那丝丝透进门窗的热风，搅得屋内的空气格外地焦灼。宫墙门外，有火把移过，兵器无意间轻撞的尖锐声响不时刺进耳膜。乔之甦吹熄灯，将床帐放下。

然而他没有躺上床。他端端正正坐着，腰挺得笔直，那一头诡异的灰发，似银河的水流转而下。突然，他的发扬了起来——窗开了，风漏进来了，黑衣人矫健的身子如鱼滑了进来。

"王爷已收到皇后的密信。他对你近日所为非常满意，尤其是替客氏解毒之事。"严佟不带感情地说道。

乔之甦慢慢转身，直视严佟："这么说，客氏之毒果然是你们下的。宫里面，你们还有多少人。"

"这不是你该知道的。"严佟冷冷答道，"你的任务就是挑拨客氏与魏忠贤的关系。"

"放心，我从来没有忘记这件事。对了，红丸之事可有进展。"

严佟摇了下头，乔之甦却看出他眼中一瞬间的迟疑："此事关乎国体，我想你比我更清楚此事的严重性。"见严佟紧闭双唇，乔之甦只得停下这个话题，道，"请禀告信王，宫中锦衣卫有异动。怕魏忠贤已有风闻，故严守宫中各道关门。"

"你是说他要防王爷入宫？"严佟此时神色方动。

"信王是否已有半月多未进宫面圣了？"乔之甦问道。

"不错。王爷一举一动皆被监视，每到宫门前毕有刁难……你可有对策？"

"我虽未明说圣上之病况，但魏忠贤应是心中已有打算。他怕皇上传位于信王，故此番千方百计阻止……"

"皇上之病果然……"

乔之甦脸色凝重地点头。

"你有什么打算？"严佟问道。

"如今之计只能用强！"乔之甦冷洌的目光一闪。

"如何强法？"

"强行入宫！"乔之甦突然站起，眸子里的光顿时被漫天盖地的黑暗掩盖，"阉党遍布朝野，若是以理相争，怕奏折还来不及发到路上，人已莫名其妙失踪……魏忠贤向来不讲理法，信王也不用跟他讲什么理法。这里好歹是大明的天下，只要信王入主了东宫，由皇上金口玉言下旨传位，再有皇后支持，便是魏忠贤也奈何不了。"

"难道不怕他狗急跳墙？"

"魏忠贤只是个阉人，胸中无半点墨。篡位，我想给他一千一万个胆子，也做不出来的。他要的，是继续可以让他无法无天的权力。"

"若是这样，他为何阻止信王？皇上无子嗣，信王是唯一合法的……"

"信王不好掌控。"

"难道他还能变个皇子皇孙出来？"

"古有狸猫换太子，如今为何不能有？"

"你说什么？"严佟神色忽变。

"你去查查，魏忠贤是否近日在抓怀有身孕的妇孺？据说宫中的莫贵人怀孕了。"

"据说，什么叫据说？"

"怀孕之人应当体态丰腴，重心下移，坐姿步态沉重，且呼吸多抬肩为主。莫贵人却身材纤瘦，步态轻便，呼吸时还偶见腹部起伏，除了那肚子，真看不出孕态。"

"他们怎么敢……"严佟脸上拢起寒霜，"是谁说她有孕？"

"王谦和。"

"又是这厮！"严佟咬牙切齿低骂一句，抬头又望向乔之甦，"你打算怎么做？"

"魏忠贤虽有未雨绸缪之招，却还是有漏洞。"

"愿闻其详。"

"起居注里记录莫贵人被皇上临幸乃是五月前，也就是说她只能怀孕五个月，至生产大概还需四个月。便是早产也得再过两三个月……"乔之甦胸有成竹道。

"你是说皇上他未必等得到那时？"

乔之甦眸色忽地加深，"为今之计便是尽快送信王入宫。"

"此事并不简单，就怕这宫门都进不来。"

"所谓强非是明。七日后为中元节，中元节大祭，百官朝拜。昨日皇后已向皇上提出要去放荷花灯。"

"你是说要王爷趁那时入宫？但如今魏忠贤那厮防贼一样防着王爷，只怕那时会有诸多理由阻拦。"

"不能明人，便暗入。"乔之甦胸有成竹道。

"那日宫中守卫更重，如何暗入？"

"最安全的地方就是最危险的地方，魏忠贤一定想不到咱们会趁锦衣卫人手最多的时候安排信王入宫。其实人多之时亦是人杂之刻，而锦衣卫着重加派人手维护的，也只是皇上和魏忠贤本人。"

"你是说要将信王化装成锦衣卫？"

"你可有相熟的锦衣卫？"

严佟沉吟片刻，眸子里闪过一道复杂的光："有。"

乔之甦脸色稍稍放松了。

"此事还须从长计议，我先回去与信王商量。"

乔之甦略一思量："定下计谋便通知我，我与皇后也会准备妥当。"

两人商定完毕，严佟欲离开。乔之甦却在后面叫住他："我听说，沈斯将娶艾子衿。"他几乎是用牙咬着唇艰难吐出最后几个字。

严佟一震，心中却没来由地浮现孙九妹的脸。孙九妹说起乔之甦时总是笑眯眯，眼睛里总闪着灼灼的光，叫严佟看了忍不住要妒忌她口中的男人。这个男人向他打听的却是另一个女人，他说起另一个女人时眼睛里深刻的感情是他不能给孙九妹的。严佟只觉得气郁，心里替孙九妹不值，当下拉长脸冷冷道："我不知道。"

乔之甦似乎有些失望，垂下了头。严佟走了一步，突然停下，背影看起来僵硬而阴冷："我想你关心的应该是另一个人。"

乔之甦听出他话里有话，道："你说九妹？"

"难道不是？她每天都在跟我说你，你却一句都没提她。"严佟气怒道。

乔之甦绕到他的前面，饶有兴致地看他："你对九妹……"

严佟别扭地转过脸，只觉心里一团火。

"我对九妹只有兄妹之情。"乔之甦叹了口气，"感情是很难勉强的，我想你也清楚……"

严佟闻言一震，神色黯然了。他如何不知感情不能勉强，就是因为他知道，所以格外希望孙九妹能得到她心中想要的那份感情。

"若是可以，请你救出艾子衿。"他一字一顿道，"她是被逼的！"

严佟不说答应，也不说不答应，默不作声地走到窗前，只觉胸口那团烧起的火苗终于在自己咯咯作响的骨节声音中冷却了。

"我也希望你能帮我一件事。"背对着乔之甦，他努力压抑心中的疼痛，"不要再让九妹伤心。"说罢，他转身一跃，从窗口出去了。

乔之甦追至窗口。明月如钩，光华如水，笼着半座宫殿空空蒙蒙，严佟早已消失了踪迹。他的嘴角苦涩牵起，喃喃叹道："为何不是你让九妹快乐？"

七月十五，中元节。

街上热闹非凡，有人焚香，有人点灯，迫不及待要过一年一度的鬼节。

鬼节，传说鬼门大开，祭食以供先祖魂灵，荷灯以引鬼之徒，于是渐渐兴盛起七月十五祭祖，放荷灯的习惯。

信王府的门在晌午时分打开了，一顶轿子抬了出来，信王掀开轿帘，对着路边的一众民众温和摆手。严佟将剑往腰上一提，冷峻地扫视一周。门口数十个各种各样的买卖人，在对上他的目光后，纷纷低下头。严佟面无表情地收回视线，跟着轿子往前走，便有几人收拾了铺子蹑手蹑脚地尾随而去。

轿子转转绕绕，身后的跟踪者也不知换了几拨。途中见信王施过几两碎银给一个老乞丐，又与一名卖馄饨汤面的小贩聊天，最后还下来走了几步，从一个卖花的小姑娘手里头买走几朵花儿。之后，轿子不再停留，匆忙转过一个弯往巷子里拐去。拐进巷子前的那一刻，严佟突然转头往身后扫过一眼，视线就如他手中的剑般锋利，顺便他还将剑往上提了一把。

严佟的剑无人敢试。后面鬼祟跟踪的人立即止步，侧身的侧身，转头的转头，有人干脆往回走。严佟威慑般冷笑一声，随后跟上轿子，那些人见状亦纷纷跟进巷子，却始终只敢保持一丈的距离。

轿子在巷子里平平稳稳抬着，严佟的脚步也是不紧不慢，似乎打定主意要跟那些人兜圈子。日映三刻，轿子终于在若音紫阁门口停了下来，七音姑娘亲自站在门口迎接。只见她身穿紫衣，半绾的云鬓上只用一支紫水晶凤花流苏斜斜坠着，衬着那如皎月的容貌，说有多美就有多美。

跟踪的人瞧见七音的绝代风华早已七魂去了六魄，哪知七音似乎还嫌不够，秋波一转，似有意又似无意地瞟了一眼，真正是万种风情叫人神魂颠倒。那几人平日里哪可能见得到这天下第一美人的风采，此刻早将轿子里的人抛到九霄云外了。

轿子里的人却偏偏挑这个时候掀帘下轿，在七音的搀扶下快速进了若音紫阁。那几人恍然回神，慌忙跟过去，却只看见宽肩窄腰一个背影。一众妈妈小姐半路遇着，纷纷点头哈腰高呼"信王千岁"。七音姑娘亦是笑个不停，一路将他搀进屋子，未几便听见有琴音传出来了。

严佟从角落里悄悄走出，冷眼瞧着七音门前一众等待的便服锦衣卫，眸色一敛，握紧腰侧的剑，提起一口真气掠空而去。

此时彼地，护城河边，有两名锦衣卫装扮的人翘首等待。

"严佟怎还不来？"其中一人剑眉杏目，英气之外更见柔美，正是扮了男装的孙九妹。

信王朱由检亦换上锦衣卫的装束，半眯着眼，一派气定神闲。

"喂，你就不着急吗？不怕严佟他出事？你就……"

"与其担心严佟，不如担心你我。"朱由检正在养精蓄锐，觉得孙九妹实在聒噪。

孙九妹讨了个没趣，滴溜溜转着眼珠子，看一片树叶在头顶慢慢旋转，以每一个细节都清清楚楚的速度缓缓飘落。她忽然想到了那封信，异常严肃地问朱由检："信里写了什么？"

朱由检闻言眉梢一动，脸上的表情却未动半分。他懒洋洋睁开眼眸，装作一副不解模样，问道："什么信？"

"沈九的那封信，严佟说要交给你的。"

"哦，那封信啊！"见孙九妹一瞬不瞬地望着自己，朱由检嘴角牵了起来，

"没什么内容。"

"怎么会?!"孙九妹禁不住大叫起来。

朱由检皱了皱眉,低声责骂:"你想把那些人都吸引过来?"

孙九妹顺着他冷峻的目光往河对岸看去,正有几人往这边看来,好在相距甚远,倒也没引起太大骚动。

孙九妹缩了缩脑袋,压低声音:"怎么会没内容,沈九他……"

"只不过是路上拾到的一封信,你怎断定是沈九的?"

朱由检这样一讲,孙九妹倒是反驳不出个所以然来,嚅了半天的嘴,好不容易将话压了回去。

申时三刻了,即将到酉时。酉时过后宫门将关,皇城中会举行盛大的盂兰盆会,届时将有数百僧侣梵唱念经,亦有百余名戏子登台做戏,更有数百荷花灯一同放入这护城河中。

朱由检转过脸去看宫门,斜阳漏过繁密枝叶筛出细碎的光影,映着他的双眸,幽深更甚。

"王爷。"听到熟悉的声音,朱由检霍然转身,细眯的双目中射出一道凌厉的光。

"你怎么现在才来?"孙九妹不满极了,嘴角却在看到严佟时不由自主地翘了起来。

严佟的目光在孙九妹脸上只停留了片刻,便向朱由检移了过去:"万事俱备,酉时将有一队锦衣卫进入宫城。"

"可有人跟踪?"朱由检紧张地问道。

严佟摇头。朱由检嘴角扯起一抹笑,眼眸却冷冽得如被千年寒冰冻住了。

酉时,日将落,余晖从西边一路斜铺过来,朦朦胧胧只看见似血的残红如柔纱将方圆数百里肃穆恢宏的宫廷都罩了起来,庄严的红墙黄瓦与琉璃彩釉在这一片凄红之下只剩下模糊的轮廓。

在这一片残红中,有一队锦衣卫齐步朝城门走了过来。他们身上那幽暗的铜色的铁甲也被这凄惨的日光镀上血红的颜色。

"等一下!"皇城西华门前,守卫面无表情地举起红缨长枪。

躲在队伍中央的朱由检微微压低下颌，跟在他身后的孙九妹亦是紧张得将头低了下去。严佟蹙了蹙眉，暗中握紧挂在腰侧的剑。

"我等乃奉沈大人之命入宫负责守卫。"领头人说道。

"令牌呢？"守卫语气里见不得半点徇私。

"这儿。"领头人举了举牌。

守卫看了一眼，道："进去吧。"

严佟握紧剑的手松了，孙九妹轻轻吐出一口气来，朱由检仍一副镇定模样。

朱红的铁门，金漆的铜制门钉，在众人眼角余风里一点一点倒退。突然银光一闪，长枪上的红缨扬起，冰冷的枪头斜挑过来，横在严佟身后。严佟身后正是朱由检！

严佟反射性地将手按在了剑柄，孙九妹也摸向了腰间的红绫。银色枪头已照出了朱由检点漆如墨的双眸，鹰一般的冷澈，然朱由检的面上却波澜不惊。

泰山压顶而不变色，孙九妹忽然想到这个词。孙九妹觉得，信王这个男人大概天生就是要当皇帝的，否则为何此时被一根银枪指着，都还有压倒众人的气势？

那个提着枪指着朱由检的人也觉出压力了，一时之间又不知压力由何而来。他觉得眼前这个身穿锦衣卫官服的人可疑，却又说不出哪里可疑。或许，或许就是他太镇定了？

守门护卫觉得自己不镇定了，背后大片大片地出汗。

空气里莫名其妙紧绷着弦，绷得所有人的呼吸都很急促。

"怎么了？"低喝声如同剪子，刹那间便剪断了这根弦。孙九妹觉得耳熟，瞧瞧抬起头。血色的落日下，郭定疾步走来。

孙九妹与郭定在江南见过，是郭定将自己捉住交给沈斯。此时此刻相见，孙九妹既想一刀劈了他，又害怕他认出自己。

郭定虽然看了过来，却好像没看到她，反而呵斥守门的侍卫："盂兰盆会快开始了，误了时辰，小心九千岁要了你的狗命。"

守门护卫原本就觉得自己的举动有些鬼使神差，此时正好摆脱这莫名其妙的压力，忙不迭收了长枪，让出一条路。

"还不快走？"郭定根本不看朱由检等人，朝那锦衣卫领头命令道："皇上皇后在钦安殿。”

“遵命！”领头一路小跑了过去，后面那几十个锦衣卫亦跟着跑了起来。孙九妹总觉得有什么地方不对，却又不知道哪里不对，只得匆匆跟着朱由检小跑进宫门。

此时彼地，乔之甦站在坤宁宫前仰首遥望。落日余晖自西边越过屋檐铺了一地残红，圆月自东方无声无息升起，与残阳遥遥相对，誓将这偌大的宫殿染成一派阴凉。

一盏昏黄的灯笼拐过转角，他听见两名宫女的娇笑。其中一名道：“今儿排场可真大，大白天就摆着那么多祭品，我可从来没见过呢！”

“中元节可是‘三大祭’之一，是要日祭的。你第一年来可能不知道。前几年信王还帮着张罗呢！”

“今儿怎不见信王？”

“嘘！”声音里透着惊慌，那年长几岁的宫女话慌忙捂住另一名宫女的嘴，“小声点！九千岁说信王病了。”

“信王也病了！”年幼的宫女大惊小怪道。

年长的宫女哂她一眼，悠悠道：“上头怎么说，你就怎么听。在这个宫里头装聋作哑，活得才能长久。快走吧，再晚可就误了放荷花灯了。”

那小宫女受教地频频点头：“这会儿是说要放一千盏荷花灯吗？”

“嗯，皇后娘娘说皇上身体不好，要祈福求平安。”

交谈声细细弱弱，伴着脚步越行越远，乔之甦听见铜钟咚的一声，嗡鸣在沉静的空中悠悠卷起波澜，跌跌撞撞传遍宫廷。“咚——”又是一声，酉时已过三刻，还有一刻将行祭祀，他似已听见钦安殿上那气势恢宏的齐声梵唱。

这时脚步声匆匆传来，是三个人的脚步声，他转过身，只见宫墙小径转角处有三道人影直奔过来。

模糊的轮廓渐行渐清晰，朱由检冷峻的眉眼被月光扫着，那独一无二的王者之气一下子便扑面而来了。

“信王。”乔之甦欲行礼，却被朱由检一把托住。

“我们被发现了。”朱由检沉声道。

“乔大哥，怎么办？”孙九妹亦一脸忧虑。

乔之甦望向几人身后。夜色将一切都掩了起来，只剩下鬼魅的一片黑。眉头微蹙，他视线一凛，沉声道："兵分两路。"

"难道不是藏在坤宁宫中？"严佟眉头一皱，手紧紧不放剑柄。

"皇后与九千岁一向不和，若是真要彻查起来，首当其冲便是此处。"乔之甦沉思道。

"你要将我藏到何处？"朱由检冷静地问他。

乔之甦淡淡道："信王岂非已有计量？"

朱由检深深看他，似要将他看穿，嘴角却一点一点弯了起来："带我去客氏那里。"

乔之甦点头，对朱由检口中的这个地方并不意外。

孙九妹嚷了起："魏忠贤常去那儿，况如今他又与客氏因乔大哥有了冲突，会不会……"

"大隐隐于市，最危险的地方反倒最安全。魏忠贤断然想不到信王如此大胆。便是他要查，也会顾及客氏的面子。客氏极信任我……"言及此，乔之甦脸色一暗，垂了眸，掩去一丝内疚。

他的内疚逃不过朱由检的眼。朱由检心中觉得这乔之甦未免太易动情，面上却不动声色。

乔之甦自不晓得朱由检的心思，不紧不慢地解释："我对那儿比较熟悉，就算临时要换地方，也很方便。"

朱由检想的也是那个地方，此番决定起来也是雷厉风行，当下说道，"带路吧。"语气实在威严得不容人反对，饶是孙九妹也不由自主地噤声了。

四人还来不及走，却听得追捕的人沿着小路来了。风里头裹挟着来人的叫喊："快，别让人跑了！小心吃不了兜着走！"

四人对视片刻，默契地分成两拨。乔之甦拉过朱由检几个起落，翻进坤宁宫。孙九妹与严佟对望一眼，继续沿小路往前。巷子后头转过来几把火，脚步声愈发响了，只听有人高喊："在那儿！"追捕的人立即如发现猎物的豹，兴奋地朝孙九妹与严佟追了过去。

静，又静了，四周漆黑一片。

"嗡——"沉重的钟声久久回荡。

戌时到了！

孙九妹与严佟一路避开追兵逃到御花园。御花园侧便是钦安殿，此刻祭祀未完，熊熊烈火燃着金纸银片染红了半个钦安殿上空，尤其将屋檐上的神兽映得赤红威严。

"哪里走？"追击之人一声大喝，将两人逼至墙角。火焰正在琉璃墙后炽热燃烧，便是隔着厚厚的墙，两人也似乎能感到那似要焚灭万物的热。严佟握剑的手背青筋猛地突起，孙九妹则手摸红绫，轻转手腕。红绫似有了生命飘然飞转过一道轻灵的弧线。

墙后，有九五之尊，有文武百官，有更多锦衣卫，还有一个魏忠贤！眼前则有数十名锦衣卫步步逼近，将两人牢牢困进越缩越窄的包围圈！

死路！

两人在对望中有了默契。孙九妹像读懂了严佟眼中的话：我挡着他们，你冲出去！孙九妹眸色一沉，坚决地摇头，唇齿间蹦出一句话："要活一起活，要死一起死！"

火光映着她的脸通红发亮，有一种让人心动的美艳。严佟心中一动，他知道她对他不是爱，是义，他却被她这种同生共死的义感动了。可是他来不及多说一句，临头红光一闪！

锋利的枪头映着如鬼厉的火，尖头的一点正绽出万丈凄红的诡艳的火光，铺天盖地朝严佟直扑过来。

"小心！"孙九妹惊愕大叫，瞳孔几乎要被那通红的尖头铺满。

墙后是低沉的梵唱，是张扬的烈焰，有人正将金纸银片一团一团抛向天空。漆黑的天飘起一场金银斑驳的落雨，甚有几片飘过了孙九妹背后的墙，悠悠飞过她的眼前。眼前的那点金银阻隔了她所有的视线，她下意识去抓严佟的手，却落空！然后她听见一声尖叫，犀利的绝望的短促的尖叫——

"啊！"不是严佟的声音！她瞪大眸的同时，那一片金纸飘然落下，她看见了严佟的剑刺入那个提枪冲来的人的喉，而那柄几乎要刺进严佟身体的枪则神奇地飞向了天空。枪咚的一声落地，严佟同时抽出插在对方喉间的剑。

"嗯——"那人踉跄后退，挣扎着想要叫喊，却只听见风不断灌进那破了洞的气管的低鸣，没过多久他便瞪着一双惊恐的灰色的眸倒了下去。

"啪——"身子落地，溅起一圈金纸银屑，亦惊醒了尚在震惊中的众人。包围圈陡然又变大，东厂锦衣兵卫用像看见鬼的眼神惊恐地瞪着包围圈中脸色冷峻似鬼厉的男人，不由自主地后退。

严佟的脸色很冷，却在看孙九妹时眼中闪出光来。孙九妹回过神，嘴角一翘，大叫："严佟，你好厉害！"

是的，她看他是崇拜的，却和她对乔之甦的那种崇拜不同。她看他只有崇拜，她看乔之甦却多了爱恋。严佟的嘴角抿起苦涩的笑。

这时又有人冲了过来，紧接着不知谁喊了一句："兄弟们，给我冲！"严佟来不及往下想，火光陡然转烈，纷繁的人影如一匹匹饿狼。包围圈再次变小。严佟一边挥剑劈开血路，一边紧张看孙九妹。孙九妹手舞红绫正欢。那红绫似有灵魂，东缠一圈，西绕一块，几个回合便将几杆枪打飞在地。只听得不绝于耳的声声哀号，握枪的人跟着纷纷倒地。

孙九妹打斗间歇不忘挑眉对着严佟得意地笑。严佟只得回以苦笑，手上不敢放松，一个跃步又踢中一人，再刺中另一人。片刻，面前倒下一片，然林影重重中又一队人马赶到。

孙九妹那厢边打边叫："你们这帮乌龟王八蛋，旱鸭子臭鸡蛋，人多欺负人少，男人欺负女人，算什么英雄，呸，狗熊都不算，就个不男不女不阴不阳的大妖怪，进了地狱阎王都不要你，下油锅油都嫌你皮厚……"她几乎是颠三倒四地说着，说得严佟忍不住想笑，却又不敢分神大笑。

打斗渐渐由那堵与钦安殿相隔的琉璃墙转到了御花园假山脚下。假山怪石嶙峋，其上有亭，孤寂矗立山顶。飞翘的檐角俨然已与墨色夜空中那几颗异常明亮七星北斗合而成画。月光漏过枝头洒下的碎银子般的光，一路从亭子陡转的屋檐铺陈往下，陇上那一汪半山腰潺潺不绝的细泉，漾起粼粼波光，好一幅笔墨徐柔雅淡的写意山水。只是那泉眼的水珠子陡然一转，飞溅了出来。只听噗的一声，有人直直扑入水潭子中。血瞬间浸染清泉，将这一汪泉水染作触目惊心的红。

锦衣卫倒下一批，又涌来另一批，枪、剑、刀、矛斜铺乱倒在地上。隔墙的梵唱忽然加重，伴着隆重的铜锣敲打。"锵——"一声，便有鼓声阵阵，仿佛是催命的音符，兵器相撞得愈加激烈了。

山脚混乱，假山顶上的亭阁却纹丝不动。冷月半挂陈墨的苍穹，淡淡斜睨御花园一隅，整一座假山似一幅动静截然半山腰而断的五行八卦图，说不出的诡秘。

黑暗中有人拉弓，弓弦重重一弹，激起那空气蓦地一震。严佟的心没由来一跳，转头向孙九妹看去。孙九妹将红绫舞得凌乱，她整个身子都似被飞转红绫笼罩了起来，只露出胸口那一处空隙。一支箭自暗中直飞过来，银亮的箭头一闪，直刺孙九妹胸口露出的那个空隙！

一寸，还有一寸！

孙九妹来不及避开了！

风，陡然变烈，严佟听见自己的心跳混着呼吸，急促！

失神瞬间，他的身子已反射般斜掠了过去，替孙九妹挡下了这致命的一箭，同时身后那一枪如影随形刺来。一箭一枪，身前近心一寸，背后横腰三分，没有时间让他躲避。

血往外涌，伴着钻心的疼痛，他觉得力量也随着一点一点外渗的血慢慢失去。"严佟！"他听见孙九妹惊慌失措的叫喊，他看不清她的表情，却还是对着她模糊的轮廓匆匆扯过一抹笑，却发觉嘴角肌肉都已僵直。却在这时，他眼角余光一瞟，见孙九妹身后有一人悄悄逼近。他强忍痛将手中剑往前用力一投。"啊！"那人被直中心脏，连人带剑倒在了地上。又有人冲来，他来不及站起，他模糊且欣慰地感觉孙九妹又挥起了手中红绫……他的九妹，不是那么拖泥带水的人。

风吹过，他觉得浑身冰冷，手却被孙九妹握在掌心。孙九妹掌心有冷汗，透过皮肤寒入他的心。他勉强定住心神调整气息，将最后一股气从下丹田升气，冲向上丹田，背后夹脊穴上顿时有热力凝聚，督脉有如气流注满，暖了起来。他这才稍觉神思稍复，狮吼般一吼，立即引得众人停了手上动作。

他是严佟，传说中入万人之境如无人的严佟！

无人再敢近一步，当他们看见他布满杀气的眼眸时。

严佟在众人惊恐犹豫之际突然扯过孙九妹，纵身一跃……

风动树摇，人影无踪！众人这才反应过来，纷纷追去，却只看见一片黑。

严佟一路失血，带着孙九妹逃进冷宫。冷宫甚少有人，据说历来受冷落的妃子不是在这儿饿死就是在这儿自尽，至子夜总能听到这儿有凄厉的哭声。这一日正是中元节，传说鬼门大开，万鬼倾巢而出。冷宫中自然是这宫殿里阴气最重的一处。除了孙九妹，大概没有人敢在中元节进冷宫。除了冷宫，孙九妹也不知道能带严佟躲到哪里。

孙九妹扶着气若游丝的严佟走进冷宫，只觉得从身到心一阵一阵冒寒气，背上不知不觉也湿了大片。

"不要怕。"严佟感觉到她的恐惧，虚弱地笑了笑，握住了她的手。他的手很冰冷，却有种安定人心的力量，孙九妹渐渐平复恐惧。她低头看见他腰后头的那片血红，被凄冷的月光一照像极了传说中彼岸花的颜色，不觉倒抽一口气。

孙九妹虽然心底害怕，却不敢泄露半分，对他展开如往常的笑颜："你小子命够大啊！"说完，她将自己的衣角扯了一段出来，细心帮他包扎，眼眶却开始酸胀。

"我有九条命。"严佟眸中含笑，静静望她，仿佛要将她就这么望入心底去。

风有点冷，她打完最后一个结，咬着嘴唇地望严佟胸口上的箭，似有些焦虑。血正一点一点渗出他胸前的衣襟，染了一片妖异的暗红。"拔箭吧。"他仿佛知晓她心里的犹豫。

孙九妹忍着鼻子里的酸涩摇头，颤声道："我没拔过。"

"你放心，就算是我因为拔箭死了，做了冤死鬼也不会找你算账的。"严佟玩笑道，不小心扯到胸口的伤，嘴角的笑容不禁有些变形。

"你！"孙九妹气结地瞪他，眼前却突然氤氲了水雾。迷蒙中，她看见严佟如星辰的眼眸里闪烁鼓励的光。孙九妹深吸一口气，咬了咬牙，发颤的声音里带上了坚强，"我给你拔箭。"

严佟鼓励地笑着，在自己口中塞了一块布。孙九妹颤抖着将箭尾掰断，然后紧紧握住。断箭握进掌心，她也有点疼。她咬牙将手腕用力一提，几乎是同时，她的眼紧紧闭上了。箭被拔了出来，裹带着严佟的血肉，辛稠温热的血喷到了孙九妹的脸上。孙九妹又惊又怕又担心，泪不断涌出眼眶。她深吸一口气，慢慢睁开眼。

严佟痛得几乎晕厥过去，苍白脸上那颗颗豆大的汗珠被月光一照更显得冰冷异常。他口中紧咬的布不知何时滑落出来。布条那一排深深的牙印以及咬破舌的血迹极是醒目。

"好了。"孙九妹很想鼓励自己，也鼓励严佟，却还是不争气地流眼泪。

"还好，没中心脏，你看，血很少。"他想给她说笑话，自己却笑得很难看。

孙九妹扑哧一声笑了，却又有一滴泪从眼角滚落。她很少流泪，甚至为乔之甦都没流过几次，在这个夜晚她却为严佟落了两次泪。严佟突然想摸她的脸，他艰难地抬起手轻轻拭去她眼角的泪。泪珠在他的指尖破碎，叫孙九妹心头一颤，严佟指尖传递的战栗直要颤到她的心里去。她在这个漆黑的夜里终于看到了他眼中不一样的温柔。柔和的月光淡淡扫着两人，她的心突然一恸。

却在此时，纷乱脚步又一次响起，夹杂着粗俗的叫嚷："妈的，就在这儿，给老子搜！"

二人同时往外看去。

"哼，我就不信……"孙九妹还没说完，脑后突然一阵闷痛，世界顿时变黑。孙九妹被严佟打晕了，在晕倒前最后一刻，她听见他说，声音伤痛而低沉，"好好活着。"

第十七章　百会遇惊变

红双喜剪纸贴着镂花的窗，屋子里的红烛忽明忽暗跳着火花。

红色的床，红色的被，连桌子也用红色绸缎铺了起来。这间屋子用喜庆的大红装点，却在烛火里宛若层层晕开的血光蒙蒙昧昧。

玉制的并蒂莲随意扔在龙凤锦被上，床铺上铺满了花生莲子，新娘就坐在莲子上，腰挺得笔直。她应该是端正坐着吧，被红烛拉得细长的影子却在发抖。

身边的喜娘笑脸呵呵，眼睛里却似藏着一把刀。她使着一股子蛮劲儿死死按住新娘赢弱的肩。红盖头轻轻荡着，露出新娘纤巧的下巴，她的红唇正被雪白的贝齿用力咬着。

门外风轻轻拍着窗棂，一声一声，像极了厉鬼的抽泣，喜娘皱了皱眉，忍不住走到窗前。却在此时，背后有椅子啪的一声倒地。喜娘慌忙回头，看见将红盖头甩到地上的新娘不小心踢倒了椅子。

她敢保证，她真的不是故意要去踢椅子，她只是想跑，却跑得太慌乱。她瞪着一双大眼警惕地看着喜娘。

喜娘的脸拢在烛火下：斜吊的细眉，三角的眼睛，朝天的鼻头，腊肠一般的红唇，唇角上还有颗绿豆大小的痣。

她向新娘走了过来，嘴角一动，像是绿豆的痣跟着一动，那三角眼睛不自然弯了起来，吊起的白睛映着满屋子的红似铺了一层血红。

新娘在她紧逼之下一步一步往后退，一边退，她一边紧张地攥紧了衣角。

"沈大人就快来了，夫人这是要去哪儿？"喜娘笑着说道，三角眼睛里有一道阴冷的光射出。她突然往前迈了一步，粗鲁抓住新娘的肩。新娘则反抗地挣扎了几下，随即将手背在身后，不让喜娘碰触。喜娘脸上几乎要笑抽，眸子挤成了一条缝，她一手将新娘按回床沿，一手要去捡地上的红盖头。

新娘依旧紧咬嘴唇，眸子里闪着冷光。那时候喜娘正弯腰背对着新娘。新娘背在身后的手忽然抬起，用力向前一甩。玉光一闪，咚的一声，是并蒂莲敲在头顶的清脆声音。

"啊！"喜娘嗓子里才蹦出一个尖细的叫声，身子便径直扑到了地上。新娘看了看自己手中沾了血迹的翠玉并蒂莲，再看了看扑倒在地的喜娘，浑身发抖。手指一松，吧嗒一声，并蒂莲猝然滑出手心坠到地上，碎成了几段。

新娘的心咚咚直跳，额上亦出了冷汗。她站了起来，只觉得腿软，几次将要跌倒。微蹙蛾眉，她用力吸了口气，慢慢蹲下，将那喜娘扳了过来。

喜娘的眉头紧皱，应是很痛苦，神志则昏迷着。她颤抖着伸手去探喜娘的鼻尖，发觉其还有鼻息喷在指尖，她轻轻吐出一口气，拉起喜娘右手去摸她的脉，只觉其脉紧而微沉，遂放下心来。她站了起来，努力让自己镇定下来。

她打的是头顶百会穴，百会穴乃督脉上的重要穴位，正是灵台所在。督脉乃人体中最大阳脉，几乎所有的阳气都会循行于督脉之内，这百会便是督百阳之会。百会穴，平日里揉揉按按，施施针刺法，可治疗头晕、失眠焦躁等，但若被重物击中却可能昏迷不醒。她正是知道这点，才在情急之下打了她的百会穴。

不再犹豫，她脱下鸳鸯并蒂的喜服，走到门边，却又回头：火光映着满屋子的红，似血。她有些恍然，抿了抿嘴，眼角湿润……

为何两次成亲都是被迫？七年前，她想要嫁给沈斯，却嫁给了乔之甦，她还记得当初坐在喜床上那五味杂陈的痛苦；一晃几年过去，当她真正快要忘了那种痛苦时，她又一次走进喜房，嫁给了那时想嫁的人，可依旧是五味杂陈啊！七年的轮回，她竟然爱上七年前被迫与之拜堂的男人，却总是与他隔一条鸿沟的，看得见，却跨不过去……

她牵了牵嘴角，却笑不出来，一滴泪滑过脸颊，在火光的倒映下悄悄一闪，快速隐去踪迹。她推开门走了出去，正是满月。如水的月华铺在她的脸上柔和如玉。

是八月十五啊!

她悄悄沿着走廊往前走,灯笼在头顶上晃荡,照着沿路的树影晃晃荡荡,像鬼怪张扬舞爪地扑摆着。

所幸沈宅中人很少,她一路听着透过空落落院子传过来的觥筹交错,心惊胆战地踩着树影,将自己的脸藏进黑暗。

有脚步拐着转角而来。"踏,踏,踏……"听起来有些许摇晃,像是喝醉了。她却在听到那脚步的瞬间如石柱般僵住了。即便是那脚步有微醺的醉意,她也听得出是谁!

沈斯!

她不能控制地发起抖来,紧紧拽着衣角,被咬出血痕的唇在灯笼昏黄的光下有些紫暗。

脚步愈来愈近,接近转角。一步,还有一步!

她的心跳仿佛鼓槌激烈敲打着,胸口不住起伏却还是觉得窒闷。这时,她听见另一人的声音:"沈大人!"脚步也在那人说话时停了下来。

她屏着的一口气来不及吐出,身子摇摇欲坠地靠在了门边。门突然开了一条缝,她一怔,望了望转角,毅然迈了进去。

视线陡然变暗,暗得看不见五指,她却觉得松了一口气,慢慢松开紧拽着衣角的五指,那种窒塞仿佛也一点一点随之脱去。

沈斯与人寒暄片刻,终于迈开了步子。咫尺,他就在咫尺!

她心底发虚地蹲在门边,隔着门听他鞋底踩地的声音。"踏,踏,踏——"仿佛踩着整个天地都震动了,她用力捂住嘴,那声音震耳欲聋而来,几乎要踩进她的心里去……

脚步声终于远离,她的眼睛也终于适应了这间黑暗的屋子。书房,沈斯的书房!她来过他的书房,也知道从书房往右走再向左拐便到侧门。她应该走的,应该马上就走!沈斯马上就要走到新房,马上就会看到倒地的喜娘,马上也能看到扔在地上的大红喜袍,然后他会怒气冲冲地翻遍整个沈宅来找她。她甚至已经感觉到他的手正扣在新房的门环上,只要一推……

可是她没有离开。她走到书桌边,拿起一封信。光线很弱,她将信打开举

274

到窗边，借着微弱的漏进窗缝的那一缕月光，仔细辨认。白纸上只寥寥数字，用行草书写，带着龙腾虎跃般的气势："乔之甦约吾入宫，尔等相助，待除去魏贼，必全汝之心愿。检字。"

检。检！

她知道信王叫朱由检，而这张信纸上也还有信王的私章。

信王。信王！

可是信王不是与乔之甦同盟吗？为何与沈斯密信往来？沈斯缘何又肯助他除魏忠贤？

蛾眉蹙起，手禁不住颤了起来，手指一松，信纸飘然而落。窗外却在这时有火把乱晃，她听见脚步凌乱，然后是沈斯狂怒大吼："就算把屋子掀了，也要把艾子衿给我找出来！"

她听见了却没有动，只是呆呆将如水的瞳眸茫然对着窗外频频闪动的火光。

——必全汝之心愿！

心愿，是什么心愿！

门啪的一声忽然大开，打断艾子衿的思路，火光剑般刺了进来，沈斯背对光，阴冷犹如鬼厉。艾子衿有些害怕，手捂上心跳激烈的胸口努力让自己冷静。

风从大开的门灌进，地上那一张信纸忽地飞了起来。沈斯脸色阴沉，长臂一伸，捞起那张纸，低头只看了一眼，手背青筋便突了出来。"哗——"信纸瞬间被撕成碎片，顺着他五指的缝隙飞了下来，如残雪飞舞，落在了艾子衿脚边。

"给我出去，没我的命令，不得靠近。"他冷酷地喝令身后的小厮，关上门，然后紧盯住艾子衿。

"你都看到了？"沈斯唇角勾起，阴鸷的眸子里却看不见笑意。艾子衿看着这个一步步逼近的危险男人，脸上没有任何的波动。"说！"笑容陡然变冷，沈斯一把夹住艾子衿的下巴，毫不怜香惜玉，"我忘了你说不出话，我来替你说，怎么样……"沈斯扯着嘴角，声音不自然地扬起，如鬼魅，"不错，我就是信王的内应……姓乔的以为靠着信王就能扳倒我？他以为他和信王的那点事儿我就不知道？从他和信王见面的第一天起我就知道了！他想杀掉魏忠贤，杀掉我，再从我身边抢走你，做梦！我告诉你，做梦！我要他死，一定会让他死得很难看！"

275

他的声音仿佛从地狱传来，一声一声震得艾子衿耳膜发痛。艾子衿只觉四肢百骸也在刹那间失去了知觉。她只听得到那一句话："我要他死，一定会让他死得很难看！"这句如来自地狱的诅咒，听得她的心底一点一点发凉。她不由得颤抖起来，那氤氲着水雾的眸子已经出离的愤怒了。

"害怕了？"他像黑暗中的魔鬼用一双阴狠的眸子看着她，看她惊恐地瞪大眼，然后像一只可怜地被关进笼子的无辜兔子，无力地反抗，无声地嘶喊。

"哈哈哈……"他大笑，近乎疯狂，将她那双推拒捶打自己的手牢牢禁锢住。

"不要以为信王会帮他，信王已明明确确答应我，只要阉党一倒便将乔之甦交给我。"

艾子衿惊惧不已，只觉得胸口窒闷如潮水一波一波涌来，几乎要将自己淹没。沈斯趁势揽住她，将她压倒在书桌上，一边倾身细细舐舔她小巧的耳珠一边冷笑低语："你放心，你我既然已拜过堂，你就是我的妻子，我一定会好好对你，当然——"他故意拖长音，看怀中的她因愤怒而禁不住发抖，加重手上的力量，狠狠扣住她的腰将她贴近自己，"我也会好好对你的前夫。"

艾子衿大骇，失去焦距的目光终于汇聚，看向眼前压迫而来的男人身上。她看见了心痛，是的，心痛在他的眸中一闪而逝，而后是——怒，震天大怒！

他因愤怒染红了双眸，亦因愤怒挑起了浓眉，然后他压向她，妄图用他的舌粗暴地挑开她紧咬贝齿。她的脸骤然变红，因愤怒而变红，身体的排斥感铺天盖地而来，胃中顿时如海浪翻滚。他感觉到了她的僵硬，不自觉想要加深亲吻，可是对方却紧守牙关。他不甘，眸子里的火剧烈烧了起来，她却像是被冰裹着，在他刻意的挑拨下，她的身体竟仍然冰冷至极点。他的怒火终于因她的不配合燃烧到极致！她却冷眼瞅着他，不是愤怒，不是恨，而是陌生。她在激烈反抗的同时竟然用这种疏离的陌生的眼神冷冷瞅着动作粗鲁而疯狂的男人。他恨这样的她！是谁说，恨之深因爱之切。可是她连恨都没有。是的，从来没有，在他重新遇见她后，她对他便没有恨，更别说爱。他在她眼中看到的永远是愤怒，还有怜悯，她竟然在怜悯他！正如此刻的她在自己的身下，明明要哭，明明想吐，却使劲儿咬着苍白的唇，拿一双弥漫水雾的眸，倔强地怜悯地看着自己！

不要用这样的眼神！

他一声低吼，突然放开禁锢住她双臂的手，粗暴地撕扯她的衣服。她下意识地挥手想要推开他。他反而顺势将自己的身子更贴近她。两人几乎便要密合无缝。她慌乱中用脚踢他的要害。"啪！"他恶狠狠甩了她一巴掌，再次扑向她。"吧嗒！"桌子因两人激烈的拉扯被掀翻在地。

窗外风如鬼哭狼嚎，摇摆的灯笼将鬼魅一般的光晃悠悠透进窗的缝隙，满院树的张牙舞爪的影子，如一道道坚实却无形的墙，排山倒海地压了过来。

沈斯已经在扯她的亵衣，隐隐约约，他看见了她凄红抹胸下雪白的胴体。他的眸色骤然变深，一声情不自禁的压抑低吼逸出唇畔，紧接着便俯下身去。

突然，黑暗中银光一闪，她的长发散了下来，而他却如弹簧一般惊跳开。

血，他的胯下流血了。血一滴一滴淌到地上，瞬间隐进漫天铺地的漆黑里。

慌乱之中，艾子衿将自己的银簪扎向沈斯的下体。殊不知这银簪亦是沈斯专门为她订制。

艾子衿站了起来，眼神似乎还处于茫然。她看了眼痛得龇牙咧嘴倒在地上呻吟的男人，又看了眼自己手中带血的银簪。她后知后觉的惊恐，将银簪甩了出去。

"你！"下体传来撕心裂肺的痛让沈斯的五官皱成了一团，他愤怒地瞪着她，却因钻心的痛讲不出完整的一句话。

痛啊，不仅仅来自下体，更来自心里，他不相信啊，这个女人，这个他深爱的女人竟然会以这种激烈的方式来反抗自己。她真的如此憎恶自己，甚至不惜让自己绝后？无法置信，他再次将冷冽得能刺穿她千万次的视线牢牢锁住她。

然而她却没在看沈斯，她站在那里似乎很茫然，很恐惧，目光却在触到脚边那铺了一层的纸屑时明显地一震。

"我要他死，一定会让他死得很难看！"耳边突然回绕起沈斯冷厉得像来自地狱的声音。她惊恐地蹙眉，她低头想要看地上的男人，却看不清了，她曾经那么深爱过的人此刻就在她的面前，竟然在她心里失去了原有的模样。

"你，真的那么讨厌我？"心痛，比下体更痛，他看她的眸子恨不得将她生吞活剥。她却呆呆站在那里没有摇头也没有点头，仿佛已被冰封。"我得不到你，也不会让别人得到你！"他的声音里压抑着愤怒，隐隐更透出鬼魅般的阴狠。然后他忍着剧痛慢慢站了起来，站起朝她摇摇晃晃走去。

风拍窗棂，啪啪作响，窗外昏暗的灯笼，拢着窗前的双喜剪纸，红得惨淡。隔着幽暗，她看到他的眸子闪了一闪，那是决心要毁灭一切的冰冷。她下意识后退，只觉得空气在他冷冽的逼视里一点一点被抽去。

不，她不能这么死去！

黑暗中，她仿佛看到那个腰杆挺得笔直的男人，缓缓转身，拿那一双深邃似海的漆黑眸子，深情地凝望自己。

不，不行！

他已经抓住她了。她突然膝盖一弯，用力一顶——还是下体，还是那个渗血的部位。他再次倒了下去，痛得几乎窒息。她不再给他机会，径直从他身上跨了过去。他慌忙抓住她的裙角，用力一扯。"嗞——"裙摆裂开，她却顾不得，快速跑到了门边。虽然双手还在颤抖，她仍是果断地推开门。风霎时灌进，吹得她满头乱发蓬松如鬼魅。

"来人，抓住她，给我抓住她！"身后的男人用力嘶喊，然而声音却因为疼痛而颤抖着。

她忍不住想要停下，毕竟那是她深爱过的人啊，是她曾经山盟海誓的人。

到底，是谁背叛了谁，又是谁违背了誓言？

誓言未变，可是人已变了啊！

时过境迁，物是人非，回不去了，谁也回不去了！在她疯狂奔跑的时候，孩提时候的那些往事，那些镌刻进她的生命连想一想都会心痛的回忆，一点一点倒流出她的心底。

泪水划过脸庞，被风一吹，像是刀子。她颤抖，踉跄，却不敢停住脚步。走廊檐角上贴着喜字的大红灯笼在风里摇摆，仿佛随时便要坠下来。院子里树影迷乱，像迷宫在地上交错，月光漏过树梢在地上被烙成了细碎的苍白。

她踩着这一路惨淡的光影，依着记忆，穿过重重院落，来到沈宅大门口。这时她真的庆幸，沈宅里没有太多的家仆，不管当初沈斯这样安排的原因是什么，她总该感谢他，让她有了机会逃脱。

窸窸窣窣的脚步在身后紧跟，听起来不过四五人，火把已移到转角。

她的心狂跳不已，伸手扣住门闩。战栗，像在做梦，她几乎不能相信自己此刻的处境。木质的门闩在她掌心划出坚硬的棱角，一再提醒她这是真实发生的事。她咬了咬唇，颤抖着拔掉门闩，用力将门一推。

"吱呀——"门轴沉重的低鸣，门徐徐开了，艾子衿只觉眼前突然亮了起来，那是月光肆无忌惮洒在大街上的亮。低回的屋檐，狭小的街巷，此刻在她的眼里竟是如此的亲切。

她有多久，没见过街巷了！

深吸一口气，像是困在深不见底的山洞中许久，第一次呼吸到新鲜空气，她将心一沉，大跨步迈出。追兵也在那时到了门口，她听见他们在喊——

"停下！"

"抓住她！"

"不要让她跑了！"

"……"

她跑了起来，用尽全力地奔跑，是第一次仿佛将自己的生命都耗尽的奔跑。身后的脚步、叫嚷，终于渐渐远去，不知是自己真的甩掉他们了，还是因为跑得太过专心而忘了周遭。是的，她连风都感觉不到了。脚下一软，她忽然失去知觉，倒了下去。昏迷前，她看见一个身影……

艾子衿看到七音是在她醒来之后。那时阳光正暖暖从窗口探进来，她茫然环视身处的这个熟悉又陌生的环境，七音推门走了进来。

"子衿姐姐。"七音激动地奔上前握住她的手。七音，七年未见的长大了的七音，突然就这样出现在面前，艾子衿跟她一样落下泪来。两人抱头痛哭了一会儿，七音抬起头问她，"姐姐感觉如何？"说着她拿手去探艾子衿的额头，高兴道，"太好了，姐姐终于退烧了。姐姐真是吓死我了。昨天早上我看到你昏倒在门口，还以为在做梦呢！姐姐，这几年你究竟去了哪里？为什么连封信都不给我？你知不知道我每天都在担心你呀！"七音一边说一边哭，"上次乔大哥说他和你已经见面了，又说你回到沈斯身边，可他又没和我说清楚！姐姐，你怎么能回到他身边？你明明知道……"话音未落，七音惊觉艾子衿冰凉的手抓住了自己。

艾子衿张开口，费力地指了指自己的嗓子，咿咿呜呜地撕扯不出一个声音。

七音恍然明白过来，惊道："你不能说话？"

279

艾子衿因她这句话皱紧了眉，却像想到什么似的，紧张地瞪大眼睛。

七音被她的反应吓了一跳，试探着问："你有事想告诉我？"

艾子衿用力地点头，看了看不远处桌上的纸笔。七音明白过来，忙扶着她往桌边走去，为她铺开纸。艾子衿提笔写下与乔之甦重遇，又写下被沈斯劫入沈府的遭遇，看得七音心惊胆战，一会儿便去看门口是否有沈斯追兵过来。两人以笔墨问问答答大半天，当七音看到艾子衿说到沈斯是信王内应时，心中一震，惊道："不可能，我从来没见过沈斯与信王见面。"原来这若音紫阁不但是信王与七音约会的地方，更是信王接见心腹所在。

艾子衿用力抓住七音的手，含泪看住她。这样坚信的肯定的目光终于叫七音开始相信了。七音颓然地垂下头，低喃："怎么会这样？怎么会这样？信王他为什么要相信沈斯？沈斯他，他……"七音说不出话来，悲伤的眸子里有忧虑，也有痛惜。

艾子衿拉了拉她的手，依旧提笔问道：乔之甦还在宫中？

七音点头。

艾子衿又写道：信王是不是也入了宫？

七音又是点头，既生气又难过，更觉得愧对艾子衿。艾子衿明白她此时感受，当下拍了拍她的肩，朝她露出一个无声的微笑，写道：既然事情都已经发生了，不要再想了。你告诉我，现在宫里发生了什么？

"我也不知道信王怎么样了。"七音忧心忡忡，"不过我听说最近皇上的病情有了变化。"

艾子衿闻言眸光一闪，忙又写道：他们有什么计划？

"现在就是等待皇上下旨传位信王，至于具体的，我也不知道。"七音的声音低了下去，"其实我也很担心，前几天宫里传出消息，严佟好像被杀了。现在皇宫也被封了。谁进去都很难，我也……"说着说着她又垂下泪来。

艾子衿也只能沉默，随后又强打起精神写：我怎么会在这里？

七音道："早上起来我听见有人敲门，开门就看见你了。好奇怪，你怎么会无缘无故就在我的门口。若说是你自己逃出来的，也应该倒在若音紫阁大门口才对呀。"

艾子衿脸色微微变了，顿时便想起了昏迷前看到的那个人影。七音没注意她的神色，问道："子衿姐姐，现在我们该怎么办？"

艾子衿想了想，写道：既然连沈斯都站到信王这边，我想宫里面肯定还有其他帮手。暂时你不需要担心信王的安危。

听见艾子衿这么说，七音脸色好了些。她突然想到什么，又紧张了起来："那乔大哥怎么办？沈斯当真会对他不利吗？"

此问直击艾子衿心口，艾子衿只觉得心跳骤然一顿，思绪便乱了。半晌，她方叹了一口气，慢慢写着：我想暂时他对信王还是有用的。她继续快速写着：无论如何，我要乔之甦活着！这大概是她坚持下去的唯一动力了。

七音握住她的手："你要我怎么做？子衿姐姐，无论要做什么，我都会帮你！"

艾子衿思量片刻，在纸上又写：我要进宫。

进宫！

白纸黑字，笔锋飞扬，那墨色层层晕开，一点一点铺满七音的眸。七音回头看艾子衿，看见她的表情如她的字一般坚决得不容拒绝。她沉吟片刻，道："信王向我保证，只要大势一定便会接我进宫，到时候我带姐姐一起去。"

艾子衿终于露出了笑容，神情也轻松了许多。只听七音又道："姐姐和乔大哥分开那么多年，好不容易在一起。这一次，我不会让任何人伤害你们！"

天启七年八月二十二日，宫中长鸣熹宗病薨的钟声。白幡飞扬，屋檐下大红灯笼亦换成了白色。整个一座皇宫，被肃穆的白色笼罩着。

在光宗病薨的七年后熹宗终于也走了。红墙金瓦的宫殿中，气势庄严的古城里，身着白衣的众宫女太监朝着乾清宫的方向齐齐跪倒。百官亦在外朝拜，哭天抢地，却无人在脸上真正挂着悲色。

乌云蔽日，浊重的空气仿佛锅盖闷闷地压着，搅得张皇后心口一阵一阵发沉。她抹去眼角的泪，不舍地将熹宗的手放进被子，眷恋地望他。

"娘娘！"一旁有人在催促，张皇后叹着气站起，忍住泪转身，让人将被子掩上熹宗的脸。然后她回头最后望一眼那被被子遮住的脸，深吸一口气，挺身走了出去。

门外，魏忠贤已守候多时，见到张皇后，低声唤道："娘娘，皇上他可说……"话没说完，他便迎来一记嫌恶兼警告的怒视，带着凌厉的气势。魏忠贤见之立即噤声。

素白的影子庄重沉稳地擦过他的身子，带起他衣袍翻飞。他的唇线一抿，眼中顿时射出一道冷光。然而张皇后脚步沉重地向前走着，仿佛看不见他的存在。

大殿前的百官身穿一色的白衣，一见她过来更哭得是惊天动地："皇上……"不知谁率先喊了一声，那哭声更是如海浪一波一波涌来。

风凄凄打着白幡啪啪飞起，说不出的清冷。张皇后在心中冷嗤，脸上却端着肃穆，沉声道："众卿家之心，本宫已知。皇上在天之灵亦不忘众卿之情。"

不多时，却见一人扶着地面爬了过来，跪在白玉阶下。他仰起头望皇后，眼角上的泪痕在昏暗的光线里有些悲凉，只是他的眼中却没太多悲戚之色，隐隐还跳跃着诡谲的光。张皇后冷眼一瞟，见是顾秉谦。

顾秉谦，礼部尚书，七十多岁的人，竟然带着自己的儿子上魏忠贤的家门，硬要让自己的儿子给比自己还小十八岁的魏忠贤当孙子。

张皇后打心眼里鄙视，鼻中轻哼出一口气，脸上却不动声色。

他有话要说，在说话前却不断抽泣以表忠心，那白花花的头发和胡子杂乱飞扬，说多难看就有多难看。假哭半天，他终于停下来，半刻前还悲伤着的脸突然间就换上冷肃的神色。他说了一堆先皇如何如何、臣下又如何如何、将来当如何如何之类冠冕堂皇的话，然后将头一低，整个儿伏在了地上。

张皇后则站在白玉阶上冷眼俯视他，静静等待他的下文。

只见他抬起头将视线往旁一转，似只是随意，张皇后眼角余风却瞥见一旁站着的魏忠贤眸色猛然加深。却在那时，顾秉谦的目光已扫了回来，毕恭毕敬仰视张皇后："皇上身后事……"

"有劳各位卿家了。"张皇后悲戚道，身子晃了晃，身旁扮成宫女模样的孙九妹忙伸手将她托住。原来孙九妹那晚与严佟分开后便昏了过去，醒来时，她已被送到了坤宁宫，自那日起，她便扮成宫女待在皇后身边，一来为保护皇后，二来为皇后与信王之间的联络。

"呃，娘娘，皇上可有说……"只听顾秉谦咳了一声，用眼角偷偷瞄了眼魏忠贤。

张皇后瞥他一眼，嘴角仍是悲悲戚戚下垂着。

"莫贵人她怀有龙子，皇上是否……"

"大人可是问继位之事？"张皇后泪眼蒙眬地将纸直接捅破。

顾秉谦怔了一怔，低下头，他分明望见了张皇后眼中犀利的一道光，只是那道光闪得太快，不消一会儿，又无迹可循。

"魏公，皇上有遗诏，你念吧。"张皇后仿佛不能承受般，低垂眼帘斜靠在孙九妹身上，虚弱地伸出手将遗诏递到魏忠贤身前。

魏忠贤微有错愕，抬眼看皇后。只见皇后虽低垂眼睑，那频动的睫毛下却闪过一道光，快得几乎让他抓不住。

他抬手去接遗诏，只觉双臂发沉。

阶下，满朝文武抬头，震惊、激动、期盼……

那一双双眼就像是缭乱的星，将光亮一齐聚拢到他的脸上。魏忠贤扯了扯嗓子，觉得干涩，圣旨慢慢卷开，娟秀的字出自皇后手笔，一个个如排排正正的方块，刺得他的眼发涩。

他识字不多，张皇后应是知晓，却故意将遗诏交给他来宣读。他觉得手些许发颤，后脑勺亦有汗津津的黏湿，风一吹，透心凉。

"魏公公，念吧。"张皇后淡淡的语气里有一种说不出的威严。他举目看她，只觉得对方细眯的眼眸如剑如刀。

魏忠贤敛下眼眸，亦敛下心神，悠悠拉开尖细的嗓音："朕不久于人世，奈何大明天下未定，于心不忍。朕未有子嗣，唯皇弟信王一脉尚存。明之祸兮福兮托于皇弟，望其勤之勉之，不枉先祖庇下有知。众卿以贤德仁义相助，必当传大明江山于千秋万代，必当造大明子民于万世福祉……"张皇后所书的每一个字竟然都挑着魏忠贤熟识之字。魏忠贤咬牙切齿，一边念一边思量——在他眼皮子底下，这熹宗到底是什么时候颁下这遗诏的？当下，他断定，他手里的棋大概是在他不知道的时候换了颜色。

现在回头想又有什么用呢？他听着自己变调了的声音念出那一句话——"明之祸兮福兮托于皇弟"，他气得唇齿打战，几乎晕厥。

好歹他是魏忠贤，见过大世面。他没有晕倒，而是一字一字清晰地念完了整篇遗诏。尖细的声音久久盘旋在偌大的宫城上空，文武百官听完整齐地拜了再拜，口中高呼"万岁万岁万万岁"，然后又是哭，依旧惊天地泣鬼神。

魏忠贤僵着表情，心底一直在压抑抓狂的愤怒，压抑得将拳紧紧握了起来。风低低回旋在耳边，掩去骨节的咯咯作响，他紧紧咬牙，张皇后在不远处看他，漆黑的眼眸子里有冰冷的胜利的光。

他眸色一敛，抬起紧绷的小腿，迈出一步。恭敬弯腰双手递上遗诏，他的表情看似平静，浑身上下却悄悄涌起一股决然的气势。

张皇后冷眼将其表现收进眼底，故作沉痛道："有劳九千岁。"

她故意加重了"九千岁"三个字，他听在耳里有些讽刺，却不能发作，只是低着头悠悠回道："臣不敢。"

"那便请九千岁迎新主入宫，选个吉日即位吧。这也是了皇上遗愿，为大明江山社稷。"

"是——"声音尖细拖长，魏忠贤细眯的眸子里蓦地闪出阴鸷，却被他小心翼翼藏了起来。

近来，宫中锦衣卫变动频繁，锦衣卫首领许显纯日日在宫里带着一大队人马转悠着。许显纯很郁闷，宫廷里搜了一遍又一遍，他却连个鬼影都没找到。

乔之甡在这段时间里倒很是安分，他也派了几批人跟在他身后。回来的人说他不是一个人捣药，就是在给奉圣夫人敷药，偶尔还会逗客氏开心，越来越得客氏信任了。

他暗地里派人去打探过坤宁宫，回来的人说坤宁宫里没多出什么人，就是有个宫女病了，皇后又从别处调了一名宫女。皇后多要个宫女罢了，无可厚非，何况熹宗才去，确实也有许多事要忙。许显纯没有多余的心思去调查这宫女的来历。他想的是尽快找到藏进宫的信王。这皇宫里唯一还没有调查过的就是奉圣夫人的屋子了。他想去查奉圣夫人的屋子，按说以奉圣夫人与九千岁的关系，她理应不会将那个可能会威胁九千岁地位的信王藏起来。可若说是乔之甡藏的，那就说不定了。可奇怪的是他几次派人进去，都被发现了。奉圣夫人大吵大闹到九千岁那里，让九千岁的脸色很难看。奉圣夫人本来看他就没有好脸色，再加上这件事，奉圣夫人对他更没有好脸色，每回看见他都拿白眼瞪他，好像他是瘟神，杀了才是正经。

他犯愁啊，九千岁催人催得紧。这会儿，九千岁又派人来叫他去大殿上，说是英国公张维迎已入宫，当面质问九千岁怎还不把信王接进宫。许显纯一听，慌忙就往那跑了过去。

他进到殿中，还来不及对着这些顶头上司磕头行礼，就听见九千岁说到"信王失踪，府中无人"这句话，分明就是一副事不关己的模样。

张维迎大怒，气势汹汹骂道："魏公公，你私藏新帝，罪同谋逆，乃杀头之罪！"

九千岁冷淡回复："此言差矣。信王这么大的人，我能藏在何处？国公大人扔个莫须有的罪名，奴家当不起。"

当时张皇后还在凤椅上。她冷眼瞅着两人这样你一句我一句也不阻止，只小声地对身边宫女说了句话，那宫女听完立即便跑了出去。许显纯看着那个宫女觉得眼生，心知便是张皇后新调来的宫女，当下派郭定去跟踪。过了一炷香时间，郭定跑回来说把人给跟丢了。一向沉稳的郭定做出这档子乌龙大事，他气得想把钉子戳到他的身上，让他做一个真真正正的郭定。

正在这个时候，有人报告说是奉圣夫人抬着一个黑柜子要去中宫。他有些莫名其妙，来不及跟魏忠贤禀报，便匆匆带了一队人马出去，在路上将奉圣夫人给拦截下来。奉圣夫人坐在安车上，掀开珠帘用一双哭得通红的瞳眸瞪着许显纯。

"夫人这是去哪儿？"许显纯尽量不去看客氏脸上愤怒的目光。

"中宫。"客氏阴冷道，"许大人还想挡着我不成。"

"不敢，可是这个……"

"此乃皇上赐我之物，我去看过皇上后便要出宫。"客氏看上去很虚弱，也没什么力气与其争执。许显纯却不依不饶，手臂一挥，便有人将那黑木柜子团团围住。"你这是作甚？"客氏蹙起眉头。

"奉九千岁命查乱党。"许显纯扬声说道，虎视眈眈地盯着始终冷静站在一旁的乔之甦。

"你说我私藏乱党？"客氏的语气里听得出狂风暴雨骤来之前的压抑。

许显纯扬眉，语气倒还是恭敬："不是，只怕有心人——"

"滚开！"客氏的呵斥叫许显纯吓了一跳，斜眼看去，果然见客氏两眼都要冒出火来。

"夫人……"

"要查我，叫魏忠贤过来。"

敢直呼魏公名号的只有客氏，连不久前病薨的先皇，见到他也尊称一声"魏公"。许显纯眼角跳了跳，低头退至一边，围在柜子旁的手下见其退下，亦跟着往下退。

没有人看见乔之甦在许显纯那一帮人退下的时候，将紧握的拳悄悄放开了。

安车继续朝乾清宫方向徐徐前进。乾清宫里还停着先皇熹宗的灵柩。客氏想要再去看一看那个她陪了二十三年的皇上。从他嗷嗷待哺到如今，二十三年了啊！那么多个年头，她从他胖乎乎摇着小手要去揪她的头发，到他学爬学走，学说话，慢慢长大，再到坐上这万人之上的帝王宝座……他还没开始老去啊，就已经冰冷僵硬地躺进了棺木……

鼻头一酸，她的泪又淌了出来。这一次她真的想走了，没有他的宫殿，留着也没意思吧。她回头看跟在身后不远处的木柜。一人高的柜子啊，够了，够了，装这些年他赐给她的宝物，足够大了。她吸了吸鼻子，用丝帕悄悄抹去眼角的泪。这番动作一无遗漏落进乔之甦的眼。乔之甦抿了抿唇，眸子里似有些矛盾，又有些悲悯，终究是冷了下来。回头，他亦瞟了一眼那足够装下一人的黑柜子。

安车进了乾清宫，张皇后冷眼看着客氏从步上缓缓走下，视线顺着往下扫。当她望见乔之甦时，顿了片刻而后目光迅速移开。

魏忠贤不确定张皇后是否与乔之甦在做眼神交流，所以他在张皇后转开视线时依旧紧盯乔之甦。后者感觉到他的目光，将头转了过来，冷静而沉着地以目光相对。

魏忠贤看不出这个有着一头灰发的男人深黑的眼眸里究竟藏了什么，从见他第一眼到现在，他一直看不懂他看似平和的眼眸里偶尔闪过的幽光。因为看不懂，所以害怕，直觉告诉他这个对权力金钱没有表现出太多欲望的男人很可怕。虽然没有任何直接的证据，他却可以肯定：这个男人是信王派进宫中的棋子，目的就是挑拨他和客氏的关系。是的，他做得很成功。客氏最近对他冷淡得紧，甚至多说三句话都会以吵架结束。

思忖及此，他眉梢一挑，向客氏望了过去。客氏正往里走着，向张皇后行大礼。她带来的那个大黑木柜子便停在殿门外，刺辣辣的日光在上面拢出半圆的光晕，仿佛晕开一层神秘。他的心没由来一跳。正在此刻，他听见张维迎扬着沙哑的嗓音轻蔑地哼笑："夫人现如今还来做甚？"

客氏完全没有了往日的气焰，低声抽泣道："我跟皇上告个别，然后……"

"夫人带的这个木柜是何？"张皇后凤眼挑上殿门外黑木柜子。

"娘娘，是先皇赐给奴家的一些个东西，奴家打算带走。也算……"

"可让本宫看看？"张皇后说话时，眼睛有意无意又扫了一眼不远处的乔之甦。乔之甦不动声色地将唇抿成一字。佯装成宫女去通风报信的孙九妹不知何时也回来了，有意无意摸了摸腰，腰上似乎缠了一圈东西，不像是腰带。

风有点紧，有落叶翻飞进宫墙，空气莫名的压抑。

魏忠贤尚来不及消化场中变化莫测的形势，那厢客氏已开了口："是些小玩意儿，不少还是皇上亲手做的，皇后要看便看吧。"

她说着，从腰间取出锁匙去开黑木柜子上的陈旧铜锁。

足够藏一个人的柜子啊！

所有人的视线都汇了过去，仿佛那个柜子是个魔箱，打开会变出令人眼花缭乱的珍宝。

呼吸轻浅，伴着柜门打开的吱吱呀呀的声音。风，突然转烈，沙石陡转，迷了所有在场人的眼。他们不知不觉都闭上眼——"啊！"一声尖叫，说多震惊便有多震惊，客氏跟踉往后退了几步，一屁股跌到了地上。

众人定睛看去，黑木柜子徐徐开了，足够藏一个人的柜子里，真的藏着一个人，白衣黑发的一个人。那个人保持着沉静内敛的表情，从柜子里钻了出来。

信王，失踪了将近半个月的信王！

魏忠贤脸色顿时变青，张维迎则惊喜地迎了上去。

"皇上！"他一声叫，径直扑到地上。

"使不得！"朱由检一个箭步上前，拖住张维迎的身子，诚恳道，"英国公使不得，由检才疏学浅，又怎可当此重任。"

"先皇已诏布天下，您就是我大明未来的天子。"张维迎说着，又是大拜。

朱由检深黑的眼眸里一闪，脸上仍是谦恭："此事未定，况……"他抬头，往铁青着脸的魏忠贤看去。魏忠贤接收到他的视线，不自然扬起一抹难看至极的笑。朱由检微一翘唇，瞬间又收敛了笑意，快得让人看不清。

"您是先皇遗诏定下的新帝，又是我大明目前唯一的皇脉血亲，谁敢挡在前头。"张维迎叫嚷着，故意拿眼睛示威似的往魏忠贤瞟去。

魏忠贤想怒又不敢怒，只得僵着一张脸转向尚不能从震惊中恢复的客氏身上。

客氏很震惊，她真的很震惊，今天早上她还仔仔细细将熹宗赏赐的东西一一收好，怎到了这里，突然就变成了大活人，还是一个绝对绝对不能出现在这里的大活人！她的心跳有瞬间的停顿，然后加速，像是鼓槌敲打个不停。猛然间她像明白了什么，回头，她看见乔之甦幽深的眼眸闪了闪——

内疚！

真的是他，利用她，出卖她！

"你——"她颤抖地费力地抬起手，指他，用一种恨得要将他凌迟的眼神看他。

她是多么信任他，将他当作知己，他却……她没有扑上去狠狠地咬他，脚定在当下，有一丝苦笑自她唇畔逸出。都是自找的，不是吗？不关乔之甦，不关任何其他的人的事，在她住进这宫中，在她被权力和欲望一步一步推进深渊，就应该料到，会有失足的那么一天，只是她再也不能拥有……

眼中掉下一滴泪，她突然好怀念十多年前的某一夜，她拥着只有七八岁的熹宗，坐在深宫里仰望漆黑夜幕如珠子般闪亮的星星。回不去了，那样简单的幸福，再也回不去了。她颓然跌倒在大殿上，望着彻夜燃烧的白烛无声地抽泣。

"新皇怎在你的柜中？"张皇后厉声斥责。客氏身子一颤，却答不出来。"来人，把这个私藏新帝的女人拖进浣衣局！"张皇后说道，眸子闪过冷冽，嘴角却微微翘起冷漠的快意。

乔之甦不自觉想要抬手。那时候，客氏正被拖过他的身前，他看见她的眼睛，美丽却没有光彩，仿佛她的天已崩塌了。她没有回头仇恨地瞪他。他是宁愿她恨自己的。心口有些苦涩，风摩擦过耳边些微的疼痛，他转头不经意间看到了一双眸子，黑澄亮却看不见底的眸子。

眸子的主人是朱由检，他若有所思地沉吟，却在看到乔之甦扫过来的那一眼时微微翘了翘唇角，淡然地将头转了过去。

乔之甦一个激灵，冷静了下来。

只听英国公张维迎气势咄咄地逼问魏忠贤："新帝已在此，登基之事，魏公准备得如何？"

魏忠贤不着痕迹地打迂回的太极："正在准备，先皇后事未了，国公何必如

288

此着急。"

"先皇后事自然重要，可这新皇登基却也等不得，国不可一日无君，魏公难不成还想独揽天下大权不成！"张维迎冷嘲热讽道。

"英国公玩笑归玩笑，这罪臣可承担不起。"魏忠贤语气看似平和，脸已拉了下来。

"魏公为九千岁，有何承担不起的，真真折煞老夫了。若是魏公杂事烦扰，那就让老夫代为效劳。"

"英国公年事已老，有些事记不清楚，若真出了纰漏，咱们俩谁也担当不起。"

两人互不相让对峙着，简直便是天雷遇到地火。所谓绵里藏针，魏忠贤真正高手，骂起人来毫不逊色却又不着痕迹，将张维迎气得个半死。他直喘粗气不说，那脸上也是一阵红一阵白起来。

此时一声轻咳响起，仿佛是那忽然刮过的浅淡清风，瞬间便解了一室尴尬。朱由检慢慢走了过去，插在二人之间，云淡风轻的神情仿佛根本不知晓二人激烈的争执。

他先是对着魏公微笑低语："厂公（东厂魏公公）辛苦了。"举止态度温和优雅又透了一分恭敬，随后他才转头轻声安抚张维迎，"国公莫急，厂公亦是为了江山社稷，自然小心些。且等厂公安排好……"

"皇……"张维迎似还有话说，却因那一双加重力道按在肩上的手噤住声音。他看着朱由检的那一双手，手指修长，骨节有力，这是一双能掌控天下的王者的手啊。朱由检慢慢屈起五指，仿佛已将天下握在了手心。张维迎一怔，抬头望进朱由检幽深的眸，悲壮似的点了点头。朱由检此刻才将微抿的唇线放松。

"皇上请放心，臣必当竭尽全力。"因朱由检背对他挡住张维迎的脸，魏忠贤并未看见两人神情交流。

朱由检笑了笑："有厂公相助，朕放心不少。"

魏忠贤微微一翘嘴角，因朱由检格外谦卑的态度而有些自得，不禁扬眉往皇后那边瞧了过去。

皇后的神态很是随意，她走近朱由检，深深看住他，道："大明江山，交给你了。"

朱由检抿唇点头。皇后趁势靠近他耳边低声道："莫吃宫中食物。"

第十八章　听宫计谋深

孙九妹来到宫门口迎接七音，神情有些悲伤。短短一个多月，发生了太多事，她脑子里始终还盘旋着严佟那一句伤痛低沉的声音："好好活着！"

好好活着，怎么好好地活着？难道要让她忘掉曾经有一个人用生命来保护她？她做不到啊！这个人在不知不觉中走进了她的心底。他的一蹙眉一撇嘴，一抽剑一踢腿，仿佛都刻进了骨髓。

她抽了抽鼻子，不自觉摸向手臂，手臂上还有那个人给她系上的长命缕。"好好活着！"她想起他的话，眼眶又红了。

她抬头看了看天。没有云，天湛蓝湛蓝的明媚，她看见宫墙上的一角，有灿烂阳光拂过的温柔。他在天上大概会欣慰吧。熹宗病薨，他效忠的主子思宗即位。该满足了吧，他一心想要看的结局没有看到，她替他看到了。她哭了，那一滴泪反射着阳光，亮得似珍珠。这是她得知他死后第一次流眼泪。

是啊，太忙了，她忙着充当联络人，又忙着日日夜夜守护思宗的安全，还每时每刻警惕可能的暗袭。这一切，都曾是严佟的职责啊！他去了，所以她告诉自己，要继续他的职责，让他泉下也能安心。

据说他是被锦衣卫逼死在井中。这个宫城那么多井，每一口都幽深不见底，她怎么找得见他？

说不清是什么感觉啊！像是心破了一个洞，一点一点往外渗血。但当乔之甦担忧地询问时，她却只是微微扯嘴角。这不是原来的孙九妹！原来的孙九妹只要是乔之甦眼中流露出一点的关心，就会高兴到天上去；可是现在的孙九妹分明看到了乔之甦眼睛里浓浓的关切，却笑不出来……

有马车停了下来，她听见马的嘶鸣。定了定神，她抹去眼角上的一滴泪，迎向马车，然而她的脚步蓦地停了。马车帘子掀开，七音坐在马车里，她的背后还坐着一个丫鬟模样的人。孙九妹正是因为看到那个丫鬟模样的人，才停住了脚步，她的视线也似乎凝固了，凝固在那名丫鬟的脸上。

七音正拿出一块玉牌，向着皇宫门口的侍卫解释："是皇上让我来的。这是我的贴身丫鬟，皇上亦是知晓。"

那两名侍卫狐疑地看了她一眼，又看看玉牌，转身跟身后的另一名侍卫低语了一番。后者向里跑去，看样子是要惊动锦衣卫的人了。

孙九妹有些震惊，因为那名丫鬟像极了艾子衿。脚步禁不住往前又迈近一步，她想让自己看得更真切。

七音也看到了孙九妹，她没有见过孙九妹，所以她悄悄拉了拉艾子衿的手，似乎在叫她认人。艾子衿往孙九妹看了一眼，便低下头去，装作很胆小，却暗暗在七音掌心比画出"九妹"两个字。

孙九妹观察两人的举动，将自己的身子移到屋檐阴影的角落。她的任务是保护七音周全入新帝寝宫。

朱由检不信任魏忠贤，魏忠贤用来收买他的四名美女，他碰也不碰，更在其四人身上搜出药丸。于是朱由检更存了心思，虽然表面上他仍是"厂公厂公"叫得亲切。魏忠贤也算是会做人，朱由检只提了一句七音，他便做了个顺水人情，将人从若音紫阁接了出来。

朱由检多思念七音，孙九妹看不出来，只觉得他提七音时的眼睛并没有乔之甦提艾子衿时的眼睛那么亮。是什么时候开始，孙九妹渐渐承认乔之甦说到艾子衿眼睛会发亮？她又是从什么时候开始在承认这个事实时没有太多的伤心？

她正在想的时候，那人跑了回来，与守门侍卫低语了几句。守卫立刻换脸般毕恭毕敬谄笑道："原来是七音姑娘，皇上等候多时了。"说着还派了一个侍卫在前面指引。

车轮轴子骨碌碌转着，孙九妹悄悄尾随往宫里走。待走到人少僻静处，马车停了下来。孙九妹先听到七音对那引路的侍卫说自己腹部不适。那侍卫当然知道七音是朱由检极宠的人，当下自告奋勇说是去找人帮忙，又嘱咐赶车的人不要到处走，随后便匆匆离去了。

七音见那人离开，慌忙掀开帘子往后探出脑袋。孙九妹跟在不远。她看到七音眸中似乎有一道光闪过，心下一动，一个燕子腾空急速蹿到马车边。那时艾子衿正掀帘跳下了马车，静静看她。

"子衿姐姐进宫的事千万不要让皇上知晓。"七音在车上着急说道。

孙九妹怔了怔。艾子衿还是不说话。那厢脚步匆匆在转角后响起，应是侍卫不知从哪里找到个老嬷嬷。七音瞥了一眼转过巷尾墙面的影子，低声说道："等一切安顿了再与你详说，你先带子衿姐姐去见乔大哥，万不可被发现了。"

孙九妹只得拉起艾子衿快速离开。

乔之甦得到消息匆匆赶来，孙九妹指了指屋内，轻声说："她失声了。"乔之甦闻言，瞳孔一缩，顿时有心痛暗涌起。他轻声推开门。

屋内女子的侧脸被日光轻轻铺染，清淡柔美。听到开门声，她回头笑盈盈看他，眸子晶亮。他却看着她说不出话，她上前轻轻执起他的手贴到颊侧，享受般地闭上了眸。他的心中一动，紧紧拥住了她。

鼻子酸涩，他漆黑的眼眸闪闪烁烁，像是泪！他压抑地咬着唇，将怀中的人越搂越紧。她安静地伏在他的怀里，感觉他的臂愈来愈收紧，像是要将她箍进他的身体里去。

脸颊火热像灼烧了般，身体也在他用力地拥抱中愈来愈热，愈来愈软，她却不觉得窒息，他的心跳近在咫尺，就在她的耳畔如鼓点一般，激烈地却温柔地撞击着，让她的心仿佛溢出甜美的蜜汁，一点一点顺着血脉蔓延至身体的每一个角落。

房门外的孙九妹静静站着，门隙漏过的光线让她清清楚楚看见了紧紧贴合的两具身体，连她想要插进的缝隙都没有留下。日光薄凉，照着她的脸微微发烫，转身，她看见满院子的柔光很淡。

原来她也可以如此平静地接受这个事实。

孙九妹笑了，嘴角有苦涩的弧度。她向前走，靠上墙角慢慢滑了下来，泪恰在那时不争气地落下，一滴一滴，竟是怎也止不住。

屋内，乔之甦托住艾子衿纤细的下巴，仔细地凝视着，仿佛这么一望便能将她望进心里去。"你瘦了。"他心疼地说。

　　艾子衿摇摇头，嘴角带笑。他修长的手指沿着她柔美的颊侧慢慢下滑，在她的唇畔停了下来。心中有悸动，像鼓槌撞击鼓膜，他的呼吸也在瞬间急促了起来。艾子衿的脸也烫红了，她看见他的眸色一层一层加深，感觉到他触摸她的唇的指温一点一点升温。

　　水雾一般的眸，轻轻地闭上了，她感觉他呼出的温热的气息像海浪一波一波拂在她的鼻尖，带着他独特的味道，就像是松树底下那浓郁的松香，弥弥漫漫，化不开，融不掉。

　　呼出的气越来越热，喘息也越来越急促，他终于俯身下来，温柔地小心地，含住了她那两片樱唇。辗转、缠绵，像是烈焰，烧得全身都要沸腾起来。日久的思念，化成愈来愈深的吻，勾起他体内更深的火，猛烈得几乎要将理智彻底焚灭。

　　乔之甦喘息着，强迫自己放开怀中女子。艾子衿回过神来，娇羞地别开像是染了胭脂的滚烫脸颊，身子却还像是踩在云端，瘫软在他的身上。

　　乔之甦敛住心神，喑哑着音色道："这一段日子，究竟发生了何事？为何你会说不出话？"

　　艾子衿脸色变了变，从怀中抽出一封信，是她写的信，将几个月来发生的事一一仔细叙述。

　　乔之甦看过信，不发一言地将它撕了。艾子衿来不及夺下，只能眼睁睁看着那信纸变成雪花一般的碎片。纸屑落尽，她担心又不解地望着乔之甦，觉得他的眸在日光里黑洞洞的，像是吸世间的光华，煞是可怕。但他那可怕的眼神也只有一瞬，当他回头看她时，嘴角的笑容一如往昔的温润如玉。

　　"没事。"他说着，伸手揉了揉她的发。

　　艾子衿却着急摇头，手指沾了杯子里的水直接在桌上比画："沈斯不会放过你，皇上已答应他……"

　　她还没写完，他已握住她的手，温柔地微笑望着她："皇上只是权宜之计，又怎会真将我作为交易的条件。况且是孙老师让我来助皇上一臂之力，皇上总会顾及孙老师的。"

艾子衿的眸子水雾氤氲，仍是不肯相信。乔之甦却微笑着拉过她的双手，温柔凝视她："我给你看看，你这嗓子再不治，怕是要真坏了。"

艾子衿望着他直摇头。乔之甦却已从怀中取出脉枕，并将她的手放了上去，一边弯起三指准备号脉，一边轻声哄道："乖，别乱动，我给你看看。"

他摸了摸她的脉，又看了看她的舌。她的右手寸脉细弱，左手寸脉细数，尺脉还是沉弱的，舌尖红却少苔。他放下她的手，让她张开口。她依言，借着微弱的光，他隐隐约约看见她喉间火烧一般的红。

然后他轻轻舒了一口气，说道："还好，只是金破不鸣①，非是难治之证。想必是沈九掐你时，不小心弄坏了你的嗓子，而你又急怒攻心，虚火上扰灼烧了肺津，而使肺的门户喉受了伤害。况你本就是肝肾阴虚的体质，此多种病因相合才引发这病。只要生脉散②、左归饮③合方加减，我再给你针灸。少商、孔最、中府都是肺经上穴位，你这嗓子肯定还疼着吧，针刺这些穴位可去你嗓子里的虚火，我再配合商阳穴、听宫穴，过些日子这病便好了，放心。"他又揉了揉她的发，转身便要去取针具。

艾子衿却使劲儿拉住他。乔之甦惊疑，转头望她。见艾子衿伸手又在杯子里沾了水，在桌上写道：咱们走吧，不管是哪里，不要再管……

乔之甦再次阻止她，眸子里微起波澜，平静的脸色下，语气却很坚定："不能走！阉党未除，皇上仍有危险，大明江山不能毁在阉党手里！"

但是他要杀你啊！艾子衿着急写道。

乔之甦笑了笑："死我一人以换天下，有何不可？况，咱们得相信皇上，他是大明的天子，大明子民未来的福祉。"

他的眸子坚定，艾子衿找不出任何反驳的理由，只得巴巴眨着眼，悲伤地望着他。他不忍，又将她拥入怀中，眸色却渐渐加深了。正此刻，门哐的一声被撞开，艾子衿一怔，尴尬地推开乔之甦，转身看见孙九妹脸色微微发青。

---

① 金破不鸣：中医病证名，即声哑说不出话。多为肺气肺阴虚损，津亏失润而声哑，甚或失音的病理变化。

② 生脉散：选自《医学启源》，由人参、麦冬、五味子组成，可滋阴。

③ 左归饮：选自《景岳全书》，由熟地、山药、枸杞子、炙甘草、茯苓、山茱萸组成，可补益肾阴。

"乔大哥，管什么万民福祉！皇帝既然这么没道义，咱们也管不了他了。就算我爷爷在这儿，也不会让你当他的什么交易筹码。"

"九妹！"乔之甦一声大喝，欲盖过孙九妹的声音，却在瞥见九妹一双蒙眬的泪眼时，狠不下心责斥她，只得放低声音道，"你忘了严佟吗？"

说到严佟，孙九妹眼眶蓦地一红，却听乔之甦继续说道："他的心愿便是保护皇上。如今外有后金虎视眈眈，雄踞山海关之外，内有阉党翻天覆地搅乱朝纲。孙老师之所以放心在这个时候前去北方战线，便是相信我能保皇上平安。皇上这一仗若不赢，黎民百姓便永无安宁之日，而我亦无颜再见孙老师。"

孙九妹眼眶更红，落下泪来，口齿不清道："爷爷是傻瓜，严佟是傻瓜，你也是傻瓜。你们都是傻瓜！"说完她夺门而出，瞬间便消失了踪影。

乔之甦幽幽叹了口气，将眸子转向窗外。窗外天湛蓝，日光扫过宫墙檐角，落下淡淡的七彩琉璃般的金光，将他的眸子映得如曜石般闪亮。

感觉到臂上一只温柔的手，乔之甦回过头，看见艾子衿仰着微笑的脸安静地看自己。然后她拉过他的手，纤细的指尖在他粗糙的掌心，一笔一笔划过。奇异的感觉，仿佛是有人在心底投进了一颗石子，轻柔地漾起波澜。她在他手心写下：我会一直陪着你。

乔之甦一震，感动、忧虑、关心、自责……竟是五味杂陈，他矛盾地按住她的手，不想让她继续写下去，哑声道："你忘了吗？你还要回到杏林堂去，你师傅把杏林堂交给了你，你要将他的医术一代一代传下去。"

艾子衿有些伤神，垂下头去。乔之甦不忍，轻轻拥住她，心中又是难过又是无奈。风悄悄转进窗，吹起两人的发，纷纷扬扬，灰发，黑发，早已纠缠不清。

艾子衿缓缓抬起头，晶亮的眸子闪过一道坚决，她又拉开他紧握的拳，一笔一画继续写道：还有传承，他一定会将杏林堂的医术发扬下去。师傅有许许多多的徒弟，他们一定也会，一直传下去的。所以，不许赶我走。

写完她看着他，很坚定、很认真地嘟起嘴，然后扑哧一声，又笑了。她的笑，仿佛有一种感染力，他也笑了，那一丝淡淡的忧虑也隐进了微翘的唇角里。

朱由检中毒，神昏谵语，腹泻不止，呕吐亦不止。

乔之甦提着药箱赶到时，七音正焦急地坐在龙榻边上，见他进来，七音奔

295

了过去，红肿的眼眶分明有泪流过的痕迹。

"皇上，皇上他……"她说话声音嘶哑，语句断续。

乔之甦脸色微沉，急急走到床沿，只见昏暗烛火下，朱由检两颊嫣红如妆，嘴唇更是暗紫。只看了一眼，乔之甦的眉头已紧皱起来，伸手便去探他的鼻息。

朱由检的鼻息紊乱微弱，他时而皱眉时而动眼，白睛时不时地露出眼睑，神志却始终昏昧着。偶尔他也会微动唇角，逸出一两个模糊难辨的字。

乔之甦半跪下，搭上他的脉。

脉细弱而沉，结代。

乔之甦想要看他的舌，却觉得他脸部僵硬，牙关更是紧闭了起来。愁眉更锁，他一边去摸朱由检腹部，一边问道："何时发生的？"

"就在刚才，喝了，喝了那个……"七音指着桌上还剩半碗的猪脚汤。

朱由检腹部紧绷，摸在乔之甦指尖如木板一般的坚硬。脸上没有太多表情变化，乔之甦将汤端了起来，凑在鼻尖细闻。

"是不是有毒？"七音吓得不轻，身子也颤抖了起来，"可是这汤是我亲手做的啊。皇上他嘱咐不能吃这宫里的东西，所以我才……昨日也是我亲手做的……怎，怎么会……乔大哥，你会救他吧……"七音眸子里闪着微弱的一丝希冀，却在碰到乔之甦沉重的目光后，突然失去了光亮，"不，不会的，皇上他，他不会……"她泪流不止，捂住自己的头，脸色也苍白得仿佛失去了血色，那漆黑的眼眸因惊恐没有了焦距，直直地落在了忽暗不明的灯火里。

"七丫头！"乔之甦托住她摇摇欲坠的身体，用一双深邃的眼坚定地望她，"我试试看，我们都不能放弃。"

七音的视线像是漂浮在茫茫大海的小舟突然找到了停泊的岸口，她用力地抓住他，指甲直要掐到他的肉里去："救……救他……他！"她用尽全力地说道，那掩进喉间的哭泣在刹那释放，仿佛是狂风暴雨急骤而，全身的力量也随着爆发的失声痛苦一起失去。她脚步有些不稳，痛哭着瘫倒在他的怀里。

乔之甦垂首微叹气，正欲扶她到桌边坐下，却听见一声呃逆，转头，恰看见朱由检虚弱的视线扫了过来。正当时，怀中人突然被惊动，挣开他的手跟跄跑了过去。

七音几次将要摔倒，终于奔到了床头："皇上！"她哭得梨花带雨，如风中无力颤抖的一朵白莲。

朱由检虚弱地伸出手握住她，扯了一抹笑："我知道不是你。"

他只望了她一眼，马上将视线转了过来，脸上的笑容瞬间消失，仿佛承受不住嘴角弯成那样的弧度。乔之甦却觉得他漆黑的瞳孔里带了一丝平常不曾有的冷淡。但那也只是一瞬，当火光再跳起时，他漆黑的眸子跟着亮了起来。乔之甦微敛下心神，跪拜在地。

"此事朕没有通知御医，便是不想让人知晓。"

乔之甦点头。

"朕不能死！"

"草民尽全力。"

"朕不要你的全力，朕要你的保证！否则艾子衿要为你陪葬。"他虚弱的声音蓦地一重，带一种不同寻常的冷冽气势。

乔之甦听得他提到艾子衿，思维瞬间仿佛冰冻了起来：原来从艾子衿进宫的第一天，所有人的一举一动便牢牢掌握在眼前这个男人的手心。他抬起头见朱由检正冰冷着一双眸不露齿地笑着，当下心中一震。恐惧顿时如吐着鲜红蛇信子的毒蛇，蹿将上来将他越缠越紧。对面龙榻上分明虚弱的人却有一双能透进心底的厉眸，让他的心仿佛被一根看不见的线吊了起来。

"皇上……"七音也是大震，似乎要说什么，却被朱由检挥手打断："之前的事，朕也不计较了，若你能解朕的毒，朕答应你，再不会为难你和艾子衿。若此事泄露，小心……"话到一半，他的眼眸一厉，却断了声音，他又吐了起来。

呕吐之后又是高热昏迷，其间还泻了三次。乔之甦用针扎了他的中脘、天枢、脾俞、足三里，再加手上的神门、列缺、合谷，更在大椎放血。这些都是止泻醒神的穴位，他期望以此调节朱由检的阴阳，激发他体内自身的力量。然后，他开了大柴胡汤①的方子，让七音煎了一砂罐给朱由检喂下去，再让七音熬了一大锅的绿豆汤，加足了糖，另外还放了一些盐，再给朱由检灌下去。

既然朱由检吐不止，想必那毒药已渗进血脉，大柴胡汤乃小柴胡汤去人

---

① 大柴胡汤：选自《伤寒论》，由柴胡、黄芩、芍药、半夏、生姜、枳实、大枣组成。

参、甘草，加大黄、枳实、芍药而成，可和解少阳、内泻热结，去腹痛急症，绿豆又可解百毒，糖、盐相合，乃补充吐泻之津液。在不知毒药为何物的情况下，乔之甦只能以此为方。

守足一日一夜，其间朱由检醒了两次，倒是不再吐了，每次只是看乔之甦一眼，然后闭眸，似乎想着什么。魏忠贤来过几回，每次都叫七音给挡了回去，便连张皇后那边，也以小憩搪塞。朱由检第三次醒来时，他的心腹太监徐应元敲了敲门。

朱由检虚弱地抬起眸问他："何事？"

"沈大人来了。"徐应元说。

正是子时，照理说，宫门已关，百官尽退。更何况不得召见，没有令牌，任何人都到不了内宫之中，然而沈斯却在此时求见。

乔之甦心下一怔，抬头见七音也正担心地望着自己，便云淡风轻一般扬起不在意的笑。却在那时左边似乎有一道精光射来，乔之甦下意识往左侧瞥去，只见朱由检正敛眸微动嘴角，脸上倒是看不出变化。

"宣吧。"朱由检说。

落地的铜烛台托着十余根高烛，烛火跳跃，照着半间宫殿明若白昼。啪的一声，一滴烛油滴落在清明若镜的金石铺成的地上，眨眼之间凝成烛泪。

沈斯走过烛台边，烛火笼着他半边的脸，清亮，另一边却幽深得看不出颜色。他这般半明半暗走来，嘴角似笑非笑，瞳孔似冷非冷，看得七音心底有些发虚。七音不禁往乔之甦看去，见后者反而很冷静。

朱由检很是虚弱，半倚床榻，视线微转。他淡淡扫了一眼七音凝视乔之甦的眸，再往沈斯看了过去。沈斯迎向他而来，目不斜视，仿佛眼中只看得见他。朱由检微扯唇角，沈斯则在他唇角弯起时恭敬地拜了下去。

"吾皇万岁。"他的敬语简洁有力，抬头看朱由检时，眸子一闪。

朱由检的眸子似乎也闪了闪，却隐进龙榻上垂下的明黄色帘子里："爱卿子夜而来，所为何事？"

"送解药。"沈斯说道，殿中之人同时一怔，视线直刷刷往他聚去。

朱由检房门不出，对外以急中风寒为由。中毒，那是只有四个人才知晓的真正因由。

298

"你有解药？"朱由检眸子蓦地发亮。

只见沈斯将药从怀中取出，跪下，高举过头顶，毕恭毕敬道："臣闻陛下有恙，见魏忠贤行踪诡秘，知必有端倪，暗中查访，费九牛二虎之力方得此药。"

"这果然是……"朱由检伸出手去，却听见耳畔一阵低语。

"陛下，小心有诈。"乔之甦轻声道，眼睛一眨不眨地盯着沈斯微微带笑的脸。

朱由检眉心微蹙，往沈斯戒备地望了过去，手不知不觉放下。

"臣得陛下之命混入阉党，多年来忍辱负重，忠心不贰。若是陛下不信，臣可当众吞下此药，又或者乔大夫亲自检查，看此药中是否有异。"沈斯坦荡荡接道，眼风斜着往乔之甦挑衅望去。

朱由检微微一笑，道："乔大夫多虑了，沈卿家之忠心，朕可证。"说罢，他接过药丸，二话不说便吞了下来。乔之甦来不及阻止，眼睁睁便见朱由检直挺挺倒了下去。

"沈斯，你！"乔之甦大惊。七音亦大惊，抱住朱由检便大哭。徐应元当时吓得说不出话来，听到七音的哭声才想起要去门外叫人。

"徐公公。"沈斯却镇定自若地阻止徐应元，"你应该相信我，当初还是你举荐的我。"

"但，但是皇、皇上……"

"这是正常反应。"沈斯嘴角噙着笑，望向全身肌肉紧绷、蓄势待发的乔之甦，"乔大夫也该明白，我若真想害皇上，此番大摇大摆进来，对自己有何好处？"

乔之甦紧紧锁住他。沈斯在笑，嘴角翘起，眼眸下弯，却没有温度。他慢慢转头，将自己的脸对向烛台。那一张阴柔俊美的脸，被烛光一照，半边畅亮半边仍阴冷着，格外诡异。

"在我为陛下做事时，乔大夫你尚不知在何处，我又怎会害陛下？"他理了理被细风吹起的鬓发，继续说道，"好歹你我算旧时，你应该信我。况且，你也算是子衿的朋友，子衿如今嫁了我，你也是我的朋友。"

他是笑着说出这些诛心的话的，声音冷得如同有风刮过毛孔，徐应元忍不住打了个寒战，转头看到乔之甦一向无波的眼眸里竟然涌起滔天巨浪。

乔之甦眼中似跳着火，又像是烛火映着他的眸，异常地发红。然而，只是刹那。刹那之后，他松开了紧握得快要暴出青筋的拳，嘴角扯出一抹笑。笑容很冷，不达眼眸，显得眼眸亦是冰冷。

"皇上……"七音一声疾呼，引众人皆转过身去。只见龙榻之上，朱由检慢慢睁开了眸。乔之甦匆忙奔了过去，执起他的手。徐应元老腿一软，几步要跌倒，跟着连滚带爬凑到床边。沈斯则微牵嘴角，眸中精光一闪，镇定地跪到床边。

乔之甦摸过脉，又探过他的额头，再查过他每一个曾经不适之处，然后对着他轻轻点头。朱由检轻轻舒出一口气，抬头寻找沈斯。那时沈斯已装出一派忠心恭敬的模样，伏倒在地。

"沈卿家，有功！"朱由检说。

朱由检中毒的几天内，魏忠贤没什么动静，朱由检毒清后，魏忠贤仍是没什么举动。朱由检依旧唤他"厂公"，他依旧呼朱由检"陛下"，表面和和气气，风平浪静。不过沈斯暗中进宫的次数多了起来，大多在半夜。七音说，朱由检与沈斯总是秉烛夜谈到二更天。

孙九妹与乔之甦说起这事儿时，忍不住道："禁宫是随便能进的吗？他沈斯怎么能随随便便来了又走呢？"

乔之甦听到她这话后走到窗边，若有所思地盯着天。艾子衿紧锁眉头，走到他身边轻轻靠着他。窗外的风很柔，吹得她发丝都扬了起来，乔之甦转头对她故作轻松地一笑，将她的鬓发别入耳后。艾子衿睫毛微闪，眸子里拢起浓浓的忧虑，似有话要问。乔之甦却先她一步问道："最近嗓子可有改善？"

"好多了。"她开口说话，声音嘶哑如窗漏了风，"按照你的方法，日日用灸听宫穴，针刺商阳、中府那些穴，等我好了，还要跟你学更多，不许藏私。"

她故作轻快的笑引来他的微笑。乔之甦握住她的手，将温暖送进她的掌心："这些都是精诚馆先人留下的方子，杏林堂虽另成一派，说到底源头还是精诚馆，你既然是杏林堂的弟子，自然也是精诚馆的弟子，我怎会藏私？"

"喂，你们俩不要太过分。"背后有人不满。

艾子衿尴尬地抽回手，转头看见孙九妹似乎在生气，看上去又不像以前那恨不得杀了自己的眼神。

孙九妹很伤心，而不是很生气。她想起严佟，红着眼转过身。树叶纷纷，在风的肆虐下，挣开枝头，无助飘了起来，一片，两片，三片……片片如雨，窗外正下着一场漫无边际的叶雨。她看见有灰影一闪。一瞬，就在一瞬！她追了出去……

宫院空落落的，只有那从半空不断落下的叶雨，还有孤零零顶向灰蒙天空的光秃树干。风卷残云层层压来，像巨石压得孙九妹心底闷痛。她深吸一口气，无声地笑了，笑却不达眼底。她怎么能以为是他，如果是，也不会在白天出现啊！幻觉，一定是幻觉……

严佟，已经死了啊！

孙九妹哭了，泪一滴一滴落下。这时七音从门外走来，孙九妹擦了眼泪迎向她。

"子衿姐姐和乔大哥呢？"七音着急地问。乔之甦闻声从屋里走了出来，还来不及开口，七音已奔过来拉住他的衣袖，说不出是惊喜还是惊恐地叫道："皇上批准崔呈秀告老还乡了。"

乔之甦听了却没说话。

"真的吗？太好了！"倒是孙九妹随即高兴叫起来，"崔呈秀帮魏忠贤做了那么多坏事，早该被打倒了，之前那个杨什么垣不也弹劾他吗？皇上把人家姓杨的批了一顿，唉，我还以为他怕阉党那帮兔崽子怕得要死，这一辈子都不敢动了。嘿，几天没过啊，就给批了，之前咋这么别别扭扭……我看他给魏忠贤那不男不女装孙子就有气……"

"九妹！"乔之甦一声警喝，"祸从口出，有些话说不得。"

孙九妹被他警告，脸上气嘟嘟，眨了眨眼睛，转头便不肯再去看他。

"皇上可有说什么？"乔之甦眸色微深。

七音摇摇头，想了一会儿，又道："不过皇上批示前，沈斯有去找过他。"

"想必皇上要开始行动了。"

感觉到突然攀附过来的手臂微颤，乔之甦转头，对艾子衿温柔一笑，捋了捋她的额发，低声道："不用太担心。"

艾子衿担忧地望他，似乎还想说什么，却听七音又道："为何之前杨所修、杨维垣二人弹劾崔呈秀时，他要走，皇上没批准，这次……"

"如今是谁弹劾他？"乔之甦沉声问道。

"陆澄源。"七音答道，复又紧张地问，"皇上突然批准崔呈秀的请辞，会不会有问题，我听说魏忠贤已聚了王体乾、许显纯在府邸，不知商议什么，莫不是……"

"沈斯也去了？"

七音愣了一下，才点了点头："便是他让郭定送密信过来的，当时我刚好在皇上身边。"

提到郭定，艾子衿眉心一蹙，却闻乔之甦笑了起来，叫众人不明所以。乔之甦眉梢一挑："想必这阉党齐聚魏府亦是沈斯送来的消息。"

七音点头，眸子里仍是焦虑："沈斯可信吗？"

乔之甦转身，折下院中那根枯枝："皇上比你我高明许多，既敢用沈斯，必有其道理之处。至于沈斯……"话音忽断，乔之甦眼眸亦是一冷，瞬间又恢复了笑意，"他比你我想象的更会审时度势。"

"但，为何皇上此时才准了崔呈秀的……"孙九妹亦是不解，跟着七音一起将视线投向了乔之甦。

乔之甦慢慢转身，目光扫过二人，直射进其二人背后，仿佛那里站了一个看不见的人，让他的视线一点一点变冷。

"时机已到！"他说，一字一顿。风起，扬起他灰色的长发，飘飘洒洒。他眉心微蹙，眸里幽光暗闪，嘴角却噙了一抹笑，"杨所修乃阉党，当日杨所修弹劾崔呈秀等四人，也是揣度圣意，怕皇上来日彻查阉党一派，查到自己身上，故先反咬一口，已示清白。他哪里知道沈斯早将阉党名单交给皇上。"

"这人还真是不要脸！"孙九妹啐了一口，忍不住骂道，"但皇上为何不利用那次弹劾呢？"

乔之甦哼了一声："那时阉党势力仍是大可遮天，皇上不想打草惊蛇，所以只骂他'率性轻诋'。那杨所修讨不得好，又得罪崔呈秀，吓得要死，想要收回上疏又碍不过脸面，只好找了死党陈尔翼将自己给弹劾了。"

"啊！还有人找人骂自己的。"孙九妹只觉几个脑袋都想不通这些弯弯绕绕。

乔之甦轻蔑道："只要能保住性命，名声算得了什么？他也算是搬起石头砸自己脚吧。"

"接下来呢？"九妹好奇问道。

"七丫头对于奏折内容想必比我清楚。"乔之甦瞧七音望了过去。

"陈尔翼弹劾了杨所修，又将崔呈秀捧到天上去了。"七音钦佩地望了乔之甦一眼，"乔大哥果然料事如神，说得一丝不差。"

"我只是推理罢了。"乔之甦谦逊一笑，转头见艾子衿也在微笑，笑意不禁更深。

"这帮龟孙子，弹劾来弹劾去，累不累啊？"孙九妹摇头叹道，"那个杨维垣是不是也要把自己撇清才弹劾啊？"

"杨维垣倒非为自己。"乔之甦说道。

"难不成，他真是要扳倒崔呈秀？"孙九妹叫道。

"他是为了阉党。"

"啊！"孙九妹大惊。

乔之甦淡淡看孙九妹一眼，又道："他是魏忠贤下的一步险棋。"

孙九妹惊得捂住了嘴，只听乔之甦声音低沉冷彻："魏忠贤为了试探皇上是否真心不想与之为敌。"

"皇上看穿了？"孙九妹眼中惊叹大闪。

乔之甦笑道："皇上乃英明圣主。"

九妹直点头，只听七音又忧心忡忡问道："只是乔大哥，我还是不明白，为何此次皇上便允了崔呈秀请辞，那陆澄源又是谁？会不会又是魏忠贤设的陷阱？"

"陆澄源如此有名，岂是阉党一派？"乔之甦微笑，见众人惊疑，又解释道，"陆澄源乃出名的软硬不吃。当初东林当政，他不买他们的账，阉党作恶，他还是不肯就范。"

"真正硬骨头，我孙九妹就喜欢这号人物。"

乔之甦继续道："这陆澄源脾气极倔，若他要发难，那是真正要拼命的。"

"但是皇上这般贸然准许，会不会有问题？"七音仍是忧心忡忡。

"想必皇上已是万事俱备了。"见七音仍愁眉不解，乔之甦安慰道，"这一段时日，皇上暗中瓦解阉党势力，你看国子监监生陆万龄被处置便是个例子。"

"可是皇上之前也封赏了不少阉党，魏忠贤的侄子魏良卿还得了免死金牌。"

"免死金牌却不能免谋逆罪。"乔之甦淡淡道，"你实在应该相信皇上。皇上手段之高明，非是你我能想象。"

七音仍是不能置信。

乔之甦只得解释："皇上所封赏，皆是些无用的封号，并无实权，是为了迷惑魏忠贤的。将人捧至最高，待其得意忘形时，弱点露得也就越多。这段时间皇上已不动声色地收回不少实权，如今满朝文武皆人心惶惶，魏姓一党本便是乌合之众，唯利是图，只顾保命要紧，原先杨所修便是一例，此刻怕更没有人站在魏忠贤身边了。可叹魏忠贤狡诈一世……"

"狡诈不过皇上。"孙九妹笑道。

闻言乔之甦差点咬到舌头，不禁苦笑着摇头拍她的脑袋："你还是少说话为妙。"

孙九妹撇了撇嘴道："我才不怕呢，大不了我下去陪严佟。"说到严佟她又顿住，眼眶也红了。

乔之甦见她如此，只能叹气。

艾子衿扯着嘶哑的嗓音拉住七音道："你呀，是关心则乱。"

"姐姐还说我，你不也是因为关心乔大哥非要跟我进宫吗？"

七音的揶揄叫艾子衿窘迫极了。艾子衿望了眼乔之甦，忧虑道："只怕要牵扯一些无辜的人……"

乔之甦叹着气轻拥住艾子衿，心中像被石头压住："其实我还担心一件事。"他的话引得众人不明所以地看过来，"红丸。那个暗中用红丸的人，到现在都没有抓到。"

没过几日，阉党果如乔之甦所料土崩瓦解。那些曾经投靠魏忠贤的人如今纷纷与他撇清界限，使的还是那套上疏弹劾的老把戏，简直把魏忠贤祖宗十八代都骂遍了。即便这样还嫌不过瘾，好像不骂够，那口饭就吃不下去。

无人议事，唯骂字一途，朝政几乎瘫痪。魏忠贤被斗败，阉党倒台。十月二十七日，朱由检批准了魏忠贤的请辞。十一月一日，朱由检又下令，魏忠贤劳苦功高，即日赴凤阳看坟。十一月四日，魏忠贤前脚才出京城，朱由检便跟着发出一道紧急逮捕令捉拿魏忠贤。十一月六日，魏忠贤在直隶河间府阜城县一间破屋内悬梁自缢。

戏剧般落幕，只用了短短数十日，然而与阉党的这场战争并未完全结束。

魏忠贤死后的第二日，客氏被人从浣衣局中拎了出来，说法是：交代罪行。当日，乔之甦上疏，请求朱由检不要将事情扩大。朱由检大怒，当着七音的面，将奏折撕了。

七音才要上前劝慰，便听见他怒声道："来人，把乔之甦给朕关进天牢！"

七音当场怔住，只听朱由检继续怒骂道："乔之甦这个人，以为朕不知道……他和客氏那点儿事，以为能瞒过朕的眼睛？好啊，说朕把事情扩大，扰民伤国，说什么国无可用之才……他一个江湖郎中懂什么！阉党，阉党祸害这么多年，难道我还不能斩草除根？他知道什么叫朝政大事吗？……为阉党求情，朕看他根本就是为客氏求情！反了，真是反了！"

七音听得气不过，忍不住道："皇上，乔之甦是何人，沈斯是何人，您这一路也是看过来的。若不是乔之甦，怕您也走不到今日……"

"啪——"一声，清脆尖厉，像锥子直刺进七音的耳膜，七音万万想不到，迎接她的竟是这样一个冷酷的巴掌，冷到她的心也瞬间冻结。

她从地上爬起，擦了擦嘴角的血痕，倔强地对视怒火正盛的朱由检，冷笑："臣妾说的都是事实，皇上心里清清楚楚，究竟谁可信，谁不可信，难道非要让臣妾举出实例，您才肯罢手？沈斯他心怀不轨，他根本……"

"你说得对，谁忠心谁有异心，朕这双眼睛看得比任何人都清楚。"他看她，冷冽得叫七音的心如被凌迟一般。

她紧咬牙关，只觉得唇都要被咬出血丝来。吸气，呼气，吸气，呼气……她努力用平静的眸光看眼前这个阴冷到陌生的男人，苦口婆心劝道："那您应该清楚，乔之甦他是忠心耿耿，一心为大明江山，他——"

"忠心耿耿？"朱由检鼻中哼出一口气，"朕只看到他和客氏那女人调情，一心为她开脱，为那帮阉党余孽求情！大明好不容易铲除了魏忠贤这等恶贼。他却要求朕放了他们，让他们再可以翻云覆雨？他以为他是谁！朕乃大明天子，一个手指就能捏死他！"

"皇上，乔大夫只是不想让您将事情扩大，到最后不可收拾。当初，是您让他接近客氏，如今怎可反口说他和客氏调情？您如此冤枉，会让臣下寒心，天下人寒心呀！"

"七音，不要逾距！"朱由检冷冷警告。

七音微有错愕，仍不屈不挠抬头看他，清冷的眼含泪，却不肯落："妾只是据理理论，不想皇上一步错，步步错！"

"啪——"又是一掌，七音左侧的脸颊也红了，她在朱由检鹰隼般的眼眸里看不到一丝一毫的怜惜，心不由得便凉了。

"朕可以宠你，不计较你的出身，封你为贵人，也可以一个圣旨将你打回原形！朕不想再听有关你为乔之甦的任何求情！"

眼泪簌簌往下掉，七音努力压着声音，一字一顿道："便是皇上要将七音赶出宫，臣妾也要说，七音不想皇上做错！"

"你说朕错了！"朱由检眼眸一冷，压低的声音里有即将爆发的阴怒，他一步一步向七音靠近，每近一步，便有排山倒海一般冷厉的气势压迫而来。

七音心底发虚，却不肯退让地仰起头："乔大哥早便知晓皇上与沈斯的交易：只要阉党一倒，您便要将他交与沈斯。他早就可以走的，却为了皇上的安危，为了天下能有一个明君，而不肯走，他对您如此忠心，您怎可……"

"你也早就知道了？"一尺的距离，他伸手，慢慢拂上七音的脖颈，两指间，有血脉的跳动，有起伏的呼吸。

脖颈，那一团窒息的来自他指尖的温度，让七音的心慢慢收缩，然而，她倔强地抬头，迎向那一对漆黑得仿佛要将她吸进去的眸子。

朱由检的手指一点一点收紧，感觉指尖那血脉中流动的血液慢慢加速，感觉指尖那呼吸的气流慢慢紊乱："故，你认为朕不仁不义，非明君？"

他声音低沉，却在末尾突然高扬，指尖的力度也在瞬间加重，直叫七音喘不过气来。七音仍是一瞬不瞬地悲伤地凝视着他的眸，努力地从呼吸不畅的喉间挤出凌乱断续的几个字："七，音……只是……心寒！"

眸色突然变了，似有厉光一闪，他两指猛地收紧，狠狠掐住七音的脖颈，白睛突出如恶鬼："你心寒，为你的老情人心寒！"他突然一个用力，手臂向上一挥，七音柔弱的身子便这么轻飘飘如折了翼的蝶，飞了出去，重重跌倒在地。

窒息，疼痛，仿佛有千万根针从脖颈扎了进去，顺着血脉一直流到了心底。她抬起头，失望而悲痛地望着烛火下朱由检凶神恶煞的脸。

"不要以为朕不知道你和乔之甦的那点儿事！不要以为朕看不见你和乔之甦的眉来眼去。说什么他是你子衿姐姐的丈夫，是你的姐夫。你对那个乔之甦存了什么心思，朕看得一清二楚。朕告诉你，朕的忍耐是有限的！朕即刻就可废了你！"

"不错，我钦佩乔大哥，我对他只有孺慕之思，这一切皇上不是很清楚吗？从我们刚认识，我便将子衿姐姐和乔大哥的事情告诉您。"

"孺慕之思！你对别的男人有孺慕之思还敢在我面前承认！你把我置于何地！"朱由检怒火烧心，啪的一声又打在她的脸上。

"我与乔大哥清清白白，为何不能说出来？"七音倔强道，"皇上岂非比任何人都清楚，七音的第一个男人是谁？皇上还想让七音证明给皇上看什么？"

朱由检被噎得说不出话来。

"七音从小没有父母，从小便将子衿姐姐当成亲姐姐。对于乔大哥，七音一直像亲人般看待。七音心寒，原来皇上一直不信任七音，那又何苦接七音入宫，留在身边？"七音表情凄绝，一双眸子映着惨黄的烛火，竟有一丝绝望。

"你就这么不想留在朕身边？"

七音没有回答，也没有看他。朱由检望着她半拢进黑暗的清冷的脸，才涌起的怜惜瞬间消去。咬牙，一字一句仿佛从坚硬的石中蹦出："好，朕，成全你！"他看她最后一眼，眼中的爱恋被愤恨掩盖，"来人，降音贵人为庶人，关入冷宫，永不得出！"

朱由检终究没有立即下旨将乔之甦打入天牢。他心底明白，若不是乔之甦，他此刻也不可能安安稳稳地坐在这个皇位了，在朝政没有稳定之前，他也不想给自己扣上暴君之名。然而他下了一道旨：乔之甦不得离开住处半步，当然也禁止了乔之甦与孙承忠的书信来往。

乔之甦就这样被软禁在皇宫里，与外界失去了联系，所幸艾子衿还留在他的身边。

又过一日，乔之甦正在屋内研读医经，门外突然有黑影一闪。乔之甦急奔出，然而晴天朗日哪里看得见一个人影。

"怎么了？"艾子衿听见响声亦追了出来。

乔之甦转身微笑地看她："没什么。"他说着，眼角却悄悄扫过地面，地上的枯叶分明有被脚尖踩压的痕迹。他当下存了心思，悄悄用眼角余光往屋顶上一瞟，果然看见蒙面黑衣人一动不动伏在那儿。他不动声色，却在扶着艾子衿走到门边时突然长身一跃，跳上屋顶。那黑衣人似乎想不到他窜了上来，狼狈地后退。乔之甦哪里肯放他，一路跟过去。两人跑跑追追，竟拐过大半个皇宫。那人一头扎进冷宫，失去了踪迹。

乔之甦心知这是他设下的圈套，还是扎了进去。冷宫里死气沉沉，到处是铺了一层厚的灰尘，屋顶上满是蛛网盘绕。乔之甦小心翼翼踩着地上的灰尘，一步一步往里走。

冷宫其实与其他宫殿并无不同，不过少了些人，多了些破旧，更带了点阴冷的气息。正当乔之甦渐渐放松之时，宫内突然喧闹了起来，他转头，惊见十几个大大小小的太监嬉笑怒骂着走了进来。

乔之甦震惊，那些太监瞧见乔之甦也很震惊。约莫半炷香后，那帮人突然兴高采烈地拥了上来，眸子里闪烁着贪婪的神色。

"原来是乔大夫哟，我说谁呢？"

"乔大夫，早说了，我就不用每天排着队等药了。"

"乔大夫，快把药给我。"

"……"

乔之甦莫名其妙地等着身前团团围上的太监，一步一步往后退。身后突然一阵异动。乔之甦忙转过身，惊见刚才跟丢的黑衣人正弯腰，手里不知拿着什么？

见乔之甦看到自己，那黑衣人慌乱中将手中东西一撒，顿时便有大颗红色药丸滚了出来，空气中一下子便布满了血腥的味道。

红丸！

小太监们见红丸抛了出来，争先抢后便挤着上前。乔之甦趁机脱身出来，忙向那黑衣人踢了过去。黑衣人仿佛早有预料，手中竟多出一柄软剑，直往乔之甦刺来。乔之甦左手捏成爪状往那黑衣人脸上巾帕抓去，右手则一把握住黑衣人的手腕，反手一夺。"啪——"动作干净利落，软剑到了乔之甦手中，同时黑衣人脸上的蒙面巾帕被扯了下来。

"郭定，是你！"乔之甦大叫一声，正要往前捉他。郭定则侧身一避，右手突然向他一甩。眼前亮光一闪，眼看着一枚暗镖便要刺进乔之甦的眼。乔之甦下腰，在地上灵活翻了一个跟头。却在此时，冷宫外突然传来踏踏踏的脚步声。

乔之甦惊讶地转头，见朱由检带了一批锦衣卫闯了进来。正蹲在地上争着抢着捡红丸的太监看见了朱由检，腿脚一软，纷纷跌倒了。朱由检冷冷扫了一眼狼藉的地面，又看了看乔之甦手中的软剑，蹙眉道："你怎在这里？"

　　乔之甦当下一惊，转身要去寻郭定，却哪里看得见他的影子。

　　"朕命你不得离开住所半步，你为何在这里？"朱由检提高声音再问一句，"你知不知道在宫里面私自带兵器是死罪！"

　　"草民追踪一名黑衣人到了这里。这柄剑也是草民从那黑衣人手中抢得。"乔之甦不卑不亢道，目光坦荡。

　　"黑衣人？黑衣人在哪里？"朱由检探究地望着他。

　　乔之甦面色不变："他跑了。"

　　"那就是没有了？"朱由检冷笑道。

　　"不过草民已看到是谁。"

　　"哦？"

　　"郭定。"

　　此言一出，无论是锦衣卫还是朱由检都露出惊讶的表情。随后一名锦衣卫上前对着朱由检耳边不知说了些什么，朱由检听后脸色愈发难看起来。

　　"乔之甦，你为何谁都不说偏说郭定？"

　　"草民看到的就是郭定。"

　　"锵！"宝剑夺鞘而出，朱由检手持宝剑直指乔之甦胸口，"可惜有人告诉朕郭定奉朕的旨意去杀魏忠贤还没回来。"初始他说话的语气还是平稳，却在突然之间，他音色陡提，一对眸子里射出杀气腾腾的光来。

　　"大胆乔之甦，竟敢犯欺君之罪！"立即便有人忙着朝乔之甦扣帽子。

　　朱由检瞥了一眼出声的人，冷冷地瞪着乔之甦。

　　"草民没有说谎。"乔之甦仍是一派镇定自若，"几位公公都可以为草民做证！"

　　"他们？"朱由检冷着一张脸鄙夷地指着早已瘫在地上的太监，"你可知朕为何会在这里？"

　　乔之甦也正为此事奇怪。

　　"朕听说有人在这里私自倒卖红丸！"朱由检厉声道，指着滚在地上的红丸，"乔之甦，你是想让这些人做证你就是红丸案的始作俑者吗？"

乔之甦毫无畏惧地迎向他犀利的眸："皇上应知，草民不是！"

"好！"朱由检嘴角勾出一抹冷笑，示意身后的侍卫。身后之人立即提起一名太监，厉声质问，"是谁叫你们到这儿来的？刚才看到黑衣人没？"

那太监早吓得魂不守舍，忙不迭摇头："不，不知道，我，我只跟着他们来的。他们说有好药，我们到这里就看到乔大夫了。不，不知道，什么都不知道！"那人说着，突然两眼一翻，昏了过去。

"乔之甦，你还有什么话说？"

乔之甦望了一眼周围的太监以及滚得到处都是的红丸，又望了眼朱由检。朱由检眼中有种势在必得的信心。他轻叹了口气，将软剑扔在一边："草民无话可说。"

朱由检冷冷一笑："来人，把乔之甦关进天牢！"

第十九章　风府归来去

天牢失火，太监来报不到一刻。沈斯便来了。朱由检坐在龙座上，半张脸隐在阴影里看不清神色。那时天色正暗，铜制的落地烛台上，蜡烛一只只被点燃，明痹不定的火映着朱由检漆黑的眸子愈发深沉。

"爱卿不如随朕去看天牢这场大火。"朱由检见沈斯进来，嘴角似笑非笑翘起。

沈斯毕恭毕敬躬身行礼，将眸光隐进阴影："臣谨遵圣意。"

朱由检满意地点头，嘴角噙的那抹笑更深。

二人到了城楼之上，面向天牢。那一团火烧得正旺，映着半个京城的天隐隐发红。朱由检的脸也被映红了，漆黑的瞳子映漫天火光，精光暗闪。

沈斯将自己的脸藏进阴影，悄悄从侧面仔细观察他。朱由检仿佛浑然不觉，仍是一瞬不瞬盯着那一处的大火。

天牢之外，脚步凌乱，嘈杂不休，隔了这么远，仍能听见那顺风而来的激烈叫骂哭号。

"这场大火，关在天牢里的人，怕是一个也跑不出来。"隐约闻见朱由检的叹气，沈斯在朱由检转头的刹那，将自己的头低了下去，"当初你问朕要乔之甦的命，现在也算满足你的愿望了。"朱由检仿佛没看到他低头的动作，悠悠说道。

沈斯不语，只将视线牢牢投于被火光映得通红的地上。风烈，吹着火哧哧直响，沈斯眉头微微一拢，瞬间又舒开。地上有一抹颀长影子慢慢靠近，那裘绒披风的后摆在地面铺卷成如波浪一般的影。

影子在其身前一尺处顿然停下，有声音从其头顶压来，隐隐流露王者天然的霸气："朕要的阉党最后一份名单呢？"朱由检一边说，一边朝沈斯伸出手。

沈斯抬头，朱由检的脸背光不见颜色，那眸子却仿佛有厉光闪过，说不出的凛冽。沈斯故作谦恭，眼角余风却往旁瞥去。城楼转角，有阴影移了过来。

笑容温和而恭敬，沈斯微敛眸光，轻动唇角，"乔之甦。"

"哈，哈哈哈……"笑，大笑，仿佛那环绕不去的回音，响彻城楼半空，盖过了不断从天牢透过来的隐约叫喊。

"陛下不信？"

"朕该信吗？"

"陛下早就怀疑阉党利用红丸祸乱百姓，如今当场抓住正是乔之甦将红丸传播，岂非不是最好的证据？臣以为当立即诏告天下：乔之甦乃乱党以示警告。"

"你是怪朕没有立即杀了乔之甦？"

"臣不敢。"沈斯低头。

"你真的不敢？"朱由犀利的视线仿佛要刺进他的心底去，沈斯面对他泰然自若地微笑。

"当初你是怎么知道乔之甦在冷宫里发放红丸的？"朱由检状似不经意般问道。

"不瞒皇上，臣曾亲自到过冷宫遇到乔之甦。当时乔之甦被皇上禁止随意出入，臣下觉得好奇，便对此事留心了些，想不到他竟会如此大胆。"

"你倒是有心了。"朱由检淡淡道，转身摇对那场大火，脸色被火光映得通红，"乔之甦说他是跟踪黑衣人到了那里，而那个黑衣人正是郭定。"

"皇上若怀疑郭定，自可传他来问话。"

"朕不过随便问问。"朱由检笑了笑，"当初没有问他，如今问了更是问不出来。乔之甦被烧死了，就算他说的是真的，也是死无对证！"

"死无对证"这四个字咬得字字清晰，沈斯吃了一惊，悄悄拿眼眸去瞥朱由检。见朱由检正全神贯注望着天牢。那边的火渐渐熄灭，漫天的红光也逐渐隐去，朱由检的脸上重新恢复了冷肃的色调。风却不肯停止肆虐，吹起他身上的披风霸气地飞扬："沈斯，你帮朕除去阉党，又帮朕去除红丸的遗祸，如此大之功劳，朕该如何赏你？"

"臣之本分，不敢受赏。"沈斯眸中冷光一闪，视线朝那转角瞟去，手悄悄抬起。

"不过你为何这么尽力要帮朕除去阉党？"

"当初是皇上让臣接近魏忠贤。"

"你很尽责。"

"生为臣子，自然要替皇上分忧。"

这个答案似乎让朱由检很满意，笑声里带了一分亲近，沈斯微微扬起嘴角，才举起的手臂，悄悄放下。

"你那名单整理得很不错，有二百六十余人，朕的衙门都察院，加上各地御史，也才一百五十人。"

"阉党乃害群之马，作恶多端，臣是为民除害。"

朱由检转头，眉眼唇角尽是笑意。他一步步逼近沈斯，悠悠说道："为民除害，说得好——"他拖长了尾音，手忽然拍上了沈斯的肩。

沈斯只觉肩头一紧，钻心般疼痛，惊疑之际，见朱由检眸光陡然间变厉："将朕身边可用之人，也一个个都除去了，朝政瘫痪，卿家可真是为民除害啊！"

沈斯一惊，脸上不敢有半点变化："是陛下下令要彻查到底，臣所报上皆属实。"

"连只是吹捧过魏忠贤的人也定为二等罪责？"

"乃陛下所定。"

"你倒是推得一干二净，看来还真都是朕的失误。"

沈斯微低下颌，嘴角一牵："臣不敢。"

朱由检亦是冷笑："那次朕中毒，你怎会有解药？"

"臣那时便已向皇上禀明，乃暗查而得。"

"所有人都以为魏忠贤下的毒。"

沈斯不语，朱由检看他的目光又冷几分，手上也加重了力道。沈斯悄悄又抬起了臂。月钻出云端，洒半缕清光，城楼转角处的影子猛然一伸，却在突然之间又缩了回去。

沈斯心急，视线却在朱由检的逼迫下不敢往旁瞟，只得拿眼角余风不住打量着墙角。

"魏忠贤下的毒，他本人却不知情，当真有趣得紧。"朱由检笑了笑，神色却不像在说一件好笑的事。

沈斯心下一沉，却仍故作镇定："陛下又怎知魏忠贤不知情？或许他只是表面功夫做得好。"

"他的表面功夫做得确实不错，不过比起你来差远了！"朱由检故作叹息地摇头，将目光牢牢锁定沈斯，"卿家究竟有何目的？……不如让朕帮你来说？"他忽然放开他，背身，将脸面向冷月，有一种玉染的清冷，"嘉靖年间，宫中有一名凌姓御医被另一名御医状告以红铅金丹谋逆而被下令处死。先帝未免宫廷丑事外泄，便将起居注里的记录也都抹去。"

沈斯闻言，脸色一变。

朱由检悄悄看他的反应，又道："那名御医被杀之后，红铅金丹的药丸跟着失踪，连药方也找不到踪迹……后来江南有一凌姓人家移来，以棉帛生意营生。凌姓人家长兄有子名唤凌梓言……"朱由检停住，微挑眉梢看沈斯的反应，见他脸色忽青忽紫，不禁在嘴角轻挑笑容，"凌姓一家本过得平静，怎料一夜之间，凌家人皆中毒而亡……"

沈斯闻言，身子陡然一颤。此番反应恰无遗漏落进朱由检眼中，他微微翘起唇角，又道："凌家分明是中毒而亡，官府却给了疫病一说，草草结案，并让人放火将凌家府宅烧了。然而当清点人数时却始终找不到那个叫凌梓言的孩子。"

闻言沈斯眼眶猛然泛红，便有怒火跳了出来，那不知何时起紧握的拳，一点一点暴出青筋。

"凌梓言后被他的奶娘收养。该奶娘夫家姓沈，将凌梓言改名沈斯。沈斯随养父养母移居京城，从此寒窗苦读并高中状元。然沈斯从未忘灭门惨案。他偷偷潜回原籍，从被焚毁的老宅内找到红铅金丹的秘方。红铅金丹又名红丸，本为宫廷秘药，可在数日之间达壮阳之效，却因力量过于峻猛，乃违禁之品，然红丸另有一作用便是成瘾性。沈斯利用红丸可成瘾网结了大批人为自己效命，其中便有沈九与郭定。沈九原本是奶娘的亲子，也算是沈斯的大哥。不过沈九从小就被送入山中学武，与沈斯也是后来认识。"

每听一句，沈斯身上散发的寒气便更深一重，仿佛要将空气都凝固起来。

四面贯通的城墙顶上，风吹得紧，只闻那骨节咯咯的声音，响彻整个黑暗。

朱由检仿佛浑然不觉他的异样，继续说道："沈斯一心要报仇雪恨。三年后，先帝病重，沈斯得知后，悄悄将红丸送至李可灼府上，李可灼以为果然得了仙丹便将此药献给先帝。红丸奇效，先帝精神果然大好，本是皆大欢喜之事，却不料数日之后，病情急转，突然病薨。沈斯利用李可灼惶惶不安，暗示其可将罪责推给乔家。乔家与浙党首领方从哲关系密切。沈斯暗中通过郭如楚提议先灭乔家再逼方从哲下台以打击浙党的计策，浙党果然瓦解。此后东林党上台，沈斯立刻被拔擢。后沈斯又利用职务之便暗中勾结魏忠贤，对东林党落井下石。在阉党横行时，他再通过朕身边的徐应元毛遂自荐，自荐可助朕铲除阉党。接下来，还需要朕说吗？"

"哈，哈哈哈……"沈斯仰天长笑，那莫名苍凉的味道，仿佛正往骨髓里一点一点渗进，"这故事还真是曲折。不过我倒是有个疑问：沈斯的目的只不过是打击浙党，为何要将乔家置于死地？"

"那是因为沈斯一直以为是乔家先祖将凌姓御医给告了，才致使凌家发生一系列惨案。何况乔之甦还娶了沈斯最爱的女人。你说对不对呢，凌梓言？"朱由检皮笑肉不笑地冷眼看他。

沈斯脸色大变，眸中射出一道冷光，恶狠狠道："以为？难道不是姓乔的贪图富贵所以出卖朋友吗？"

"不是！"朱由检肯定道，"你以为乔家三代为御医便是因为暗中告了红丸一事吗？"

"难道不是？"

朱由检冷冷一笑："既然你那么想报仇雪恨为何功课不再做仔细点？"

沈斯听出他话中有话，脸色顿时一变。

朱由检望他一眼，转身慢慢道："难道你不知道，当时被打入大牢的御医有两个吗？"

沈斯怔了怔。

"另一个御医姓林，他的后代在江南开了一家医馆叫杏林堂。"见沈斯踉跄后退了两步，朱由检讥讽道，"不错，你的姑母就嫁给了那个林姓御医的后代。"

至此时，沈斯终于颓然地倒退至城墙壁上，半晌方抬起头，恨恨地瞪着朱由检，"你今天就是想告诉我，我害错人了？"

朱由检微微一笑，并不说话。

沈斯又道，脸色阴冷："你是怎么知道这些的？"

"只要有一个破绽，再抽丝破茧慢慢梳理，想通并不难。"朱由检笑道。

"我实在不知何时露了破绽？"他的声音依旧低沉。

"本是天衣无缝，然你太谨慎反而露出马脚。"朱由检摇头叹息，"那李可灼便是关键。乔之甄要找李可灼查红丸的事，你却暗示朕这件事可能有阴谋，分明便是叫朕去调查乔之甄而不是李可灼，何况你还让一帮乞丐在途中阻止。"

"所以你暗中将李可灼接走了？"沈斯冷哼道，"当时严佟与孙九妹跟到李可灼的家，孙九妹被乞丐阻挡，严佟先走一步却无功而返。其实那时他已经找到李可灼？"

"他们在路上的时候，朕便已经在李可灼家里等了。严佟见到朕自然知道该做什么。他回去并不是帮孙九妹解围，而是要查那些乞丐的行踪。然后他发现其中一个乞丐竟然也偷偷跑到了李可灼的家。"

"但那时李可灼已被你带走了。"

"既然你那么不想让别人查李可灼，朕当然要知道原因。不过最开始朕还以为你是怕李可灼透露你要他诬告乔之甄的事。"

"我确实也怕此事。"

"这却不是真正原因。"朱由检望他，嘴角噙笑，眼眸却犀利，"真正的原因是你怕李可灼透露出你是红丸主人的身份。"

"李可灼并不知道红丸是我送的，我何怕之有？"

朱由检摇头笑了笑："错，你正是怕李可灼透露出你的身份，而你也知道李可灼很可能便是透露出你身份的关键之人。所以当你得知乔之甄想要找他，便想先他一步杀了李可灼。"

"我倒是很想知道可能会透露我的身份的关键究竟是什么！"沈斯脸色明暗难辨，眸光却如刀光般有杀气闪过。

朱由检微微一翘嘴角，慢慢摊开了手，掌心里是一张皱褶不堪的旧纸。纸上有两个字，借着清冷的月光依稀可见——

红丸！

这两个字的比画组合怪异而极不协调，笔锋却很有力，仿佛是被一个腕力很大的人一笔一画刻下。

沈斯大笑："这不是我的字体，你如何认定便是我？"

"这当然不是你的字体，"朱由检笑道，"你如此小心，怎会让自己的笔迹留下。但这是沈九的字体。沈九不习文书，故字体结构散乱，而其自幼习武，手劲却大得紧，故一笔一画皆劲力十足。"

"如此，你便能确定是沈九？"

朱由检笑了笑："朕自然不确定，不过运气还算不错，恰巧就看到了他的字。有一日沈九为你送来一封信给朕，需要添几个字……"

"你让他写字？你是故意的？"沈斯神色微动。

"朕做事一向小心。"

"你从来没信任过我！"

"这个世上，朕只信任严佟。"

"哈哈哈……可惜，严佟已死！"

沈斯狂笑不止，朱由检却不气恼，仍是微微扬了嘴角。

"既然你知此事，为何还要用我？"

"行大事不拘小节。"

"你早就有心要将我杀死，只不过要等我帮你搬开所有阻碍你的石头。"沈斯的愤恨从齿间一字一字咬出，那凌厉的眼眸仿若来自地狱的鬼厉烈焰，"棋子利用完了便要杀死，你们姓朱的，果然都是一样！"

"互相利用罢了。"朱由检面不改色，"最开始朕并未想到这一层，故而百思不得其解，你这样做的目的。"

"如今已知晓？"

"你想要制造朝政大乱，铲除朕身边每一个可信之人，逼朕众叛亲离。再利用后金蛮族进攻我大明后防的契机，造成内忧外患的局面，一点一点瓦解我大明的统治。你可真是用心良苦啊，竟然用这么多年织了这么大一张网！"朱由检逼视他，句句有如利剑。

"你怎么发现的？"沈斯似乎冷静下来，然而拳仍是紧捏，仿佛要将指尖戳进掌心去。

朱由检微翘唇角，眸中有光淡淡闪烁："从你积极送药，又积极提供名单，再力主尽早铲除阉党，尤其是那份名单上最后的一个名字是乔之甦！"

"乔之甦是你自己送进天牢，怪不得我！"

"这便是你露的第二个马脚。"朱由检叹息道。沈斯眸光一顿，脸上肌肉抖了抖，却听朱由检续道，"你真是太心急了。知道朕在等让乔之甦下狱的借口，便让郭定引乔之甦去冷宫专门造出这个结果给朕看。"

"你当时就已经相信乔之甦的话了？"

"所以朕才会去调查郭定究竟有没有回京。"

"呵呵……"沈斯冷笑，"果然是螳螂捕蝉，黄雀在后，我始终小看你了。"

"你千方百计想置乔之甦于死地，却始终太过心急。"

沈斯冷笑不语。

朱由检观察他脸色，续道："表面上你是恨他夺了你心头之爱，实际却是怕他在朕的身边。因为放眼天下，除了严佟真正全心全意在帮朕的，只有孙承忠和乔之甦。孙承忠远在北方被战事拖住，你暂时不必担心他。但是乔之甦却还在京城。何况你认定他是乔家的漏网之鱼。你要先杀了他，再让朕孤立无援。所以之前你有意无意地跟朕提他与客氏如何亲密之事，引朕注意，让朕怀疑，而后又与朕提七音可能与他有纠葛，引朕恨意，让朕发怒。"

"你顺着我的意思，只是为了让我放松警惕？"

"人只有在最得意的时候，才能暴露最大的弱点！"朱由检微微一笑，往前走了一步，望向已被扑灭的大火，"其实当朕听说天牢起火，便知道你会来找朕。"

"你是特地等我的。"沈斯明白了过来，"你又怎知我会来找你？"

"你怕这场大火烧不死他，怕朕是故意放这场火给你看。所以你也在试探我。"

沈斯紧紧盯着他，惊骇却如巨浪在心底一波高过一波。朱由检如星般的眸仿佛是深不见底的黑洞，能看破所有的秘密，却始终将自己深深掩藏。

"所以这场火是你故意放的。"沈斯说道，只觉得舌头有些打战。

"非也，这场火连朕也觉得莫名其妙。"

"这场大火却烧死了你最后一个值得信任的人。你觉得可惜了？"

"朕一点也不觉得可惜，虽然乔之甦全心全意在帮朕，却不是可信任的人。"朱由检摇头叹息，"此人信念太坚定，是非太分明，做事又太执着，而且感情用事，不是好事。何况他相信的始终只有孙承忠。"

"可惜啊，连全心全意帮你的人的命都不见得你半分留恋。你还真是一个的冷血无情的君主啊！"沈斯鄙夷地笑道。

"如此冷血无情的君主站在你的面前，你却不害怕，朕真是很佩服你的勇气。"

"你虽是这大明的天子，拥有天下的兵权，此刻却没有半个护卫在身边，我有何可担心的。"

"哈哈，难道担心的人该是朕？"

"你说呢？"沈斯眉梢微挑，突然往转角退去，同时间转角影子往前一伸。沈斯见状眸光一闪，顿时有喜色染上眉梢。

银光一闪，剑挑了出来，如他所料想一般……

"郭定，杀了——"

"他"字未脱口，他突然顿住声音，身子却收不住前倾。胸前一柄剑，剑尖锋利，映月光蓦地一闪……

他的身体笔直向前，衣衫临剑气尽裂，顿时有血溢了出来，倒映在沈斯惊讶圆睁的眸子里，一滴一滴向下落，仿佛坠进深渊中。

沈斯震惊地支撑着摇摇欲坠地身子，一路倒退。胸口的剑却没有跟着倒退。握剑柄的那只手突然一提，剑哗地从他胸口猛然脱出。血顿时喷洒如柱，血雾瞬间弥漫半个如墨的黑空。

那人慢慢自转角走出，清冷月华扫过城楼侧顶，将他染血的半张脸照得棱角分明，另半张脸却隐进了黑暗。

"严，严……"沈斯倒在地上，仿佛见到鬼一般，惊恐地瞪着他。

"你如今明白朕为何知晓那毒是你下的了吗？是严佟。他暗中调查，发现你与郭定勾结，由郭定利用锦衣卫身份之便，入内宫下毒。后来他还查出真正发放那些红丸的人其实正是你和郭定。"朱由检眸中笼上一层寒意。

沈斯捂着胸口那不断渗出鲜血的碗口粗的伤口，痛苦地望着严佟，仍是不能从惊讶中回神。

严佟则右手握剑，左手擦了擦脸颊的血，一步一步走来。血顺着那阴冷的剑刃慢慢流下，一滴一滴，淌了一路。

"属下来迟，请陛下恕罪。"严佟笔直地跪了下去。

朱由检宽厚一笑，将他拉了起来，目光淡淡扫过倒在地上不住抽搐的沈斯，那是一个胜者看待败者的冷冽目光："朕说过，这世上最让朕信任的是严佟。也只有严佟，永远不会让朕失望。"最后一句，他是对严佟说的，严佟却将下颌压了下去。

"郭，郭……"沈斯虚弱地喊道。

"你在找他吗？"严佟面无表情地从转角拎出一人，丢在了沈斯的身边。死人！郭定瞪着一双惊骇的眸，便如此刻的沈斯一般。

"你是想问，他怎么没死？"朱由检笑着替沈斯说出他眼中的问句，然后将视线转到严佟身上。

月光浅淡，拢着严佟的脸亦是冰冷。只听他声音淡淡响起，融进这冬夜的呼啸冷风里："当日我重伤被锦衣卫追赶，故意以血迹将他们引至井口，再以石头落水的声音让他们误以为我走投无路跳井而亡。而后我奉陛下之命暗中保护，亦是暗中调查你的行踪及所为。"

"朱由检，你，你好，好——"他用尽最后的力气朝朱由检伸出不住颤抖的指，却吐不出最后一个字。眼一翻，头一栽，他的身体停止了颤抖。

天启七年十二月三十，除夕。

远处，焰火升空，流光溢彩划过漆黑的夜空，在朱由检深幽的如同碧水寒潭的眸子里映出五彩斑斓的花，一朵重叠一朵绽开，却又颓败得如同春末的百花，在绚烂之后凋零得只剩下漫天黑幕里的寂寥。

烟花过后，薄烟一层一层驱散不尽，无孔不入地钻进朱由检每一寸能感觉的毛孔。朱由检的嘴角不由自主紧紧抿起，一向深不见底的漆黑眼眸却流露出刹那的思念。也只是刹那，那一抹似云淡风轻的思念又融入了月色里。他转身，望见身后伏倒在地的一众妃嫔、宫女、太监。锦衣卫也紧握银色冰冷的兵器在不远处严阵以待。

苦笑逸出了他的唇角。风凄凄切切，整个天地都仿佛在他苦笑的那一瞬变得怅然。他觉得眼角有些酸涩，仰头，闭眸，感觉泪落回眼眶。风的轻吟就在此时擦过耳际，就如琴音！

她坐在灯火阑珊处，弹奏一曲《高山流水》，低回宛转，如流水，拨动心底最深的那一处弦。回眸，她在浅笑，如百合深处那最洁白的那一朵。她眼如秋水，眉如远山，他曾手执眉笔，轻轻为她扫过。

朱由检情不自禁地微笑，手也在不知不觉中伸了出去，然后落空。恍然回神，他只看见子夜的黑。远处，古钟撞响，铜音低鸣，悠悠荡来，仿佛在耳畔旋起旋涡，一圈一圈慢慢涌了进去。朱由检眸色一暗，广袖轻拂，大踏步往前走去，穿过了一众仍一动不动伏在地上的妃嫔、宫女、太监，以及不远处的锦衣卫……

已过子夜，已到崇祯元年。朱由检突然停住脚步。眉梢微敛，他悠悠呼出一口气来："冷宫那边……"

"冷宫阴寒，陛下要召音贵人？"徐应元观察他的脸色，一字一句斟酌道。

朱由检眸色顿深，猛地一咬牙，同时间握紧了拳。

空旷的钦安殿外，只听得见风呼呼暗响。朱由检一点一点放开拳："召音贵人。"

"召音贵人——"徐应元拖长的音，尖细如针尖飘在风雪欲来的皇城上空。朱由检拖着脚步，一步一步往殿内走，仿佛很疲惫，又仿佛很轻松，至少此刻他的眉心不再有难以化开的皱褶……

等一刻如等千年。朱由检握拳又放开，站起又坐下，仰首眺望的始终是冷宫的方向。火苗轻跳，拢着静谧的宫殿，有一种孤绝的冷淡，又仿佛只是风雪欲来前的平静。

下雪了，在突然之间，漫天的雪花陡然在宫殿之外凄冷的夜空里飘起，仿佛冻结成六个花瓣的泪珠，晶莹地一层一层铺上了屋檐树梢。

朱由检再也坐不住，烦躁地走到了门前。门外由远及近响起了慌乱的脚步。

"皇，皇……"脚步在门外陡然停下，尖细的嗓音里透着惊惧。

一种莫名的恐惧自心底升起，朱由检突然颤了一下。

"陛——"徐应元还来不及唤出声，只见朱由检已亲自地惊慌地打开了门。

门外，跪着颤抖不停的徐应元。他双手上举，拖着一条白绫！

三尺白绫，刺目地飘荡在漆黑的如墨的夜空，仿佛无依的魂灵找不到安歇。

风雪愈急，空落的宫殿仿佛突然拢进了一个看不见出路的白雾茫茫，压抑得连呼吸都觉得艰难万分。

呼，吸，再呼，再吸——

吸着的是冻结成冰的彻骨寒冷的空气。冷，从心底发冷，冷到发疼，疼到发颤，朱由检不能自主地发颤，伸手去捡那白绫，然后，猝然倒地。

朱由检病倒，宫中御医束手无策。

三日后，严佟从宫外请来一人，黑衣斗笠，更用黑纱罩着脸，宫人们传说，好像看见了斗笠下一头诡异的灰发。

"肯定是个老头儿。"一名宫女肯定说道。

"你怎么知道，你看见了吗？"另一名太监质疑。

"严大人不让人进去，谁看得见！"宫女撇撇嘴，机灵的眼珠子一转，"小余子那晚看见那老头儿的灰头发了。再说了，御医都治不好的病，一个年纪轻轻的大夫怎么可能治好呢？"

"那可不一定，当初那个给客氏治病的乔大夫，可也是年纪轻轻啊，不就治好了御医都治不好的病了吗？先帝还说他是神医呢！唉，他也是灰头发……"话说到此，小太监猛然噤声，惊疑不定地瞧着宫女，却见宫女也是一脸惊恐地看了过来。

"难道……"声音同时响起，却突然停住。那时候，身后正传来门开的声音。

"将这药方煎了速速送来。"严佟冷着脸将药方递出，转身又将门关了。

"是。"太监低头接过药方，宫女悄悄舒了口气。两人对眼相看，同时又叹了口气。这是神秘大夫进去三日后送出来的第三服药的药方。

殿内，铜炉嘴徐徐吐着龙涎香，朱由检半倚龙榻，虚弱地半闭着眸。落地的铜制烛台，琉璃的灯罩，朦胧的光拢起床边那人一头灰发闪着诡异的光。眸如星点墨，眉如剑斜飞入鬓，他微微紧抿了唇，严肃的脸有一半映在灯火下，仿佛镀上了一层金光。

严佟的视线紧紧锁着床边的人，眉心随着他的一举一动紧张地皱起又舒开。床边的人右手提起一根针，针光如那银子的光，在他漆黑的眼底一抹凌厉的亮色。他屏气凝神，用左手撑开朱由检脑后风府穴的皮肤，右手腕侧猛然一转，银光一闪，针瞬间没入皮肤。针刺风府，下颌的方向。

风府穴乃是督脉上的穴位，这风指的是穴位内之气血，府便是宅府。风府在督脉之上极易吸收督脉之湿气化风。朱由检一时急怒攻心，痰火上逆化风，故而晕厥仆倒。故乔之甦针刺此处以望驱散邪风。只见他小心地捻针，拇指轻轻一弹拨。朱由检眉梢一动，嘴角不由得一抽。

"皇上！"严佟担忧地喊了声。

朱由检摇了摇头，慢慢睁开眸。灯火昏暗，映得他的眸色也是虚弱。视线牢牢锁住正在为他全神贯注施针的男人，他抽动了一下眉梢，只有一下。

"乔之甦。"他艰难地从喉中挤出两个字。

乔之甦抬头，严肃道："陛下若有话要说，请待草民施完针。"说罢，他又低下了头。

朱由检眉头一锁，眸中有寒意浮起，却又瞬间消失了踪迹。

风打着窗棂如凄凄的哭泣，听得严佟眉头愈是紧皱。时间仿佛是沙漏中那一点一点漏过的沙，悄无声息地慢慢流过，门外响起了小太监的声音："严大人，药送来了。"

严佟匆忙取来药，转身看见乔之甦已起完了最后一根针。

"这又是何药？"朱由检皱眉。

"逍遥散①。"乔之甦不徐不疾答道。

朱由检看了他一眼，喝下了药，徐徐道："这已是你换的第三服药。"说完，他一瞬不瞬盯着乔之甦。

"草民为皇上用的第一服药乃紫雪丹，为清热醒神之用。皇上因痰火急攻头目而突然昏倒，紫雪丹为急症灵药。第二服乃天麻钩藤饮②。皇上此番病发乃是肝阳上扰。豁痰之后应平肝潜阳，引上面的虚火回归命门，使命门之火强盛，从而滋养肾阴之水。虽此急救了皇上之病，但皇上心中仍有郁烦，逍遥散可疏肝解郁，畅通心情。刚才草民在皇上少阳胆经、厥阴肝经上以及风府上施了针，更能助药效。"

"为何要救朕？"朱由检问道，犀利地直视一脸平静的乔之甦。

---

① 逍遥散：选自《太平惠民和剂局方》，由柴胡、当归、白芍、白术、茯苓、生姜、薄荷、炙甘草组成，可疏肝解郁。

② 天麻钩藤饮：由天麻、钩藤、生决明、山栀、黄芩、川牛膝、杜仲、益母草、桑寄生、夜交藤、朱茯神组成，可平肝熄风。

乔之甦抬头，火苗微微跳起，在他眸子里闪过一道坦荡的光："陛下为社稷之本，陛下之安康乃天下人福之所系，乔之甦虽为村野草民，亦有匹夫之责。"

朱由检仔细望他一眼，懒洋洋地眯上眸："你好不容易借着天牢大火而装死外逃，不怕朕再杀你？"

乔之甦正要作答，却闻扑通一声，严佟失措跪倒大拜："陛下，此事皆为严佟所为，乔大夫他并不知情，严佟愿受任何惩罚，望陛下恕——"原来严佟不但将艾子衿从沈斯身边救出，更将她与乔之甦从宫中救了出来。

"你以为朕不会责罚你？"朱由检冷冷丢出一句，叫严佟一时噤住，"你真是越来越有主意了，竟想出这么一招金蝉脱壳。"朱由检斜眼看去，不动声色地看着严佟的脸映在火光下一阵红一阵白，叹息道，"严佟啊严佟，朕真没想到，最后背叛朕的人竟然是你！"

"陛下！严佟万死！"严佟再次拜倒，"但请陛下饶过乔大夫之命，他救过陛下两次啊！陛下……"

"朕若不放了他，便是不恩不义的小人了？"朱由检冷哼一笑。

"臣不敢。"

"朕倒觉得你胆子越来越大了，什么都敢，三番两次忤逆朕，朕要杀的人你偏偏要救！"

"臣——"严佟正欲解释，却听一个沉着淡定的声音徐徐响起。

"皇上要草民的命，草民毫无怨言。严大人一心为皇上安危着想，请莫责难严大人。待皇上龙体康健，草民必自行奉上。"乔之甦慢悠悠说道。

"你倒是兄弟义重，显得朕是小人了。"火光映着朱由检的眸子有点儿冷，他换了个姿势，慵懒地问道，"你当真不怕死吗？"说话时他的眼风似往乔之甦处飘了过来，却又似只是看着乔之甦身后那落地的铜制烛台。

乔之甦抬头，眸子里点漆如墨："若牺牲草民一人，换龙体康健而得万民福祉，何惧之有？"

他说得正气凛然，叫朱由检深深镇住。烛台上琉璃灯罩内火苗轻扑，映着金砖铺成的地面忽明忽暗地幽闪金光。朱由检轻轻吐出一口气，似在叹息："若我再想要你的命，七音也会伤心吧。"

"陛下！"严佟大喜，却闻朱由检又叹出一口气来，那悠远的声音似已陷

324

进了回忆："七音是想惩罚朕的恩将仇报，才……若朕真杀了你，将来去了地下，怕七音还是不肯相见……"声音哽咽，朱由检连着又吐了三口浊气，方才定住心神，敛目往乔之甦看去，见其亦是一脸伤色。

"乔之甦，朕给你一个机会，留在朕的身边可愿意？"

"乔之甦谢皇上龙恩，然乔之甦村野草民，鲁莽粗俗，恐有违圣恩。"

"你不愿入朝为官？"

"草民粗野。"

"多少人想要做官，甚至不惜散尽家财，你……"朱由检的声音听不出气愤还是惋惜。

空气微浊，龙涎香环绕，龙榻前跪倒的灰发男人一脸平静。

"罢了，朕也不为难你，将来你若改变心意，随时来找朕。"终于叹出一口气，朱由检眸中有一道光闪过，"不过，关于沈斯的一切，朕要你全部忘记。"

乔之甦望了他一眼，伏地大拜："世上，从来没有沈斯此人。"

朱由检满意地牵了牵嘴角，懒懒地闭上眸。

十日后，朱由检病愈，严佟送乔之甦出京。

初春，冰雪融化，万物复苏，梅吐芬芳，草露青芽，一只雀儿啼叫着直冲天际。天际有薄云，日头露出半张脸，一缕金光倾泻下来，照亮了半条小径。

"你真的不再考虑为皇上办事？那是为社稷谋事，是关系大明百姓的大事。"严佟拉着马缰，苦口婆心劝道。

乔之甦望了一眼在身旁紧紧跟着的艾子衿，转头微笑道："乔家祖祖辈辈皆为大夫，向以治病救人为己任。"

"留在皇上身边，也可治皇上之病啊，保皇上安康则可保天下大业啊！你的父亲不也……"见乔之甦突然脸露悲伤，严佟自知失言，忙噤声。

乔之甦想起过往，心头只觉沉重，叹了口气："留在皇上身边，只可治皇上一人之病，天下有万万人。"

"天下万万人，以你乔之甦一人之力便都可治了吗？"严佟仍是不死心。

"虽不能治万万人，却可尽绵薄之力。"

严佟叹道："好吧，我也劝不了你。今后你有何打算？"

"如今山海关有外族入侵，流民众多，疫病不绝，我想去那儿帮孙老师。"

乔之甄说完，只觉得手臂上攀来一只纤弱的手，仿佛要将他抓进她的心底去。回头，他望见她那双清澈的眸子，隐隐起了波澜。

"你要去那儿！"严佟吃惊道。

乔之甄点了点头，却在心底一阵苦叹。

"好吧，宁远城有我的兄弟赵率教，你若遇到他就说是我的朋友。"严佟道，眉心突然一皱，欲言又止地望向他。

"你我共赴过生死，还有何话不能说。"

严佟轻轻叹气："皇上下令，将有关沈斯的一切抹去，关于你的……"

乔之甄坦荡大笑："我本是无名小卒。"

"可你做了那么多，史书上却……"

"我只是尽一个大夫的责任。青史留名，理应让给更重要的人。"

"你真不介意？"

乔之甄握了握身侧的手，回头望艾子衿温柔的双眸，笑道："我是一名大夫，只希望能救更多的人，将精诚馆的医术一直传下去。"

严佟肃然起敬。

乔之甄拦腰抱起艾子衿坐于马上："天下无不散之筵席，严大人留步！"

"你我还可再见吗？"

"随缘。"乔之甄笑道，策起马鞭。只听马一声嘶鸣，瞬间奔出千里。

严佟怅然若失，崇敬地望向那尘土扬起的方向轻轻叹息。

"喂！"耳畔响起一个清脆的声音，他慌忙回头，但见日光下一抹红衣比朝阳还要耀眼。孙九妹似嗔非嗔地望他，嘴角下拉，眼眸则眯了起来，仿佛是被那初探出云端的朝阳给刺的。

有风吹过，很轻柔，他终于收起了恍若还在梦中的惊讶表情，慢慢走了过去，直到能看清她明眸大眼里惊喜的自己："你没走？"

"我要走哪儿去？"孙九妹嘟着嘴，"他们要去成亲，我去干吗？"

那一张脸皱得似乎要哭了，却在严佟眼中比那绽开的春花还要美丽。他突然伸出手，紧紧地、热烈地拥抱她，贴近她的耳边，温柔地细语："我们也成亲。"

孙九妹笑了，就像太阳的温暖，又像月亮的温柔。云雾散去，天地金灿灿一片，相拥的人儿，也仿佛融入了天地之中……

另一条山间小径，马蹄浅踏，尘土轻溅。乔之甄左手扯缰，右手紧揽艾子衿入怀。沉默，听见风声淡，听见鸟啼脆。明昧山景，一路有白云轻绕，隐约之中见青枝抽绿，蕊有含苞，是迎春花啊，黄得明艳，就如日头落下那一缕碎金子的光。

艾子衿轻轻呼出一口气，乔之甄猛地一扯缰绳，马嘶鸣一声，顿了前腿。乔之甄眉线轻锁，默不作声地跳下马，将艾子衿也小心抱了下来，而后走到一边。艾子衿紧跟他，轻轻从后环住他，后者立即握住了她环在自己腰上的纤手。艾子衿紧紧贴着乔之甄，他有力的心跳如鼓，一声一声，落入她的耳膜，平静、安定。

"决定了吗？"她问道，声音清淡温柔。

他仿佛难以启口，终究是重重点了一下头。

"那就去吧。"艾子衿说道，环着他腰的手臂，收了一收，手指紧紧反扣住他的掌，仿佛在做某一种决心一般。

乔之甄闻言一怔，转身看她，依旧握着她的手。艾子衿顺势将乔之甄的手引至自己的脸侧，慢慢摩挲："悬壶济世，岂非你我之信念？"她抬起头，清澈的眼眸里有淡然的微笑。

"可是你……"

"西北一处，野有饿殍，路有冻骨，水深火热而有病疾横行，正是你我当用之时。"她坚定地望他，一字一句道，"若是我，也会去啊！"

"你要跟我去？"他激动地抓住她的肩。却又摇头自语，"不行，你不能去，那儿太危险。"

艾子衿却按住他："这世上哪儿不危险？我们已经错过太多时间，我不想再后悔了。"

乔之甄大震，深深看住怀中的人儿。

艾子衿轻轻一笑，俏皮地眨了一眨眼，眸光晶亮如星："只要你收回休书，我便是你的妻，这辈子，下辈子，永远都是……还是，你介意我曾经和沈斯……"

唇突然被含住，她看见他的俊颜在眼前越来越放大。这样的亲吻，辗转、激烈、缠绵……她来不及呼吸，来不及惊叹，思绪瞬间被他浓郁的激情淹没。只觉得心也顿时狂跳了起来，像是鼓声充斥了花和蜜的鲜香。周围在刹那清空，只剩下他的心跳，他的呼吸，还有他那隔着衣料透过来的灼热体温。

风轻轻吹着，温柔地拂起他的发丝丝荡在她的脸颊，轻柔的、难耐的，像是火，点燃她身体的每一寸肌肤，直要将理智焚尽。她脸颊含羞，眉眼温柔，迷离地回望他，只觉得身子也如春水一般瘫软了。

"在我心里，你是我的妻子，一直都是。"他温柔地轻抚过她颊侧细腻的肌肤，"但，这对你太不公平，我……"

她仰首，漆黑的眸子仿佛那日光下波光粼粼的湖面："悬壶济世亦是我的梦想，你若不让我陪你去，对我才不公平。"

乔之甦一怔，哑声道："你这分明是强——"

艾子衿抬手捂住他的嘴，眸中如春水一波漾开一波："我们以后再也不要分开了！"

乔之甦喉中微哽，长臂一收，紧紧将艾子衿拥进怀中，下颌轻轻地温柔地摩挲她的额头："可你要是跟我走了，杏林堂怎么办？"

"杏林堂中还有传承呀。你信不信，他的天分比你还高，他一定会成为名医。而且师傅徒弟众多，早已遍布各地，岂非不是另外的杏林堂。说起来，杏林堂医术也是由精诚馆而始呀。"

"照你这么说，精诚馆医术还是缘起黄帝、岐伯呢！"乔之甦揉了揉她的发，宠溺道。

"难道咱们不是杏林子弟？"艾子衿莞尔，"又何必拘泥杏林堂还是精诚馆？"

乔之甦深深看住她："是，无论是杏林堂还是精诚馆，只要咱们还在治病救人，只要咱们将这些东西一直传下来，在哪里都一样。"

"所以，咱们要收很多很多徒弟，将杏林堂和精诚馆都传下去。"

"也要生很多很多孩子。"乔之甦笑着点她小巧的鼻子。

她的脸一红，投入他的怀中。听着他有力的心跳，她慢慢弯起嘴角闭上了眸。

风轻柔，草轻摆，马儿悄悄踱着步，阳光从山顶斜洒下，映得半个山头，明灿若画……

番外一　休妻意难忘

　　万历四十八年九月初九，艾子衿一辈子都忘不了的日子。

　　那一日的风刮得很大，天气阴沉沉得像是被一个巨大的锅盖闷住。她如往常般坐在书房里看书，却觉得有些心不在焉。乔之甦的父亲乔衍进宫已经有十日了。十日前的子夜，光宗忽发急病，所有御医院里的大夫都被召进宫去，第二日五更天未亮，宫内便传出了光宗病薨的沉重钟鸣。其他御医在光宗去后的第五日便陆陆续续回到家中，独独乔衍杳无音信。

　　"嫂嫂。"乔之曼轻轻敲了一下艾子衿的门。艾子衿放下书，微笑着示意她进来。

　　乔之曼已过二八年华，本来说定今年末便要与首辅方从哲家的小公子成亲，被这国丧一耽搁，不知又要等到几时。艾子衿叹了口气，为她泡了一壶玫瑰花茶。

　　茶香浓郁，乔之曼笑道："嫂嫂果然如大哥般重养生。"

　　艾子衿笑了笑："玫瑰花可通气血，你前几日不是嚷着月时经痛吗？喝这个最好不过。"

　　乔之曼揶揄道："知道嫂嫂疼我，平日总想着我。可是嫂嫂怎还不和大哥生个小娃娃。"

　　话音未落，便见艾子衿尴尬了起来。她微微转头，似要避开她的目光："你到这儿来就是来说这个的吗？"

乔之曼以为说到艾子衿伤心事，愧疚地低下头："嫂嫂对不起，我就是开个玩笑。大哥也真是的，明明自己是个大夫，也不好好想办法。爹爹他早想着抱孙子了呢。"

艾子衿顿觉更尴尬，只得转头去看窗外呼啸的风："你刚从方大人家回来？"

这话一问倒叫乔之曼不好意思起来。她红着脸低下头，轻声道："方伯母让我去尝尝新做的桂花羹。她还让我给嫂嫂带了点呢。嫂嫂要不要尝尝？"说着乔之曼将带过来的食盒打开，顿时便有桂花香飘了出来。

艾子衿淡淡忘了眼桂花羹，没有立刻要去尝的意思，反而问道："你去方府，可问到公公的消息？"

听艾子衿说到这，乔之曼的脸垮了下来："我没见到方大人，方伯母让我别担心。说方大人也还在宫里头，好像是处理先皇的后事，应该没什么大事吧。"乔之曼用嘴角强扯起的微笑掩盖自己的不安。

艾子衿低头不语，手指漫不经心翻过放在桌上的医案。医案是乔之甦亲笔所写，记录的乃是平日里所接触的疑难杂症。他常常因为这样写到半夜，每回艾子衿醒来，总是看到书桌前昏暗的灯火下刚毅的侧影。

她的视线略略向下，正巧落在书页上。泛黄的书页上，笔锋遒劲而隐含洒脱。其中一句"红丸原方已失，中有辰砂、红铅等，其性猛，可治五劳七伤，虚惫羸弱诸证。然切不可以强阳之用，多用则耗人精血，虚人元阳"落入她的眼中。

"红丸！"她脱口而出的两个字叫自己心头蓦地一跳。

"嫂嫂说什么？"乔之曼好奇问道。

艾子衿心下一跳，匆匆掩上书，转回头问她："前几日常常过来的那个大理寺丞，现在何处呢？"

乔之曼怔了一怔："嫂嫂怎问起他来？"

"随便问问。"

"那个李可灼老缠着爹，都被赶出去几次了还过来。"乔之曼蹙眉道，"我听方家哥哥说，他还去找过方大人，好像说什么仙丹的事。咱们学过医的都知道呀，这世上哪来的仙丹。只要我们阴阳平和，一定也能如《素问》里所说尽

330

终其天年，度百岁乃去①。"

"那他现在何处？"艾子衿似乎有些忧虑。

乔之曼不明所以地望着她，"我听说他下狱了。"

艾子衿闻言，脸色顿时变白了。却在这时，门轴吱的一声响了，两人回过头去，见应该在医馆中给人看病的乔之甦竟然回来了。

"大哥，你怎回来了？"乔之曼惊奇问道。

乔之甦却仿佛看不到她，只直直盯着艾子衿："之曼，你先回去，我和夫人有事要谈。"他压低了声音，语气不容拒绝。

"为……"乔之曼本想驳几句，却见他脸上似带着有别于以往的严肃和悲痛，生生将下面的话憋了下去，转头朝艾子衿挤挤眼，"嫂嫂，我待会儿找你。"

艾子衿虽勉强朝乔之曼扯唇微笑，心中却觉得打鼓。乔之甦望过来的视线压抑着痛苦和绝望，像是网罩住了自己。

乔之甦慢慢走进屋子，似乎有些茫然，许久才找到一把凳子坐下。他深叹一口气，道："前几日你说睡不好……"

"按着你的方法，我每晚休息前吃十枚酸枣，已经好很多了。"

乔之甦点了下头："酸枣入心，可宁心安神，对你的症状是最好的。"

艾子衿点点头，在他身边坐下，却不并说话。屋子里弥漫起沉重的氛围，两人端坐在凳子上，各自看地上自己沉默的影子，又好像透过这沉默的影子看进某个虚空里去。

"这一年，你过得快乐吗？"乔之甦突然问道。

艾子衿怔了一怔，答道："一年前我便这么过着，何来快不快乐。"

"一年前，你不过是在医馆里帮我捣药，偶尔帮我抄方。但是这一年……"他抬起头，深深望着她，"你成了乔夫人。"

艾子衿初时一愣，随后轻轻笑了："你为何今日才来问我？"

乔之甦苦笑："因为我发现，强迫你嫁给我或许并不是帮你。"

"我不过是遵循我母亲的遗愿嫁入乔家，并非你强迫。在我与你成亲之前，

---

① 原文出自《黄帝内经·素问》："上古之人，其知道者，法于阴阳，和于术数，食饮有节，起居有常，不妄作劳，故能形与神俱，而尽终其天年，度百岁乃去。"

我有过很多机会选择。"

"既然是这样，为何你一直不肯受孕？"乔之甦直截了当道。

艾子衿怔了怔，两颊顿时变红："这事岂能我说了算？"

"当然可以。"乔之甦直直看进她的眼里，"只要你不再喝四物汤加芸薹子。四物汤乃养血之方，可加上芸薹子却变成了避孕之方。"

艾子衿怔住，直视乔之甦，后者却将头艰难地转开。

"你早就知道了？"听不见回答，艾子衿冷笑了起来，"你既然早就知道，为什么到今天才来质问我？"

"我是大夫呀，你倒的那些药渣以为我看不出来吗？"

"那么你预备怎么做？"艾子衿冷笑道。她是一直在避着孕，只是因为她没有准备好为他生一个孩子。她想过有一天她或许能从心底接受他，其实她已经有一个月没有喝四物汤加芸薹子了。

乔之甦望着她变化的脸色，用力捏紧拳，捏得拳心都被指尖刺得发疼。半晌，他才从怀中取出一封信来，信封上遒劲的字体与医案上同出一辙，熟悉却又陌生地刺痛了艾子衿的眼——休书。

"你是，要我走吗？"艾子衿落下泪来。

"你一直都想走，不是吗？"

艾子衿愣住，随即轻笑了出来："想走？是呀，我一直都想走呀。"

"家里的东西，你想带走多少就带走吧。"乔之甦转过脸。

"不需要了。"艾子衿叹道。

"但是你的生活……"

艾子衿笑了笑："你已经教了我医术，我想我也可以行医。"她顿了顿，望住乔之甦，"只是我还有一个疑问。"

乔之甦望着她并不接话。

"你早就知道我在避孕，为何直到现在才想起写这一封休书？"

乔之甦转开脸，像是不敢对视她清亮的眼眸："我只是想通了，不想再耽搁你。"

"是吗？"艾子衿冷冷道，"那么为何要在这个时候？先皇刚去，公公又身陷宫门，还有那个李可灼——"

"不要说了！"乔之甦突然喝道，"叫你走就走！"

"果然是那个李可灼有问题！"艾子衿吃惊道，"先皇究竟是怎么死的？是不是什么仙丹！"

"不是！"乔之甦激动地站了起来，"我爹和先皇病薨一点关系都没有！"

"公公现在到底怎么了？为什么他还不回来？你为什么什么事都瞒着我？你以为这样就能解决问题吗？"艾子衿也激动了起来。

"什么事都没有！"乔之甦强忍住心痛骂道，"我对你厌烦了，不想要你了，你满意了吗？你走，再也不要回来！从今以后，我们乔家的任何事和你都没有关系！"

像是被他的喝声吓到，艾子衿怔怔地说不出话来，眸子里却蓄满了泪。乔之甦见她如此模样，心中有如刀割，恨不得要抱住她狠狠将她揉进心里去。他的手才稍稍抬起便又垂了下来，手指收紧用力地握成了拳。

艾子衿泪流满面："为什么你总是自以为是？以为替我安排了最好的一条路。你有没有想过别人会怎么看我？有没有想过即便我与你们脱离了关系，我也会永远戴着这副枷锁？你从来都是这么的，自以为是！"艾子衿说完最后一句话，忍住泪奋力地抓起休书，转身，毅然往外走。乔之甦下意识地伸出手，手指擦过她纤弱的臂，他来不及抓住，她已经走了出去。

番外二　锁曼青丝长

天启四年，秦淮河畔。

艾子衿在秦淮河畔已住了三年。这三年里，她以采药为生，顺便为附近的村民看些小病。渐渐地，她出了名，倒不是说她医术有多高，也不是说她治病开方有多便宜，而是她是这里唯一的女大夫。

艾子衿在这三年里除了每日定时不变的采药、治病，还会做一件事：她喜欢在不下雨的傍晚，一个人走到秦淮河岸边，站在最大的垂柳底下，遥望河中最大的画舫。这艘画舫有一个极动听的名字——"青丝锁曼"，只因其当家花魁名唤"曼陀罗"。

曼陀罗不但长得倾国倾城，更是位能文善舞的才女。秦淮一带的文人墨客、乡绅土豪莫不以得到曼陀罗的青睐而沾沾自喜。然而曼陀罗却很少展颜微笑，她总是在夕阳西落时静静地站在船头或者靠在船尾，凝望被余晖渲染成金色的江水出神。

河面上波光点点，似缀着无数的碎金子，曼陀罗又站在画舫船头遥望落日。轻衫飞舞，水袖长飘，夕阳的余晖落在她的身上，将她那一身素白的衣衫染成似血的红。她茫然地抬着头，眼中流露的却是与她年纪极不相符的绝望。

河岸上，艾子衿如往常一般站在垂柳树下。柳枝垂在水面，如一卷珠帘。青丝锁曼在这卷珠帘背后若影若现，漫天金黄之下，船头上的曼陀罗仿佛是画中的仙子，浑身笼罩着淡淡的忧伤。

曼陀罗转过身，突然僵住了。透过河面薄薄浮起的水雾，她的目光像一柄寒光慑人的剑，直直朝艾子衿刺了过去。而后，她愤怒地一甩长袖，转身走回画舫。

河岸上的艾子衿叹声气，坐了下来。夕阳终于落下，黑幕铺天盖地压来，带着些许的沉重，河面上吹来湿冷的风，艾子衿缩了缩脖颈，见画舫开始一艘一艘地亮起了灯。

画舫上糊着或青色或黄色或红色的纱，此时看来闪着五颜六色的璀璨的光，倒映在愈来愈深的河面，像是落入九天的另一番仙境，与真实的世界相映生辉。

寻花问柳的男人们携伴而往，不一会儿便听见莺歌声声响起，有人抚琴而唱，又有人劝酒娇笑。灯光透过薄薄的纱窗，映出缠绵缱绻的人影，有几人醉，有几人醒？

这就是秦淮河，这就是杨柳畔。

艾子衿孤独地坐在岸边看着喧哗热闹的秦淮河，像看一个浮在梦中的远景。她的脚麻了，她伸了伸胳膊，慢慢站起。夜深了，她该离去了。可是她却没有走，凉风习习里，她听到了一个极细极弱的悲伤的歌声——

"早露微沾秋叶憔，黄花犹待古人俏。哪堪风起忍零落，视若荒漠孤坟鸟。"

艾子衿听得出来，那是曼陀罗的歌声。不知不觉，她的眼中蓄满了泪。她在这里陪了她三年啊，曼陀罗！不，她陪的那个人是乔之曼，曾经撒着娇叫她"嫂嫂"的人，乔之甦的妹妹。

乔之曼自然也知道艾子衿住在岸边，也知道艾子衿在秦淮岸边很有名。但是她从来不去看她，也不想去看她。她恨艾子衿，她清楚地记得，当初是艾子衿的一口证词将自己的父亲和兄弟推入死亡的境地。每当想起这件事，她便痛不欲生。所以她要喝酒，喝酒才能醉，一醉解千愁，只有醉了她才能回到从前，回到那段无忧无虑的日子。

她又喝醉了，那个男人用大把的银子买了自己的这一夜。可是她已经忘了那个男人的样子。每一晚都会有这样的男人出现，或许她也在期待这样的男人出现，至少让她不用去想那段痛苦的回忆。

夜已经很静了，身边的男人打着呼噜。乔之曼悄悄爬下床，推开卧室的门走上船头。欢歌笑语早已远去，那一盏盏夜夜不息的灯火浮在秦淮河面，像是幽境里飘着的冥火，平添了一抹静谧。

听着水波轻荡的声音，乔之曼缓缓抬起右手。衣袖滑下，昏暗的灯火下，隐隐见几粒如粟粒的丘疹印在她如藕节似的玉臂上。随后她又撩起左侧的袖子，与右臂相近的位置也有几粒相似的丘疹。望着双臂上凸起的丘疹，乔之曼露出冷酷的笑……

不久，秦淮河画舫上的姑娘间开始流行一种病，秦淮河畔的富家公子间也紧跟着流行这种病，花柳病。不过十余日，竟有数十人病倒。

艾子衿去给村头老王看病时，他的脸上已长满了丘疹，有一些甚至溃烂，流出令人作呕的脓液来。艾子衿摸了摸他的脉，见他的脉滑而数却重举无力，又见他口舌鲜红，其上黄苔厚腻，心知他是湿热毒邪上攻了头面。

王嫂子将艾子衿叫到一边，支支吾吾道："孩子他爹那个、那个地方也长了疮……"她不禁有些脸红，抬眼看了眼艾子衿，见后者竟然面不改色，便吸了口气问道，"他是不是也得了那个花柳病？"

艾子衿点点头。

王嫂子闻言顿时火冒三丈，怒骂道："真是色迷心窍了，有点银子就往秦淮河里扔。也不想想那些女人是干什么的？也不嫌脏！哼，得了这种见不得人的病，真是活该。看他以后还敢不敢再去……"

"王嫂子！"艾子衿生怕她骂出更难听的话，慌忙劝道，"眼下最重要的还是治病！"

"治病？治什么病！"王嫂子故意提高声音，一边拿眼睛瞟着床上脸色尴尬的老王，"银子都让他扔窑子里了，还有啥钱治病！活该！"

"王嫂子，别尽说些气话。王大哥的病若是不赶紧治，怕真有性命之虞呀！"

王嫂子脸色顿时变白，瞪大眼盯着艾子衿，喃喃道："死？真的，真的会死？"说着说着，她眼中落下泪来。

艾子衿忙劝慰道："只要及时治疗不算难办，但……"她看了眼王嫂子，"你也须和王大哥一起服药。"

"我？"

艾子衿点点头："我这儿有个方子，你待会儿便上医馆抓三服先喝着，三日

336

后我再过来看看。"说着，她将连翘败毒散①的方子交给了王嫂子，又教了她熬法及禁忌，这才走了出来。

这是她接治的第三位花柳病人，前两位都是秦淮河画舫中的当红姑娘。她微蹙眉头往东望去。秦淮河就在东面，虽然眼前只有散落的几间茅草屋，但她却仿佛已看到了那烟波浩渺的河面，以及那一艘艘仿佛死寂过去的画舫。近来几日，河上的画舫越来越少了，秦淮河里晚上的灯火也越来越少了，据说大半的画舫姑娘都生了病。艾子衿想到这里，突然右转，朝秦淮河岸走去。

秦淮河岸有几处庭院，听说是画舫里姑娘平日里的住所。艾子衿在其中一处院落前停了下来，望着挂出墙外的鲜红杏花，微微发起怔来。

这是最普通的院落，门上的漆已剥脱，露出沉木的暗黑，有谁能想到这便是秦淮河最火的画舫青丝锁曼平日的居所？艾子衿发呆之时，院门突然开了，里面走出个人来。艾子衿心下一乱，直觉地便要往回走。

"啊呀，艾姑娘！"那人眼尖，急急忙忙奔了过来，拉住艾子衿，"你可算来了。我还怕你不来了。"原来青丝锁曼里也有几名姑娘染病，老鸨青姨听说艾子衿曾治好了另外画舫里的两位姑娘，一早便着人来请她。

艾子衿本就不是想走，这会儿被青姨连拖带拽径直拉进了院子。

青丝锁曼果然是秦淮河里最大也是最有名的，这院落从外看去普普通通，里面却别有洞天，亭台楼阁，小桥流水实在是精巧非凡。艾子衿被引入客厅。客厅极是奢华，右侧悬挂着名贵珍珠而制的垂帘，远远望去闪耀如星，左侧则放着一个及腰的青瓷花瓶，其上釉彩精致，人物景致栩栩如生，更有题诗一首，写的恰恰是陶渊明的采菊。正前偏左处是一个檀木制成的屏风，其上铺以锦帛。锦帛上绣着一幅画，乃是一幅仕女图。画中女子身着一身大红的长袍斜靠在桌旁，桌上放着一壶酒，酒杯则握在女子手中。那女子半醉半醒地微眯着细长的眼，绝美的容颜像是落入凡尘的仙子，流露出淡淡的忧伤。艾子衿见画左上角还绣着一行娟秀小楷，字迹颇是眼熟，像是乔之曼的字，便走近去看，想不到竟然就是不久前听到的那首歌："早露微沾秋叶憔，黄花犹待古人俏。哪

---

① 连翘败毒散：《古今医鉴》卷十五记载连翘败毒散组成为柴胡、羌活、桔梗、金银花、连翘、防风、荆芥、薄荷叶、川芎、独活、前胡、白茯苓、甘草、枳壳。清热解毒，消散痈肿。治痈疽、疔疮、乳痈，及一切无名肿毒。

337

堪风起忍零落，视若荒漠孤坟鸟。"

青姨见艾子衿对这屏风感兴趣，介绍道："这原是柴公子画的曼陀罗，后来请人绣成了画，我见着好看就拿来用了。"

"那这首诗是……"

"曼陀罗作的。"

艾子衿听了心中微沉，见青姨似乎有怀疑，便随口转移了话题："不知今日青姨请我来是为哪位姑娘看病？"

"青儿、小红都病了。"

艾子衿并未听到"曼陀罗"这三个字，提起来的心放下了一半，便道："请青姨带路，我去看看。"

青姨一路带着艾子衿来到内房。艾子衿见有两名姑娘脸上红斑疹连成了一片，有几处溃烂处甚至渗出了脓血，眉头一皱。青姨见她皱眉，忙问道："这能治好吗？"

艾子衿并没有回答。她走上前依次摸了二人的脉，看了看她们的舌象，问了几个问题，又柔声安慰二人几句，随后一言不发地走出门来。青姨见状紧跟了过去，焦急问道："青儿、嫣儿的病怎么样了？"

艾子衿沉下脸问道："她们是何时发的病？"

青姨见她脸色严肃微微一愣："七天前就说不舒服。"

"为何七天前不来医治？"艾子衿厉声责道。

"我，我哪知道是这种……真是祸害，银子都不知道少了多少。"

艾子衿闻言脸色愈暗，心想到乔之曼便是在这种人底下生活，心隐隐作痛起来。

"到底能不能治？"青姨也被她这态度搅得不耐烦，没好气问道。

艾子衿叹了口气，努力压抑心底的愤怒，淡淡道："虽邪入脏腑，尚不及膏肓，可治。但须服药十日。"

"能治就好能治就好。"青姨乐呵呵笑道，却又像突然想起什么，脸色变了变，"她们脸上那些疹子能不能退下？"

艾子衿犹疑片刻，才徐徐道："怕是会留疤。"

"留疤？"青姨尖叫道，"留疤还治什么治？"

"你这是什么意思？"艾子衿愣住。

"治病要钱的！她们现在不能赚钱，白吃白住我的，我还要给他们治病，呸，真是做梦！"青姨迅速就变脸，狠狠道。屋内顿时传来一阵抽泣，想是两位姑娘听到这句话心酸了起来。

"青姨，她们……"

"怎么，艾姑娘还要免费赠药？"青姨冷冷望了她一眼，眼中掩不住那一抹嘲讽。

艾子衿怔了一怔，咬牙点头道："好。"

"果然是侠骨仁心啊！"一阵娇笑声中，但闻一抹清淡中又蕴含浓烈的奇异香味从门口飘了过来。艾子衿微微心惊，这熟悉的声音让她顿时想到了一个人，那个远远在岸边看了三年的人。曾经，她也用这样的声音愉悦地对她说："嫂嫂，这熏香可有讲究了。我用苍术、黄柏、荷叶、菊花、郁金、玫瑰花、艾叶、丁香、百合、白芷、檀香、沉香、薰衣草、百里香、藿香混合成的。如果你觉得香气还不够的话，那就再加点麝香，千万千万别弄多了，用针尖蘸一点就够了。麝香味道浓，大哥不喜欢，我也不喜欢。"

这是麝香的味道，在清淡中蕴含的那抹浓烈是麝香。三年前的乔之曼从来不会在熏香中调入麝香，可三年后的乔之曼却已学会了用麝香勾人心魄。

艾子衿转过身，看见乔之曼站在面前，挑衅地用眼光打量着自己。

"妈妈，怎么叫个不相干的人过来？"乔之曼白了她一眼。

"曼陀罗，这个艾姑娘钱多了没处花，非要治咱们这儿青儿和嫣儿的病。"青姨冷讽笑道，"我赶都赶不走她。"

"那就让她住下好了。"乔之曼眼中闪过一道诡谲的光。

当晚艾子衿便在青丝锁曼里住下。为了照顾青儿与嫣儿，艾子衿搬进两人房中。青丝锁曼的妈妈、姑娘、丫头在夕阳落山前便去了画舫，到了夜晚，院子里除了青儿、嫣儿及艾子衿，只剩下一个打扫的老大娘和看门的护院。

艾子衿自小在青楼里长大，倒也没觉得什么不习惯的地方，待青儿与嫣儿吃完药躺下后，便推开门走了出来。打扫的老大娘许是无聊，早早回去歇息了，护院则一个人待在前堂里喝着小酒。

院子里静悄悄，艾子衿沿着一条长长的走廊慢慢往前走。转过一个拐角，她突然停下，视线直直落到走廊的尽头。乔之曼的屋子正在这走廊的尽头处。屋内漆黑，她知道现在的乔之曼定是在接客。在那艘灯火通明的画舫上，她或许又在唱那首悲凉的诗。

"早露微沾秋叶憔，黄花犹待古人俏。哪堪风起忍零落，视若荒漠孤坟鸟。"耳畔似乎缭绕起起起伏伏的音律，宛若天籁的歌声铺天盖地而来，她觉得一种揪心的疼痛渐渐蔓延至四肢百骸。

她呆站半夜，直至发觉眼角被风吹得沁凉的泪，方抬起沉重的脚步，慢慢踱回屋子。屋内，一抹油灯如豆，在斑驳的墙面笼上惨淡的晕黄。她挑了挑灯，仔细查看青儿与嫣儿的脸色后方钻进被窝。

夜风清凉，她翻来覆去至午夜，突然她听见前院的大门吱呀一声开了。护院似乎在前门说着话，隐隐约约间，她听见了曼陀罗的名字。过不了多久，她便听见窸窸窣窣的响声，像是一个酒鬼东摇西摆地走在门外的过道里，一股酒气顿时透过窗缝传了进来，然后她听见了乔之曼的声音："朱爷，小心，这边走。"如此柔媚的声音是她从不曾听过的，冷淡中带着诱惑，有一种媚入骨髓的疼痛。是艾子衿觉得痛啊，她忍不住坐了起来，那时乔之曼扶着那个叫"朱爷"的男人正走过她的窗外。明月如玉，将乔之曼纤瘦妖娆的侧影倒映在窗侧，亦将她身边那个肥头大耳的男人也映在了窗子上面。

艾子衿心中痛惜，不由得下床推开门，乔之曼则已扶着那个男人走到了转角。艾子衿跟着她，走过长廊，眼睁睁看她扶着那男人步入屋内，又点燃油灯。她低柔的媚笑从屋内传出，艾子衿看见她解下那一头如瀑的长发，轻轻地梳理着，而那个身形肥大的男人则淫笑着慢慢贴近她。窗子上的剪影蒙蒙魅魅，愈发模糊在艾子衿蓄满泪的眼眸中。这时，突然有一股阴冷贴背袭来，艾子衿匆忙回头，还来不及看到人影，额头便被重物一击，眼前顿时陷入了黑暗。

"本来还要去房里找你，想不到你自己到这儿来了，倒省了我的力气。"那人阴冷地笑着，露出一口参差不齐的牙，正是这青丝锁曼里的护院。只见他将手中还沾着艾子衿额头血渍的棒子一扔，扛起她走到乔之曼屋门前。敲了三下门后，他忙退至一旁。

"谁？"男人在屋内发问。

"大概是青儿找我呢。您知道的，她和嫣儿最近受了风寒。"乔之曼半个身子靠在他的身上，任由他将肥胖的手伸进自己半露的衣襟。

"不是那个什么花柳……"男人似乎有些害怕，不由得停下手上的动作。

"怎么会？"乔之曼娇笑。男人脸上立刻又露出放心下来的表情。乔之曼轻轻推开他道，"朱爷，您先喝点儿酒，我看看便回。"然而姓朱的男人似乎不肯放乔之曼。乔之曼只得凑近他耳边低声细语。也不知她说了什么，竟惹得他开怀大笑，点了点她娇俏的鼻尖道，"曼陀罗，你又是要带我回这里来，又是要我喝酒，真是越来越会吊本老爷的胃口了。"

"是朱爷一直嚷着要见我的卧房呀？"乔之曼故作委屈，推了推他，"好了，我先去看看，待会儿一定让朱爷您尽兴。"

"小美人，这可是你说的哟！"男人的淫笑愈发放肆。

"是，朱爷！"乔之曼说罢，转过了身子，脸上立即变得阴冷异常。她走到门边，侧转过身子，悄悄用余光扫了一下正在喝酒的男人，嘴角勾起一抹冷酷的笑，随后她打开了门。见护院果然扛着艾子衿，她嘴角的笑意愈发深了，然后她朝护院点了下头，示意他跟着自己往外走。

走到离屋子稍远处，护院不解问道："曼姑娘，为什么不现在就把这女人扔进去？"

"那姓朱的还没完全醉，扔进去岂不穿帮？"

"可那个人……"

"放心，他酒量不大，再喝个三杯就会醉。他只要醉了，连母猪都能认成女人。"乔之曼鄙夷道。

"这事要是被青姨知道……"

"你不说我不说，谁能知道？"乔之曼冷笑，"再说就算妈妈知道又如何，她关心的不过是银子，姓朱的睡的是我还是她，她一点兴趣都没有。"

"但是我那个……"

"放心，这事绝少不了你的好处。"乔之曼淡淡道，"我听说昨儿你又输了五十两。"

"嘿嘿，曼姑娘，您真是活神仙，什么都知道。"

乔之曼鄙夷地笑了一下："你知道怎么做了吧？"

"是，是！"护院点头如捣蒜。

三盏茶后，艾子衿被送进乔之曼的屋子。那时，那个姓朱的胖男人已醉得迷迷糊糊。听见有人进门来，他摇摇晃晃站起，扑了过去："小美人，我的小美人！"

他扑住的是护院。护院嫌恶地踢了一下他的脚，道："你的小美人在那儿！"

那姓朱的完全没了意识，茫然道："哪儿？小美人在哪儿？"

护院在他背上用力一推，直推得他往前踉跄几步，扑倒在床上。刹那间，手指间充满香盈的女性温柔，他果然摸到艾子衿柔嫩得似能挤出水的肌肤。

"美人！"他惊呼一声，整个身子压到了床上。

艾子衿恰在那时苏醒过来："你是谁？"她用力推开满脸肥油的男人，猛然记起他就是跟乔之曼进门的那个男人，心中一紧。

而男人却已完全陷入迷醉的状态，抱住艾子衿就把脸往上凑："美人，我的美人，你可想死我了。"

"放开我！"艾子衿惊慌失措，用力地挣扎拍打着，却哪里及得上男人的力气。眼见着那猪肠似的嘴唇凑了过来，她急中生智，顺手摘下发髻上簪，往他头顶百会穴刺了过去，同时脚用力往他要害处踢了过去。

"啊！"男人一声哀号，艾子衿趁机推开他抱着自己的手臂，钻了出来。却在她钻出的时候，她不小心一扯，竟扯掉了男人的衣袖。肥厚的手臂顿时露了出来，然后最让她愕然的却是他手臂上的粟粒状小红疹子。散散落落的红疹子像是刚刚从皮肤中冒出，在昏暗的灯火下若隐若现地闪出殷红的色泽。

那男人反而因为艾子衿这一刺彻底醉倒，竟打起呼来。艾子衿回过神来，小心走到床边，拉过他的手，以三根手指搭在他肥腻的手腕上。

脉滑而浮数。艾子衿眉头愈蹙愈深，搭在他寸口脉上的三根手指竟在不知不觉时握成了一个拳。她站了起来，屋门却在这时开了。她慌忙转身，见竟是乔之曼。乔之曼大约也没想到艾子衿会醒来，更想不到姓朱的男人竟睡了过去，脸上显然也是一变。

"想不到你醒得这么早。"乔之曼冷笑道，"老天还真是不长眼。"

"是你安排的？"艾子衿由惊愕转为心痛。

"哼！"乔之曼鼻中哼出一声，转过头。

"你知不知道这人得了花柳病？"

342

乔之曼依旧只拿冰冷的侧脸对着她。

"你早就知道了。"从她的表情，艾子衿已经知道答案，心中只觉得万分心痛，"你从来不在这里过夜，今天却带他回来，只为了让我也得花柳病？"

"你对我的习惯倒是清楚。"乔之曼冷冷道，"不错，我就是要你得花柳病，要怪就怪你自己心甘情愿住进这里。"

"你……你为什么要这么做？你真的这么恨我？"

"恨，当然恨！我恨不得你死！不，我要让你也尝尝生不如死的味道！"

艾子衿怆然后退，心痛地紧紧抓住自己的手。

"若不是你，我爹、我大哥、小弟怎么会死！若不是你，我怎会变成这个人不像人、鬼不像鬼的样子！"乔之曼笑得疯狂，突然将衣袖卷起，一片触目惊心的暗红色粟粒出现在艾子衿的眼前。

艾子衿怔了一怔，慌忙奔上前想要去抓她的手，却被她狠狠推开："要不是你，我怎么会得这种病？我怎么还有脸见我爹和我大哥？"乔之曼泪流满面。

"你，你也……"艾子衿不由得颤抖了起来，"我来，我来给你治。"

"你来？"乔之曼冷笑，"你以为你是谁？你那点医术还不是我大哥教的。"

艾子衿愣住："对，你从小就读医经，你的医术远胜于我。"她抬起头，望着乔之曼的眼眸露出失望，"所以你早就知道自己得了这个病？"

乔之曼残酷地笑着。

"你一直没有喝药，却只用菖蒲磨成末①敷你的疹子。"

乔之曼笑道："你知道的还算不少。"

"你知不知道，你这么做只会让花柳病传播更快！"

"那些男人都该死！"乔之曼恨恨道。

艾子衿被她脸上阴冷的表情吓住："那么他们的妻子呢？他们的妻子也有错吗？还有青儿、嫣儿，以及更多的人，他们都错了吗？都该死吗？之曼，你为什么会变成这样？你也是学过医的呀！若是你爹、你大哥……"

"不要跟我提爹和大哥！"乔之曼突然一声喝，"我早、早就没脸见他们了

---

① 唐孙思邈《千金要方》云："交合事，蒸热得气，以菖蒲末白梁粉敷合，燥则湿痛不生。"又说："治阴恶疮，以蜜煎甘草末涂之。"

呀！"她哭了起来，哭得凄厉而大声。艾子衿也哭了起来，却是无声地流着泪。

她走到她的跟前，轻轻地拥住她："来得及，还来得及，我们一起治，一定可以……"

"不要你管！"乔之曼啪一声甩了艾子衿一个巴掌，"你走，你走！从今天起，你再也不要出现在我的面前！"

"之曼！"

"不要叫我之曼！"乔之曼厉声道，眼中的泪愈滚愈多，"乔之曼早就死了，现在是曼陀罗，一个浑身是毒的曼陀罗，一个恨你到骨髓里的曼陀罗。"

火明明灭灭，照得她苍白的脸色犹如在鬼域里一般。艾子衿泪流满面，终究是被她的愤恨伤到体无完肤。她慢慢转身，脚底像灌了铅，沉重而麻木，她一步拖着一步艰难地往外走，

此后，艾子衿在青丝锁曼的院子里又住了几日。这几日，乔之曼再没有在艾子衿面前出现，自然也没有再发生如第一天夜晚的情景。艾子衿虽几次想再见她，却苦于没有机会，只得一门心思治疗青儿与嫣儿。三日后，这两位姑娘的病情也稳定下来，从她们的口中得知，乔之曼虽仍然被迫接客，可卖身的次数越来越少了。见青儿与嫣儿渐渐痊愈，艾子衿也不好意思再多住，便告辞离开。离开前，她嘱托青儿多照顾乔之曼。青儿因其治好自己的病，感恩戴德之外满口答应下来。

随后，半月时间便匆匆过了。这期间，艾子衿又治愈了几十名花柳病患者，却始终得不到关于乔之曼的只言片语。却说一日清晨，艾子衿家的门被大力敲开。见门口是青儿，艾子衿吃了一惊，问道："青儿姑娘，你怎来了？"

青儿气喘吁吁："艾姑娘，你快去看看曼陀罗，她，她不行了，昨天被妈妈赶出来了！"

艾子衿吓了一跳，慌忙跟着青儿便往外跑。乔之曼全身瑟缩着躺在破庙里，脸上已溃烂出脓水。

"之曼！"艾子衿不顾她身上的恶臭，奔了过去，紧紧握住她的手。乔之曼虚弱地睁开眼，见是艾子衿，忙想要挣开。艾子衿却不放手，异常坚定地对她说："我不会放手，也不会把你一个人留在这里！"

"你不要管我，乔之曼早死了！我不要你的同情，不要你的可怜！我造的

孽，就让我自生自灭好了！滚开，快滚开！"乔之曼绝望地拍打着她。

艾子衿忍住手上因被她强力拍打传来的剧痛，压抑住胸口一阵一阵往外冒的苦涩，哑声道："不，你是乔之曼，你一直都是！不管你变成什么样子，你都是你爹和你大哥二哥最心疼的乔之曼。你一定要弥补你造成的所有错误！"

"弥补？怎么弥补？"乔之曼哭道，"那么多人都得了花柳病，那么多人，现在连我都……"

"你可以的！只要你还活着！你可以和我一起把他们治好！给自己一次机会！我想你不会让你爹和你大哥失望的！"

提到最亲的人，乔之曼落下泪来，最终放弃了挣扎。随后，艾子衿也不顾乔之曼愿不愿意，叫人将她搬至自己家中。从那以后，她便衣不解带地照顾起全身溃烂的乔之曼来。

初时乔之曼不愿喝药，更不愿她碰自己。艾子衿毫不介意她的冷嘲热讽，坚持不懈地为她熬药，一次又一次捡起被她砸碎在地上的药碗，更不顾她的挣扎和反抗，将她绑在床上，一遍又一遍洗净她的破溃处，小心地为她全身敷药。如此坚持了十天，乔之曼虽对她仍有芥蒂，却也不再如最初那么抵抗了。然而她的疮虽然渐渐痊愈，精神却越来越弱，有时甚至连抬手的力气都没了。但是她却开始与艾子衿说话，虽然只是几句，声音里却少了多多咄咄逼人的气势，望着她的眼睛也越来越少地看到曾经有的刻骨仇恨。

有一日，天气晴朗，艾子衿推她到院子里晒太阳。乔之曼眯着眼睛望太阳，像是自言自语般道："你就算做再多的事，我也不会原谅你。"

"我知道。"艾子衿一边捣药，一边淡淡说。

"那你为何还救我？现在我这样也帮不了你救更多的人了。"

"我只是不想让你爹和你哥哥他们伤心。"

乔之曼冷笑："你已经害死他们，又何必假惺惺呢？"

"是我害他们的。"艾子衿承认道，低下了头，任发丝挡去脸上的神色。

乔之曼打量她半晌，突然问道："当初你为何做那个伪证？"

艾子衿捣着药的手微微一顿，抬头望她："你会相信吗？我也是被骗的。"

"我相信，但我不是相信你说的话，而是相信大哥。"她嘲讽地笑了笑，"你大概想不到，我最后一次见大哥，他对我说：'子衿她不是故意的，她被沈斯骗了。'"

艾子衿怔住。

"可是你的无意，却害得我们家破人亡。"乔之曼笑着，却流出泪来。

"对不起。"艾子衿诚心诚意道。

"有些事情是弥补不了的。"

艾子衿无言以对。

"其实我知道，我已经活不了多久了。"乔之曼叹道，"乔家只剩下我，我却做出这么丢脸的事，甚至忘了大医精诚，反而不断地传播恶疾。我实在，实在不配做乔家的女儿。"

"之曼……"

"我现在也没有资格恨你了。我没有将乔家的医术发扬，反而是你……"乔之曼深深看住艾子衿，"一直是你，在继续大哥的理想。"

"是他的理想，也是我的理想。"艾子衿望着天际，悠悠道。

"如果可以，你是否也会完成我的心愿？"乔之曼看着艾子衿问道。

艾子衿转过头，询问地望着她。

"如果可以，请把乔家的冤屈洗清。"乔之曼郑重道，"我身陷妓籍，没有自由。现在虽然被赶了出来，却又得了这种病……"乔之曼转过头，望着拂过水面的垂柳，"我想我是没有机会了，如果可以……"

"要怎么做？"艾子衿的眼中有一种坚定的光。

乔之曼转过头，深深望着她："去江南，找一个叫杏林堂的医馆。林德伊就是这家医馆的大夫。如果这个世上谁还知道红丸的秘密，那么只有他！"

几日之后，乔之曼去世了。艾子衿将她葬在秦淮河边，而后悄无声息地离开了这里。

三个月后的浙南，下起了一场极大的暴雨，有一名身穿素服的女子，跪倒在杏林堂的门前……

图书在版编目（CIP）数据

香艾吟 / 落紫苏著. —北京：现代出版社，2018.3
（倾世大医系列）
ISBN 978-7-5143-6694-5

Ⅰ. ①香… Ⅱ. ①落… Ⅲ. ①长篇小说—中国—当代
Ⅳ. ①I247.5

中国版本图书馆CIP数据核字（2018）第023978号

香艾吟

作　　者：落紫苏
责任编辑：曾雪梅　朱文婷
出版发行：现代出版社
通讯地址：北京市安定门外安华里504号
邮政编码：100011
电　　话：010-64267325　64245264（传真）
网　　址：www.1980xd.com
电子邮箱：xiandai@vip.sina.com
印　　刷：三河市金泰源印务有限公司

字　　数：347千字
开　　本：710mm×1000mm　1/16
印　　张：22
版　　次：2018年3月第1版
印　　次：2018年3月第1次印刷
书　　号：ISBN 978-7-5143-6694-5
定　　价：48.00元